李珹 主编

钱业世家

秦君安家族

应芳舟 编著

上海辞书出版社

图书在版编目(CIP)数据

钱业世家：秦君安家族 / 李瓃主编；应芳舟编著
. — 上海：上海辞书出版社,2022
（宁波商人研究丛书）
ISBN 978-7-5326-5938-8

Ⅰ.①钱… Ⅱ.①李… ②应… Ⅲ.①秦君安—家族
—史料 Ⅳ.①K820.9

中国版本图书馆 CIP 数据核字（2022）第 115160 号

宁波商人研究丛书

李 瓃 主编

QIANYE SHIJIA: QINJUNAN JIAZU

钱业世家：秦君安家族

应芳舟 编著

责任编辑 杨丽萍
装帧设计 姜 明
责任印制 王亭亭
封底篆刻 包根满

出版发行 上海世纪出版集团
上海辞书出版社（www.cishu.com.cn）
地　址 上海市闵行区号景路159弄B座（邮编201101）
印　刷 上海世纪嘉晋数字信息技术有限公司
开　本 890×1240毫米　1/16
印　张 24.25
字　数 407 000
版　次 2022年8月第1版　2022年8月第1次印刷
书　号 ISBN 978-7-5326-5938-8/K・1219
定　价 118.00元

本书如有质量问题,请与承印厂联系。电话：021-69214297

秦珍荪像(《四明孤儿院第二期报告册》)

秦泉笙像(裴宗渭先生提供)

秦善宝像(《重建灵桥纪念册》)

秦葆卿(左)与李氏(秦善庆妻)、
秦康年合影(裴宗渭先生提供)

秦康祥(右坐者)与人合影

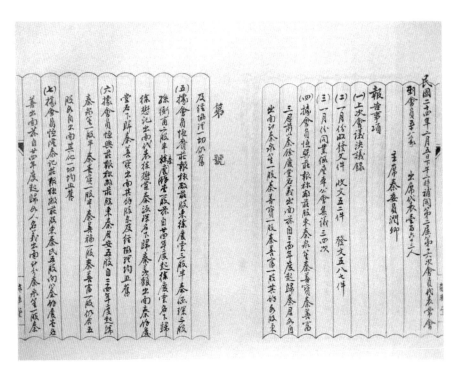

"上海钱业公会议事录"对秦君安家族钱庄股份变更的记载

（邹晓昇编选：《上海钱业及钱业公会》影印版）

民国《镇海东管乡沈郎桥叶氏宗谱》对叶澄衷子聘秦均安（君安）女的

记载（上海图书馆藏）

秦氏支祠基地图（《鄞县秦氏支谱》）

鄞县秦氏支祠碑记（宁波市天一阁博物院藏）

鄞县秦氏支祠全图（宁波博物院藏）

（灵桥）自捐伍万圆以上者之传记、自捐壹万圆以上者之姓名
（宁波市天一阁博物院藏拓片）

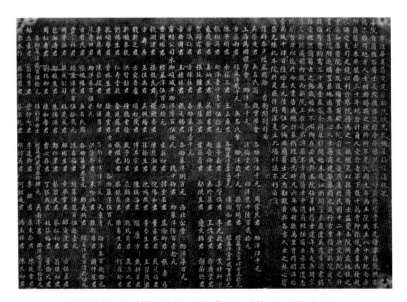

宁波华美医院建筑新院扩充设备募捐经过状况（局部，拓片）

秦秉年（左）向天一阁博物馆捐赠竹刻文物（2001年）

天一阁博物馆向秦秉年（左）颁发研究员聘书（2001年）

《鄞秦氏宗谱稿》书影（宁波市天一阁博物院藏）

《西泠印社志稿附编》书影（宁波市天一阁博物院藏）

《西泠印社志稿》书影（宁波市天一阁博物院藏）

白龙飞瀑　　　　　　西圃留春

紫阳石林　　　　　　西泠印社

秋亭风雨　　　　　　节盦印泥

秦康祥刻《鄞县通志》"吴泽传"

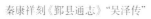

秦康祥篆刻（《彦冲印稿》）

秦君安、秦珍荪墓

秦涵琛墓

秦善宝、秦康祥墓

宁波商人研究丛书学术指导委员会

宁波商人研究丛书编辑委员会

总序一

近代上海的宁波商帮崛起之逻辑

近代上海是中国最发达的工商业经济中心,更是一个移民城市,曾被称为"客帮垄断的舞台"[①]。在上海的众多移民中,宁波移民群体占有最为引人注目的地位,也可以说是最成功的移民群体。首先宁波移民中商帮群体数量庞大,清末已达40余万,20世纪20年代后几达百万之谱,[②]产生了众多的著名工商经济界人物,其中有不少的所谓"大王",如"五金大王"叶澄衷、"火柴大王"刘鸿生、"医药大王"项松茂等,在各自行业中都成为顶尖的头面人物。在代表上海工商业者利益的团体组织中,宁波人同样扮演着重要角色。1902年成立的上海商业会议公所,此后历经改组为上海商务总会和上海市总商会,从创立开始到1929年总商会被改组的27年间,共换届18次,其中宁波籍的严信厚、李厚佑、周金箴、朱葆三、宋汉章、虞洽卿、傅筱庵7人共14次当选总理(会长),总任职年限达23年[③]。

19世纪末20世纪初这一段时期内,上海20多个客籍商帮人数总和中,宁波帮人数占到七成,广东帮约占一成,其他各帮合占两成。[④]

近代宁波商人之所以能在上海崛起与成功,三大因素为其他商帮不突出或不具备。首先是宁波商帮在上海建立了强大的以地缘、血缘和业缘为中心的同乡组织,能够有效地发挥组织、动员和有成效的活动,这些活动反过来进一步使得宁波商帮成员更加团结,也更有活力和实力。其次是在经济经营活动中充分发挥了金融的力量和作用,使金融成为工商企业的有力后盾,彼此间又相互渗透和互助共同发展。第三是依靠上海位居中西交汇的地利之变,充分发挥引进、吸收进而创新的

---

① 【日】根岸佶:《上海的行会》,日本评论社1951年版,第15页。

② 宁波政协文史委员会编,孙善根执编:《〈申报〉宁波帮企业史料》,宁波出版社2012年版,"前言"。

③ 陶水木:《浙江商帮与上海经济近代化研究》,上海三联书店2000年版,第234页。

④ 据当时设在上海的日本东亚同文书院调查资料。东亚同文会编:《支那经济全书》第7辑,第158页。转引自丁日初主编:《上海近代经济史》第一卷,上海人民出版社1994年版,第659页。

经济后发优势，在自身成功的同时也推动了上海和中国的发展。这些因素的综合和相互影响相互推动，是宁波商人在近代上海取得明显成功的前提和保障。以下分而述之。

一、同乡组织：四明公所与宁波商人旅沪同乡会

张让三在其《上海四明公所缘起》一文中说："宁波之为郡，背山面海，地狭人稠，往往出外贸易，兼营航海之利。风帆浪舶，北至辽沈，南迄闽广，中入长江，而以上海为集市居货之地。概甬人之旅沪，自明至清数百年于兹矣。嘉庆二年丁巳，乡人念客地人众，疾病死亡，旅榇寄殡，苦于无所，爰有费元圭、潘凤占、王秉刚诸君，创捐一文善愿。凡旅沪者，每人岁输三百六十文，由首事钱君分投劝捐。陆续购置上海坐落廿五保四图改字民地，建造厂屋，停寄枢棺，而以空地为丛冢。八年癸亥，复建正殿，供奉关帝，因额曰'四明公所'。"①从中可以看出：第一，宁波人出外谋生有传统，足迹遍布沿海南北各地和长江沿岸，而长期以来均以上海为集市居货的中心。第二，宁波人的地缘组织源远流长，清嘉庆二年（1797年）就设立了客居上海以地缘为中心的同乡组织四明公所，成立所需的经费是以广大宁波人每人每天捐一文钱的方式凑集，是"集众人钱办众人事"而成立的组织。第三，用凑集的钱在上海购地建造厂屋，用作"停寄枢棺，而以空地为丛冢"，中心事务是客居沪上人口逝世后枢棺的处理。这种状况长期延续，直到1919年四明公所修订章程时，仍然以"建丙舍、置义冢、归旅榇、设医院等诸善举为宗旨"。也因此，由广大宁波人凑钱成立的四明公所自然成为旅沪宁波人在外的活动中心和庇护中心，是宁波人心中的自己的组织。广大旅沪宁波人对其的维护之心自然十分强烈，这也就是同治十三年（1874年）法租界开马路，侵入四明公所冢地时引发旅沪宁波人的强烈反弹，以至于付出死亡七人的代价进行保卫的原因。②当光绪二十四年（1898年）法国人又一次谋划侵入时，再一次引发上海"南北市同盟罢工，势将酿成重案"，后经"南洋大臣特派按察使来沪查办"，并经"各国出而和解"，才使得"法人让步，重造围墙，明定界址"，解决了问题。两次迫使法国人让步，惊动清政府高层并使得各国出来调解，在沪宁波人如果没有四明公所这样的组织居中调度、组织动员和调动

---

① 张让三手撰：《上海四明公所缘起》，《档案与史学》，1996年第6期，《上海四明公所档案选（一）》。
② 具体情况可参见《第一次四明公所血案档案史料选编》，载《档案与史学》，1997年第1期。

安排等一系列活动,是难以取得这种成功的。

20世纪初,在原有四明公所的基础上,上海宁波旅沪同乡会成立,该会与此前四明公所相比出现一个大的变化,这就是在组织力、境界和活动内容等方面都上了一个新的台阶。宁波旅沪同乡会以"集合同乡力量,推进社会建设,发挥自治精神,并谋同乡之福利"①为宗旨,经费来源为会员所交会费和同乡捐助,活动的中心是团结同乡、服务同乡、增进同乡福利、促进家乡建设等方面。

宁波旅沪同乡会的活动主要集中在社会救助和推进办学教育两大方面。社会救助方面一是开展无息借贷,1911年6月成立了免利借钱局,藉以救济和扶助同乡失业、无业和流离上海者。此后并增设职业贷金,有专会组织和司理其事。其次是救助和资助无钱返回原籍者。1911年辛亥革命期间撤退武汉居留的宁波人;1922年撤退日本东京、横滨地震同乡回籍;1931年长江大水灾,汉口危难,组成急救汉灾会,派轮载被难同乡,直放宁波,并派出医士赴汉口进行救护工作;1932年"一·二八"淞沪抗战、1937年八一三抗战发生,同乡会都设专会办理救护、收容、遣送被难同乡的善后工作。其三是在救济、救护、救灾之外的赈济和施诊施药。1911年9月,宁属各县水灾,同乡会募集五万元以赈济家乡灾民。1915年8月,宁绍水灾,即联合绍兴七邑同乡会,设"浙江宁绍义赈分事务所"募款赈济。"平时也对贫病同乡,进行施诊施药或受施主委托代办施衣等事宜"。②

在推进办学教育方面,宁波旅沪同乡会投入了大量财力物力和精力,包括设立和推进小学、中学教育,设置各种奖学金等。1927年在上海设立的小学已有十所,学生在抗战前人数最多时达到3 460人。另外,宁波旅沪同乡会在推进家乡建设特别是道路和水利等方面也做了不少工作。如"1926年起为建造灵桥筹款;1930年为筑鄞慈镇公路筹款;1929年参加'协浚曹娥江委员会';1946年组织'宁波整理东钱湖协赞会',请恢复梅湖,以保障鄞、奉、镇三县之水利;同年7月拨款协助鄞、镇两县防疫等"③。

作为一个地域性的商帮,近代上海的宁波移民数量多,以地缘、血缘和业缘为中心形成各种小团体,四明公所和宁波旅沪同乡会作为核心又居于这些小团体中联络和组织,成为大的有核心能够同进退的社会组织。在这种组织面前,成员的贫

---

① 浙江省政协文史资料委员会编:《宁波帮企业家的崛起》,浙江人民出版社1989年版,第43页。
② 同上书,第43—44页。
③ 同上书,第45—46页。

富和所居的社会层次反而在某种程度上退居其后，发挥核心作用的是血缘关系，发挥持久和广泛作用的凝聚力是地缘和业缘关系，而大家都以宁波这个地缘因素为纽带团结在一起，共同争取自己的利益和权利的特点十分突出。

以宁绍轮船公司维持会的成立为例。20世纪初，由于经济贸易的发展，上海和宁波间的客货贸易已渐有规模，再加上宁波人移民上海日渐增多，宁波至上海间的交通益显重要。

虞洽卿等宁波商人出面组织宁绍轮船公司，这一举动得到了各阶层宁波商人的支持。1908年7月6日《申报》刊载文章称，宁绍商轮公司5日在四明公所开会，宁绍两帮到会者四千余人。会议"推李薇庄君为临时议长，宣布发起人（初六日止）已认股洋四十八万七百元，并声明由发起人中按照认股权数投票公举暂时经理五位，当举定虞洽卿、严子均、李薇庄、叶又新、方樵苓五人"。在随后举行的同乡演说中，有多人发表意见，其中有"愿各同乡各抱此志，勿使我宁绍人失自立之资格"的演说；有"提议订造轮船宜大宜坚者"；"提议先租合宜商轮驶走者"；"提议他日股东会议事权需定五股为一权者"等各种演说发表。该日还有兆丰、会余、和康、宏大、瑞丰各钱庄"缴到代收股款三千八百五十一股，每股收四成，计收现洋七千七百零一元，此外又继认股份七万余元"，"众情极为踊跃"。至五点钟会议结束后，认股缴股者仍然纷纷不散，"计前经认定股洋及已收者共得洋五十七万元有奇"。[1]

宁绍商轮公司于1908年设立后，在马尾造船厂购了1只2 641吨的轮船，定名"宁绍"，在上海宁波间往来。

要在已被英商、法商和中国轮船招商局垄断势力的航线上分一杯羹，难度可想而知。在宁绍公司的创设和发展过程中，充满着外资轮船公司的排挤和倾轧。当时上海黄浦江沿岸设置码头的较好地段，都已被外商占尽，宁绍公司成立时，虞洽卿在租用码头时连遭日商、法商等拒绝，历尽艰难才在南通企业家张謇的帮助下租用到大达码头。宁绍轮开航时，在船上立了一块牌子，上写"立永洋五角"，表示永不涨价，[2]得到华商热烈拥护。但洋商为挤倒宁绍，凭借雄厚资力，把票价从1元跌至3角，太古还以送乘客毛巾、肥皂等来招揽客人。在这种困难的局面下，广大旅沪宁波人爆发出惊人的团结力，宁绍商帮下属各行业团体纷纷开会表态并订立守则支持宁

---

① 《宁绍商轮公司开会情形》，《申报》，1908年7月6日。
② 孙筹成、黄振亚等：《虞洽卿事略》，载《浙江籍资本家的兴起》，浙江人民出版社1986年版，第116页。

绍商轮公司,同时组织"航业维持会",支持宁绍商轮公司与外商轮船公司竞争。

1909年8月宁绍商帮绸缎顾绣衣业同人,为维持宁绍商轮起见开会集议,订立支持宁绍轮船公司条规五条,分别为:一、各店朋友往返沪甬者均趁同乡宁绍轮船。二、一应货物亦均装宁绍轮船不得私装某轮。三、同业往来信客或有趁某船者,概不与他寄带信件。四、各店逐年预先买存宁绍船票以备往返所需。五、各朋友如有欲贪贱船价者,可照廉之价向店主领票,各店主自愿津贴。在同一天里,宁绍商帮中的书业团体和豆米业团体也分别召开同行会议商量支持宁绍轮船公司。正因为有这些广大的宁绍旅沪群体同人的支持,宁绍商轮公司不仅获得宁绍航业维持会的十多万元捐助,站稳了脚跟,还在宣统二年(1910年)八月,以三万九千伍百两白银购定前太古之通州轮,加以修理及添置各件,"遂得以有甬兴轮",[①]与宁绍轮"两船一来一往逐日无间"。[②]

如此种种带来的结果之一,就是宁波人建立在团结心和凝聚力基础上的活动必然进一步扩大自身的影响力,进而使该组织具有更大的威望和号召力。

二、金融与工商企业的相互渗透及互助

金融是经济发展的血液,重要性不言而喻。宁波商人在上海的发展和成功,金融在其中同样发挥了无法替代的关键作用。1897年近代中国第一家银行中国通商银行在上海成立时,9个总董中有3个是宁波人,分别是叶澄衷、严信厚和朱葆三。其后不久又全部由旅沪宁波商人发起组织了一家商办性质的银行——四明银行。这家银行成立于1908年,与浙江兴业银行同为上海华商银行中资历最老的一批银行之一。发起人主要为朱佩珍、吴传基、方舜年、严义彬、周晋镳、虞洽卿等,都是清一色的宁波人。四明银行资本一百五十万两,有发行钞票权。发行钞票的利益大,所负的风险也不小。因为当时中国人的心理普遍不信任钞票而信任现银,所以一有时局变动,就容易发生挤兑风潮。四明银行的资本并不算雄厚,所以也曾发生几度风潮。"每次都靠旅沪宁波同乡的群起支持"而"稳渡难关"。

---

① 虞洽卿:《宁绍轮船公司的创办与发展过程》,载《时报》,1917年5月14日。转引自聂宝璋、朱荫贵编:《中国近代航运史资料》第二辑下册,中国社会科学出版社2002年版,第1068页。

② 交通铁道部交通史编纂委员会编:《交通史·航政编》,第一册,上海民智书局1931年版,第377页。

此后，宁波商人又在上海设立和投资了多家银行①，通过这种金融与实业的交互支持渗透，扎下了在上海经济中难以撼动的根基和扩展的基础。

总起来看，宁波商人在金融与实业结合、相互渗透相互支持和共同发展方面大体可分四种类型：

一是经营传统商业起家，然后投资于钱庄业，再进一步投资于工商业，多业发展的类型。如《上海钱庄史料》记载的九家钱庄家族集团中，镇海李家和慈溪董家，"都是以沙船业起家的"。镇海叶家和方家，"都是以经营洋货洋布起家的"。而曾经出过上海钱庄业领头人秦润卿的宁波秦家，"则以经营颜料起家"。②这些家族都是经营传统商业起家后，再投资于钱庄业。

二是宁波钱庄广泛向工商企业投资，在支持工商实业发展的同时获取自身的发展。如宁波秦家的恒隆钱庄在1919—1927年的8年时间里，向几十家近代工商企业放款百余次，其中包括汉口第一纱厂、大生纱厂、恒丰纱厂、达丰染织厂等20多家纱厂，汉冶萍煤铁厂矿公司、水泥公司、贾汪煤矿、内地自来水公司等著名企业③。值得注意的是，"恒隆钱庄因为经理陈子埙曾任宁波震恒钱庄经理，与宁波钱业一向有密切联系"，因此能够调用宁波的头寸。"例如1919年红账中调用甬洋293 224元，连同宁波钱业存款共达37万两之多"。因为陈子埙"在上海宁波籍工商业中很活动"的缘故，"宁波钱业在阴历三、九月底经常放'六对月'长期放款"，其中大部分就"托由恒隆经手代放，最多时达二、三百万两"。而且，恒隆钱庄成立后"经常用同业拆款并大量吸收各银行的存款，拆款最多时在100万两以上"的方式进行放款，这种做法"运用得法，盈利较多"④。

三是宁波籍企业家普遍向金融业投资，入股钱庄特别是银行业。企业家向金融业投资，在近代中国来说，是一个普遍的现象。辛亥革命以前，宁波商人创办或参与创办、经营的银行除中国通商银行外，还有大清银行、四明银行、浙江兴业银行、浙江银行等。部分宁波籍企业家除在银行兼职外，还在钱庄业中也有投资，如刘鸿生除在上述三家银行投资外，还在志裕钱庄、怡诚钱庄、义昌钱庄、中央信托公

① 可参见孙善根执编：《〈申报〉宁波帮企业史料》，宁波出版社2012年版，第一章"企业筹备与开业"中载有多家宁波人开设和投资的银行。

② 中国人民银行上海市分行编：《上海钱庄史料》，上海人民出版社1978年重印版，第728—729页。

③ 同上书，第842—843页"1919—1927年工业放款表"。

④ 上引均见中国人民银行上海市分行编：《上海钱庄史料》，上海人民出版社1978年重印版，第839页"恒隆钱庄"。

司、道一银行、五丰钱庄和诚孚钱庄投资。[①]此外,宁波商帮中的不少钱业人士与银行业保险业间也有兼职情况。[②]金融业与实业的关系,正如宁波籍近代著名实业家刘鸿生所说:"一个银行,如果没有工商企业的关系,就不能长久存在;而工商企业,如果没有银行作支柱,也就会陷于停闭。"[③]他们知道,入股金融业后,企业在经营中需要资金支持时可以获得方便。

四是当企业做到一定规模后,为了便于周转和统筹调度资金,方便创办的各企业间相互调剂而创办金融机构。这种类型最典型的例子是刘鸿生企业集团。据刘鸿生的儿子刘念义后来回忆此事时说:"在1930年左右,我父亲已经先后办了火柴、码头、水泥、煤矿、毛纺等企业。但是这时各个企业之间的资金并不能直接调拨:一则怕彼此拖累,二则是各企业的董事、经理各自为谋,彼此间存在着矛盾。但一个企业的资金,总是有时多、有时少,多的时候存在银行里给别人用,少时向银行借款又要支付利息。为了集中调度资金,便于各企业间相互调剂,就决定自己开设一个银行。"[④]刘鸿生自己曾说:"吃银行饭的人最势利,当你需要款子的时候,总是推说银根紧,不大愿意借给你,即使借给你了,因为利息高,自己所得的利润,大部分变为银行的利息。而且届期催还得很紧。"这是他创办自己的银行,使企业和金融相结合的一个动机。他创办银行的另一个动机,是"想吸收游资,以充实企业资金的来源"。[⑤]

三、引进、吸收进而创新的经济后发优势

19世纪中叶以后,伴随着西风东渐和东西方贸易日渐扩大和发展,以及随着中国向西方学习,走上工业化道路的不断推进,经过几代中国人的努力,许多过去未曾有过的产业和行业陆续诞生并有所发达,在此过程中,宁波商帮因为是客帮,还有许多人来上海时是从学徒干起,有一股闯劲,又因为从宁波到上海,一直都处于中西交汇的中心地带,背后具有广大宁波人的人力和金融支持,甲午战争以后,

① 上海社会科学院经济研究所编:《刘鸿生企业史料》,上海人民出版社1981年版,第285页。
② 陶水木等:《江浙财团研究》,人民出版社2012年版,第112—114页,第二章表16统计了近三十位上海宁波籍钱业人士在银行、保险业中的兼职情况。
③ 上海社会科学院经济研究所编:《刘鸿生企业史料》,上海人民出版社1981年版,第293—294页。
④ 同上书,第293页。
⑤ 同上书,第294页。

实业救国的浪潮又经久不衰，在种种因素的综合作用下，宁波商帮从引进外国商品、技术到逐渐自己吸收技术设厂制造，走上进口替代道路，进而在与外商激烈商战竞争中发挥中国本土优势，走出创新之路，已成为必然的趋势。

从19世纪末期开始，宁波商人在近代工商企业中的投资比重逐渐增大。"到20世纪20年代，一大批宁波帮企业在工业制造、轮船航运、内外贸易、金融服务、文化产业、建筑房地产、公用事业和新式服务业等领域脱颖而出，其中一批工业制造企业的成功创办尤为引人注目。宁波人在近代棉纺织工业、火柴工业、日用化学工业、制药工业、电器工业、造纸工业、电力工业以及橡胶工业等领域，创办了一系列规模庞大的工业企业，有的还发展为企业集团。"① 航运界的虞洽卿、西药和娱乐业的黄楚九、钱庄业的秦润卿、银行界的宋汉章等，也都是业中翘楚，且不少人都横跨多个领域进行经营，称得上一时之盛。

"创办燮昌火柴厂的叶澄衷，大中华火柴公司的刘鸿生，五洲大药房的项松茂，中国化学工业社的方液仙，大中华橡胶厂的余芝卿，信谊化学制药厂的鲍国昌，亚光制造有限公司的张惠康，美华利企业集团的孙梅堂，三友实业社陈万运、孙九成，中国亚浦耳电器厂的胡西园，华成烟草公司的戴耕梓、陈楚湘，天一影片公司的邵醉翁，明星影片公司的张石川，以及首次把好莱坞经营方式引入中国电影业而有中国早期电影业教父之称的柳中浩等，都在近代企业的开拓与经营上取得了巨大成功。"② 其中五洲大药房在项松茂的主持下，发展成为规模庞大的医药、医疗器械、医疗用品、日用化工生产销售集团；大中华橡胶厂则是一个能生产胶鞋、汽车与脚踏车胎等系列产品的国内首屈一指的民族橡胶工业企业集团；鲍咸昌、鲍国昌等参与发起创办的商务印书馆则是近代中国最大的文化出版机构。

兴办这些产业的中国工商业者，因为大多是这些产业在中国最初的拓荒者，在他们的创业过程中，不可避免地要学习、引进并且克服许多技术、知识、管理、资本和其他方面的困难，并且还要面对外资激烈的竞争，因此，必然在开放吸收和融合外来技术及管理经营等方面知识的基础上进行改革、创新，走出一条自己的发展之路。他们倡导"国货"、主张"商战"、抵制外货的倾销和垄断，开创了中国前所未有的产业，其中，特别是"创新"无可避免地成为推动他们产业发展和应对各种挑战的最重要武器。他们在制度、行业和产品等多个方面进行的创新，是他们得以迅

---

① 宁波政协文史委员会编，孙善根执编：《〈申报〉宁波帮企业史料》，宁波出版社2012年版，"前言"。
② 同上。

速崛起的重要手段。

面对强大的外资压迫和本国封建政府掠夺的不利环境,这些创业者采取各种打破常规的创新手段,以获取生存和发展的空间。尽快扩展规模,获取规模经济效益就是其中之一。

刘鸿生在上海创办的企业资本集团中,火柴工业是支柱产业。从1920年第一家火柴厂鸿生火柴厂建立到1936年成立以大中华火柴公司为中心的"中华全国火柴产销联营社"这一销售联合体,刘鸿生也成为近代中国的"火柴大王"。[①]刘鸿生之所以要创办一系列企业并合并组织火柴联营集团,用他自己的话来说:"吾国火柴业在瑞商竞争之下,风雨飘摇,有岌岌不可终日之势,自弟发起荧昌、中华、鸿生三厂合并为大中华之后,对内渐归一致,于是对外始有占优势之望,足见合并一事,为吾火柴业今日谋自立之要图,非此即无从对外而维持其生存也。当此对外竞争剧烈之日,自应群策群力,团结一致,厚植我之势力,以与外商相抗,始能立于不败之地。"[②]

但是要在激烈的中外商战和同行间的竞争中胜出,根本的一点,还在于要创制出名牌产品和树立起品牌意识,最好是能够创出独家优质品牌。这里以五洲固本皂药厂为例进行观察:五洲大药房最初只有人造自来血等不多的产品,"自1921年盘进固本皂厂后,才增制肥皂,嗣后陆续添制新品。""到20世纪20年代,该厂的皂类产品计达三十余种,分家用块皂、家用条皂及各种香皂、药皂等,以'五洲固本''荷叶荷花'等为商标;药类有补益及内外科各种药剂,其中家庭成药220种,药典制剂527种,化妆品23种,原料药品10种,共计780种,以地球牌为主要商标。""自1904—1935年,五洲皂药厂及附属厂所产药品、皂品共获美国旧金山巴拿马运河纪念会、农林部、美国费城展览会、首都流动展览会、浙江省政府、上海五国货团体展览会等国内外各种机构颁发的优等、最优等奖项48次"。[③]

当时像五洲固本皂药厂这样的企业,绝非个别,而是普遍现象,可以举出一大批来。这种创新思维并非仅仅体现在生产上,在宣传推广自己商品上,同样别出心裁,华洋翻新。最典型者莫过于黄楚九雇佣飞机播撒广告一例了。《申报》1926年5月28日登载一条广告称:"荷兰飞机来沪献技,已有数日。本埠发行百龄机补

---

① 上海社科院经济研究所编:《刘鸿生企业史料》(上),上海人民出版社1981年版,第143—144页。
② 同上书,第139页。
③ 五洲大药房编:《五洲大药房三十周年纪念刊》,转引自李瑊:《上海的宁波人》,商务印书馆2017年版,第134页。

片之九福公司,印就百龄机广告纪念明信片四十万张,定于今日(天雨顺延),由该公司飞行时散发。"次日,对于该事《申报》继续报道称:"本埠九福公司,昨日(二十八)下午三时许,假荷兰飞机散发百龄机传单十万份,此传单印刷精美,式如邮政明信片,上绘一飞机图,并有天台山农题'天上人间都不老,飞机散遍百龄机'字样。"以飞机播撒广告,本就惊世骇俗,黄楚九还在一部分明信片上加盖图记。拾得者可持向该公司换折扇一柄。"故当飞机翱翔空际之时,万头仰观,皆冀一得此空前纪念品云。"[1]这种创新思维和超前手段,是宁波商人出奇制胜的一个典型例证。

宁波商人在近代上海的成功绝非偶然,尤其是具有凝聚力强大的区域性组织,以其为中心团结和居中调度旅居上海宁波人的各种活动;大范围的产业和金融业的相互协调调度和彼此渗透支持,是其他商帮中很少见到的现象。利用依靠上海位居中西交汇的地利之变,充分发挥引进、吸收进而创新的经济后发优势,创办和创新自己的行业和品牌,进而在中外工商业的激烈竞争中获取市场和份额。这些因素的相互影响和相互推动以及综合作用,是宁波商人在近代上海取得明显成功的前提和保障。

朱荫贵

(复旦大学历史系教授)

---

[1]《申报》,1926年5月28日、29日。

总序二

"宁波商帮"[1]，简称"宁波帮"或"甬商"。宁波指广义的"大宁波"，包括宁波府城及所属的鄞县(今鄞州区)、镇海、奉化、慈溪、象山、定海等地。这是历经古代、近现代的"长时段"商帮，以"无宁不成市"之名享誉时代。鸦片战争后，宁波商人在新的条件下迅速崛起，以近代商人群体的姿态跻身于全国著名商帮之列，在近现代中国社会经济领域贡献卓著，影响深远，是传统向近代转型最为成功的商帮之一。

"宁波帮"的涵义

宁波商帮是以亲缘和地缘纽带联结起来的商人群体，有着悠久的经商传统，以极富经商才能和冒险精神而著称一时。宁波人外出经商古已有之，但结成商帮则在明朝末年。天启、崇祯年间，宁波鄞县的药材商人在北京设立鄞县会馆，学术界公认此为宁波商帮初始形成的标志。"宁波帮"的称谓始于何时，何人所创，难以准确考定，但至少到清朝末年，它已被普遍使用[2]，只是很少有人对其特定指称作明确的规范界定，人们只是约定俗成地用"宁波帮"称呼宁波籍工商人士。

20世纪初年编纂的《中国经济全书》中写道："上海之所谓宁波帮者，即系表示在上海的宁波商人之意。"《宁波帮大辞典》前言中将"宁波帮"的概念界定为："宁波帮"系指近代以来在宁波地区以外的一定区域从事工商活动的宁波籍人士。而所谓宁波籍，既包括旧宁波府七县(镇海、定海、鄞县、奉化、慈溪、象山、南田)，亦包括现属宁波市属的余姚、宁海籍人士。《宁波帮研究》中对"宁波帮"的界定是："主要指明清以来宁波府旧属各县在各地活动的工商业者，以血缘、地域关系为基础和纽带，所结成的地域性商人群体。其主要构成成分，是在明清时期的各类商人

---

[1] 本文所论及的宁波是指广义的"大宁波"，包括宁波府城及所属的鄞县、镇海、奉化、慈溪、象山、定海。本文中提及的姓名，凡未特意标注者，均为宁波籍工商业者，文中简称宁波商人或甬商。

[2] 宁波市政协文史委编：《宁波帮研究》，中国文史出版社2004年版，第43页。

1

和手工业者,在近现代则包括了各种类型的近代企业家、金融家和其他工商业者。"书中还将"宁波帮"的概念归纳为七种不同的含义。① 按照曾任天津浙江旅津同乡会会长张章翔的说法:"宁波帮是以乡谊为基础,在业务上、生活上互相需要、互相结合、互相利用的一个具有封建地域性的商业结合体。因人兴衰更替,具有实际活动而无具体组织,因之各地对宁波商人称之为'宁波帮'。这就是称号的由来。"②

由上述几种具有代表性的宁波帮的含义可以看出,"宁波帮"是一个见仁见智的概念,其主要的分歧在于:一、宁波帮何以成帮? 近代所谓商帮,一般并没有明确的界定,无非是工商界的惯称,用以区别界内人士的籍贯。由于没有一个固定具体的组织,宁波帮的概念歧义丛生,有些论著甚至将文化、教育领域的宁波籍人士也列入其中。另外,对于"宁波帮"是否只是指在宁波以外地区从事经济活动的工商业者,宁波本地的经商者是否包括在内,对此学界也有不同的意见。二、宁波帮概念的泛化。由于宁波地区行政区划几次变更,原属绍兴地区的余姚在1949年后划归宁波地区,使余姚商人在1949年前后存在"归属"不同的问题,目前的相关论著则将余姚商人归于宁波帮的范畴,类似的情况还有定海③、宁海④商人。不仅如此,还有人习惯将紧邻的宁波、绍兴两地的商人合称为"宁绍帮",更广泛的"宁波帮"甚至涵盖了江苏、安徽商人。国外研究者有的使用"浙东帮"或"大宁波帮""大宁波财阀"等概念,实际上是一种泛化了的宁波帮概念。三、宁波帮人士社会身份、社会角色的多样性,也导致宁波帮范畴难以确定。如鄞县人张寿镛创办上海光华大学,并担任校长达20年,是著名的教育家、知名学者,他又任浙、鄂、苏、鲁四省财政厅长及民国政府财政次长、中央银行副行长等职,并参与创办上海女子商业储蓄银行,担任交通银行董事长、四明银行监察人。类似这样"一身数任"的情况在宁波帮中并不少见。四、1984年邓小平的号召赋予"宁波帮"新的时代蕴义,扩大了"宁波帮"的内涵和外延。其时邓小平所说的"宁波帮"不仅指一般意义上的"宁波商帮",实际上涵盖了所有在海外发展的经济、文教各界的甬籍人士。

"宁波帮"有关概念的泛化,以及有些论著叙述的随意性,给学者的研究增加了困难。研究者在论著中议及宁波帮时,都须首先对其进行"自我"界定。规范宁波帮的涵义,这也是今后研究中需要首先解决的问题。

---

① 宁波市政协文史委编:《宁波帮研究》,中国文史出版社2004年版,第43页。
② 张章翔:《在天津的"宁波帮"》,《天津文史资料选辑》第27辑,第68页。
③ 解放前属于宁波地区,1953年2月划归舟山。
④ 原属台州地区,1952年1月划归宁波,1956年10月复隶台州,1961年10月仍归属宁波。

亟待深入的甬商研究

研究宁波商帮在中国近现代社会经济发展过程中的作用,是经济学者一向着力较多的课题,迄今为止已有不少相关研究成果面世,但遗憾的是,不少文章在选题上缺乏突破与新意,缺少扎实、细致、严谨的微观分析,以及深层次、全方位、多视角的综合研究。之所以如此,原因多端,其中主要原因是资料的来源和类型较为单一,缺乏对新资料的挖掘;选题范围亟待拓展,研究方法需要更新。

商人与社会转型和变迁是一个内容丰富的研究课题,在厘清宁波帮在中国近代社会经济领域的重要建树的同时,着力剖析其中重要人物及群体在社会转型时期的奋斗过程和心路历程,揭示个人、群体与社会系统之间的各种关系——包括个人与亲缘、地缘及业缘间的依附、联合、疏离、超越等多重关系,是一个热点问题,也是一个难题。而且,对于宁波帮如何顺应时势,由沙船业、钱庄业逐渐向航运业、银行业转变,其间传统的经营策略、企业特性(如家族企业)、经营者的心态理念在近代如何变化等依然语焉不详。因此亟待研究者更新研究方法,拓展研究内容,更新研究视角,注重运用多样化的研究方法,如社会学、经济学、计量学、历史学等多学科方法的相互渗透和借鉴,进行全面、系统的考察,既探讨中国社会对宁波帮的影响——主要研究社会环境因素对宁波帮本身的影响,还要分析宁波帮对中国近现代经济发展的作用——主要研究宁波帮经济行为的显性和隐性社会功能,如商人及经济行为、商业文化在何种情况下影响社会变革和发展,怎样影响,程度如何等。

迄今为止,对于宁波商帮人物个案研究的涵盖面非常有限。长期以来,宁波帮人物研究的叙述重点都集中在少数具有代表性的人物身上,如严信厚、朱葆三、叶澄衷、虞洽卿、秦润卿、刘鸿生、项松茂、方液仙等。[1]宁波帮历史悠久,内部构成复

---

[1] 《中华民国史资料丛稿·人物传记》第11辑,中华书局1981年版;《宁波帮企业家的崛起》,浙江人民出版社1989年版;孔令仁主编:《中国近代企业的开拓者》(上、下册),山东人民出版社1991年版;马学新等编:《近代中国实业巨子》,上海社科院出版社1995年版;赵云声主编:《中国大资本家传》(时代文艺出版社)第5辑、第6辑、第8辑中有刘鸿生、虞洽卿、朱葆三、叶澄衷、黄楚九等人的传记;宁波市政协文史资料委员会编:《宁波文史系列丛书》第1辑《活跃在沪埠的宁波商人:商海巨子》,中国文史出版社1998年版;洪钧杰主编:《群星灿烂——现当代宁波籍名人》(上、中、下),宁波出版社2003年版。另上海、浙江、宁波及各地的文史资料中也有很多回忆文章。

杂，人们多瞩目于上海的"宁波帮"巨商，对于其他地方的宁波帮人士，如天津的童承初、严蕉铭、王铭槐、叶星海，汉口的史晋生、宋炜臣、盛竹书、卢鸿沧等人则很少提及，更遑论实证研究，对于其他地区一般人物的研究基本上一片空白。即使是对严信厚、朱葆三、虞洽卿、秦润卿、刘鸿生等人的研究，以及陆续出版的有关他们的一些通俗性读物，文章的选题主要集中在经济活动，兼及一些政治活动，深层次、全方位、多视角的研究则付之阙如。

宁波商人不仅在中国经济发展过程中占有重要的一席之地，在上海、北京、天津、汉口、重庆等重要城市多方参与政治、社会、文化事业的活动亦尤为突出，特别是在近代中国各类社会组织中占据着举足轻重的地位。如严信厚、周金箴、朱葆三、李云书、虞洽卿等宁波帮商人长期担任上海总商会的领导职位，虞洽卿还曾担任全国商团联合会名誉会长，周金箴曾担任中华全国商会联合会总干事，王才运曾担任上海南京路商界联合会第一届会长，厉树雄曾任上海保险业联合会会长，周祥生曾任上海出租汽车业同业公会会长等。宁波帮在全国各地的著名工厂、商号、钱庄等机构不胜枚举，从苏州孙春阳南货铺、北京同仁堂药店、上海童涵春堂、上海荣昌祥呢绒店、天津物华楼等著名店铺，到宁波通久源轧花厂、上海中国化学工业社、三北轮埠公司、汉口既济水电公司、重庆渝鑫钢铁厂等工业企业及固本肥皂、双钱牌橡胶制品、三角牌毛巾、亚浦耳电灯泡、美丽牌香烟等国货名牌产品，再到四明银行、中国通商银行、东陆银行、上海华商证券交易所、宁绍人寿保险公司等金融机构，宁波帮创办和经营了大批声誉卓著的名牌企业和名牌产品。但目前从企业史的角度研究宁波帮著名企业的研究成果较为缺乏。行业史方面，对于宁波帮在银楼、医药、成衣、航运等占优势的行业的经营活动也存在许多研究空白点。

宁波商人以上海为基地，以金融资本为主体，以工商、航运各业为助力，是近代上海综合实力最强、最具社会影响力的"强势"商人群体，凭恃着强大的经济实力，影响遍及江浙、京津、汉渝及海外等地。不少宁波帮商人成为当地商业巨子，在商界高踞要津；有些地方的几个行业为宁波商帮所垄断；有些地方的商业团体为宁波商帮所掌控。在近代上海，宁波籍工商业者以其特定的社会构成、群体特征，成为沪上经济领域中不可小觑的强势集团。20世纪二三十年代，正是甬商在上海势力发展极盛之时，他们以宁波旅沪同乡会等同乡组织为凝聚点，充分发挥其擅长经商的特点和优势，逐渐渗透到上海经济的各个领域，再加上以"江浙财团"的雄厚财力作为社会背景映衬，从而在上海社会经济领域居于"王者"地位。近代天津是北方的重要经济中心，沿海各省南北土产物资的集散地，《畿辅通志》中载，天津

"地当九河要津，路通七省舟车"，"商旅往来之帆辑，莫不栖泊于其境"。宁波帮和广东帮是天津商界两个势力最大的帮口，天津未开埠前，宁波商人就不断从海路来津，在北大关一带经营南北土产、洋广杂货。1860年天津根据《北京条约》开埠后，宁波商人更蜂拥至天津，依靠原来在此经商的亲友、同乡，使宁波商帮的势力迅速壮大。宁波商帮和广东商帮是最早进入天津法国租界设店经营的中国人，如早期设在法租界的宁波帮名店李同益西眼店（另一说是李同益呢绒店）等。近代汉口商贾辐辏，宁波人在汉口经商的也为数不少。宁波商帮在汉口主要经营水产业、银楼业、货运业、火柴业、水电业、杂粮业、洋油业、五金业和银行业。据《夏口县志》载，汉口的水产海味业和银楼首饰业，大半为宁波帮所垄断。作为汉口宁波商帮重要活动场所的浙宁公所，宣统元年（1909）重加修葺，改名宁波会馆。近代苏州是一个市肆喧阗的繁华城市。宁波的丝绸业商人曾在这里创立宁绍会馆，煤炭业商人也设有坤震公所。在阊门外煤炭公所里，有一块煤炭业商人所立的石碑，碑文上载曰：在苏州经营煤炭业的，都是宁波绍兴籍商人。光绪年间，宁波帮商人曾在南濠大街147号创立浙宁会馆。宁波帮商人在杭州、台州、温州等地经商的人数也不少。如他们在杭州收购丝、茶，推销进口洋货，并大量开设钱庄，同治、光绪年间在杭州开设的宁波帮钱庄有慎粹、豫和、赓和、阜生、阜源、和庆、元大、惟康、介康、寅源、崇源、崙源、堃源、聚源、同源、益源等近20家。

宁波商人从业领域多，遍布区域广，留存的史迹既多且杂。汗牛充栋、浩如烟海的资料既为学者的研究提供了便利条件，也为研究工作增加了困难。所谓研究资料的发掘和拓展，不仅表现在对文献资料的整理，也反映在对各种实物资料的综合认识。上海民间有大量宁波帮留存的故痕遗迹，包括信函、契约、婚帖、账簿及至历史建筑遗存，它们都可以与文献资料互相补充印证；许多乡音未改的"老宁波"讲述的"自己的故事"，更是宝贵的口述资料。数量和类别如此巨大的"资料工程"仅靠个人的力量是难以完成的，需要相关机构投入相的力量联合进行发掘和整理，才能为进一步的深入研究奠定坚实的基础。

晚清人物及相关研究一般都涉及广阔的历史背景。微观实证研究不足，很多文章只是简单地以上海的"点"取代全国的"面"，以偶见和片段取代普遍的事实，使人们很难全面了解和准确估量宁波帮在近现代中国社会经济发展中的地位和影响。有鉴于此，探究宁波商帮人物在近现代中国社会经济领域的作为和贡献，就需要从收集和整理资料入手，由考辨人物事迹、汇编文献资料、编撰年谱等项工作逐一展开，再将其置于广阔的社会背景下审视，从整体上准确把握时代特征，对其政治参与、组织活动、经济行为、思想理念、心理结构甚至生活方式、习惯癖好、性格心理等各个层面进行剖析，力求从全新的视角分析历史人物。时代的发展要求对宁波帮的研究朝着细微处着手、新方法分析、多学科交叉、大视野考察的方向深化发展。相信在新的时势的推动下，只要研究者摒弃急功近利的心态，去除心浮气躁，一定能在宁波帮研究的学术园地中撷取丰硕的成果。

总之，宁波商帮的研究是一项艰巨的系统工程，也是一个大有可为的领域，特别是随着宁波经济的飞速发展，浙商（其中宁波籍人士亦被称为"新宁波帮"）在中国经济舞台上的迅速崛起，宁波商帮的精神遗产更凸显出鲜明的现实意义。众多宁波商人鲜活生动、厚重多姿的人生风采，其对同乡深厚的情谊，对故乡的眷恋之意，所彰显的团结、公益、奉献的精神传统，着实令后人感动景仰。人们需要从先辈成功的经验中汲取灵感，寻找智慧，总结出可供今人借鉴的现实启悟。梁启超曾说："所谓精神者何？即国民之元气是矣。"宁波商人为今人留下了丰厚的文化遗产和精神财富，这是用来培养、涵育我们元气的养分，是今人奋发前行的底力和基础。我们要探讨追索文化的精神价值，不仅要使人们能够认识和认同这种精神价值，更重要的是，要将其精神内涵、人文品格内化在我们的心灵和生命之中，使之发荣滋长，发扬光大，这才是对先辈们最好的纪念！

鉴于宁波商帮史料收集及研究的重要性及紧迫性，我们决定成立上海宁波商人（甬商）研究中心，编辑出版《宁波商人研究丛书》，以期深入推进对甬商群体、企业、社会组织等不同方面的实证研究。丛书注重学术性、思想性，著作类型包括学术专著、人物年谱、资料集等。此事得到公牛集团阮立平先生的慨然相助，阮先生事业隆旺，且颇富人文情怀和文化意识，他欣然玉成此事，实可谓功德无量的善举懿行，在此谨向阮立平先生致以诚挚而衷心的感谢！

李　珹

（中国商业史学会商帮史专委会副主任、上海大学宁波商人研究中心主任）

编著说明

一、本书分上下两编,分别为史料编和编年编。

二、本书对所选史料原则上予以全文照录。少数史料的个别段落、语句,因史料价值不高,或内容与秦君安家族无关者,予以删节。删节处标以"(略)""(上略)""(中略)""(下略)"等字样。

三、为保存史料原貌,对原文词句存在的讹误、脱字等概不作更改。凡原文有残缺破损及无法辨识的字句,每字以"□"代替。部分史料内有"○""▲""●""★"等符号,系原文自身所有,非编著者添加。原文中出现的"如左""右图为……"等指向性文字,可能因本次重新排版有所不符,亦不作调整,也请读者明察。

四、为方便检索,对于没有标题或未能有效揭示其内容的标题,由编著者酌拟标题,并在按语中予以说明。

五、为便于读者查考,史料后标注文献来源。

六、对一些需要说明的人物、事件以及个别需指出的讹误,以按语的形式附于该史料之下。

七、本书编年编按时间先后顺序排列秦君安家族相关史事。

目 录

总序一／朱荫贵 …………………………………… 1

总序二／李 珹 …………………………………… 1

编著说明 …………………………………………… 1

上编　史料编

宗谱祠堂 ……………………………………… 3

人物传略 …………………………………… 39

工商金融 …………………………………… 50

　　钱庄 ………………………………… 50

　　银行 ……………………………… 106

　　工业 ……………………………… 119

　　其他 ……………………………… 127

慈善公益 ………………………………… 131

　　华美医院 …………………………… 131

　　四明孤儿院 ………………………… 136

　　灵桥 ……………………………… 138

　　四明大学 …………………………… 144

　　天一阁 ……………………………… 145

新闻报道 ………………………………… 152

诗文跋记 ………………………………… 231

其他 ……………………………………… 255

下编　编年编

秦君安家族史事编年 ················· 263

　明 ···················· 263

　清 ···················· 265

　中华民国 ················· 276

　中华人民共和国 ············· 323

附录
　鄞县秦氏月湖派坤房下忠房支福三房世系图

参考文献 ···················· 352
后记 ······················ 353

上　编

史料编

宗谱祠堂

《鄞秦氏宗谱稿》(选录)

　　《鄞秦氏宗谱稿》,秦永聚(康祥)纂辑,书名据书衣题(秦永聚书,见下图)。另,扉页题《鄞秦氏宗谱》(秦永聚书,见下图),目录题《鄞县秦氏宗谱稿》,版心题《鄞县秦氏宗谱》。该宗谱共一册,书衣题签旁钤有"秦氏大川公十五世孙""秦康祥印"各一枚,书内钤有"慎馀堂印"白文印、"秦贵房印赠"朱文印(均见下图)。正文不分卷,分为"姓源录""世系录""传记录""祠祀录""杂俎录""序跋录"六部分。1960年油印本。宁波市天一阁博物院所藏复本较多,绝大多数系秦康祥子秦秉年先生捐赠。查上海图书馆编《中国家谱总目》(上海古籍出版社2008年12月第1版),上海图书馆、香港中文大学图书馆、香港大学冯平山图书馆、美国犹他家谱学会等亦有收藏《鄞秦氏宗谱稿》。

——编著者

扉页

《鄞秦氏宗谱稿》书名题签

"秦氏大川公十五世孙"印

秦康祥印

"慎馀堂印"白文印

"秦贵房印赠"朱文印

鄞秦氏宗谱稿序

秦永聚

《尧典》曰："克明俊德，以亲九族。九族既睦，平章百姓。"箕子《洪范》精深博大，通天地人，而为治亦首言"彝伦攸叙"。孔子言，平天下必先治国，治国必先齐家。家之繁殖，衍而为族。族之众不可无所属，则世系为重；不可不有序，则昭穆为要。故族必有谱，以明世系、序昭穆，庶几虽疏亦亲，虽远不遗，崇敬宗睦族之谊，兴水源木本之思，非所以矜阀阅、夸族望而已。治谱者亦必明而简，诚而信，微不失，彰不溢，斯为可矣。吾秦氏自明中叶大川公由慈谿大轿衕迁鄞西高桥之南、宁国寺前，子姓繁衍，遂称为秦家衕，及永聚之身，十五世矣。然溯大川公以上，则未明本源所自出。今阅慈谿大轿衕秦氏家乘民国十五年续修备详，本姓为叶，系宋叶石林公之裔。石林公八世孙曰转孙者赘于秦氏，始从其姓，是鄞族相传秦、叶不通婚媾之说所自来也。然而，远稽世系无从联属，是则深惧袭冒，不敢罔事追联，乃以别子为祖之义，奉大川公为迁鄞始祖，而遥奉慈宗为远祖，其后相传支派有四，曰秦家衕、曰翁家直、曰月湖、曰段桥。至今四百余年间，仅段桥派于清康熙间锡镆公创立本支家乘，一修于嘉庆，再修于咸丰。永聚既得而读，且录其副本，我月湖一派惟房存，钞谱间或阙失，他则无闻也。前年冬至，买舟谒始迁祖基于秦家衕，晤际行族祖，知其历世本于田农，虽谱录未备，而祖宗基业永保弗替，由是益感吾祖流泽之远且昌矣。复访翁家直，无所值而归。於乎！今日之远，昔日之近也；今日之蕃，昔

4

日之寡也。彼一族之众,其初一人之身也。一本之爱,不觉油然而生矣。曩先府君善宝公痛念家牒不修,世德弗昭。岁丙子,命纂辑宗谱,务在质实,不妄援于已远,不轻遗于已疏。永聚受命以来二十余年,举凡寝庙之所藏、碑碣之所存,未尝闻而不求、得而不录也。去年九月望日,先府君弃养。读礼之次,悲家谱之未成,慨搜访之日艰。虽阙遗尚多,实难再延,俯仰陈迹,大惧湮没,亟合段桥、月湖两派之可联系者而谱之,信其所可信,疑其所可疑,依古世表之法,参酌欧苏各家之例,创为九世系图,盖亦九族之义也。旁行斜上列注历职、生卒、娶葬,于其下取其简而易明,庶几子孙人人乐考而知祖者众矣。嗟乎!盛衰之相形,盈虚之迭至,荡析离居,罔有定极,故吾急其急,为是谱稿,冀得易藏而传之久远,且以竟先人之遗志也。至于传志铭序之文宜列谱后,以示子孙,然文字浩繁,碍于卷帙,吾惟勉尽造端托始之意,增补遗轶,俟诸异日。

公元一千九百六十年,岁在庚子六月谷旦,嗣孙永聚谨序。

(秦永聚纂辑:《鄞秦氏宗谱稿》,1960 年油印本)

按语:该文末钤有"鄞秦氏大川公十五世孙"朱文印、"秦君安公曾孙"白文印各一枚(见下图)。

"鄞秦氏大川公十五世孙"朱文印

"秦君安公曾孙"白文印

鄞马衙漕秦氏支谱序

黄次会

谱有分有合,水源木本,异派同根,著始迁而详世序,此其宜合者也;支繁世远,各为小宗,以详其生卒、行事,是则宜分。秦氏为吾乡右族,前明中叶有曰大川公者,始自慈谿迁鄞之高桥,四世曰少川公,卜居城内章耆巷,生齿繁衍,儒林货殖,代有闻人。旧藏稿本已具崖略,此宗谱体裁也。泊夫晚清,君安公以商业起家,慷慨好施与，所全活甚众。朝廷闻其义行，优诏褒宠之。公殁，哲嗣涵琛君昆季，既建祠湖滨，以伸报本之意，复记其生卒、行事、世次，俾子孙得以感发而兴起，此支谱体裁也。夫谱，史属也。史之概括，有条表与志也。《世本·帝系》及子云《家牒》，其所记载详略不同。今采集前例，列为诸表，世系图既贯以朱线，故诸表体皆旁行，法周谱也。家训、家传之属依次编列，犹史之有志也。由公而上，及于始迁，不忘祖也。由公而下，支分派别，使阅者得寻源而竟委也。祖德孙谋，厘然在目，此涵琛君昆季所以承公遗志而为此谱者也。公之才足以建大业，公之德足以裕后昆，老而自逸者二十年，子孙象贤皆能善继而善述，故身殁而业益盛。千枝一本耳，万派一源耳，林林总总者遍天下，其初一人之身耳。斯谱之作，岂惟明世次、纪年寿而已，亦使后之阅者皆能是则效，以绳其祖武也。中华民国十四年七月，同县黄次会敬撰。

（秦永聚纂辑：《鄞秦氏宗谱稿》，1960年油印本）

续修马衕漕秦氏支谱序

秦永聚

　　家之有谱，犹国之有史，省县之有志，皆有藉乎记载，以垂诸久远。而谱之为体，旁行斜上，尤重在自始至终，有条不紊，则溯源流、序昭穆、明世次或纪言行，而搜遗闻，使子孙毋忘先德，以备国史、省县志之采择，所系顾不重欤！吾秦氏自明中叶大川公由慈谿大轿衕迁鄞西之高桥南、宁国寺前，为鄞之一世祖，迄今四百余年，谱牒未著，族先辈虽有记录，其存焉者，亦仅考自大川公，四传至少川公，迁居城内水浮桥，子绍川公尝设当铺于醋坊巷，即今章耆后巷，迨水浮桥宅遭回禄，因奉少川公寓于当屋，遂定居焉。七世立斋公，以后巷居处不敷，乃增筑新居于章耆巷。九世虞山公复卜居于后所营房，至清道光廿九年，即就章耆巷旧宅改建祖祠，即今之秦氏宗祠是也。民国十年间，本房际行伯祖涵琛公、吾祖珍荪公、叔祖泉笙公谋斥资扩祠增祀，以奉蒸尝，厘订族约，以具典型，卒因故而未果。十二年，乃别建支祠于湖西马衕漕之上，越二年工竣，奉曾祖君安公为支祠始祖。是时吾祖已殁，伯祖等念支祠已立，谱乃无稽，何以语后人，因聘同县黄际云先生馆于祠，以纂修支谱，聚日侍读师门，亲观师创立义例，排比世系，厘定有日，而师遽以疾归道山；明年伯祖又殁，自是吾家人不复言及谱事者数年，已引之绪不续而绝之，甚可惜也。盖吾父善宝公自甲子岁遭祖父之丧，不五年而祖母姚太淑人又殁，一家内外丛杂之事，叔祖一以委诸吾父，其最大者莫过于去年沪市之现资外溢，金融内洹，先世所创之业又不可不力与调护、维持，吾父既奔走商榷，以拯济之，而聚又能浅才薄，将何自以藏先师未竟之业。吾父虽时时告诫，留心旧典，而常以望道而未之见自惧。今年春，始请命于叔祖，缵述前续，叔祖与吾父咸赞许焉，乃取先师所纂谱稿，从事整理，其事迹之已具而未明澈者，一一旁搜遍访，繁则删之，简则益之，其未备者增之补之，又十之三四，综计八卷，行将付梓，今而后其可以纾吾父之睠念，续先师之成绪矣。先圣云述而不作，又曰敏以求之，是则聚之微愿可以告后人也。惟是大辂椎轮，未足方驾，此又深自内惭者也。中华民国二十五年十二月，嗣孙永聚谨序。

（秦永聚纂辑：《鄞秦氏宗谱稿》，1960年油印本）

慈谿先世姓源述

秦永聚

吾鄞秦氏，系出慈谿大轿衕。读其民国十五年续修宗谱备详，为宋丞相叶公梦得之裔。公字少蕴，号石林，生十子，栋、桯、模、楫、橹、缮、绘、绶、絺、绰。楫生蕡，建炎间，避金兵之乱，徙馀姚梅川乡。蕡生觊、觊。觊生文远、文达。文达生子相、子良。子良生宣、宰、宇。宰，字元辅，当元末造，迁居慈谿城之东南隅，遂为慈谿始祖。时尚氏叶，生承孙、转孙。转孙，字复道，赘于秦氏，始从其姓，但于祠则仍称二世祖。子观佑，字公辅，号復生，以不忍忘叶，又不忍背秦，乃合二氏之文而两存之，更姓蔡。未几，又复姓秦，是为三世祖，其后遂世为秦氏云。此慈谿得姓之源流也。吾宗自明中叶大川公讳忠迁鄞以来，惜乎世系中敚，详稽慈谱，亦茫无端倪。今既不获联属，乃以别子为祖之义，奉大川公为迁鄞始祖，而遥奉慈宗为远祖，不能追缀，则从阙典，惧失之诬也。然考吾五世祖绍川公于清顺治癸巳值六旬揆旦，检旧箧得范行甫松石图，而慈宗太仆汝翼公讳祖襄，字汝翼，号复斋，一号三湖，第十五世，行升十六，明崇祯癸未进士，历官徽州府知府，晋太仆寺少卿尝为文弁其首。至孙锡祉公字谦夫，其图失而复得，第图存而文佚，因题辞其上，而称汝翼公为叔祖。盖当时去明未远，其世次必有可据，以此推之，则大川公当为十一世信行。又考十世为忠行，而大川公讳忠，岂以父之行而为己之名乎？此更疑莫能释。然则信廿五亦有名尚忠，信百廿四又有名元忠者，则大川公之讳，夫复何疑矣。聚以纂辑宗谱，遍求先世遗编，其文献足征者，惟锡祉公之题辞及九世廷桓公号虎臣之吾月湖派钞谱序二文，缘以求之。奈所得仅此，於乎泎经丧乱，典籍散佚，就残蠹之余帙，订四百年之事迹，固非朝夕所能谋也。盖临文末，当不怆然自失焉，惟冀搜罗未尽，倘有续得，俟诸异日。

（秦永聚纂辑：《鄞秦氏宗谱稿》，1960 年油印本）

按语：　"民国十五年续修宗谱"即秦祖泽（润卿）等纂修的《慈谿秦氏宗谱》。该宗谱系木活字本，共二十八卷，分为二十八册，版心题《慈谿秦氏宗谱》。宁波市天一阁博物院、国家图书馆、中国社会科学院历史研究所图书馆、中国科学院图书馆等均有收藏。

百世行次歌

七世锡行开始旁注为原定行次，段桥派至今遵用。

锡嗣廷元，开运际伟会，永孝言友孝忠思贞，文宗章天显启贵，奋敬仕尔隽齐英家，辅懋治乃有在采位，勋祖策训鼎永铭遵，奕保世绍滋美大，行敦修齐，钦扬道撰，丕建嘉谟，孚通汝尔，礼教远宣，惟能作业，叡哲肃端，万方颂载，德积致祥，寿乃康履，本大支蕃，聿介福祉，麟凤来仪，怀其若水，荣达高标，显章勉承，悠久恒在。

（秦永聚纂辑：《鄞秦氏宗谱稿》，1960 年油印本）

行次考

秦永聚

吾秦氏先世自一世至六世未编行次，康熙五十八年始会同各派议定自七世起，编为"锡嗣廷元，开运际会，孝友忠贞，文章显贵，敬尔齐家，懋乃在位，祖训永遵，保世滋大"三十二字。历世遵守，无敢变易，然至十四世"会"改为"伟"，又以十七世"忠"字避始祖讳，因易"孝友忠贞"为"永言孝思"，其下二十字，族之人且未能悉举，而行次已将告罄，因续编八十八字，以继"永言孝思"之后。综前后而计之，凡为句二十五、为字百,合成本支百世之意,勒石于祠,垂诸久远。二十五年春,聚以编纂谱牒,始于先人遗录中检得原定之行次如此,嗣复访得段桥派宗谱,其行次尚相遵不紊,甚可喜也。而吾本支则已更易于前,衹亦相承于后,此同为一宗行次,所以有异同之由来也。恐启后人之疑,爰特表而出之。

(秦永聚纂辑:《鄞秦氏宗谱稿》,1960年油印本)

阴行考

秦永聚

阴行,所以避名讳而序长幼,盖其意至深也。吾秦氏自一世祖起,原定为"乾元亨利贞智慧守云礽高曾传万禩绵远绍休祯"二十字,讵族大支分,各序其齿,而所编均属雷同。吾月湖一派有鉴及此,故自"慧"字起,易为"仁信义"。后以房下散漫,亦未续为编次,而段桥一派则相沿袭用。今既合二派为一谱,其阴行实难排比。废之,则不可;存之,而多相重。不得已,将已编者各注于旁,以备参考。因记之,以释后人之疑云尔。

(秦永聚纂辑:《鄞秦氏宗谱稿》,1960年油印本)

马衙漕秦氏支谱先世传

黄次会

支谱之作,序君安公所由分也,追所自出,则公为开昌公之季子、益辉公之孙、虞山公之曾孙也。虞山公父曰德宽,德宽公父曰立斋,立斋公父曰直斋,直斋公父曰绍川,绍川公父曰少川,少川公父曰东川,东川公父曰济川,济川公父曰大川,大川公始由慈谿迁鄞,为鄞邑秦氏鼻祖。至君安公凡十二世,潜德幽光,镝盘磅礴,固已庶而富且教矣。溯其世泽,大川公五传至绍川公,少川公长子也,性敏达,状貌奇伟,好读书,明季鼎革,弃儒而贾,艰苦备尝。满清定鼎,郡城震恐,避西皋桃源,归设当铺,名曰月恒,俗呼圆牌当家。缘是起,生三子,次直斋公。直斋公长子立斋公,康熙丙午以易中浙江乡贡第一名,自绍川公以降,蝉联游郡邑庠者四世矣。承先业，境颇裕，以后巷旧居不能容，更筑新居于章耆巷，并营别业于后，相传有假山、花木，盖读书、娱老地也。长子德宽公，天性醇笃，气度冲和，生数岁，母杨氏卒，公事继母如所生，于诸弟尤笃爱。既而分财异居，公独困，读书教授，门下颇盛。以贫故，命二子弃儒而贾，家渐起。晚岁优游，以天年终。子二，仲虞山公，是为君安公曾祖，与其兄静山辛勤营业，藉供甘旨。亲殁，置祀田数十亩，又构丙舍墓旁，以妥先灵。及卒，卜葬毛家山，距父德宽公墓不百步，遵遗命也。性仁慈，戚族有贫乏者，辄给之，不少吝。善课子，延名师督教之，承先志也。章耆巷旧宅不能容，卜居后所营房，葺而新之，濒湖筑轩，状如舟，榜曰心香，往来皆一时耆硕，然天资浑厚，钱谷出入或乾没之，不较也。既老，不复理财，而家亦稍落。生四子，三即君安公祖益辉公也，喜读书，而不善治生，家益困。益辉公生三子，长曰开昌公，生平安贫乐道，以勤俭持家，谆谆以光大先业勖后人，而君安公果以货殖显矣。遐稽先世，多以学行重当时，岂特莩声庠序，且善居积已哉！以是知君安公之承先启后，绍箕裘而传弓冶，光裕正未艾也。

（秦永聚纂辑：《鄞秦氏宗谱稿》，1960 年油印本）

按语：马衔漕又称马眼漕、马牙漕，位于宁波城区月湖西岸、秦氏支祠南。秦立斋（锡昭）以《易经》中浙江乡贡第一名实为康熙丙子（1696 年）。

鄞县通志秦际瀚列传　父运锅附述

　　秦际瀚字珍荪，承父业，以善继称，性俭素，自奉绝少豪华态。精计术，出纳维谨，然遇义所当为，亦必徇众意润色之。民国九年，岁歉，谷涌贵，官绅议办平粜。际瀚先后捐助不下数万金，郡邑贫民赖焉。政府得报，以嘉禾章奖之。嗣又捐修鄞县监狱，得獬豸章。一时慕义兴起，称极盛云。

　　父运锅，字君安，幼孤，尝刲股愈母疾。及长，服贾上海。会上海初开埠，百业萌芽，运锅乃审机殖货，遂致大有。性谨敕，自念创业非易，常懔懔于保持之道，著为家训，故秦氏世多守成之贤云。

（秦永聚纂辑：《鄞秦氏宗谱稿》，1960 年油印本）

按语："谷涌贵"，民国《鄞县通志》作"谷踊贵"。

《鄞秦氏宗谱稿》传记选

一 世

忠,乾一,由慈谿大轿衕迁鄞西高桥之南、宁国寺前,今称秦家衕,即奉为迁鄞始祖。生年失考八月二十日,卒失考。配邵孺人,生失考,卒年失考八月初八日寅时,享寿七十六岁。葬秦家衕东首河边,或云西乡徐家漕。相传子槐、相二人,而段桥派谱载子四人,今据补。

按语：秦忠即秦大川。"乾一"及下文"元四""亨二""利二"等均指排行。"段桥派谱载子四人"即秦槐(济川)、秦械(彬川)、秦相(丙川)、秦樾(景川)。

二 世

槐,元四,一名礼,字济川,从大川公迁鄞,生失考,卒年失考正月廿二日。配姚孺人,西郊马园,生卒均失考。据段桥派抄谱载为配洪氏,生失考,卒年失考八月廿六日。因两存之,以备参考。葬张翁漕吴家桥西北首向南。相传子四人,而长、四失名。今据段桥派谱载补。

按语：秦槐(济川)系秦忠(大川)长子。"相传子四人"即段桥派谱所载的秦福陵(亚川)、秦国才(东川)、秦国贵(西川)、秦福楠(纫川)。

三 世

国才,亨二,字东川,生明嘉靖十七年戊戌八月廿六日,卒明万历三十八年庚戌八月十八日,享寿七十三岁。元配杨孺人,生失考,卒明万历廿七年己亥十一月十四日。继配马孺人,生失考,卒明万历三十八年庚戌十一月廿四日。葬西乡翁家直石路下树桥头,碑书"明东川秦公暨嗣少川秦公之墓"。子二,长惟学,次子贤。住秦家衕,宅毁,迁西郊马园,依母家也。其后奉为月湖派支祖。

按语：秦国才（东川）系秦槐（济川）次子。

四　世

子贤，利二，后改名芳，字少川，郡饮大宾，生明隆庆五年庚午十月初一日，卒明崇祯九年丙子六月初一日，享寿六十七岁。配徐孺人，西乡徐家漕，生明隆庆六年辛未六月十七日，卒明崇祯十七年甲申八月初九日，享寿七十四岁。侧室王氏，生卒失考。侧室吕孺人，生明万历廿三年乙未四月廿四日，卒年失考十月初八日。葬西乡翁家直，坿东川公之旁。子四，长宪文，徐氏出；次宪章，三宪忠，四宪臣，均吕氏出。住，自马园迁城内水浮桥，遭回禄，因偕长子卜居醋坊巷即今章耆巷，偕三、四两子分居西郊大卿桥北畔，后迁宝奎庙前胡门内，一支分居穿山。

按语：秦子贤（少川）系秦国才（东川）次子。

五　世

宪文，贞一，字献庵，号绍川，明郡庠生，生明万历廿二年甲午十月初十日丑时，卒清康熙八年己酉二月初二日丑时，享寿七十六岁。配俞孺人，西乡后俞漕，生明万历廿八年庚子六月初七日寅时，卒清康熙九年庚戌三月十二日未时，享寿七十一岁。葬西乡河尽埠头黄泥山，碑书"秦公绍川偕配俞孺人寿域，龙飞己巳岁长至月谷旦"。子三，长朝英，次朝彦，三朝俊，殇，分乾、坤二房。住，清初避居西乡桃源村，数年归章耆巷旧宅。

按语：秦宪文（绍川）系秦子贤（少川）长子。

六　世

朝彦，坤房，智二，字枚一，号直斋，清邑庠生，例赠修职郎，生明崇祯六年癸酉十月初八日辰时，卒清康熙十八年己未三月十三日辰时，年四十七岁。配干孺人，南郊迈岁桥，生明崇祯五年壬申九月二十六日戌时，卒清康熙五十三年甲午三月十六日巳时，享寿八十三岁。侧室陈孺人，生清顺治三年丙戌十二月初二日寅时，卒清康熙三十八年己卯二月初六日亥时,寿五十四岁。葬西乡上河头清泰安桥,碑书"皇清邑庠生直斋秦公暨配干氏陈氏孺人之墓,乾隆十六年辛未正月吉旦"。子二,长锡昭,干氏出;次锡潢,陈氏出。

按语:秦朝彦(直斋)系秦宪文(绍川)次子。

七 世

锡昭,仁三,字汝懋,号立斋,清康熙三十五年丙子仲秋以《易经》中浙江乡贡第一名,例授修职郎、候选训导,生清顺治十七年庚子十一月十一日子时,卒清雍正九年辛亥六月初八日巳时,享寿七十二岁。配杨孺人,生年失考十一月十五日,卒年失考二月十二日。继配张安人,生清顺治十二年乙未九月初八日寅时,卒清康熙六十年辛丑十月十四日未时,享寿六十七岁。继配范孺人,晚年茹素,祭以蔬果,生清康熙十二年癸丑十月二十三日卯时,卒清乾隆十六年辛未十月初三日未时,享寿七十九岁。葬南郊迈岁桥九龙漕,碑书"皇清钦授外翰立斋秦公暨配杨氏张氏范氏孺人之墓"。子三,长嗣澂,杨氏出;次嗣溥,三嗣瀚,均张氏出,分孟、仲、季三房。住,筑新居于章耆巷。

按语:秦锡昭(立斋)系秦朝彦(直斋)长子。

八 世

嗣澂,孟房,学名焕然,字德宽,号厚菴,一号觉亭,郡庠生,生清康熙二十一年壬戌十二月初四日丑时,卒清乾隆二十二年丁丑九月十七日卯时,享寿七十六岁。配邬孺人,奉化西邬,生清康熙二十二年癸亥九月初六日,卒清乾隆十四年己巳四月十二日,享寿六十七岁。葬西乡毛舍漕之毛家山,碑书"皇清待赠郡庠生德宽秦公暨配邬孺人之墓"。子二,长廷枢,次廷机,分兴、隆二房;女二,长适张,次适洪。

按语:秦嗣澂(德宽)系秦锡昭(立斋)长子。

九　世

廷机,隆房,学名廷弼,字赞尧,号虞山,雍进士,生清康熙五十六年丁酉十二月廿一日卯时,卒清乾隆五十二年丁未八月初八日未时,享寿七十一岁。配朱孺人,生年失考正月十七日,卒年失考七月初六日。继配黄孺人,覃恩上寿,生清康熙五十五年丙申正月十八日辰时,卒清乾隆五十九年甲寅七月初九日丑时,享寿七十九岁。继配张孺人,生清乾隆二年丁巳二月初八日戌时,卒清嘉庆三年戊午正月十一日申时,享寿六十二岁。葬毛舍漕毛家山,碑书"虞山秦公之墓"。子五,长元森,朱氏出;次元辉,黄氏出;二元燦、四元燿、五元炯,均张氏出。按:元森别无记载,仅见朱孺人神主具名有"孝男元森",疑为早世,今据以补入。自元辉起,兄弟四人分文、行、忠、信四房。女七,长适胡,次适徐,三适汪,以上黄氏出;四适李名杨,五适张,六适吴维新,七适张,以上张氏出。住章耆巷旧宅,迁居后库营房。

按语：秦廷机（虞山）系秦嗣澂（德宽）次子。

十　世

元燿,忠房,字益辉,国学生,例授登仕郎,生清年失考七月十六日,卒清年失考七月二十八日。配应孺人,东乡下应,生清乾隆二十五年庚辰二月初四日寅时,卒清嘉庆三年戊午三月十六日亥时,年三十九岁。葬西乡孙家漕张家桥,碑书"清授登仕郎益辉秦公暨德配应氏孺人墓"。子三,长开昌,次开曙,三开昇,分福、禄、寿三房。

按语：秦元燿（益辉）系秦廷机（虞山）四子。

十一世

开昌,福房,字皑窗,国学生,诰赠奉政大夫,生清年失考十月十三日,卒清道光二十九年己酉五月十五日。配张宜人,生清年失考十一月十二日,卒清年失考十一月十四日。继配王宜人,生清嘉庆五年庚申十二月初十日申时,卒清同治元年壬戌八月二十一日亥时,享寿六十三岁。葬西乡上河头启孤岙木身山,碑书"清开昌秦公墓"。子三,长运镰,次运锽,三运锅。

按语：秦开昌系秦元燿(益辉)长子。秦开昌继配王氏即秦运锅(君安)生母。

十二世

运镰,福大房,字君扬,国学生,生清道光八年戊子十二月二十五日辰时,卒清光绪十三年丁亥五月十二日亥时,享寿六十岁。配乐氏,生清年失考正月初二日,卒清年失考五月十三日。继配陈氏,生清道光二十六年丙午十月十八日,卒民国十四年乙丑九月十六日丑时,享寿八十岁。葬西乡划船埠头。子二,长际唐,次际渠,均乐氏出。

按语：秦运镰系秦开昌长子、秦运锅(君安)胞兄。

运锽,福二房,字君序,号声之,同知衔,例授奉政大夫,生清道光十五年乙未七月初二日申时,卒清光绪十二年丙戌六月二十三日卯时,寿五十二岁。配孙氏,生清道光十八年戊戌十月十三日未时,卒民国三年甲寅四月初九日子时,享寿七十七岁。葬西乡集士港李家漕后面,碑书"声之秦公生圹"。子三,长际华,次际溇,三际源,分智、仁、勇三房；女五,长适同县徐庆荪,次适同县董诗章,三适慈谿王子涛,四适同县吴树堂,五适洪塘洪云岳。

按语：秦运锽系秦开昌次子、秦运锅(君安)胞兄。

运锅,福三房,字君安,清国学生,同知衔,诰封奉政大夫,晋封通议大夫,光绪三十四年奉商部劄委任宁波商务总会总理,生清道光十九年己亥十一月初七日日西时,卒民国三年甲寅七月初八日寅时,享寿七十六岁。配张淑人,同县张秉蓉公女,民国九年以平粜功,于民国十二年四月大总统颁给"慈善为怀"匾额,生清道光二十三年癸卯九月初八日辰时,卒民国九年庚申八月初九日申时,享寿七十八岁。葬西乡鳌山前、跨湖桥侧,碑书"运锅秦公寿域",于公元一九五六年七月迁葬东乡钱湖公墓,穴号禄乙B513至515号,碑书"秦公运锅暨德配张淑人之墓"。子四,长际藩，次际瀚，三际瀛，四际浩，分富、贵、康、宁四房；女三，长适林被薰，次适陈赓年，三殇嫁叶贻铨。民国十四年，其后奉为湖西马衖漕派支祖。

按语："初七日日酉时"应为"初七日酉时"。钱湖公墓位于宁波东钱湖象坎村，于1949年3月开始营业，今属华侨公墓。陈赓年在沪主要从事保险业，曾任安平保险总公司业务科长、先施人寿保险公司营业部总经理、丰盛保险公司上海分公司经理等职。叶贻铨，字湧泉，号子衡，系"五金大王"叶澄衷四子。

十三世

际藩，富房，字延生，一字涵琛，清国学生，候选道加二级，赏戴花翎，诰授通议大夫，民国奖给四等嘉禾章，黎大总统奖给"乐善好施"匾额，生清同治八年己巳七月十六日未时，卒民国十九年庚午四月十二日辰时，享寿六十二岁。元配倪淑人，镇海倪芹香公女，生清同治九年庚午八月二十五日巳时，卒民国十七年戊辰十一月初四日子时，寿五十九岁。继配金氏，江苏吴县金兆榕公女，生清光绪十五年己丑二月十四日亥时。葬西乡山下庄谢家岙牛眠山麓，于公元一九五九年五月迁葬山下庄凤鸣山四明公墓第三墓园，六号特区二十四号至二十五号，碑书"秦公涵琛倪太夫人之墓"。子一，伟桢，倪氏出；女二，均倪氏出，长适李，次适盛。

按语：位于山下庄谢家岙牛眠山麓（今属宁波市海曙区集士港镇山下庄村）的秦际藩（涵琛）墓面石刻今尚存。

际瀚，贵房，字珍生，一字珍荪，清国学生，中书科中书，候选道加三级，三品衔赏戴花翎，诰授中议大夫，晋封通议大夫。光绪三十四年，奉商部剳委任宁波商务总会襄理，后晋职协理。民国九年，以捐办平粜，大总统奖给四等嘉禾章。十一年，以捐赈水灾，晋给三等嘉禾章。十年，以捐修鄞县监狱，于十四年二月临时执政颁给"惠及囹圄"匾额，司法部颁给獬豸章。生清同治十二年癸酉正月十四日戌时，卒民国十三年甲子四月初九日酉时，寿五十二岁。配姚淑人，同县姚永丰公次女，生清同治十一年壬申五月十八日丑时，卒民国十七年戊辰十一月十三日巳时，寿五十七岁。葬西乡白鹤山之原，墓门坐辰向戌兼乾巽，碑书"珍荪秦公寿域"，于公元一九五二年五月迁葬东乡钱湖公墓，穴号特甲B第430至432号，碑书"秦公珍荪暨配姚氏淑人之墓"。子一，伟楚；女一，适慈谿冯昭适。

按语：冯昭适系宁波著名藏书家冯孟颛（贞群）子。

际瀛，康房，字渭生，一字蕙荪，清国学生，市政司理问，赏戴蓝翎，敕授宣德郎，生清光绪元年乙亥七月三十日申时，卒清宣统二年庚戌九月十七日寅时，年三十六岁。元配赵安人，同县赵燮和公女，生清光绪二年丙子正月二十九日亥时，卒清光绪二十三年丁酉八月二十七日丑时，年二十二岁。继配李安人，同县李琴史公女，生清光绪六年庚辰十一月初一日丑时。葬西乡白鹤山之原，碑书"蕙荪秦公寿域"，于公元一九五六年四月迁葬慈东大同公墓，穴号三区一排第十号至第十二号，碑书"秦渭生先生赵氏李氏夫人之墓"。子二，长伟荣，次伟业；女三，长适镇海李祖荣，次适同县袁纲洁，三适慈谿费名墀。子女均李氏出。

际浩，宁房，学名绥彰，字泉生，清郡庠生，光禄寺署正加二级，赏戴蓝翎，诰授奉直大夫，民国奖给五等嘉禾章，生清光绪四年戊寅二月初一日酉时，卒公元一九五零年庚寅十一月初三日寅时，享寿七十三岁。配袁宜人，同县南郊袁如心公女，生清光绪六年庚辰六月二十三日午时，卒民国三十四年甲申十二月二十四日申时，享寿六十五岁。葬泉笙公在上海松江凤凰山公墓特安区第187至189号，袁宜人在上海七宝四号桥永年公墓福字区第525至528号。子三，长伟樘，次伟棣，三伟桦；女三，长幼殇，字同邑赵安浩，次适慈谿裘玉如，三适应崇钧。

按语：泉生又作泉笙、泉荪。鄞县西乡山下庄（今宁波市海曙区集士港镇山下庄村）残存有秦泉笙墓碑、民国十一年（1922年）鄞县姚□□撰、高振霄书《奉直大夫秦君泉笙生圹》等石构件。
秦际浩长女即秦莲卿，早逝；次女即秦葆卿。

十四世

伟桢，字善福，一字羡馥，生清光绪二十九年癸卯七月初六日辰时，卒公元一九五八年戊戌十月二十八日寅时，寿五十六岁。配陈氏，迎凤桥陈翊史女，生清光绪二十九年癸卯十一月十三日戌时。侧室徐氏，名素珍，江苏吴县，生民国四年乙卯正月初三日寅时。葬上海龙华公墓。子七，长永年，次永祥，三永澄，四永赓，五永锡，以上陈氏出，六永嘉，七永彬，以上徐氏出；女六。

按语：秦伟桢长女即秦兰芳。

伟楚，四十岁后改名伟础，字善宝，别号有秋，清国学生，江苏补用道加二级，三品衔赏戴花翎，诰授通议大夫，生清光绪十八年壬辰五月二十八日申时，卒公元一九五九年己亥九月十五日午时，享寿六十八岁。配戴淑人，同县江东戴珍卿公次女，生清光绪十七年辛卯正月初八日卯时。葬东乡钱湖公墓特乙区 B345 至 352 号，碑书"秦公伟础暨配戴氏夫人之墓"。子二，长永聚，次永圣。

伟荣，字善富，生清光绪廿八年壬寅八月初四日子时。配赵氏，同县赵自贞公长女，生清光绪三十年甲辰三月二十三时子时。子二，长永权，次永淦。

按语："二十三时子时"应为"二十三日子时"。

伟业，字善德，生清宣统二年庚戌三月十一日辰时。配李氏，同县李瑞湖公长女，生清宣统三年辛亥八月二十九日酉时。子四，长永椿，次永桴，三永杠，四永标。

伟樘，字善庆，一字羡卿，生清光绪二十四年戊戌七月初八日午时，卒公元一九六〇年庚子闰六月二十五日亥时，享寿六十三岁。元配陈氏，同县陈淇英公女，生清光绪二十四年戊戌十月十二日申时，卒民国十三年甲子八月初九日辰时，年二十七岁。继配李氏，同县李象爵公长女，生清光绪二十九年癸卯六月初十日酉时。葬羡卿公与继配李氏在上海梅陇公墓寿字区大号穴第八号，元配陈氏与公长妹莲卿并葬于宁波麒麟山四明公墓第二墓园贰字福区第十四至十五号穴。子一，永樵；女三。子女均李氏出。

伟棣，字善贵，生清宣统元年己酉正月二十八日辰时。配冯氏，名绰，字柔宜，慈谿冯贞群公次女，生清光绪三十三年丁未十一月二十八日酉时。子二，长永杰，次永煦。

伟桦，字善祥，生民国三年甲寅二月初六日亥时，卒民国三十二年癸未三月初十日亥时，年三十岁。配应氏，名柏寿，东乡下应芝庭公五女，生民国四年乙卯三月二十一日亥时。葬上海七宝永年公墓福字区第503至506号穴。子三,长永烈,次永薰,三永照;女二。

按语:应芝庭(1876—1937),鄞东下应(今属鄞州区)人,曾任沪上永康钱庄、顺康钱庄经理。

十五世

永聚,字康祥,一字彦冲,生民国三年甲寅五月二十二日卯时。配陈氏,同县江东陈奕林公长女,生民国二年癸丑正月初九日辰时。子,言焘。

按语:秦康祥于1968年7月18日逝世。

永圣,字仲祥,一字彦若,号若愚,别号北山居士,生民国七年戊午十月十七日午时。元配张氏,镇海张文模公次女,生民国四年乙卯六月廿一日卯时,卒民国廿五年丙子七月二十四日丑时,年廿二岁。继配刘氏,镇海贵驷桥刘同镳公次女,生民国九年庚申四月二十七日未时。子,言俌;女长,张氏出,次,刘氏出。

按语:张文模即张祖康(中华人民共和国成立前逝世),其妻戴莲菊,育有三女,即凤娟、吟娟、芝娟,秦仲祥元配张氏即张吟娟。刘同镳即刘聘三,曾任中华劝工银行总经理,其妻张素贞,育有五子即有煌、有照、有鞠、有燮、有溶,四女即有筠、有娟、有明、有芬(见刘聘三1964年8月所立"聘三赠与手续"文书)。刘聘三、张素贞分别于1974年、1970年逝世。刘氏即刘有娟,后定居美国,实际于民国九年三月初七日(1920年4月25日)未时在沪出生。"言俌"即秦秉衡。"女长"即长女秦慈珠。"次"即次女秦慈球。秦仲祥于2006年5月24日在旧金山逝世。

十六世

言焘,字秉年,生民国二十二年癸酉七月二十日卯时。

按语:秦秉年,2015年7月2日在宁波逝世。

言俌,字秉衡,生民国三十八年己丑十二月初七日巳时。

秦氏支祠记

张 謇

鄞西月湖之滨，秦氏支祠在焉。祠为君安翁妥灵之所，其子际藩、际瀚、际浩辈，承翁志以建者也。初，翁以器干开豁，由居积起家，性好施舍，振贫恤灾，汲汲若不逮。迨际藩辈承家，乃建祠于月湖之傍，经始于民国十二年夏正四月，告成于十四年夏正十一月。祠凡十余楹，崇宏严翼，既精既固。前祀翁，后祀翁妃张夫人。自翁以上皆奉祀宗祠。秦氏之先本居慈谿，当明中叶间，有大川君者，始移鄞，家焉，遂为鄞人，由大川君至翁盖十二世矣。际藩辈建祠既成，复撰事略，来请余为之记。按秦氏自明以来，代有闻人，而挽近多善治生。翁以少贫服贾，谦而致益，继起有人，益兴其业，门户广大，为乡里称之。每值岁朝冬至，子孙拜参，行辈秩如，肃肃雍雍，何其盛耶。岂非翁所遗泽布濩者远，斯后裔绍述先志，因之而勿替欤？于是识其颠末，俾文于石，庶后之人得以考览焉。赐进士及第翰林院修撰张謇撰。

（秦永聚纂辑：《鄞秦氏宗谱稿》，1960年油印本）

按语：《宁波市志外编》（中华书局1998年5月第1版）第848页、《张謇全集》（上海辞书出版社2012年12月第1版）第6册第610页亦收录此文。

鄞县秦氏支祠碑记

褚德彝

鄞城之西有月湖，左连烟屿，右望柳汀，澂波一曲，平桥老树，昔为游瞩胜地。湖之尾闾，水流涟漪，注为小荡，土人名曰马眼漕，邑人秦氏支祠在焉。祠祀君安翁，崇墉爽垲，房庑周匝，屋前后凡十余楹，前祀翁，寝室祀翁妃张夫人，自翁以上皆祀宗祠。秦氏籍慈谿，明中叶有大川公者始迁鄞，遂为鄞人。由大川公至君安翁凡十二世，奕叶相仍，皆孝友诚信，缵承勿坠，儒林货殖，各著令望，潜德幽光，郁而不显。翁曾祖虞山公，兄静山公，昆弟二人事亲孝，辛勤营业，备甘旨，仅自给，然性仁慈,戚郦贫乏,推解不吝。生子四,三即益辉公,为君安翁祖,凤秉持祖训,以光大先业勖后人。生三子,长开昌公,即翁父。兄弟三人,翁齿居季。家贫,年十一丧父,事母孝,十二学贾台州,十八在慈北习钱业,廿四丧母,毕丧葬,间关至沪,获交同乡倪翁芹香、王翁磬泉、叶翁澄衷,互相切磋,得益匪浅。是时商场所需为英文,翁苦心练习,未及一祺,尽得其秘,与洋商交易益觉便利。时洋货麕集海上,如棉织、五金、煤油诸物品,商人咸欲订购居奇,翁以颜料需要不下棉织品,沪贾问津者尚尠,白圭所谓乐观事变,人弃我取者,因设立颜料号。侨商知翁素行,皆倚以为重,翁勤以治业,俭以储财。与洋商贸易,他商多诈伪争胜,翁独以诚信楬橥,真实相与,业务亦蒸蒸日上。值欧战,市舶绝航,颜料踊贵,翁储货充牣,售出应市,故获利尤厚,其他事业亦无不所向如志,数十年中遂为浙东陶猗。光绪甲午、庚子、事变迭起,翁与在沪乡人往来侨商间,辟除谣诼,沪市获安。壬寅、丙午、辛亥俱因时局,甬上米缺价高,翁输巨款购米办平粜,躬亲其役,不辞劳瘁,贫户均沾实惠。翁素性慷慨,得志后,振灾、邮贫、育婴诸善举,知无不为。余如海防、赈灾,均捐巨金。以中书衔,赏花翎,得正三品封典,天怀恬退,不蕲仕进也。年五十,思古人知足之训,引退归甬,沪甬二处商业令伯仲二子经纪之,于带湖之漘构宅,尚羊其中,高怀殊不可及。余读秦氏先世传,知秦氏世泽萌芽于大川公,后世子若孙,又培植之,护持之,积累经数百年,至君安翁始食其福,然后叹天之报施善人为不爽也。每至春尝冬禴,子孙衣冠祭拜祠下,知翁之遗泽留贻后嗣者,方兴未艾。翁长子际藩以翁之行谊见告,因矑括其辞为祠记,俾秦氏子孙毋忘祖德焉。中华民国十四年岁次乙丑十一月,余杭褚德彝撰并书,杭县王禔篆额,吴县支慈盦刻字。

(秦永聚纂辑:《鄞秦氏宗谱稿》,1960年油印本)

按语:《宁波市志外编》(中华书局1998年5月第1版)第848—849页亦收录此文。

秦君安先生祠祀湖上序

黄次会

　　月湖为吾甬胜地,圣贤仙佛,俎豆其间,若所在皆是也。君安先生抱幹济才,懋迁数十年,遂为浙东陶猗,好周急,汲汲常恐后。嗣君涵琛、珍荪、泉笙善继志,且光大之，甬人言好义者称秦氏。其先自慈迁鄞，至先生十二世矣。儒林、货殖、贤豪相望，有曰虞山公者爱月湖风景，构轩其上，颜曰心香，一时耆硕相与过从，盖雅人高致也。先生退老带湖，徜徉水石，绰有祖风，湖上之祠如存之意也。贺秘监居鉴湖，而祠于兹，其堂曰逸老，迄今过其旁者，犹想见杖履优游之乐。先生遗泽在人，澄湖一曲，灵爽凭焉。所谓逸我以老者，髦髴退休带湖时也。祠凡十余楹，祀先生于正寝，其内寝则张夫人也。经始于民国十二年孟夏，阅二载而工竣。涵琛君昆季贻余书，曰先君之祠于湖上，张殿撰既为之记，子盍为我序其事？余维先生富而好义，为邦人所利赖。兹祠之成，足为月湖生色也，于是乎书。同邑黄次会谨撰。

（秦永聚纂辑：《鄞秦氏宗谱稿》，1960年油印本）

三祠考

秦永聚

吾鄞秦氏之祖祠有三，其一在段桥，一在章耆巷，一在马衙漕。在段桥者，曰秦氏宗祠，清嘉庆二十四年廷材公创建，奉祀段桥派支祖少陵公，而以下子孙祔焉。廷材公为少陵公之第六世孙，而锡镁公之孙也。锡镁公创立家乘，而廷材公续修之，既成，并捐己资，盖屋三楹，以作宗祠，既敦宗睦族于前，复发扬光大于后，相继无忝，其贤于人也远矣。在章耆巷者，亦曰秦氏宗祠，清道光二十九年，开暄公偕弟出资缔造，奉祀吾月湖派支祖少川公，祠之中龛置方版牌位，缀以世次，自少川公以下族内各房子姓，均得以序题列粉面一体祔祀，而于左龛供奉历代祖宗旧主，右龛则作为开暄公兄弟三房家堂，奉祀父绍山公神主，以下子孙之主祔焉，其敦睦之意亦尽善焉。自后于民国十年间，伯祖际藩公字涵琛偕弟谋斥资扩建祠宇，增置祀产，厘订族约，以具宗祠之典型，族谋胥合，无何因故而未果。迨十四年，乃别建祠于马衙漕，曰秦氏支祠，实则为吾曾祖君安公之纪念祠也，而亦以公之子孙祔之。此三祠之所由建也。公元一九五九年岁次己亥二月朔，既迁葬历代祖墓之在平野者于西乡屏风山俗称天官山寿义公墓，复奉章耆巷、马衙漕两祠以及族内各房家堂之神主，置巨椟合葬于祖墓之旁，题曰秦氏历代昭穆宗亲主藏，要亦崇孝广敬之归也欤？记之以告来兹。

（秦永聚纂辑：《鄞秦氏宗谱稿》，1960年油印本）

永安山庄记

姚家镛

秦君安先生，浙之鄞县人也。世为四明右族，前清同、光以来，多科名、文学之士。先生以商业著闻，贾于沪上，不数十年而富甲一邑。先生虽身在阛阓，而性爱恬退，五十以后即委事业于后辈，卜居腰带湖边，摩娑云石，以乐余年。自营生圹于邑西跨湖桥之原，复于圹之右侧，隔一带水傍鳖山之麓购地数亩，以为丙舍之址。先生享年七十有六而殁，其喆嗣际藩、际瀚、际浩辈乃踵先志而成之，计正屋三进，首进为大门，其次为厅事，又次为享堂。围墙以外，右首余屋为守墓户，后首余屋为办事室。左辟行路，以通便门。前临河浒，甃石为砌。后留隙地，环以短垣。经始于民国三年八月，竣工于四年十月，榜曰永安山庄。落成之日，亲朋毕集，莫不交相羡曰美哉轮焉、美哉奂焉。余因思夫子舆氏有言君子不以天下俭其亲，矧先生以勤俭起家，创斯大业，一生恒淡泊，未尝丰于自奉，固非是无以称先生之量而酬先生之德也。慨自世衰道微，纨袴之习，中于人心，往往籍先人之遗业专事挥霍，而暴亲骸于浅土，一任雨淋日炙而不之顾，不知有墓，遑论夫庐哉？今际藩等亲殁甫及一年，他务未遑，汲汲焉告藏此事，可谓知所本矣。至其制度崇闳，规模备具，又能用当其财，可以为保家券也。吾知春露秋霜来修祀事，际藩等固不胜其风木之感。后之人对梓栗之庄严，瞻庙貌之烜赫，当思前人创业之难与守成之不易，则所以保世以滋大者，庶同斯庄之不朽也夫。时在中华民国四年夏正乙卯一阳月谷旦，姻愚姪姚家镛拜撰。

（秦永聚纂辑：《鄞秦氏宗谱稿》，1960年油印本）

按语：全祖望所著《湖语》称"腰带湖即古之竹湖"。
"一阳月"即阴历五月。姚家镛落款称"时在中华民国四年夏正乙卯一阳月"，而正文称永安山庄竣工于民国"四年十月"；另，正文又称"今际藩等亲殁甫及一年，他务未遑，汲汲焉告藏此事"，查秦君安于民国三年七月初八日逝世，故姚家镛《永安山庄记》落款日期疑有误，抑或系提前撰写完成。

重修永安山庄记

秦永聚

　　岁丁丑，日寇侵略吾邦。辛巳四月二十日，吾鄞亦陷。国军决策内移，仍以游兵隐伏于野。敌深恐，而亦恨不得逞。无何，国军至西乡，驻于吾秦氏永安山庄。敌骤遇战受创，及大举再往，则已不可踪迹，乃迁怒山庄，遂焚掠而去，时秋九月十日事也。初，戊寅九月三十日，后庑樑摧为蟊蠹也。战氛方张，未及修复。庄屋本前后三栋，至是而前栋又毁于兵。溯自明中叶大川公由慈谿迁鄞以来，虽无大显，代有振者，十二传至先曾祖君安公及祖辈兄弟，先后继之，业以大进，事具谱谍，此不备书。甲寅秋七月，曾祖捐馆，卜吉于邑西鳌山之原，距城二十有六里，复庐其旁，颜曰永安山庄，筑龛奉主，以祀以享，而创建之役，吾先祖珍荪公实任之。时辄徒步往复，日以为常，人多闻风感叹。迄今三十余年，沧桑变幻，有如是者乎？夫兴废成毁，固相寻于无穷，自昔然也，徒增慨耳。迨日寇降，吾父善宝公庭诏曰庄之缔造也，汝先祖心力所寄为尤多，宜亟图之。聚闻命惴惴，今年初夏，交通畅达，崇往视察，见断垣败壁，蓁芜盈庭，惟中间巍然独存，乃议去其残砌，葺而新之，前后治为园圃，环植苍松、翠竹，以障风雨。归而请命，复禀明叔祖泉生公，克日勾工，经之营之，越五阅月而竣。虽非旧观，庶几可以妥先灵矣。於乎！不克绳吾祖武，是岂孝子慈孙之心哉？盖世事俯张，有不得已而已者也。记之以告后之来者。岁次丁亥冬至。

（秦永聚纂辑：《鄞秦氏宗谱稿》，1960年油印本）

迁葬先茔记　　附表

秦永聚

　　公元一千九百五十九年岁次己亥仲春之望，谨奉迁三世以降历代祖墓之在平野者，安葬于邑西上河头屏风山俗称天官山寿义第二公墓后，奉宗、支二祠以及家堂之神主瘗于祖墓之旁，非云卜吉，用妥先灵而已。先是吾父善宝公既抱痛迁吾曾祖考妣与祖考妣之墓,安葬于东乡钱湖公墓,复念高祖以上历世先茔多在平野,而族广支繁,非一人所敢独断,每惨伤怛悼,隐然自戚。聚随侍感慨,因与族之长伯伟棟公谋。伯奋然自任,号之于众,金曰兹事孔亟,乃偕聚及族人言垲至各乡展谒。虽邱垄洞崩,幸遗骼无或缺失,且多旁系族葬,为详录之,归禀吾父。父曰昔韩昌黎力葬所知之不能举丧者数十家,范文正麦舟之助皆识与不识之人,犹且为之,况一本之亲皆吾祖宗、父子、兄弟、伯叔也,其可以旁系远疏而忽诸乎?议既定,伯乃躬自擘画,卜兹宅兆,复阖族集资,不足则吾父独任之,而拾骨检骼之劳,则言垲之力也。嗟乎!非族伯不足以成其事,靡言垲亦何能竟斯役耶?由今视之,益感吾祖宗潜德流衍之郁而且茂矣。益辉公、皑窗公为聚之高高祖与高祖也,菊汀公为高高祖之从子,芭芷公、韭山公、詠笙公则菊汀公之子若孙也,其安葬之资各为直系均承者,然皆以序会葬之。於乎!而今而后,庶几得宁先灵于泉壤,而吾父倦倦之怀方始释然。谨书其事,并列表于左,俾后有考焉。己亥清明。

公墓证书　　福墓字第五一五四号

兹有秦崇本堂代表文、行房房长伟棟、忠、信房房长伟础为其先世历代祖墓(名讳、配、字附表)系浙江省宁波市人,向我会认购第贰公墓壹区丁级2203—2242号公墓肆拾穴,特制此证书为凭。

宁波市救济福利事业协会

公元一九五九年三月九日

墓穴编号	世次	姓	讳	字	德配姓氏	备　注
二二〇三						种树
二二〇四	秦氏历代昭穆宗亲主藏					
二二〇五	三世	秦	国才	东川	杨氏、马氏	
二二〇六	四世	秦	子贤	少川	王氏、徐氏、吕氏	
二二〇七	六世	秦	朝彦	直斋	干氏、陈氏	
二二〇八	七世	秦	锡昭	立斋	张氏、杨氏、范氏	
二二〇九	九世	秦	廷森			
二二一〇	九世	秦	廷荣	华亭	张氏、黄氏	

续　表

墓穴编号	世次	姓	讳	字	德配姓氏	备　注
二二一一	十世	秦	元炳	紫雯	倪氏、蔺氏	
二二一二	十世	秦	元煇	丙斋	徐氏	
二二一三	十世	秦	元燦	绍山		
二二一四	十世	秦		绍山	周氏	
二二一五	十世	秦	元燿	益辉		
二二一六	十世	秦		益辉	应氏	
二二一七	十世	秦	元炯	曙初	戎氏	
二二一八	十一世	秦	开宗	开墱	范氏（范氏穴无存，未迁入）	子秋生处士祔
二二一九	十一世	秦	开宇	开墼	陈氏	
二二二〇	十一世	秦	开昱	昼堂	詹氏	
二二二一	十一世	秦	开墢	蔼园	赵氏、徐氏	
二二二二	十一世	秦	开晧	菊汀	董氏、陆氏	
二二二三	十一世	秦		澹香	邵氏	
二二二四	十一世	秦	开智	澹香		
二二二五	十一世	秦		澹香	夏氏	
二二二六	十一世	秦		皑窓	张氏	
二二二七	十一世	秦	开昌	皑窓		
二二二八	十一世	秦		皑窓	王氏	
二二二九	十二世	秦	运祚	云栅	柴氏	
二二三〇	十二世	秦	运钧	菁沚	张氏、吴氏	
二二三一	十二世	秦	运锜	芭芷	夏氏、孙氏	另出福墓字五一五一号证书

26

续　表

墓穴编号	世次	姓	讳	字	德配姓氏	备　注
二二三二	十二世	秦	运锴	梅沚		
二二三三	十二世	秦	运铭	韭山	吴氏	另出福墓字 五一五二号证书
二二三四	十三世	秦	际漳	詠笙	戴氏	另出福墓字 五一五三号证书
二二三五						
二二三六						
二二三七						
二二三八						
二二三九						
二二四〇						
二二四一						
二二四二						

（秦永聚纂辑：《鄞秦氏宗谱稿》，1960 年油印本）

按语：查《鄞秦氏宗谱稿》世系图，其称秦运锜"字器之，一字启之，号芭沚"。

书段桥派秦氏家乘后

秦永聚

吾秦氏自明大川公迁鄞，以至于聚之身十五世矣。其间支派流衍，相传有四，曰秦家衕，曰翁家直，曰月湖，曰段桥。月湖支祖曰东川公，段桥支祖曰一槐公，前者为叔，后者为侄，皆二世祖济川公之子若孙也。历年数百，地远世隔，不稽于谱，宁知本末？今年春，聚始纂修支谱，搜求先世事迹，因得段桥派谱而读之，其异同最大者为世次歌诀。盖我秦氏自一世至六世未编行次，众惧其纷紊也，乃于清康熙五十八年会同各派宗老自七世起编歌诀八句，曰"锡嗣廷元，开运际会，孝友忠贞，文章显贵，敬尔齐家，懋乃在位，祖训永遵，保世滋大"，凡三十二字，意至美也。其后吾月湖派以年湮代久、谱牒未成、歌诀失传而改"会"为"伟"，又易"孝友忠贞"为"永言孝思"，余二十字，族之人至不能悉数，更易之字又渐告罄，乃续编二十二句，以继"永言孝思"之后，综前后而计之，凡为句二十五、为字百，以符本支百世之义，勒碑于祠，用冀久远。今阅是谱，犹守康熙年所编之字句而命名焉，相遵不紊，甚可喜也。独是谱所载之事犹有可疑者、有当存疑者、有应更正者数端，此则不能嘿焉以息。二世祖礼公，吾钞谱所载讳槐，字济川，而是谱旁注曰讳元四，又讳槐一，字济川，盖以"一"字属下读也。然考迁段桥支祖为一槐公，礼公之孙也，岂有为孙者假其祖之名倒乙之而以为己之名乎？是其明征也。吾月湖十一世曰开暄公者曾为是谱作序，而称礼公为槐一公，岂未之详核耶？此可疑者也。二世祖济川公之配，是谱称为洪氏，而我月湖谱则称为姚氏，世数辽远，无与是正，今姑两存之。三世祖东川公为我月湖派支祖，是谱旁注有"入赘马园叶氏之说"八字是则大谬。盖济川公之殁也，东川公尚幼，依外家而居于马园姚氏信有之，未闻其赘于叶氏也。况东川公元配马氏，继配杨氏，谱文具在，焉可诬也？入赘叶氏之说直宜削去，毋滋贻误。窃谓家乘之作，以信今而传后也。当本信以传信、疑以传疑之旨，谨慎将事，毋为穿凿。以聚年稚学浅，何敢妄有是非，然两谱相校，显有异同，既未能衷于一是，其两存乎？抑阙文乎？校读既竟，谨为是文。维我宗之耆硕幸有以教正之。中华民国二十五年三月。

（秦永聚纂辑：《鄞秦氏宗谱稿》，1960 年油印本）

书董西六训堂秦氏宗谱后

秦永聚

予纂辑本支支谱，遇先世远族必搜求其遗文，详为校核，且务溯其本源、穷其流衍而后已，非敢自诩博洽，惧失之诬也。近得《董西六训堂秦氏宗谱》而读之，知其先为慈谿广东参议讳岳，字维翰，人称大参公者后裔，谱中历有考据，且辨之甚稔。惟迁鄞后，世系中断者凡五世，遵别子为祖之义，乃奉质庵公为迁鄞始祖，而其下行次词句亦与吾宗旧撰者相同，由是推之，质庵公殆与吾宗二世祖济川公为兄弟行矣。然济川公兄弟中相传无号曰质庵者,且其谱中于质庵公亦仅存号而无讳,似不能臆断其确为济川公之兄弟。不宁惟是,谱中有《章耆巷新庙团桥(按:"团"系"段"误)诸秦考》一文,内载吾宗嗣溥公,字容大,曾为彼六房作分书,而自称族侄孙,据此而言,又确为同宗无疑。何以其上竟不能合为一派也? 其文又云:按章耆巷秦氏祀簿云:始祖讳忠,系出慈邑广文公,而吾钞谱所载迄未言及为广文公后,代远年湮,祀簿失传,惜不获一亲见之,以证其所由来,是文撰为西郊嗣行镜公,时在道光七年,其所云云必有依据。考明清间"广文"二字为学官之通称,慈谿秦氏先世为学官者指不胜偻,此所谓"广文"不言行,又不及讳,亦何自适从哉? 或曰是广文非职官,殆为讳也。然稽诸慈谿大轿衖秦氏宗谱,固有讳广文者,生于清康熙间,而吾秦氏迁鄞之祖远在明季,年代倒置,益使人疑莫能释。夫家之有谱,与国史似异而实同,当以传信为主,遇疑则阙之,是谱既有此说,因书其后,俟异日求为可信之典籍而更考证焉。中华民国二十六年六月。

(秦永聚纂辑:《鄞秦氏宗谱稿》,1960年油印本)

按语:秦永聚所阅《堇西六训堂秦氏宗谱》即《堇西秦氏宗谱》,共四卷,首一卷,秦嗣瀛等纂修。清道光七年(1827年)六训堂木活字本,共印六部(孝、友、睦、姻、任、恤房各一部),每部二册。版心题《堇西秦氏宗谱》。卷首谱序、源流考、凡例,卷一墓图、庄基契略、像赞,卷二世系图、行第,卷三诗文、行传、墓志、寿序,卷四祀田、祀产、祭祀规式、分派世系图。上海图书馆藏有该宗谱。该族奉秦质庵(行乾一,明嘉靖、万历年间人)为迁鄞始祖。

秦氏支祠

位于海曙区湖西马衙街。1925年,宁波钱业巨子秦际瀚建,内立碑记一方。三幢,中轴线依次为照墙、前厅、戏台、中厅、后厅,两侧置有配殿、看楼,占地面积约2 000平方米,建筑面积1 400余平方米。装饰综合地方传统工艺特色,多以历史故事为题材,施以朱金木雕,金碧辉煌。尚存绘雕200余幅及黄杨木雕、石雕、砖雕等,代表民国初期建筑和雕刻艺术水平。1991年至1994年修缮一新。1981年12月列为市级重点文物保护单位。

(宁波市地方志编纂委员会编,俞福海主编:《宁波市志》,中华书局1995年10月第1版,第2461—2462页)

秦氏支祠

秦氏支祠内砖雕

秦氏支祠碑

秦氏支祠

　　秦氏支祠位于天一阁东园之南，临马衙街，建于民国12年至14年（1923—1925）。秦氏世居境内马衙街，秦君安因在上海经营染料获巨额财富（秦氏创业详情见第三十九编第一章第一节——原注）。为祭祀祖先，秦君安出资，由其儿子秦

富丽堂皇的戏台

际瀚修造祠堂。祠堂坐落在月湖西岸,马衙漕北隅。秦氏支祠正门外有一道石栏栅护围,中设两扇铁门。祠堂布局以照壁、台门、戏台、主殿、后殿为中轴线,五间两弄,前后三进,两侧有配殿、看楼,占地面积2.6亩,建筑面积2 165平方米。祠堂建筑融合了木雕、砖雕、石雕、贴金、栲作等多种民间工艺于一体。秦氏支祠的戏台汇雕刻、金饰、油漆等工艺于一体,流光溢彩,熠熠生辉。

民国30年(1941)宁波沦陷,日本军队踞此处作驻军营房。国民党军队撤离大陆前,又作为关押壮丁的集中营。1951年作针织厂用房,1958年改作药材仓库。1990年9月,市医药公司将秦氏支祠移交给市文化局文物处。同年,国家文物局与市政府共同出资修复秦氏支祠,国家文物局拨款125万元,市政府对动迁主管单位给予税收及安置用房等方面的优惠政策,照顾减免约130万元。同年8月成立维修小组,制定维修方案,招聘宁波地区能工巧匠,由熟悉古建筑工艺的洪可

戏台鹅罗顶藻井

尧带领，进行秦氏支祠维修。历时3年，共用工3万余，1992年冬竣工。1994年划归市博物馆，辟为"宁波工艺美术陈列室"对外开放。同年11月，市博物馆与天一阁文保所合并，秦氏支祠成为天一阁博物馆的组成部分。

（宁波市海曙区地方志编纂委员会编，胡再恩、郑世晟主编：《宁波市海曙区志》，浙江人民出版社2014年7月第1版，第1702页）

按语：国家文物局拨款修复秦氏支祠实为110万元，维修工程始于1991年，至1994年结束。

秦氏支祠

县级文物保护单位。位于宁波市风光秀丽的月湖西侧马衙街。坐北朝南，门前为马牙漕，后面是天一阁。该祠系宁波钱业巨子秦际瀚所建，建立于1925年。规模宏大，中轴线上由照壁、石栅门、前厅、戏台、中厅和后厅组成，东西两侧为厢房，均为重檐硬山顶，山墙为高大而富有特色的马头墙。该建筑的梁枋、斗拱、戏台藻井等处施用大量的宁波传统艺术——朱金木雕、黄杨木雕、石雕及砖雕等建筑装饰，目前尚存这类作品200余幅，题材丰富，使整个建筑显得富丽堂皇，是宁波市幸存的建筑艺术宝库之一，将开辟为"宁波市民俗博物馆"。

（《宁波词典》编委会：《宁波词典》，复旦大学出版社1992年12月第1版，第397页）

按语：文中称秦氏支祠系秦际瀚所建，这一表述不全面，实由秦君安子共同建造完成。鉴于秦际瀚在1924年逝世，故称由秦际藩、秦际瀚等建造更妥当。

秦氏支祠

秦氏支祠建于一九二三年——一九二五年，系秦氏族人为祀祭祖先而建，由甬上富商秦君安出资，时耗银元二十余万。

祠堂以照壁、台门、戏台为中轴线，五间二弄、前后三宸，两侧置有配殿、看楼，占地二亩六分，建筑面积一千四百余平方米。祠堂建筑融合了木雕、砖雕、石雕、贴金、拷作等民间的工艺,是宁波民居建筑艺术集大成之作。

祠堂的戏台,汇雕刻、金饰、油漆于一体,流光溢彩,褶褶生辉。戏台的屋顶由十六个斗拱承托,为单檐歇山顶。穹形藻井由千百块经过雕刻板榫搭接构成,盘旋而上,牢固巧妙,为宁波小木工艺之绝招。梁柱多加装饰,尤其在过梁上雕刻各种人物故事,刷以大漆,贴以金箔,得金碧辉煌之效果,是称朱金木雕,为宁波工艺一大特色。

嵌在墙体上的砖雕人物故事,造象生动逼真,刀法细致圆润,大面积的清水磨砖墙体,接缝严密,通体平滑足见工艺之精,瓦顶广施堆塑,有人物、翔仙禽、奔神兽,皆栩栩如生独具风彩。

秦氏支祠历尽风霜七十余载,几遭焚琴煮鹤,欣逢盛世,于一九八一年被宁波市人民政府公布为市级文物保护单位。一九九一年划归文物部门管理使用,由国家文物局拨款一百一十万元人民币进行维修,历时三年,已按原貌修复,择于公元一九九四年五月吉日向社会开放,遂使民间艺术奇葩生辉,秦氏支祠风物长存。

（天一阁博物馆编:《天一阁博物馆》,约20世纪末内部出版,第20—21页）

按语:文中称秦氏支祠由秦君安出资,有误。

浙江省宁波市秦氏支祠戏台

位于浙江省宁波市天一阁旁。始建于民国十二年(1923)。坐南朝北,歇山顶,三面观。前台一间面阔5.2米,进深5.2米,台面6.1米见方;后台深1.33米。台面至地面2米,护栏高0.6米。下层方形石柱,上层前檐用铁柱,后檐用木柱。施阑额、由额,由额透雕二龙戏珠。斗栱七踩卷栱,出斜栱,耍头如意状。顶部施穹隆形藻井,由16组斗栱组成,四角浮雕花卉。用六抹隔扇窗分隔前后台。戏台表面多贴以金箔,显得金碧辉煌。台两侧耳房各一间,面阔6.75米,进深7.47

米。院两侧看楼各三间，下层石柱，上层木柱，面阔11.4米，进深4.3米，木板至地面3.3米。院北正厅七间，后院后厅七间，两侧厢房各两间。1981年被列为市级文物保护单位，2001年作为天一阁扩展部分被列为全国重点文物保护单位。保存良好。

（车文明总主编：《中国戏曲文物志》"戏台卷"，三晋出版社2016年3月第1版，第760—761页）

秦氏支祠匾额

秦氏支祠

按语：纵141厘米，横351厘米，无落款，悬挂于秦氏支祠门厅。

慈善为怀

中华民国十二年四月谷旦日

总统题奖

鄞县秦张氏

按语：纵122厘米，横370厘米，书者不详，悬挂于秦氏支祠正殿内。

以兴嗣岁

中华民国十四年之吉

鄞南黄宝琮书

寿义公所敬献

按语：纵107厘米，横330厘米，篆印"黄宝琮印"，悬挂于秦氏支祠正殿内。

显承启佑

中华民国乙丑年秋吉立

黄宝琮书

宁波同善会敬献

按语：纵108厘米，横333厘米，篆印"黄宝琮印"，悬挂于秦氏支祠正殿内。

高明悠久

甲戌元月

周节之

按语：纵56.5厘米，横193厘米，篆印"四明周氏"，悬挂于秦氏支祠戏台。

虚华实境

按语：纵32厘米，横169厘米，无落款（实系宁波著名书法家沈元魁先生所书），悬挂于秦氏支祠戏台。

游龙

按语：纵34厘米，上横80.5厘米，下横71厘米，无落款，悬挂于秦氏支祠戏台。

戏凤

按语：纵34厘米，上横80.5厘米，下横71厘米，无落款，悬挂于秦氏支祠戏台。

秦氏支祠楹联

荷前朝北阙酬庸荣膺雀服，
俾后世西湖承祀群效骏奔。

按语：纵226厘米，横18.5厘米，撰者、书者皆不详，镌刻于秦氏支祠正殿南檐柱。

系出雄封驷铁车邻存旧俗，
祥征异政麟游凤集缅前贤。

按语：纵226厘米，横18.5厘米，撰者、书者皆不详，镌刻于秦氏支祠正殿南檐柱。

黍非馨稷非馨知神依有在，
轮焉美奂焉美颂族聚于斯。

按语：纵247厘米，横18.5厘米，撰者、书者皆不详，镌刻于秦氏支祠正殿北檐柱。

家庙有碑颜真卿详述祖德，
祠堂作记严先生永著高风。

按语：纵247厘米，横18.5厘米，撰者、书者皆不详，镌刻于秦氏支祠正殿北檐柱。

千载仰徽音永作母仪妇范，
四时隆袷祭藉分女席男坛。

按语：纵198厘米，横18.5厘米，撰者、书者皆不详，镌刻于秦氏支祠后殿南檐柱。

谨盘匜滫瀡之仪礼详内则，
修筐筥藻苹而祭诗美有齐。

按语：纵200厘米，横18.5厘米，撰者、书者皆不详，镌刻于秦氏支祠后殿南檐柱。

秦氏支祠屋脊砖刻文字

慈水家声

按语：书者不详，位于秦氏支祠门厅屋脊南。

36

慎终追远

按语：书者不详，位于秦氏支祠门厅屋脊北。

保世滋大

按语：书者不详，位于秦氏支祠正殿屋脊南。

淑慎世泽

按语：书者不详，位于秦氏支祠后殿屋脊南。

克昌厥后

按语：书者不详，位于秦氏支祠男客厅（正殿西侧）屋脊南。

秦氏支祠界石

秦氏支祠墙界

按语：纵143厘米，横44.4厘米，书者不详，位于秦氏支祠南墙东首。

秦氏支祠墙界

按语：纵146.5厘米，横43厘米，书者不详，位于秦氏支祠南墙西首。

秦氏支祠墙界

按语：纵141.2厘米，横33.7厘米（不含转角），书者不详，位于秦氏支祠北墙西首。此界石朝北一侧刻有"北墙外留余地壹尺三寸"小字。

另，秦氏支祠北墙东首界石纵113厘米，横42.8厘米，因遭破坏，现仅能辨识出"外留滴水六寸"等字。

庆安会馆等荣膺"国保"称号

6月25日国务院公布了第五批全国重点文物保护单位。我市的庆安会馆，东钱湖石刻群、庙沟后、横省石牌坊和慈溪虞氏旧宅等4处顺利加入了"国保"行列，优秀近现代建筑秦氏支祠作为天一阁扩展项目也晋升为"国保"。

（中略）

秦氏支祠（天一阁扩展项目）位于宁波市马衙街，1925年建成。该祠以南北为纵轴线，由照墙、门厅、戏台、正殿、后殿、左右厢房等组成一个规模宏大的木结构建筑群。平面布局呈长方形，建筑面积2 165平方米。戏台，是整座建筑中最华丽的部分，藻井设计巧妙，由斗拱花板昂嘴组成的16条几何曲线盘旋而上直至穹窿顶会集，中间覆以"明镜"，仰视如步入奇妙境界。

专家评定：

秦氏支祠集民间建筑工艺之大成。秦氏支祠依据江南传统的营造格式，融合了木雕、砖雕、石雕、贴金、拷作等民间工艺于一体，具有与众不同的宁波地方风格。140幅雕饰图案细腻华美，题材丰富，寓意深刻，对建筑起到了升华作用，把人的情感和祈愿寄托其上，使之具备了长久不衰的艺术生命力。

秦氏支祠是南方近代优秀祠堂建筑的代表，系近代宁波富商出巨资所建，规模宏大，工艺精湛，保存完整，在南方留存的家族宗祠中具有代表性。

秦氏支祠是宁波商帮文化的反映。近代的宁波商帮对中国商业的发展有着巨大的贡献和独特地位，同时宁波商帮在从事商业活动的同时，又受到传统儒家思想与价值观的影响，在经商成功后，往往把大量的积蓄携归乡里，用来建造祠堂、庙宇、书院、学塾、桥梁、道路等，反映了他们处儒、行商两不悖离的民俗民风。秦氏宗族的代表人物、秦氏支祠的始祖秦君安即其中著名者。

（宁波市文化局宁波文化年鉴编委会编：《宁波文化年鉴2002》，2002年2月内部出版，第131—132页）

人物传略

秦氏家族

秦氏原籍海曙区马衙街。秦氏创业始于秦君安(？—1935)(参见第四十编"人物"),清同治年间(1862—1874)到上海经商,经营染料业。19世纪70年代,在今汉口路和山东路交界处,开设恒丰昌洋杂货号。秦君安在上海商界以诚信闻名,遵守传统的经商之道,又吸收了西方人的经营思想,开始试销进口颜料,不久成为专营颜料的大商号之一。随即大量投资地产和钱庄业。恒丰昌成为秦家的颜料、地产号,此后,秦家在上海公共租界山东路《申报》馆至恒丰昌号一带,杨树浦,南京路长馨里一带,武昌路,宁波路选青里、同和里、吉祥里,汉口路以及宁波原籍拥有大量地产。秦君安善于经营、积累雄厚,先后与人合伙或独资开办起恒兴、恒隆、恒大、恒赉、恒巽、永聚、同庆和慎源钱庄八家联号。"恒"字号钱庄名扬上海同业。同时,秦家还把经营的触角拓展到了家乡宁波,秦家以大股东身份在宁波并办凿恒、鼎恒、复恒等钱庄,业务辐射至东南沿海和内陆各地。盛时资产达1 000万元。秦氏家族乐善好施,遇到家乡有灾难和需求,总会赈济帮助。家乡教育事业需要钱时,他捐赠了大笔资金。秦君安又将其产业传予其子秦际瀚。在第一次世界大战期间,一位德国染料商,运进一船染料,却无人敢接手,德商急于回国,无奈之中,将整船的染料以大大低于当时市场的价格卖给了他在中国的老朋友秦际瀚。战争期间,染料进口中断,价格顿时暴涨,秦家因此获得巨大财富。秦际瀚随即回原籍宁波,选中月湖附近马眼漕建造秦氏支祠,并请清代状元张謇撰写了《秦氏支祠记》。秦际瀚将资产传予秦伟楚。秦伟楚之子秦康祥自幼回家乡师从著名教育家冯君木,自此爱好诗文书画,并与篆刻家、考古学家褚德彝、书画家赵叔孺交往,对金石篆刻产生了浓厚的兴趣。秦康祥治印师法古玺汉印,自成风格,为西泠印社早期社员,曾与人合作撰写刻印《西泠印社同人印传》等专著。秦康祥收藏了大量的竹刻器具、古代名琴、铜印、铜镜、汉璧等,20世纪30年代初,有人将褚(遂良)临本兰亭碑拿到秦家钱庄抵押，典期过后，抵押者无力赎回，碑被别人买走。从此秦康祥开始追查这件兰亭碑的去向。直到20世纪50年代中期，秦康祥才获知信息，购得这本兰亭碑。2001年，秦康祥之子秦秉年，将家中所藏竹刻捐给家乡，经专家鉴定，最终确定为国家一级文物的达23件，二级文物59件，三级文物15件。1996年，秦秉年移居宁波，并成为天一阁终身研究员，秦家所藏文物也由天一阁代为保管，后又捐赠给国家，其中包括甬上文人送别万斯同赴京修史的《鄞江送别图》，这幅图画对研究万斯同与清初浙东学派学术活动情况提供了具象的史料例证，是一件不可多得的文物珍品。

（宁波市海曙区地方志编纂委员会编，胡再恩、郑世晟主编：《宁波市海曙区志》，浙江人民出版社2014年7月第1版，第2031—2032页）

按语：据秦永聚（康祥）纂辑的《鄞秦氏宗谱稿》（宁波市天一阁博物院藏1960年油印本）记载，秦君安生于清道光十九年（1839）十一月初七日。下同。

文中关于秦君安逝世时间有误，实际应为民国三年（1914年）七月初八日。下同。

宁波秦家

宁波秦君安以颜料商起家，为恒丰昌颜料号大股东。第一次世界大战期间，秦家积累大量财富，曾在租界购置大量地产，并与他人合伙开设钱庄。至民国22年（1933年）止，秦家合伙及有投资关系的联号有恒兴、恒隆、永聚、恒大、恒赉、恒巽、同庆、慎源等8家钱庄。

（《上海金融志》编纂委员会编、洪葭管主编：《上海金融志》，上海社会科学院出版社2003年7月第1版，第105页）

按语："恒赉"应为"恒赉"。

秦君安

秦君安（？—1935）　鄞人，居城区马衙弄。清同治年间（1862—1874）到上海经营颜料业，开设恒丰昌洋杂货号，后成专营颜料大商号。民国7年（1918），他把一部分颜料资金转移到钱庄业,与严康懋合资,在上海开办"恒隆钱庄",严康懋投入2.5万两白银。11年(1922)又合资开办"永聚钱庄",严康懋再次投入2.5万两白银,秦、严两家默契合作,成为上海钱庄业中宁波帮的重要力量。秦君安前后与严康懋、柳笙源、徐庆云合资,在上海共办有八家钱庄,"恒"字号钱庄名扬上海同业。在家乡宁波开办晋恒、鼎恒、复恒等钱庄。盛时资产达1 000万元。秦际瀚,秦君安之子,经营德国染料致富,在家乡月湖边马衙漕建造秦氏支祠,清代状元张骞为之撰写《秦氏支祠记》。秦际瀚将资产传子秦伟楚。秦康祥,秦伟楚之子,在家乡师从冯君木,爱好诗文、书画、金石,其治印师法古玺汉印,自成风格。还收藏大量竹刻器具、古代名琴、铜印、铜镜、汉璧等。秦秉年,秦康祥之子,1996年移居宁波,家中所藏文物由天一阁代为保管,后又捐赠给国家,2001年将家藏竹刻捐给家乡。(参见第三十九编"海曙'宁波帮'")

(宁波市海曙区地方志编纂委员会编,胡再恩、郑世晟主编:《宁波市海曙区志》,浙江人民出版社2014年7月第1版,第2083页)

🔲按语："张骞"应为"张謇"。

秦君安

秦君安(? ～1935)　鄞县人。宁波秦氏家族创业者。约在同光年间就在上海经商。19世纪70年代初创办恒丰昌洋杂货号,开始试销进口颜料,不久成为专营颜料的大商号之一。随即大量投资地产、钱庄等业,恒丰昌成为秦家的颜料地产号,在上海公共租界山东路《申报》馆至恒丰昌号一带,杨树浦,南京路长馨里一带,武昌路,宁波路选青里、同和里、吉祥里,汉口路以及宁波原籍拥有大量地产。钱庄方面,在上海先后独资或与人合资开设恒兴、恒隆、永聚、恒大、恒来、恒异、同庆等8家钱庄,在宁波设有晋恒、鼎恒、复恒、泰源等5家钱庄,盛时拥资达1 000万元,成为上海著名的九大钱业资本家家族集团之一。

(金普森、孙善根主编:《宁波帮大辞典》,宁波出版社2001年3月第1版,第205页)

🔲按语："恒来"应为"恒赉",下同。"恒异"应为"恒巽",下同。

秦君安

秦君安（？—1935） 鄞县（今宁波）人，著名颜料商和钱业企业家，宁波秦氏家族开创者。约在同光年间就经商上海。19世纪70年代初创办恒丰昌洋杂货号，开始试销进口颜料，不久成为专营颜料的大商号之一，成为颜料业巨商。随即大量投资地产、钱庄等业，恒丰昌成为秦家的颜料地产号，在上海公共租界山东路《申报》馆至恒丰昌号一带，杨树浦，南京路长馨里一带，武昌路，宁波路选青里、同和里、吉祥里，汉口路以及宁波原籍拥有大量地产。钱庄方面，在上海先后独资或与人合资开设恒兴（1905年）、恒隆（1918年）、永聚（1922年）、恒大（1926年）、恒来、恒昇、同庆等8家钱庄，在宁波设有晋恒、鼎恒、复恒、泰源等5家钱庄，盛时拥资达1 000万元，成为上海著名的九大钱业家族集团之一。

（陶水木编著：《近代浙商名人录》，浙江人民出版社2005年7月第1版，第46—47页）

秦际瀚传　秦运铴附述

时代	姓名	行谊	附述	备注
民国	秦际瀚，字珍荪	承父业，以善继称，性俭素，自奉绝少豪华态。精计术，出纳维谨，然遇义所当为，亦必徇众意润色之。民国九年，岁歉，谷踊贵，官绅议办平粜。际瀚先后捐助不下数万金，郡邑贫民赖焉。政府得报，以嘉禾章奖之。嗣又捐修鄞县监狱，得獬豸章。一时慕义兴起，称极盛云。	父运铴，字君安，幼孤，尝刲股愈母疾。及长，服贾上海。会上海初开埠，百业萌芽，运铴乃审机殖货，遂致大有。性谨敕，自念创业非易，常憬憬于保持之道，著为家训，故秦氏世多守成之贤云。	

（陈训正、马瀛：民国《鄞县通志·文献志》"人物类表第十·义行"）

按语：标题系编著者所加。

秦泉笙

年六十三岁(公历一八七四年生),浙江宁波人。现为恒巽兴记钱庄、恒隆昌记钱庄股东。

(中国征信所编辑:《上海工商人名录》,中国征信所1936年5月第1版,第93页)

按语：秦泉笙,名际浩,学名绶彰,字泉生,又字泉荪,系秦君安四子。据《鄞秦氏宗谱稿》记载,其生于清光绪四年(1878年)二月初一日。

秦善福

字羡馥。年三十六岁(公历一九○一年生),浙江慈谿人。现为恒兴、恒隆、恒赉、同庆等钱庄,泰昌证券号、恒丰昌颜料号股东,统原商业储蓄银行董事。

(中国征信所编辑:《上海工商人名录》,中国征信所1936年5月第1版,第94页)

按语：秦善福,名伟桢。据《鄞秦氏宗谱稿》记载,其生于清光绪二十九年(1903年)七月初六日。

秦善宝

年四十一岁(公历一八九六年生),浙江宁波人。现为恒巽、恒隆、恒兴、慎源等钱庄,恒丰昌颜料号,宁波瑞丰、泰源、鼎恒、复恒、元馀等钱庄股东。

(中国征信所编辑:《上海工商人名录》,中国征信所1936年5月第1版,第94页)

按语：秦善宝,名伟楚、伟础。据《鄞秦氏宗谱稿》记载,其生于清光绪十八年(1892年)五月二十八日。

秦善富

年三十三岁（公历一九〇四年生），浙江宁波人。现为恒巽、恒兴、恒隆、同庆等钱庄，恒丰昌颜料号，宁波衍源、元馀等钱庄股东，统原银行董事。

（中国征信所编辑：《上海工商人名录》，中国征信所1936年5月第1版，第93—94页）

按语：秦善富，名伟荣。据《鄞秦氏宗谱稿》记载，其生于清光绪二十八年（1902年）八月初四日。

秦善德

年二十七岁（公历一九一〇年生），浙江鄞县人。现为统原商业储蓄银行常务董事、恒大祥五金号股东。

（中国征信所编辑：《上海工商人名录》，中国征信所1936年5月第1版，第94页）

按语：据1936年冬季出版的《上海电话公司电话簿》第130页记载，恒大祥五金号位于百老汇路199号，电话号码41540。

秦善德

现代人，上海统原商业储蓄银行总行之副经理。

（张一凡、潘文安主编，张白衣、方秋苇、张公柏、鲍罗蒂、潘比德、张磬、夏芝编辑：《财政金融大辞典》，世界书局1937年4月第1版，第872页）

秦善庆

年三十七岁（公历一九〇〇年生），浙江宁波人。现为惠中商业储蓄银行董事。

（中国征信所编辑：《上海工商人名录》，中国征信所1936年5月第1版，第94页）

按语：秦善庆，名伟楟。据《鄞秦氏宗谱稿》记载，其生于清光绪二十四年（1898年）七月初八日。

秦康祥

竹刻家秦康祥，字彦冲，浙江鄞县人，年三十五岁，民国纪元前二年（公元一九一三年）生。

幼从慈谿冯游君木，得其陶冶，雅善鼓琴，能书画、篆刻，刻竹尤精，收藏竹刻极富。尝得明濮仲谦、朱松邻作品，因名所居曰濮尊朱佛菴。所藏如秦汉铜印数百纽、镜数十、汉甓、唐琴搜求靡遗，所著有《鄞湖西秦氏支谱》、《竹刻集拓》、《竹人三录》、《竹话》、《明州画人传》、《睿识阁古铜印谱》，又与张鲁菴共辑诸老辈褚礼堂、吴公阜所刻印制谱，日《窗遗印》，曰《各飞馆印留》，以行于世。

（王扆昌主编：《中华民国三十六年中国美术年鉴》，上海市文化运动委员会1948年10月10日第1版，第"传六五"页）

按语："民国纪元前二年"应为"民国纪元二年"，但这一时间记载有误。据秦永聚（康祥）纂辑的《鄞秦氏宗谱稿》，其生于甲寅年五月二十二日（1914年6月15日）卯时。另，宁波市天一阁博物院藏秦康祥户口簿（复印件）记载其出生日期为1914年6月14日（即阴历五月二十一日），亦有误。后文不再赘述。
"幼从慈谿冯游君木"应为"幼从慈谿冯君木游"。
"濮尊朱佛菴"应为"濮尊朱佛斋"。
"日《窗遗印》"应为"曰《松窗遗印》"。
"《各飞馆印留》"应为"《吝飞馆印留》"。

秦康祥

秦康祥，字彦冲，鄞人，从冯开游，得其陶冶。工书，擅八分。善摹印、刻竹，精鉴别。所藏竹刻极富。尝得濮仲谦竹尊、朱松邻竹佛,为传世有数之品,因名所居曰濮尊朱佛斋。著有《竹人三录》《藏竹小记》《明州画人传》《睿识阁古铜印谱》。又辑其故友褚德彝、吴泽遗印成谱,曰《松窗遗印》《奢飞馆印留》。

(秦康祥、孙智敏编著:《西泠印社志稿》卷二,1957年油印本)

按语:据宁波市天一阁博物院藏秦康祥户口簿(复印件)内信息显示,其文化程度为大学,服务处所为西泠印社。

秦康祥

字彦冲。浙江鄞县人。民国二年生(一九一三)。幼从慈谿冯君木游,得其陶冶,雅擅鼓琴,能书画、篆刻,刻竹尤精,收藏竹刻极富,曾得明濮仲谦、朱松隣作品,因名所居曰濮尊朱佛盦。藏秦汉铜印数百钮、镜数十,汉甓唐琴,亦搜求靡遗。著有《鄞湖西秦氏支谱》、《竹刻集拓》、《竹人三录》、《竹话》、《明三十画人传》、《睿识阁古铜印谱》。又与张鲁葊合辑诸礼堂、吴公阜印谱数卷。

(恽茹辛编著:《民国书画家汇传》,台湾商务印书馆1986年6月第1版,第171—172页)

按语:"诸礼堂"应为"褚礼堂"。

秦康祥

马国权

秦康祥(一九一四·五·廿二——一九六八·七·十八),谱名永聚,字彦冲,以字行。浙江宁波人。

幼师事慈谿冯君木先生,得其陶冶,能诗文书画,尤擅八分,复精鼓琴。及从褚德彝、赵叔孺两先生游,遂癖嗜金石篆刻。以收藏名家竹刻、刻印等驰名海内。其斋名甚多,大抵皆与藏弄有关:曾得濮仲谦竹尊、朱松邻竹佛,即名濮尊朱佛斋、竹佛盦;后得竹刻笔筒、扇骨、臂搁、摆件既丰且精,又名其居曰玩竹斋;既获古名琴,又曰雷琴簃、四王琴斋；后见铜印、铜镜、汉璧而集之，且善辨伪，乃名睿识阁；戊戌之岁，得兰亭石刻两面，喜而颜其居曰兰亭石室、唐石室；动乱忽起，珍藏尽失，离故宅而移家陋室，则称卧龙窟。

彦冲于印，其癖之深，及致力之勤，堪与张鲁盦先生相匹。首先为广事搜藏古玺印、名家印，并编拓成谱。所藏古玺印凡千余方，精选为《睿识阁古铜印谱》九卷、附一卷；又将所得花押印一百余方，汇成《唐石斋花押印》四卷；所藏名家印凡二千余方，摘其为前人谱录所未收，而有史事或手迹可供参证者共二百家，每家取三至四印，成《睿识阁印谱》，此谱于印史研究关系甚大；复以自用印辑为《濮尊朱佛斋印印》。为他人集谱者有五种，即钱衡成之《古笏庐印谱》、吴泽之《齐飞馆印留》、乔曾劬之《乔大壮印蜕》、况周颐之《蕙风宧遗印》、易孺之《大庵印谱》等。次则为汇集印人传记资料。叶铭虽有《广印人传》之作，然仓促未备。一九三二年彦冲谒叶氏，叶以增补之事为托。近时留心印人史迹者，柴子英先生着重明清印人行谊之考订，纠误正谬，独具只眼；韩登安先生则以关注并世印人为多。一九六二年重阳，秦、柴、韩三先生欢晤西湖，以彼此志趣相同，遂商议尽出所知，由彦冲董理综合，名曰《印人汇传》，经数载纂辑，得三千许人。余尝在高式熊兄处得见彦冲手稿部分，每传皆三四十字，逾百字者极少。红羊之劫，全稿已无可踪迹矣。而《西泠印社志稿》之编印，彦冲献力特勤；《西泠印社志稿·附编》，更属彦冲手辑，且任印资。其热心印学者类此。

彦冲为印，自古玺、汉印、圆朱，及皖浙两宗、石如、扨叔诸家，无不得其渊雅之致。余事治竹，亦颇有可观，就其所藏、或在友人处假得之竹刻扇骨、臂搁、笔筒、摆件等，拓而存之，凡得数十家，每家选十数件或数十件为一卷，名曰《竹刻集拓》；又钩稽史实轶闻，成《竹人三录》及《藏竹小记》，稿成正拟自资付印，与《印人汇传》同遭劫难。彦冲于其乡贤画迹，亦考索靡遗，有《明州画人传》之作，存否不可问矣。临终前数日，已沉疴棉惙，得至友高式熊之助，犹力疾刻五面印五方，至第六方病不可支，越日竟一瞑不视，其癖印如此。

（一九八四年十一月十八日）

（马国权：《近代印人传》，上海书画出版社 1998 年 8 月第 1 版，第 493—495 页）

按语：张鲁盦，即张咀英，浙江慈谿马径村（今属宁波市江北区）人，系西泠印社早期社员，喜好收藏印谱、名印。张鲁盦逝世后，其家属按其遗愿，将所藏印谱等悉数捐献给西泠印社。

况周颐,号蕙风,广西临桂(今桂林)人,系临桂词派重要代表人物。

秦彦若

秦彦若,原名仲祥,以字行。康祥弟。能画花卉、山水,取法恽、王,上窥宋元。亦工治印。

(秦康祥、孙智敏编著:《西泠印社志稿》卷二,1957年油印本)

秦秉年先生简介

秦秉年,男,1933年9月出生于上海,现为宁波市天一阁博物馆终身研究员。

先生祖籍宁波,是全国重点文物保护单位宁波秦氏支祠主人的第五代后裔,其高祖秦君安、曾祖秦际瀚和祖父秦伟楚,三代均为经商致富的"宁波帮"商人。父亲秦康祥是近代上海著名的篆刻家、收藏家,以收藏名家竹刻、玺印为特色。自1997年起携母定居宁波,先后于2001年向天一阁博物馆捐赠101件竹刻,2003年捐赠171件(套)陶瓷,2006年把家藏剩余的玺印、折扇、字画、铜镜、钱币等共计八千多件文物全部捐赠国家。并获"全国文物保护工作先进个人"荣誉称号。

(《秦秉年捐赠文物精选》,宁波市天一阁博物馆2006年内部编印)

秦秉年

秦秉年(1933—) 城区人,长期生活在上海,1997年与老母亲一起回到故乡宁波定居。其高祖秦君安、曾祖父秦际瀚和祖父秦伟楚,均系鄞籍旅沪著名实业家。父亲秦康祥(1914—1968),谱名永聚,字彦冲,是旅沪实业家,又是近代上海著名的篆刻家、收藏家,西泠印社社员,著名的浙派琴家和斫琴匠,一生致力于金石篆刻,以收藏明清竹刻、秦汉玺印、古琴等闻名;一直关注着家乡的文化事业。父亲谢世后,秦秉年一直珍藏着这些文物。

为实现父亲的家藏文物要回到家乡,送到天一阁的遗愿,秦秉年在老年时多次奔回故里，就捐赠事宜多次与政府、天一阁洽谈。他慨然捐赠了有关宁波文化的重要作品、清初画家林韶的《鄞江送别图》，并放心地将2 000多件文物存放在天一阁博物馆库房。2001年12月9日，他将101件（套）珍贵文物无偿捐赠给天一阁，其中的98件明清竹刻文物，有一级文物23件、二级文物59件、三级文物15件，集中国竹刻艺术品之大成，填补了目前国内竹刻文物史料的一些空白，其数量与质量为国内博物馆一流收藏水平。此后，天一阁博物馆决定聘用先生为天一阁终身研究员。2003年，他又慷然将家藏的另外171件明清瓷器交给了天一阁，其中包括国家二级文物6件、三级文物31件；以后又捐赠了180余枚跨越2 000多年历史的印章精品，上起西汉、下至民国，形式多样，造型古趣。2006年，秦秉年将8 000多件文物赠给天一阁，其中有14张古琴，经著名斫琴大师王鹏和著名琴家陶艺鉴定，有唐琴1张、元琴1张、明琴10张、清琴2张；近80件馆藏成扇精品，其中不乏近现代名家手迹。先后3次共向天一阁博物馆捐赠文物收藏品8 377件（套）及古籍326种、2 318册，所捐赠的文物上起新石器时代，下至明清、民国，时代跨度之大、种类之多，于当代收藏家之中，都屈指可数。

（《鄞州慈善志》编纂委员会编：《鄞州慈善志》，浙江人民出版社2015年5月第一版，第256—257页）

按语：秦秉年于2015年7月2日逝世。

工商金融

钱　庄

恒兴钱庄

1905年，宁波秦家之恒丰昌颜料号与人合股在上海开设，庄址宁波路同和里11号，资本3万两，经理沈翙笙、王钦华。1912年资本增至10万两，1934年为14万元。1935年收歇。

（金普森、孙善根主编：《宁波帮大辞典》，宁波出版社2001年3月第1版，第182页）

一九一四年恒兴钱庄概况

庄名	股　东	资　本	经　理
恒兴	秦君安七股、"慎成李"三股	规元十万两	督理沈翙笙、经理王钦华

（张公权：《各省金融概略》，1915年出版，第206页，上海图书馆藏）

按语：标题系编著者所加。
1914年上海北市汇划钱庄共27家、南市共13家。

恒隆钱庄

成立于民国8年（1919年）。是宁波秦家开设的一家钱庄。创立时资本11万两。民国14年增为22万两。民国22年改为银元30万元。创立初期，业务发展快，经常用同业拆款并大量吸收各银行存款，存放款数字在钱业中居前10名，盈利也较多。自民国8～16年（1919～1927年）的9年间盈利共59.2万两。由于放款过多过滥，民国17年以后逐渐走下坡路，终因迭遭倒帐，至民国20年年终结帐资本、公积金全部亏折。以后多次改组，仍无起色，至1937年清理结束。

（《上海金融志》编纂委员会编、洪葭管主编：《上海金融志》，上海社会科学院出版社2003年7月第1版，第106—107页）

恒隆钱庄

1918年，宁波秦家之恒丰昌颜料号与徐庆云、严康懋等人合股在上海开设，庄址河南路济阳里7号，资本11万两。1925年资本增加为22万两。1932年改组加泰记，次年资本改为30万元。1935年第二次改组，仍为泰记。1936年第三次改组为昌记，资本30万元。经理陈子勋（1918～1931年）、秦绶如（1932年）、林友三（1933～1937年），均为宁波人。1938年收歇。

（金普森、孙善根主编：《宁波帮大辞典》，宁波出版社2001年3月第1版，第183页）

永聚钱庄

1922年由宁波秦家之秦珍荪与严康懋、徐承勋、陈星记等合股在上海开设。资本10万两，经理吴廷范。1933年收歇。

（金普森、孙善根主编：《宁波帮大辞典》，宁波出版社2001年3月第1版，第87—88页）

恒大钱庄

1926年，宁波秦家之恒丰昌颜料号与严康懋、柳笙源、倪椿如、秦润卿等人合股在上海开设,资本20万两,经理周雪龄、洪吟蓉。1931年收歇。

（金普森、孙善根主编:《宁波帮大辞典》,宁波出版社2001年3月第1版,第182页）

按语: "倪椿如"又作"倪偁如"。

恒赉钱庄

1929年,宁波秦家之秦涵琛与徐庆云、孙衡甫、严康懋等人合股在上海开设,庄址宁波路兴仁里24号,资本20万两,经理陈绳武。1924年资本增至30万元。1935年收歇。

（金普森、孙善根主编:《宁波帮大辞典》,宁波出版社2001年3月第1版,第183页）

按语: "1924年"应为"1934年"。

恒巽钱庄

1931年,李詠裳与秦余庆堂、恒丰昌(宁波秦家)、俞佐庭、徐庆云等合股在上海创办,庄址宁波路兴仁里11号,资本22万两,经理俞佐庭。1934年资本增至33万元。1938年收歇。

（金普森、孙善根主编:《宁波帮大辞典》,宁波出版社2001年3月第1版,第183页）

恒巽兴记钱庄　Heng Sun (Sing Kee) Bank Ltd.

一、简史　该庄原名恒巽钱庄,于民国二十年春由俞佐廷等合伙设立,地址在天津路、河南路口,资本国币三十万元。二十五年春,改组内部,更称今名。二十六年抗战军兴,营业停顿。胜利后改在南京东路德馨里现址,变更组织为股份有限公司,三十五年十二月十一日正式复业,领有财政部"银字第一九八八号"营业执照。

二、地址　上海南京东路、山东路口德馨里七号　电话:九一七九七、九〇四二八　电报挂号:〇八一一

三、资本　实收法币四亿元,每股一万元

四、负责人

董事长:王廷歆

常务董事:徐梓才、荣梅莘、朱钦文、朱卓贤

董事:俞佐廷、方汝成、朱景祺、陈祖康、王南山、吴宝成、樊瑞华、朱良贤

监察:方文荫、朱即翔、蔡子明、徐景祥、秦羡卿

总经理:朱卓贤兼

经理:樊瑞华兼

副经理:谷哲明

襄理:盛濬和、谷六全

五、员生总数　三十七人

(联合征信所调查组编辑:《上海金融业概览》,联合征信所1948年4月第1版,第A340页)

按语:"俞佐廷"应为"俞佐庭",下同。

同庆钱庄

1933年由宁波秦家之秦善富与徐懋堂、王伯元等人合股在上海开设,庄址宁波路口180号(后迁泗泾路),资本30万元,经理夏圭初。1938年受战事影响而收歇。1946年11月复业,并改组为股份有限公司,董事长蔡肃侯,总经理包述傅。资本增至法币2亿元。存款总额1946年11月18日止计法币20.88亿元。

(金普森、孙善根主编:《宁波帮大辞典》,宁波出版社2001年3月第1版,第97页)

按语:"徐懋堂"又作"徐懋棠",下同。

慎源钱庄

1933年宁波秦家之秦善宝与徐承勋、何谷声、余葆三等人合股在上海开设。资本30万元,经理林荣生。1939年收歇。

(金普森、孙善根主编:《宁波帮大辞典》,宁波出版社2001年3月第1版,第233页)

慎源吉记庄概况

创　立	组织	资本	股　　　东	经、副理
慎源吉记庄	合伙经营	资本国币三十万元	徐祖荫、秦善宝、何谷声、项颂如、张咀英	林荣生、姚国香

(《第二章全国金融机关调查》,沈雷春主编:《中国金融年鉴》,中国金融年鉴社1939年1月22日第1版,第B51页)

按语:标题系编著者所加。

复恒钱庄

1927年创设于浙江鄞县(今宁波),1935年资本6.6万元,股东秦余庆堂、严祥琯、傅洪水、陈子埙、秦善宝,经理陈元晖,副经理朱作霖,庄址设在江厦街。

(姜建清主编:《近代中国银行业机构人名大辞典》,上海古籍出版社2014年1月第1版,第112页)

瑞丰钱庄

1932年创立于浙江鄞县(今宁波),曾更名瑞丰源记钱庄,1935年资本6.6万元,股东何绍裕、秦善宝、方文年、周新德堂、徐承炎、李学畅,经理及副经理孙性之、赵忠道、黄季升,庄址设在江厦街。抗战期间停业,1946年1月复业,为股份有限公司组织,票据交换证第15号,资本法币2 000万元,庄址设在江厦街44号,董事长孙性之,董事郑子荣、秦善宝等,经理孙庆增。全庄员工12人。1946年存款余额1.3亿元,放款余额1.2亿元。1950年停业。

（姜建清主编:《近代中国银行业机构人名大辞典》,上海古籍出版社2014年1月第1版,第328页）

泰源钱庄

1914年创设于浙江宁波,1935年资本6.6万元,股东严祥琯、赵占绶、秦善宝、陈子埙、俞佐廷,经理周巽斋,副经理毕兆槐,庄址设在江厦街。

（姜建清主编:《近代中国银行业机构人名大辞典》,上海古籍出版社2014年1月第1版,第386页）

元余钱庄

1933年2月创设于浙江宁波,1935年资本10万元,股东王伯元、孙衡甫、秦善宝、秦善富、张咀英、李祖荫,经理丁进甫,副经理虞秉衡,庄址设在江厦街。

（姜建清主编:《近代中国银行业机构人名大辞典》,上海古籍出版社2014年1月第1版,第529—530页）

鼎恒钱庄

清光绪三十一年(1905年)创立于浙江鄞县(今宁波),1931年名鼎恒丰记钱庄,为宁波城区大同行钱庄,资本银3.3万元,经理林梦飞。1936年资本6.6万元,股东徐祖荫、赵占绶、秦善宝、秦泉笙、秦善富、秦羡馥,经理章恩长,副经理秦鱼介、陈纯夫,庄址设在江厦街。抗战期间停业,1946年9月复业,为有限公司组织,票据交换证第40号。资本法币5 000万元,庄址设在江厦街103号。董事长秦鱼介,董事王桂贞、柳和康、傅彦臣、鲍梅先、秦庭安、张静墅,总经理秦定安,经理张静墅,副经理陆彭龄。全庄员工15人,1946年存款余额约法币5 000万元,放款余额约法币8 000万元。1950年停业。

（姜建清主编:《近代中国银行业机构人名大辞典》,上海古籍出版社2014年1月第1版,第78页）

晋恒钱庄

1912年创立于浙江鄞县（今宁波）,1931年已加记为晋恒裕记钱庄,为宁波城区大同行钱庄,资本银3万元,经理丁仰高。1936年股东秦泉笙、秦善宝、秦善富、秦羡馥、姚次鼓、刘伯源、袁圭绶,经理丁仰高,副经理阮雪岩,庄址设在江厦街。抗战期间停业,1946年12月16日复业,为股份有限公司组织,票据交换证第41号,资本法币5 000万元,庄址设在江厦街62号。董事长王维官,董事秦羡卿、秦善德、陈绳武、陈春云、杨文林、严季林、朱维官、陈元晖,经理陈元晖。全庄员工15人,1946年存款余额约5 000万元,放款余额8 000万元。1949年9月20日,原庄在空袭中被炸毁,同年11月迁至崔崖街67号继续营业,资本人民币2 500万元,员工19人,经理陈元晖。1952年10月14日停业。

（姜建清主编:《近代中国银行业机构人名大辞典》,上海古籍出版社2014年1月第1版,第230页）

按语：“陈春云”应为“陈春雩”,下同。“崔崖街”应为“崔衙街”。

晋恒钱庄

一、**简史**　该庄于民国前一年创立,卅年宁波沦陷停业,卅五年十二月十六日复业,已呈奉财政部京钱戊字第六八○号批准为有限公司组织。票据交换证第四十一号。

二、**地址**　宁波江厦街六十二号

电话：三五九

三、**资本** 国币五千万元

四、**组织及负责人**

董事长：王维官

董事：秦羡卿、秦善德、陈绳武、陈春云、杨文林、严季林、朱维官、陈元晖

监察：陈叔文、丁渭盛

经理：陈元晖　副理：丁树东　襄理：张芳荃

五、**全庄员生人数** 十五人

六、**三十五年度业务概况**

存款总余额：约五〇、〇〇〇、〇〇〇元。

放款总余额：约八〇、〇〇〇、〇〇〇元。

（浙江省银行经济研究室编：《浙江金融业概览》，1947 年 8 月出版，第 197 页）

《上海金融机关一览》（选录）

恒隆庄

住址：河南路三百七十九号即济阳里　电话：中央三四六六号

职员：经理陈子壎，协理戚龄延

资本：规银十一万两

股东：恒丰昌五股、徐庆云二股半、严康楙二股半、陈子壎一股

恒兴庄

住址：宁波路二十四号即同和里　电话：中央四一四六号

职员：经理沈翊笙，协理王庆华

资本：规银十万两

股东：恒丰昌五股、秦君安三股、李瑞湖二股

（徐玉书编纂：《上海金融机关一览》，银行周报社 1920 年 6 月 25 日发行）

按语：当时上海北市有恒隆、恒兴等汇划钱庄共 59 家。

《上海钱庄业调查（续前）》（选录）

沙　秋

名称	资金（银两）	股　　份	经理	地址
永聚	一〇〇,〇〇〇	严康懋二股半、陈星记二股半、徐成勋二股半、秦珍荪二股半	吴廷范	宁波路同和里
恒隆	一一〇,〇〇〇	恒丰昌五股、徐庆云二股半、严康懋二股半、陈子壎一股	陈子壎	河南路济阳里
恒兴	一〇〇,〇〇〇	恒丰昌五股、秦君安三股、李瑞湖二股	沈翌笙	宁波路同和里

（《上海总商会月报》第6卷第9号,1926年9月出版）

按语：“徐成勋”应为“徐承勋”。

《民国十五年上海南北市汇划庄及元字庄之资本及附本数额表（单位：两）》（选录）

种　别	庄　名	资　本	附　本
北市汇划钱庄	永聚	100 000	60 000
	恒大	220 000	——
	恒隆	220 000	——
	恒兴	100 000	——

（《第一章概论》,杨荫溥编纂：《上海金融组织概要》,商务印书馆1930年2月第1版,第4—7页）

按语：1926年上海北市汇划庄共77家,资本共1 242.6万两、附本共203.9万两。

《上海钱业公会入会同业表》（选录）

牌号	地址	股东、股分	资本	经理
永聚庄	北市宁波路同和里	严康枛二股半、徐承勋二股半、陈星记二股半、秦珍荪二股半	十万两，附本六万两	吴廷范
恒大庄	北市河南路济阳里	恒丰昌五股、严康枛二股、柳笙源二股、倪椿如一股、秦润卿一股	二十二万两	洪吟蓉
恒隆庄	北市河南路济阳里	秦馀庆堂五股、严康枛二股半、徐庆云二股半、陈子壎一股	二十二万两	陈子壎
恒兴庄	北市宁波路同和里	恒丰昌五股、秦君安三股、李瑞湖二股	十万两	沈翌笙

（徐寄庼编辑：《增改最近上海金融史》，1929年1月增改再版，第172、175—176页，上海图书馆藏）

按语：该表统计数据截至民国十七年（1928年）底。

《上海钱业公会入会同业调查表（十八年份）》（选录）

牌号	地址	股东、股分	资本	经理
永聚庄	北市宁波路同和里	严康枛二股半、徐承勋二股半、陈星记二股半、秦珍荪二股半	十万两，附本六万两	吴廷范
恒大庄	北市河南路济阳里	恒丰昌五股、严康枛二股、柳笙源二股、倪椿如一股、秦润卿一股	二十二万两	洪吟蓉
恒隆庄	北市河南路济阳里	秦馀庆堂五股、徐庆云二股半、严康枛二股半、陈子壎一股	二十二万两	陈子壎
恒赉庄	北市宁波路兴仁里	秦涵琛三股、徐庆云三股、孙衡甫二股、严康枛二股	二十万两	陈绳武

续　表

牌号	地址	股东、股分	资本	经理
恒兴庄	北市宁波路同和里	恒丰昌五股、秦君安三股、李瑞湖二股	十万两	沈翌笙

（徐寄庼编：《增改最近上海金融史附刊之二》，1930年11月出版，第125、128—129页，上海图书馆藏）

《上海汇划钱庄一览表（二十年二月丁裕长调查）》（选录）

帮别	庄名	资本（单位：千两）	附本（单位：千两）
宁波	永聚	一〇〇	六〇
宁波	恒巽	一二〇	
宁波	恒隆	二二〇	
宁波	恒赉	二〇〇	
绍兴	恒兴	一〇〇	

（中央储备银行调查处编：《上海钱庄概况》，中央储备银行调查处1944年12月第1版，第4、6页，上海图书馆藏）

按语：恒兴钱庄应属宁波帮。

据《上海汇划钱庄一览表（二十年二月丁裕长调查）》统计，当时上海汇划钱庄共76家，资本1 096.2万两、附本155万两。

《上海钱业公会入会同业调查表（二十年份）》（选录）

牌号	地址	股东、股分	资本	经　理
永聚庄	北市宁波路七十四衖三号同和里	严康棽二股半、徐承勋二股半、陈星记二股半、秦珍荪二股半	十万两，附本十四万两	吴廷范，协理朱崙卿

续 表

牌号	地址	股东、股分	资本	经 理
恒巽庄	北市宁波路兴仁里	秦馀庆堂三股、徐庆云二股半、李詠裳二股半、恒丰昌二股、俞佐庭一股	廿二万两	俞佐庭,协理夏圭初、李伯顺,襄理陈馀庆
恒隆庄	北市河南路济阳里	秦馀庆堂五股、徐庆云二股半、严康林二股半、陈子壎一股	廿二万两	监理秦善宝,经理秦水如,协理林友三、陈润水
恒赉元记庄	北市宁波路兴仁里	徐庆云三股半、秦涵琛三股、孙衡甫二股半、秦馀庆堂一股	二十万两	陈绳武,协理范寿臣
恒兴庄	北市宁波路同和里	秦君安五股、恒丰昌三股、李瑞湖二股	十万两	沈翌笙,协理赵槐林、陈和琴

(徐寄庼编:《增改最近上海金融史附刊之三》,1931年9月出版,上海图书馆藏)

《上海汇划钱庄一览表(二十二年市商会调查)》(选录)

庄名	庄 址	资本额(单位:国币千元)	组织	成立年月	备考
同庆	宁波路一八〇号	三〇〇	同	二二、二	
恒巽	宁波路兴仁里二三号	三三〇	同	二〇、一、五	
恒兴	宁波路同和里一一号	一四〇	合伙	光绪三二、一	
恒隆泰记	河南路济阳里七号	三〇〇	同	民国二一、六	
恒赉元记	宁波路兴仁里二四号	三〇〇	同	一八、一	民十九加元记

(中央储备银行调查处编辑:《上海钱庄概况》,中央储备银行调查处1944年12月第1版,第9—11页)

按语:"同"即"同上",指"合伙"。
成立年月凡未标注年号者均为民国纪年。
据《上海汇划钱庄一览表(二十二年市商会调查)》统计,当时上海北市汇划钱庄共58家,资本额1838.5万元;南市汇划钱庄共4家,资本额54.8万元。

秦君安家族在沪汇划钱庄一览表
（截至一九三三年十月底）

钱庄牌号	创立年月	资本额（单位：元）	附本额（单位：元）	股东姓名及所认股份	重要职员姓名	备 注
同庆庄	一九三三年	三〇〇、〇〇〇.〇〇	—	王伯元三股、秦善富二股、郁震东二股、徐懋记一股、秦羡馥一股、李连璇一股	夏圭初、李瀛生	
恒巽庄	一九三一年	三三〇、〇〇〇.〇〇	—	秦馀庆堂三股、徐庆云二股半、李詠裳二股半、恒丰昌二股、俞佐庭一股	俞佐庭、李伯顺、徐景祥	
恒隆泰记庄	一九一九年	三〇〇、〇〇〇.〇〇	—	秦馀庆堂五股、孙衡甫二股、徐庆馀堂二股、张咀英一股	林友三、杨艺生、陈馀庆	一九三二年因股东更换，于牌号下增"泰记"两字
恒赍元记庄	一九二九年	三〇〇、〇〇〇.〇〇	—	徐庆云三股半、秦涵琛三股、孙衡甫二股半、秦馀庆堂一股	陈绳武	一九三〇年因股东更换，于牌号下增"元记"两字
恒兴庄	一九〇五年	一四〇、〇〇〇.〇〇	—	秦君安五股、恒丰昌三股、李瑞湖二股	沈翌笙、赵槐林、陈和琴	
慎源庄	一九三三年	三〇〇、〇〇〇.〇〇	—	徐承勋二股半、秦善宝二股半、何谷声二股、余葆三一股半、张咀英一股半	林荣生、姚国香	系永聚庄所改组

（郭孝先：《上海的钱庄》，《上海市通志馆期刊》1933 年第 3 期）

🈶语：标题系编著者所加，内容据郭孝先撰写的《上海的钱庄》整理。

《上海市钱业同业公会入会同业调查表（民国二十二年份）》（选录）

牌号	地址、电话	股东姓名、股分	资本	重要职员
同庆庄	北市宁波路一八○号；九三八四三、九七六六六	王伯元三股、秦善富二股、郁震东二股、徐懋记（代表徐懋棠）一股、秦羡馥一股、李莲璇一股	三十万元	经理夏圭初，协理李瀛生，襄理朱海初
恒巽庄	北市宁波路兴仁里；一四二八八、一八三二八	秦馀庆堂三股、徐庆云二股半、李詠裳二股半、恒丰昌二股、俞佐庭一股	三十三万元	经理俞佐庭，协理李伯顺、徐景祥
恒隆泰记庄	北市河南路济阳里；九○八二六、九三四六六	秦馀庆堂五股、孙衡甫二股、徐庆馀堂二股、张咀英一股	三十万元	经理林友三，协理杨艺生、陈馀庆
恒赉元记庄	北市宁波路兴仁里；一三八六三、一三八六五	徐庆云三股半、秦涵琛三股、孙衡甫二股半、秦馀庆堂一股	三十万元	经理陈绳武
恒兴庄	北市宁波路同和里；一四一四六	秦君安五股、恒丰昌三股、李瑞湖二股	十四万元	经理沈翌笙，协理赵槐林、陈和琴
慎源庄	北市宁波路同和里；一三九六一	徐承勋二股半、秦善宝二股半、何谷声二股、余葆三一股半、张咀英一股半	三十万元	经理林荣生，协理姚国香，襄理励叔卿

（徐寄庼编辑：《增改三版最近上海金融史附刊之一》，1933年12月出版，上海图书馆藏）

《上海钱业同业调查》（选录）

（二十五）恒巽庄

地址	宁波路兴仁里二三号
成立日期	民国二十年一月五日

续　表

电话	一四二八八、一八三二八				
集资性质	合伙				
资本额	三三〇、〇〇〇、〇〇				
公积金					
股东	秦馀庆堂	徐庆云	李詠裳	恒丰昌	俞佐庭
股分	三股	二股半	二股半	二股	一股
经、协理	俞佐庭、李伯顺、徐景祥				
职员人数	四一				

（二十六）恒兴庄

地址	宁波路同和里一一号		
成立日期	光绪三十二年正月		
电话	一四一四六		
集资性质	合伙		
资本额	一四〇、〇〇〇、〇〇		
公积金			
股东	秦君安	李瑞湖	恒丰昌
股分	五股	二股	三股
经、协理	沈翊笙、赵槐林、陈和琴		
职员人数	二四		

（二十七）恒隆泰记庄

地址	河南路济阳里七号
成立日期	民国二十一年六月

64

续 表

电话	九三四六六、九〇八二六			
集资性质	合伙			
资本额	三〇〇,〇〇〇,〇〇			
公积金				
股东	秦馀庆堂	孙衡甫	徐庆馀堂	张咀英
股分	五股	二股	二股	一股
经、协理	林友三、杨艺生、陈馀庆			
职员人数	三〇			

民国二十一年加泰记

(二十八) 恒赉元记庄

地址	宁波路兴仁里二四号			
成立日期	民国十八年一月			
电话	一三八六五			
集资性质	合伙			
资本额	三〇〇,〇〇〇,〇〇			
公积金				
股东	徐庆云	秦涵琛	孙衡甫	秦庆馀堂
股分	三股半	三股	二股半	一股
经、协理	陈绳武、范寿臣			
职员人数	五〇			

(上海市商会商务科编:《金融业》,1934 年出版,第 160—162 页)

按语:"秦庆馀堂"应为"秦馀庆堂"。

衍源、复恒、泰源、瑞丰、鼎恒、晋恒、元馀等宁波钱庄盈利情况表

大同行	二十二年盈利数	二十三年盈利数	大同行	二十二年盈利数	二十三年盈利数
衍源	四万元	二万元	鼎恒	二万元	二万元
复恒	三万元	—	晋恒	二万元	二万元
泰源	三万元	一万五千元	元馀等		一万元
瑞丰	三万元	八万元			

（浙江省商务管理局编印：《浙江商务》第1卷第1期，1936年1月1日出版，第32—33页，上海图书馆藏）

按语：标题系编著者所加，内容据徐世治《宁波钱业风潮报告》（刊《浙江商务》第1卷第1期）一文整理而成。

衍源、复恒、泰源、瑞丰、鼎恒、晋恒、元馀等均系秦君安家族投资的宁波钱庄。

民国二十二年（1933年）宁波大同行共计37家，盈利82万元；二十三年（1934年）大同行共计32家，盈利70.5万元。

一九三五年底宁波瑞丰、衍源、泰源、晋恒、鼎恒、复恒、元馀钱庄一览表

牌号	资本额	经、副理	开设日期	停业日期	投资人
瑞丰	66 000	孙性之、赵忠道、黄季升	1922	1950	何绍裕、秦善宝、方文年、徐承炎、李学畅、周新德堂
衍源	33 000	邱焕章、张锡金	1923	1935	赵占绶、秦善富、徐霭堂、徐可城、郭渔笙、周巽斋
泰源	66 000	周巽斋、毕兆槐	1914	1935	严祥琯、赵占绶、秦善宝、陈子埧、俞佐庭、周巽斋

续　表

牌号	资本额	经、副理	开设日期	停业日期	投　资　人
晋恒	30 000	丁仰高、阮雪岩	1910	1936	秦泉笙、刘伯源、姚次鼓、袁圭绶
鼎恒	66 000	秦鱼介、章思长、陈纯甫	1905	1950	徐承勋、赵占绶、秦善宝、秦鱼介、秦庆余堂
复恒	66 000	陈元晖、朱作霖	1927	1936前	严祥琯、傅洪水、陈子埙、秦善宝、秦庆余堂
元馀	100 000	丁进甫、虞秉衡	1933		王伯元、孙衡甫、秦善宝、秦善富、张咀英、李祖荫

　　（宁波金融志编纂委员会编：《宁波金融志》第1卷，中华书局1996年4月第1版，第282—284页）

按语：标题系编著者所加，内容据《宁波金融志》第1卷《1935年底宁波各钱庄投资人》整理而成。

　　章思长、姜建清主编的《近代中国银行业机构人名大辞典》（上海古籍出版社2014年1月第1版）第78页作"章恩长"。

　　"秦庆余堂"应为"秦馀庆堂"。

　　以上7家钱庄均属大同行即汇划钱庄。

《查验上海钱业登记宝银报告表》（选录）

单位：两

名称	二十二年四月六日册列数目	二十二年十二月十五日		二十三年二月二十六至二十八日查验数目
		登记数目	册列数目	
同庆	七八、八六九.六五	一、五〇〇.〇〇	一、五五〇.七七	一、六五九.五七
恒巽	四八、二五四.八一	三八七、一七六.三三	三八七、一七八.三五	三八七、一七八.三五
恒隆	八六、三七一.八五	一五、四〇〇.〇〇	一五、二〇九.四八	一五、二〇九.四八

续　表

名称	二十二年四月六日册列数目	二十二年十二月十五日		二十三年二月二十六至二十八日查验数目
		登记数目	册列数目	
慎源	一三、八四六.一五	一一、二〇〇.〇〇	一〇、八四五.五五	一〇、八四五.五五
恒赉	三一、七三七.一九	三一、七三七.一九	三一、七三七.一九	三一、七三七.一九

（财政部财政年鉴编纂处编纂：《财政年鉴》，商务印书馆1935年9月第1版，第1569—1571页）

宁波金融风潮下信源、泰源钱庄概况

牌号	资本（元）	股东及股份	经理人	营业总额（万元）	令垫资本（万元）
信源	七二、〇〇〇	赵占绥二股赵、徐霭堂二股半、严祥琯二股半、秦善富一股半、郭渔笙一股、赵恩琯一股	赵恩琯	七〇	一二
泰源	五〇、〇〇〇	严祥官四股半、秦善富一股半、赵占绥二股、俞佐廷一股、周巽斋一股、陈子埙一股	周巽斋	一〇〇	

（张家珂：《论宁波钱庄的组织——兼质李权时先生》，《钱业月报》第15卷第9号，1935年9月15日发行）

按语：标题系编著者所加。

　　　"令垫资本"指当地政府强迫钱庄垫本。

　　　"赵占绥二股赵"疑为"赵占绥二股半"。

　　　"严祥琯"即"严祥官"。

《宁波银号钱庄调查表大同行三十七家》(选录)

名称	地址	开办年月	资本	可以运用资金数目	业务种类	历年营业情形	股东姓名	经、副理姓名
晋恒	同上(即钱行街——编著者注)	光绪十八年	三万	一百四十五万	同上(即信用放款、存款)	益四十万	秦泉笙、姚次蘧、刘伯源、袁圭绶	丁仰高
衍源	钱行街	民国十九年	三万三千	二百万	同上	益十万	郭渔笙、徐蔼堂、赵占绶、周巽斋、徐可成、秦富善	邱焕章
泰源	同上	光绪三十年	六万六千	一百七十万	同上	益三十万	严祥琯、赵占绶、陈子壎、俞佐庭、秦善宝	周巽斋
鼎恒	糖行街	光绪年间开始,民国二十一年改组	六万六千	一百六十万	同上	益三十万	秦泉笙、赵占绶、徐承勋、秦善宝	秦渔介
瑞丰	同上	民国二十一年	六万六千	一百三十万	同上		何绍裕、秦善宝、周炳文、徐永炎、方文年、李学畅	孙性之
复恒	同上	民国二年	六万六千	一百三十万	同上	益十二万	陈子壎、秦泉笙、秦善宝、严祥琯、傅洪水	陈元辉

名称	地址	开办年月	资本	可以运用资金数目	业务种类	历年营业情形	股东姓名	经、副理姓名
元馀	同上	民国二十年	十万	九十万	同上	益五万	张咀英、秦善富、王伯元、秦善宝、孙衡甫、李祖荫	丁进甫

（张一凡、潘文安主编，张白衣、方秋苇、张公柏、鲍罗蒂、潘比德、张磬、夏芝编辑：《财政金融大辞典》，世界书局1937年4月第1版，第1246—1249页）

按语：衍源的股东中"秦富善"应为"秦善富"。

钱业家族集团——宁波腰带河头秦家

创业人秦君安。居城区湖西马眼漕，颜料业起家，在沪设恒丰昌颜料号。第一次世界大战期间，德国进口的靛青中断，价暴涨，居奇出售，积巨资。曾在上海租界购置大批地产，投资钱庄多与乡人合伙经营，牌号如下：

牌号	所在地	资本额	设立及改组时间	停业时间
恒兴	上海	30 000两	1905	1935
恒隆	上海	110 000两	1918	1937
恒赉	上海	220 000两	1929	1935
恒巽	上海	220 000两	1931	1937
恒大	上海	220 000两	1926	1930
永聚	上海	160 000两	1922	1933
同庆	上海	300 000元	1933	1938
慎源	上海	300 000元	1933	1939
鼎恒	上海		1906	1907

续　表

牌号	所在地	资本额	设立及改组时间	停业时间
晋恒	宁波	30 000元	1910	1936
鼎恒	宁波	33 000元	1905	1950
复恒	宁波	66 000元	1927	1936前
泰源	宁波	60 000元	1914	1935
衍源	宁波	33 000元	1923前	1935
瑞丰	宁波	60 000元	1922	1950
元余	宁波	100 000元	1933	
瑞孚	宁波	66 000元	1931	

（宁波金融志编纂委员会编：《宁波金融志》第1卷，中华书局1996年4月第1版，第278—279页）

按语：标题系编著者所加。

查《宁波金融志》第1卷《1935年底宁波各钱庄投资人》，其中瑞孚钱庄投资人有李松房、傅洪水、何衷筱、李联辉、袁和笙、戴崧生、赵节芗、徐乐卿、吴彬珊、傅鸿翘，经理、副理为傅鸿翘、孙树德，并无秦姓人员。

上海钱业公会议事录（选录）

民国十一年一月十三日即旧历十二月十六日第二十二期常会

（一）新开钱庄报请入会

永聚庄资本银十万两，股东秦珍荪、严康棽、徐承勋、陈星记各二股半，经理吴廷范，协理朱崙卿，见议秦润卿、王鞠如。

裕丰庄资本银十万两，股东金仲廉、陈公洽、蒋孟苹各三股，刘石荪一股，经理林联荪，副经理冯筱康、蔡詠和，见议秦润卿、王鞠如。

以上两庄现据报告到会,应请投子表决。

投子表决如下:

永聚庄,白子六十颗,黑子三颗。

裕丰庄,白子五十八颗,黑子七颗。

以上两庄照章通过,认为同业。

(下略)

(邹晓昇编选:《上海钱业及钱业公会》影印版,上海远东出版社2017年5月第1版,第75—76页)

民国十四年四月二十四日即旧历
四月初二日第五期常会

(上略)

(三) 报告案

(中略)

据永聚庄报称,"原有资本银拾万两,兹于本年四月初一起,再加附本银六万两,除注册外,提出报告"。

(下略)

(邹晓昇编选:《上海钱业及钱业公会》影印版,上海远东出版社2017年5月第1版,第233、234页)

民国十四年五月二十三日即旧历
闰四月初二日第七期常会

(上略)

(三) 报告案

恒隆庄报告,"原有资本银十一万两,今庚四月初八日起,添加资本银十一万两,共计银二十二万两"。

(下略)

(邹晓昇编选:《上海钱业及钱业公会》影印版,上海远东出版社2017年5月第1版,第236、237页)

民国十五年一月二十九日即旧历
乙丑十二月十六日午二时董事会议

审查同安、恒大两新庄请求入会事

（中略）

据恒大庄报告，"资本总额贰拾贰万两，股东恒丰昌五股，严康楙、柳笙源各二股、倪俸如、秦润卿各一股，经理周雪舲，协理林联笙，见议王鞠如、李寿山"。

到会董十人，田总董主席报告毕，请审查，众无异议，遂投子表决如下：计投九子（主席照例不投子）

同安庄，检得全白子九颗。

恒大庄，检得全白子九颗。

田祈原、秦润卿

（邹晓昇编选：《上海钱业及钱业公会》影印版，上海远东出版社2017年5月第1版，第265页）

民国十五年一月廿九日即旧历
乙丑十二月十六日第廿四期常会

（上略）

（二）新庄入会案

（一）同安庄，（二）恒大庄

资本总额及股东姓名等项见前。主席田总董报告后，付表决，赞成者请举手，分两次表决，均举手赞成，认为入会同业。

（下略）

（邹晓昇编选：《上海钱业及钱业公会》影印版，上海远东出版社2017年5月第1版，第266页）

民国十八年一月廿六日即戊辰
十二月十六日第二十四期常会

（上略）

临时提出：

（一）福隆庄报告更动股分，详见同业录。

（二）新开恒赉庄请求入会，详见同业录。

先经执行委员会审查无异，投子表决，认为可以入会，复照章经会员大会决定准予入会。

上海钱业公会执行常务委员胡熙生

（邹晓昇编选：《上海钱业及钱业公会》影印版，上海远东出版社2017年5月第1版，第410页）

民国十九年二月二日下午二时第三期常会

执行常务严委员均安主席

报告事项：

（中略）

（二）据会员恒赉庄报告，"股东略有更换，自十九年二月起，徐庆云君三股半、秦涵琛君三股、孙衡甫君二股半、秦馀庆堂一股，资本规银二十万两，牌号加元记，经、协理、见议均照旧"。

（三）据会员恒大庄报告，"股东、股数均有更换，自十九年二月起，秦馀庆堂五股、秦涵琛君一股半、柳源笙君二股半、秦润卿君一股，资本元二十万两，牌号加裕记，经理洪吟蓉，副理林联琛，见议李寿山、王鞠如两君"。

（下略）

（邹晓昇编选：《上海钱业及钱业公会》影印版，上海远东出版社2017年5月第1版，第486—487页）

民国十九年二月十一日上午十一时内园年会

执行常务严委员均安主席

报告事项：

（一）恒大庄更换股东及股数、加记，上届常会业经报告，惟该庄于七号新划资本银念万两，未曾提出，合再报告。

（下略）

（邹晓昇编选：《上海钱业及钱业公会》影印版，上海远东出版社2017年5月第1版，第490页）

民国二十年一月二十八日下午三时执行委员会

到会委员十二人，执行常务陈委员子壎主席

（中略）

讨论事项：

（一）审查恒巽新庄请求入会案

主席将来函所列各款逐一报告，经到会委员先行审查，再投子表决。由出席委员十二人各投一子毕，主席即当众开瓯检查，计共投十二子，全数得白子。查议决案以白子为认可，兹所投全属白子，是全体认可，当然认为可以加入为会员，照章再提出常会，请全体会员决定之。

（下略）

（邹晓昇编选：《上海钱业及钱业公会》影印版，上海远东出版社2017年5月第1版，第579、580页）

民国二十年二月二日下午二时第三期常会

到会员六十六家，执行常务秦委员润卿主席

（中略）

讨论事项：

（一）二十年一月份拆息请公决案

（议决）四两，存照扣，欠照加。

（二）新庄请求入会案

新庄牌号恒巽，额定资本规元贰拾贰万两，股东秦徐庆堂叁股、徐庆云贰股半、李詠裳贰股半、恒丰昌号贰股、俞佐庭壹股，共计十一股，经理俞佐庭，协理夏圭初、李伯顺，襄理陈徐庆，见议秦润卿、谢弢甫两君，于一月五日聚本。上列报告经一月二十八日执委会提出审查，投子表决认为可以加入为会员，照章应付全体会员决定，应请公决。主席付表决起谓：如认为可以加入为会员者，请起立。全体起立通过。由会备函通知该庄，并请其缴纳各费。

（下略）

（邹晓昇编选：《上海钱业及钱业公会》影印版，上海远东出版社2017年5月第1版，第581、582—583页）

民国二十年四月十六日下午二时第八期常会

出席会员五十一家，执行常务严委员均安主席

报告事项：

（一）上期常会议决录。

（二）四月份上半月收发文件，收文四十一件，发文九十三件。

（三）据会员恒隆庄函称，"敝庄经理陈子壎先生在籍病故，兹由各东议定，公推秦善宝君为监理，推前协理秦水如君为经理，推林友三、陈润水两君为协理。特此报告"。

（下略）

（邹晓昇编选：《上海钱业及钱业公会》影印版，上海远东出版社2017年5月第1版，第596页）

按语：秦水如即秦绥如。

民国二十年五月二日下午二时第九期常会

出席会员六十四家，执行常务胡委员熙生主席

（中略）

临时提出报告：

（一）据会员永聚庄函请，"小庄自今日起，再加附本元捌万两，合前共计资本元贰拾四万两。特此报告"。

上海钱业公会执行常务委员

（邹晓昇编选：《上海钱业及钱业公会》影印版，上海远东出版社2017年5月第1版，第601、603页）

民国二十一年五月十四日下午二时
第一届第二十九次常务委员会

出席委员四人,主席秦委员润卿

报告事项:

(一)据会员恒隆庄报称,"小庄业经改组,加号泰记,股东秦馀庆堂五股,孙衡甫、徐庆馀堂各二股,张咀英一股,资本元贰拾万两,以秦绥如为经理,林友三、杨艺生为协理,见议秦润卿、谢豉甫两君"。

(下略)

(邹晓昇编选:《上海钱业及钱业公会》影印版,上海远东出版社2017年5月第1版,第696页)

民国二十一年五月二十五日下午二时
第一届第十六次执行委员会

出席委员十二人,主席秦委员润卿

报告事项:

(一)上次会议决议录。

(二)据会员恒隆庄报称,"小庄业经改组,加号泰记,股东秦馀庆堂五股,孙衡甫、徐庆馀堂各二股,张咀英一股,资本元贰拾万两,以秦绥如为经理,林友三、杨艺生为协理,见议秦润卿、谢豉甫两君"。

(下略)

(邹晓昇编选:《上海钱业及钱业公会》影印版,上海远东出版社2017年5月第1版,第698页)

民国二十一年十月十一日下午二时
第一届第二十四次执行委员会

出席委员捌人,主席秦委员润卿

报告事项:

(一)上次会议决议录。

（二）据会员恒隆庄报称，"经理秦绶如逝世，兹推举林友三为经理，杨艺生、陈徐庆为协理"。

（下略）

（邹晓昇编选：《上海钱业及钱业公会》影印版，上海远东出版社2017年5月第1版，第712页）

民国二十三年二月二十五日下午二时
第二届第十次执行委员会

出席委员十三人，主席裴委员云卿

报告事项：

（一）上次会议决议录。

（二）会员鸿祥庄函报，"自二月十八日起，职员罗嘉源升为襄理"。

（三）会员恒赉庄函报，"协理范寿臣逝世，自二月十四日起，由冯寿康、丁雪涛二君为协理"。

（下略）

（邹晓昇编选：《上海钱业及钱业公会》影印版，上海远东出版社2017年5月第1版，第757页）

民国二十四年二月七日下午二时临时执行委员会

出席委员十二人，主席裴委员云卿

提议事项：

（中略）

（二）据会员慎源庄函报，"敝庄原有股东余葆三君壹股半，无意营业退出，由项颂如君新加一股半，尚有徐承勋君改由徐种德堂出面，代表徐祖荫君，如是计徐种德堂代表徐祖荫贰股半、秦善宝君二股半、何谷声君贰股、项颂如君一股半、张咀英君一股半，资本国币叁拾万元，加号吉记，经、协、襄理一仍其旧，见议秦润卿先生"，照章提请审查案。

经审查后，用投子表决，共投十二子，开瓯检点，子数相符，计十二子全白。

（议决）审查合格，再照章提交会员代表常会决定。

（下略）

（邹晓昇编选：《上海钱业及钱业公会》影印版，上海远东出版社2017年5月第1版，第789页）

民国二十四年二月十日下午二时
第二届第三十三次执行委员会

出席委员十一人，主席秦委员润卿

（中略）

讨论事项：

（一）据会员同庆庄函报，"小庄股东郁震东原有两股，自动退股，兹由王伯元、秦善富、徐懋记、秦羡馥各加半股，自二十四年二月八日起，计为王伯元三股半、秦善富二股半、徐懋记代表徐懋棠一股半、秦羡馥一股半、李连璇一股，资本国币叁拾万元，加号仁记，经理林瑞庭，协理李瀛生，见议谢发甫、秦润卿两先生"，照章提请审查案。

经审查后，用投子表决，共投十一子，开瓯检点，子数相符，计十一子全白。

（议决）审查合格，再照章提请会员代表常会决定。

（下略）

（邹晓昇编选：《上海钱业及钱业公会》影印版，上海远东出版社2017年5月第1版，第791页）

民国二十一年六月二日下午二时
第一届第八次会员代表常会

到会会员　家，出席代表壹百叁拾二人

主席秦委员润卿

报告事项：

（一）上次会议决议录。

（二）五月份收发文件计收文五十九件、发文一千零拾八件。

（三）五月份同业假座集议二十三次。

（四）据会员恒隆庄报称，"小庄业经改组，加号泰记，股东秦馀庆堂五股，孙衡甫、徐庆馀堂各二股，张咀英一股，资本元贰拾万两，以秦绥如为经理，林友三、杨艺生为协理，见议秦润卿、谢弢甫两先生"。

（下略）

（邹晓昇编选：《上海钱业及钱业公会》影印版，上海远东出版社2017年5月第1版，第834页）

民国二十一年十一月二日下午二时
第一届第十三次会员代表常会

到会员六十二家，出席代表壹百二十一人

主席秦委员润卿

报告事项：

（中略）

（五）据会员恒隆庄函称，"经理秦绥如君逝世，公举林友三为经理，杨艺生、陈馀庆为协理"。

（下略）

（邹晓昇编选：《上海钱业及钱业公会》影印版，上海远东出版社2017年5月第1版，第845、846页）

民国二十二年二月二日下午二时
第一届第十六次会员代表常会

到会员　　家，出席代表一百四十二人

主席秦委员润卿

报告事项：

（中略）

（五）会员同庆庄报称，"小庄前曾报告协理、襄理尚皆待聘，兹已聘定李瀛生为协理、朱海初为襄理"。

（下略）

（邹晓昇编选：《上海钱业及钱业公会》影印版，上海远东出版社2017年5月第1版，第851页）

民国二十二年四月二日下午二时
第一届第十八次会员代表常会

到会员六十三家,出席代表壹百拾壹人

主席秦委员润卿

报告事项:

(一)上次会议决议录。

(二)自二月二十六日起至三月三十一日止收发文件,收文一三九件、发文八八六件。

(三)自二月二十六日起至三月三十一日止同业假座本公会集议十一次。

(四)会员同庆庄推定夏圭初、李瀛生、颜桂芳为会员代表。

(五)会员慎源庄推定林荣生、姚国香、励叔卿为会员代表。

(中略)

(八)会员恒隆庄推陈馀庆为协理并会员代表。

(中略)

(十一)会员恒巽庄来函,为豫皖鄂义振会以慈善香宾作抵向银钱业商借拾万元、钱业方面五万元,由恒巽庄出面暂借。

(下略)

(邹晓昇编选:《上海钱业及钱业公会》影印版,上海远东出版社2017年5月第1版,第855页)

民国二十二年五月二日下午二时
第一届第十九次会员代表常会

出会员六十三家,出席代表一百十六人

秦主席假,推裴委员云卿主席

报告事项:

(中略)

(十)会员各庄报告资本折合银币,其有增加者如下:

(1)存德庄资本增为十万元

（2）宝大裕庄资本增为三十万元

（3）鼎盛庄资本增为三十万元

（4）衡九庄资本增为二十万元

（5）敦裕庄资本增为三十万元

（6）寅泰庄资本增为三十三万元

（7）慎源庄资本增为三十万元

（8）承裕庄资本增为五十四万元

（9）永兴庄资本增为三十万元

（10）安康庄资本增为三十九万元

（11）赓裕庄资本增为五十四万元

（12）聚康庄资本增为三十三万元

（13）恒巽庄资本增为三十三万元

（14）同泰庄资本增为三十四万元

（15）惠丰庄资本增为二十万元,附本二十万元

（16）恒隆庄资本增为三十万元

（17）德昶庄资本增为二十四万元

（18）同庆庄资本增为三十万元

（19）福源庄资本增为五十万元

（20）恒赉庄资本增为三十万元

（下略）

（邹晓昇编选：《上海钱业及钱业公会》影印版,上海远东出版社2017年5月第1版,第857、858—859页）

民国二十三年三月二日下午二时
第二届第五次会员代表常会

到会员五十四家,出席代表壹百另九人

秦主席告假,推裴常务云卿主席

报告事项：

（中略）

（八）恒赉庄协理范寿臣逝世,由冯寿康、丁雪涛二君为协理。

（中略）

临时提出报告：

（一）据会员恒巽庄报告，"出席代表宋伯壬君另有他就，兹改推姚振伯君为出席代表"。

（邹晓昇编选：《上海钱业及钱业公会》影印版，上海远东出版社2017年5月第1版，第879、881页）

民国二十四年二月五日下午二时补开
第二届第十六次会员代表常会

到会员五十八家，出席代表壹百六十三人

主席秦委员润卿

报告事项：

（一）上次会议决议录。

（二）一月份收发文件，收文五二件、发文五八七件。

（三）一月份同业假座本公会集议三四次。

（四）据会员恒巽庄报称，"敝庄股东秦泉笙、秦善宝、秦善富三君前以秦馀庆堂名义出面，兹自二十四年度起，归秦君各自出面，计秦泉笙一股、秦善宝一股、秦善富一股，其余各股东及经、协理一切仍旧"。

（五）据会员恒赉庄报称，"敝庄股东徐庆云三股半、秦涵琛三股、孙衡甫二股半、秦馀庆堂一股，兹自廿四年度起，徐庆云名下归徐懋记出面，代表徐懋棠；秦涵琛名下归秦羡馥出面，秦馀庆堂名下归秦善宝出面，其余股东及经、协理均照旧"。

（六）据会员恒兴庄报称，"敝庄股东秦君安五股，自二十四年度起，归秦泉笙一股半、秦善宝一股半、秦善福一股、秦善富一股，仍合五股，各自出面，其他一切均照旧"。

（七）据会员恒隆泰记庄报称，"敝庄股东秦氏五股向以秦馀庆堂名善出面，兹自廿四年度起，归各人名义出面，计分秦泉笙一股、秦善宝一股、秦善富一股半、秦羡馥一股半，其余股东及牌号、经、协理仍照旧；再，股东徐庆馀堂代表为徐懋棠君"。

（下略）

（邹晓昇编选：《上海钱业及钱业公会》影印版，上海远东出版社2017年5月第1版，第896—897页）

按语："名善"应为"名义"。

民国二十五年二月二日下午二时
第三届第四次会员代表常会

到会员四十一家,出席代表九十三人

主席何委员衷筱

(中略)

讨论事项：

(中略)

(二)下列会员各庄报告更动股份,经提交执委会审查、投子表决,均认为合格,照章提请决定案。

(中略)

(6)恒巽庄自一月二十八日起,计秦泉笙三股、秦善宝三股、恒丰昌号三股、俞佐廷一股,资本三十万元,加号兴记,督理俞佐廷,经理徐正祥,见议秦润卿先生。

(7)恒隆泰记庄自一月二十八日起,计徐懋棠三股半、秦善宝三股半、秦泉笙二股、恒丰昌号一股,资本三十万元,改号昌记,经理林友三,协理陈馀庆,见议秦润卿先生。

(中略)

主席起谓：上列各庄更动股份,照章先提交执委会审查,均认为合格,诸代表对于上列各庄如有异议,请发表意见。众无异议。主席付表决,全体举手赞成。

(议决)通过。

(三)下列各庄报告更换经理,照章提交执委会审查、投子表决,均认为合格,再照章提请决定案。

(中略)

(3)恒兴庄自廿五年度起,以沈翊笙为督理,陈和琴为经理,其余一切均照旧。

主席起谓：上列三庄更换经理,照章提交执委会审查,认为合格,诸代表对于上列更换经理如有异议,请发表。众无异议。主席付表决,全体举手赞同。

(议决)通过

(下略)

(邹晓昇编选：《上海钱业及钱业公会》影印版,上海远东出版社2017年5月第1版,第914、915、916页)

民国二十五年三月二日下午二时
第三届第五次会员代表常会

到会员三十六家，出席代表七十七人

主席邵委员燕山

报告事项：

（中略）

（四）据会员恒巽兴记庄函，"改推俞佐廷、徐景祥、李伯顺三君为出席代表"。

（下略）

（邹晓昇编选：《上海钱业及钱业公会》影印版，上海远东出版社2017年5月第1版，第917页）

民国二十五年二月一日下午二时开临时执行委员会

出席委员十四人，主席何委员衷筱

讨论事项：

（一）据会员恒巽庄函报，"自一月二十八日起，股东略有更动，计秦泉笙三股、秦善宝三股、恒丰昌号三股、俞佐廷一股，资本二十万元，加号兴记，督理俞佐廷，经理徐景祥，见议秦润卿"，照章提请审查案。

经审查后，用投子表决，出席委员十四人，共投十四子，开瓯检视，子数相符，计十四子全白。

（议决）审查合格，再照章提请代表常会决定。

（二）据会员恒隆泰记庄函报，"自一月二十八日起，股东略有更动，计徐懋棠三股半、秦善宝三股半、秦泉笙二股、恒丰昌号一股，资本三十万元，改号昌记，经理林友三，协理陈馀庆，见议秦润卿"，照章提请审查案。

经审查后，用投子表决，共投十四子，开瓯检视，子数相符，十四子全白。

（议决）审查合格，再照章提请代表常会决定。

（下略）

（邹晓昇编选：《上海钱业及钱业公会》影印版，上海远东出版社2017年5月第1版，第980—981页）

民国二十六年十二月二十八日晚七时三十分钟为恒隆庄押款事开本会暨准备库执行委员联席会议

出席委员十三人,主席委员刘午桥

讨论事项：

（一）据会员恒隆庄函称"为敝庄押款事,当此非常时期,有关同业安全,请即召集联席会议,以谋取决"应如何办理案

主席报告此案经过,据该庄经理林友三君前来面称,以该庄于十七日以烟叶向准备库做押款十五万元,乃滞延迄未经做成,而票款业已到期,请求设法维持。查此项烟叶来做押款,经准备库估价委员估计,惟烟叶时值如何,估价委员等均属外行,毫无把握,必须请有烟叶经验人员开箱检视,方可估值,爰辗转邀请熟悉人员估计,而十九日又值星期,至二十日中央银行已奉财部委托,派专员来库指导,并宣布嗣后如有押款,须请求"三行"管理会核准。当以此项烟叶提请核办,据云烟叶不能做押款,则此押品根本不及格,遑论价值、折扣。现在该庄票已到期,而押款又不能做成,甚属困难。复据该庄林经理称,今日当另行设法十万元,其余五万元可否向准备库前做押品余额暂为支用,应行如何办理之处,请讨论公决。

经众讨论,以准备库既由中、中、交派员监视,决无权可再自做押款。既据该经理说有十万可以另筹,应请该经理出席报告后,再定办法。当电邀林经理来会询问,乃据林经理明日只有二万可以付入,尚少十三万,请求各委员帮忙。林经理退席后,经众讨论,以事情迫急,为数又巨,爰由裴委员提议,由委员各庄帮忙半数,其半数由林经理设法。众赞成。当推裴委员与林经理接洽,乃往来磋商,均未得要领。讨论结果,准由该庄筹足五万元,于明日十时前送库,其余十万,准将该项烟叶作押与委员各庄,期以一月,息以六元,由志裕庄出面,而各委员附做。经全体赞同,遂决议如上。

刘午桥押

（邹晓昇编选:《上海钱业及钱业公会》影印版,上海远东出版社2017年5月第1版,第1010—1011页）

按语：“三行”即中央银行、中国银行、交通银行。

民国二十七年十一月二十五日下午二时
第三届第七十六次执行委员会

出席委员八人,主席委员季明

(中略)

讨论事项:

(一)准福源庄受托部函,为恒巽庄函请出让四合公司股份,并附下恒巽庄原函,应如何办理之处,请核示案。

(议决)受权福源庄受托部全权办理之。

(下略)

(邹晓昇编选:《上海钱业及钱业公会》影印版,上海远东出版社2017年5月第1版,第1022、1023页)

民国二十八年五月十日下午二时第三届
第八十七次执行委员会

出席委员七人,主席委员季明

(中略)

讨论事项:

(中略)

(三)大德、恒隆等庄前向"三行"所做地产押款,现已有成议,作卖与"三行"。惟契约上须由本会执行委员作为证人,应公推代表一人,以便签字,请公推案。

(议决)公推席委员季明为本会代表。

席季明

(邹晓昇编选:《上海钱业及钱业公会》影印版,上海远东出版社2017年5月第1版,第1035页)

《上海钱庄史料》(选录)

宁波秦家经营颜料起家

九家中的宁波秦家,则以经营颜料起家。关于颜料业资本家的投资钱庄,本章第三节有详细记载。这个行业是靠第一次世界大战发财的,其所以发财,乃因当时广大劳动人民做衣服的蓝土布须用靛青来染,而靛青来自德国。大战一起,货源中断,上海各颜料商囤有靛青的,大家居奇不售,把市价一抬再抬,据说最高价格有较战前上涨数百倍的,因此这一行业无不大发其财,囤货越多的财就发的越大。除秦家外,还有第三节里所载投资滋康钱庄的瑞康盛号大股东兼经理贝润生,贝在当时曾有"上海首富"的称号。

(中国人民银行上海市分行编:《上海钱庄史料》,上海人民出版社1960年3月第1版,第729页)

按语: 原文无标题,此系编著者所加。

"九家"指镇海方家、镇海李家、苏州程家、慈谿董家、镇海叶家、湖州许家、洞庭山严家、宁波秦家、洞庭山万家上海九大钱庄资本家家族集团。

"本章"即《上海钱庄史料》第十一章"若干钱庄资本家家族集团和其他投资人类型","第三节"即"土行和颜料业投资钱庄"。

宁波秦家

宁波秦家以颜料商起家。秦君安为恒丰昌颜料号大股东,因此秦家开设钱庄时的出面股东,或用恒丰昌,或用秦馀庆堂,或用个人名义,并不一律。第一次世界大战期间,秦家积累了大量财富,曾在租界购置大量地产。秦家开设钱庄大都与他人合伙,至1933年止,计先后与他人合伙及有投资关系的联号有下列八家:

(一) 恒兴(1905—1935年)

1905年资本3万两。

股东恒丰昌5股,资本15 000两

秦君安3股,资本9 000两

李瑞珊 2 股,资本 6 000 两

1912 年资本增加为 10 万两,股东股数均未动。

1930 年秦君安 5 股,资本 5 万两

恒丰昌 3 股,资本 3 万两

李瑞珊 2 股,资本 2 万两

1935 年秦君安逝世,同时李瑞珊所持股份均由其后裔承继。股东资本情况为:

秦泉笙^(注) 1 股半,资本 15 000 两

秦善宝 1 股半,资本 15 000 两

秦善福 1 股,资本 1 万两

秦善富 1 股,资本 1 万两

李琏璇 2 股,资本 2 万两

恒丰昌 3 股,资本 3 万两

经理沈翊笙(1905—1935 年)(1912—1924 年为总经理)

王钦华(1912—1924 年)

(二)恒隆(1918—1937 年)

股东恒丰昌 5 股,资本 5 万两

徐庆云 2 股半,资本 25 000 两

严康懋 2 股半,资本 25 000 两

陈子埙 1 股,资本 1 万两

1925 年资本增加为 22 万两。

1932 年改组,加泰记。

股东秦馀庆堂 5 股,资本 10 万两

徐庆云 2 股,资本 4 万两

孙衡甫 2 股,资本 4 万两

张咀英 1 股,资本 2 万两

1933 年资本改为 30 万元。

股东秦馀庆堂 5 股,资本 15 万元

徐庆云 2 股,资本 6 万元

孙衡甫 2 股,资本 6 万元

张咀英 1 股,资本 3 万元

1935 年第二次改组,仍为泰记,惟股东中有部分更动。资本 30 万元。

股东秦善富1股半,资本45 000元

秦羡馥1股半,资本45 000元

秦泉笙1股,资本3万元

秦善宝1股,资本3万元

孙衡甫2股,资本6万元

徐懋棠2股,资本6万元

张咀英1股,资本3万元

1936年第三次改组为昌记,资本30万元。

股东秦善宝3股半,资本105 000元

徐懋棠3股半,资本105 000元

秦泉笙2股,资本6万元

恒丰昌1股(秦德廉),资本3万元

经理陈子壎(1918—1931年)

秦绥如(1932年)

林友三(1933—1937年)

(三)永聚(1922—1932年)

股东秦珍荪^(注)2股半,资本25 000两

严康懋2股半,资本25 000两

徐承勋2股半,资本25 000两

陈星记2股半,资本25 000两

经理吴廷范

(四)恒大(1926—1930年)

股东恒丰昌5股,资本10万两

严康懋2股,资本4万两

柳笙源2股,资本4万两

倪椿如1股,资本2万两

秦润卿1股,资本2万两

经理周雪舲

洪吟蓉

(五)恒赍(1929—1935年)

股东秦涵琛^(注)3股,资本6万两

徐庆云3股,资本6万两

孙衡甫2股,资本4万两

严康懋2股,资本4万两

经理陈绳武

（六）恒巽（1931—1937年）

股东秦馀庆堂3股,资本6万两

恒丰昌2股,资本4万两

徐庆云2股半,资本5万两

李詠裳2股半,资本5万两

俞佐廷1股,资本2万两

经理俞佐廷

（七）同庆（1933—1937年）

股东秦善富2股,资本6万元

秦羡馥1股,资本3万元

王伯元3股,资本9万元

郁震东2股,资本6万元

徐懋棠1股,资本3万元

李琏璇1股,资本3万元

经理夏圭初

（八）慎源（1933—1939年）

股东秦善宝2股半,资本75 000元

徐承勋2股半,资本75 000元

何谷声2股,资本6万元

余葆三1股半,资本45 000元

张咀英1股半,资本45 000元

经理林荣生

（根据秦善宝所藏恒兴红帐,陈春雩所藏恒隆红帐,以及1922、1926、1929、1931、1933年钱业公会入会同业录和访问记录等综合整理）

编者注　秦涵琛、秦珍荪、秦泉笙均秦君安之子;善宝、善福（又名羡馥）、善富均秦君安之孙。

（中国人民银行上海市分行编:《上海钱庄史料》,上海人民出版社1960年3月第1版,第747—750页）

按语："李瑞瑚"应为"李瑞湖"。

秦君安（运铞）实于1914年去世。

徐庆云，浙江慈谿人，生有二子，即徐懋棠、徐懋昌。

严康懋即严英，浙江鄞县（今宁波）人。

张咀英即张鲁庵，浙江慈谿人。

秦德廉，名伟材，字奎如，清同治五年（1866年）十一月初七日生，民国三十五年（1946年）四月二十九日卒，系秦运铭孙、秦际漳子，属"月湖派坤房下行房支竹九房"（秦君安属"月湖派坤房下忠房支福三房"）。

据联合征信所调查组编辑《上海金融业概览》（1947年1月出版）记载，同庆钱庄于1937年冬受战事影响宣告停业，1946年11月16日呈准财政部复业，资本为法币2亿元，地址在泗泾路5号。经查，复业后的同庆钱庄董事、监察、经理、襄理名单均无秦家人员。

恒兴钱庄

恒兴钱庄成立于1905年，为宁波秦家所设钱庄的第一家，在当时上海钱业中是处在上中之列。我们从该庄股东秦善宝处抄得1905—1915年十一个年份的红帐，按照（一）资本、公积及盈余，（二）存款、放款，（三）同业往来三项分别整理列表，说明如下：

一、1905—1935年资本、公积、盈余简表

年份	币别	资本	公积	盈余
1905	银两	30 000		10 078
1906	银两	30 000		12 122
1907	银两	30 000		3 404
1908	银两	30 000	3 200	4 817
1909	银两	30 000	3 200	12 418
1910	银两	30 000	3 200	16 718
1911	银两	30 000	7 200	4 447
1912	银两	100 000		8 670
1913	银两	100 000		22 162

续　表

年份	币别	资本	公积	盈余
1914	银两	100 000		22 167
1915	银两	100 000	6 000	28 145
1916	银两	100 000		16 000
1917	银两	100 000		37 000
1918	银两	100 000		20 000
1919	银两	100 000		42 000
1920	银两	100 000		35 000
1921	银两	100 000		32 000
1922	银两	100 000		55 000
1923	银两	100 000		40 000
1924	银两	100 000		
1925	银两	100 000		66 000
1926	银两	100 000		
1927	银两	100 000		
1928	银两	100 000		
1929	银两	100 000		
1930	银两	100 000		
1931	银两	100 000		
1932	银两	100 000		50 000
1933	银元	140 000		50 000
1934	银元	140 000		
1935	伪法币	140 000		

（资料来源：1. 资本根据恒兴钱庄红帐、钱业公会同业录；2. 公积根据恒兴钱庄红帐；3. 盈余根据恒兴钱庄红帐、《新闻报》《申报》《银行周报》《银行月刊》所载历年钱庄盈余数字综合编制）

二、1905—1915年存款、放款分析表

年份	币别	放款存款					放款
		股东	私人	工商业	机关	合计	
1905	银两	98 687	179 927	123 744	155 180	557 538	402 013
1906	银两	122 191	142 605	196 930	68 853	530 579	451 988
1907	银两	112 514	189 448	170 232	10 960	483 154	526 880
1908	银两	125 120	198 672	185 909		509 701	484 078
1909	银两	142 431	261 298	235 591		639 320	596 790
1910	银两	208 549	278 775	352 872		840 196	675 378
1911	银两	152 250	233 551	154 624		540 425	112 824
1912	银两	32 794	173 732	356 743		563 269	278 422
1913	银两	27 808	208 268	346 322		582 398	407 748
1914	银两	112 110	208 947	437 172		758 229	271 024
1915	银两	165 787	257 662	527 409		950 858	497 201

（资料来源：恒兴钱庄红帐）

三、1905—1915年同业往来分析表

年份	币别	本埠同业		外埠同业		本国银行		票号		帝国主义银行	
		存入	存出	存入	存出	存入	存出	存入	存出	拆入	拆（存）出
1905	银两		70 034		168 865	20 000		73 293			
1906	银两		80 059	12 350	68 406			32 938			
1907	银两	20 015	30 019	7 701	52 492			75 479			
1908	银两	6 866	10 001	20 575	111 291			132 586			
1909	银两		37 020	6 912	52 101			87 990			
1910	银两		60 026	125 185	21 226			20 190	30 021		
1911	银两	10 146		290 436			5 000	1 119			150 180
1912	银两	16 707	170 577	69 617				9 470			

续 表

年份	币别	本埠同业		外埠同业		本国银行		票号		帝国主义银行	
		存入	存出	存入	存出	存入	存出	存入	存出	拆入	拆(存)出
1913	银两	14 040	5 077	27 288	582			3 330			
1914	银两	48 307		35 060	98 792			3 048			
1915	银两	23 639		31 085	19 809	13 924	102	709			

(资料来源：恒兴钱庄红帐)

说明：

（一）恒兴创立时资本3万两，1912年增资为10万两，1933年改为银元14万元。这以后到1936年清理结束，资本没有增减。

（二）该庄在这11个年份的盈余，大致趋势是逐渐上升，但有两次下降：第一次在1907—1908两年，每年只有盈余三四千两，第二次在1911—1912两年，每年只有盈余5 000—8 000两。这几年该庄对外报告的盈余数字皆较红帐为多，尤以辛亥革命前后两年相差最大。自1916年起，该庄对外发表的盈余数字自16 000两至66 000两不等，1933、1934两年固定在5万元，已成为表面文章了。该庄在11个年份中，只有5个年份提存有财神股，属于公积性质，数字不大，此外6个年份没有公积等项目。

（三）该庄存款总数在11年中增加了60%，其中以工商业存款的增加为多。股东存款是该庄股东恒丰昌颜料号一家的存款，1910年曾高达208 549两之多。机关存款在第一年为关库收支处所存，分为税款、赔款两项，共有155 180两；第二年减为68 853两，第三年更减为10 960两。自1908年起，即无此项存款。

（四）该庄放款未标明抵押或信用放款，而放款户名，又多系私人名义，以某某记出面，致无从分析其为工商业或私人借款。因此，只好一律列为放款，其中当以信用放款占绝大部分。放款总数以1910年的67万两为最多，1911年的11万两为最少。后一年适值辛亥革命爆发，年终结算时各项放款减至最低度，库存达633 899两之多。1912年放款总数虽只有278 422两，但另有存放同业170 577两，系转托恒丰昌代为存放其他钱庄，可见当时资金无法运用和该庄经营作风的一斑。

（五）该庄同业往来的存欠数目均不甚大，其中以票号存款较为突出。1908年曾有132 586两，1905、1907、1909三年各有七、八万两。辛亥革命以后，锐减至1万两以下，1915年只有709两。票号欠款只有1910年30 021两一笔，系蔚泰厚票号所欠。帝国主义银行往来在11年中只有1911年两笔放款，系放给汇丰银行100 144两，台湾银行50 036两，共计150 180两。这两笔放款在红帐上均标明为押款。当时上海钱庄惯例，如帝国主义银行通过买办关系向素无往来的钱庄拆进款项，除开给存单外，经过钱庄的要求，须另提出大条银作为抵押品。该庄所谓押款，即系指此而言。该庄与本国银行的往来，前后11年中只有四笔，第一笔是1905年中国通商银行存款2万两，第二笔是1915年山东银行存款13 924两，其他两笔都是存放本国银行，一是1911年存放中华银行5 000两，一是1915年存放中国银行102两，为数很小。该庄存放本埠同业的款项，除1912年的17万两系委托恒丰昌代存各钱庄外，最初六年也较多，1908年曾达8万两。1914、1915两年没有存出项。本埠同业存款很少，1914年最多不过48 307两。外埠同业往来款项较大，宁波钱庄由于股东的同乡关系，比较接近。外埠同业存款以1911年的29万两为较多，存放外埠同业以1905年的16万两为较多。1915年存款只有31 085两，放款只有19 809两，均已大为减少了。

据我们了解，恒兴负责人的营业方针是采取比较谨慎保守态度，平日在同业中专做多单，与其联号恒隆钱庄的作风恰恰相反。此可从1905—1911年的红帐中，放款比重少、库存准备多，推见其大概情形。它在秦家联号钱庄中，以资格论应居于领袖地位，但是它与各联号很少联系，在同业中也不活动。1935年上海钱业风潮到来时，秦家有关各钱庄首当其冲，恒兴放款呆帐虽不多，欲求自保，亦不可得，次年即告停业清理。

（中国人民银行上海市分行编：《上海钱庄史料》，上海人民出版社1960年3月第1版，第833—839页）

按语：原文选自《上海钱庄史料》第十二章"几家钱庄的资产负债概况"第四节"恒兴钱庄"。

恒隆钱庄

恒隆钱庄成立于1919年，当时第一次世界大战方告结灾，上海工商业一度出现繁荣景象，银行钱庄均有发展。恒隆是秦家钱庄的第二家，适在这时产生，业务发展比较快，存放款数字在钱业中列在前十名。该庄因为经理陈子壎曾任宁波震恒钱庄经理，与宁波钱业一向有密切联系。例如1919年红帐中调用甬洋293 224元，连同宁波钱业存款共达37万两之多。陈子壎在上海宁波籍工商业中很活动。

当时宁波钱业在阴历三、九月底经常放"六对月"长期放款,其中大部分托由恒隆经手代放,最多时达二、三百万两。恒隆有了这样对工商界的关系,业务经营就很顺利。

恒隆的营业方针是急图发展,成立后经常用同业拆款并大量吸收各银行的存款。拆款最多时在100万两以上。这种做法平时运用得法,盈利较多,对业务发展,很有帮助,但因对存款无充分准备,存放款帐面的扩大是虚假的,便形成了放款过滥过贪,漫无限制的局面,种下以后亏折的根源。该庄在同业中利用股东牌面好,经常做缺单,平日资产负债的帐面要比年终结算时的红帐大的多,估计至少要超过红帐数字100余万两。我们仅收集到该庄1919—1927年红帐,但从中已可看出恒隆旺盛时的业务情况和经营的特点。

一、1919—1937年资本、公积、盈余简表

年份	币别	资本	公积	盈余
1919	银两	110 000		46 000
1920	银两	110 000	50 000	56 000
1921	银两	110 000	80 000	58 000
1922	银两	110 000	100 000	56 000
1923	银两	110 000	100 000	66 000
1924	银两	110 000	150 000	70 000
1925	银两	220 000	200 000	70 000
1926	银两	220 000	250 000	80 000
1927	银两	220 000	250 000	90 000
1928	银两	220 000		
1929	银两	220 000		
1930	银两	220 000		
1931	银两	220 000		
1932	银两	220 000		20 000
1933	银元	300 000		66 000

续　表

年份	币别	资本	公积	盈余
1934	银元	300 000		31 000
1935	伪法币	300 000		平
1936	伪法币	300 000		平
1937	伪法币	300 000		平

（资料来源：资本根据1919—1927年恒隆钱庄红帐，1928年徐寄颐增订《最近上海金融史》，1929—1937年上海市钱业同业公会入会同业录；公积根据1919—1927年恒隆钱庄红帐；盈余根据1919—1927年恒隆钱庄红帐，1933—1936年《银行周报》所载历年钱庄盈余数字综合编制）

二、1919—1927年存款分析表

年份	币别	股东存款	私人存款	工商业存款	合计
1919	银两	50 875	64 523	693 582	808 980
1920	银两	115 731	204 070	743 859	1 063 660
1921	银两	46 392	225 747	640 013	912 152
1922	银两	17 236	352 952	827 202	1 197 390
1923	银两	3 461	441 261	933 574	1 378 296
1924	银两	15 971	576 966	1 294 696	1 887 633
1925	银两	33 445	587 677	1 264 222	1 885 344
1926	银两	64 868	982 342	1 269 508	2 316 718
1927	银两	5 450	1 171 305	1 565 859	2 742 614

（资料来源：恒隆钱庄红帐）

三、1919—1927年放款分析表

年份	币别	信用放款	抵　押　放　款		
			货物	房地产	合计
1919	银两	631 031	300 800		300 800
1920	银两	345 361	1 008 000	103 490	1 111 490
1921	银两	773 776	407 444		407 444

续 表

年份	币别	信用放款	抵 押 放 款		
			货物	房地产	合计
1922	银两	843 510	528 972		528 972
1923	银两	1 551 692	170 000		170 000
1924	银两	2 035 741			
1925	银两	2 389 203	20 000		20 000
1926	银两	2 727 958	151 849	200 000	351 849
1927	银两	980 506	1 301 152	775 000	2 076 152

（资料来源：恒隆钱庄红帐）

四、1919—1927年工业放款表（一）

年份	抵押放款 工厂户名	币别	金额	年份	抵押放款 工厂户名	币别	金额
1919	振锠泰丝厂	银两	140 000	1922	大生三厂	银两	112 000
1919	源锠馀丝厂	银两	10 000	1922	恒丰纱厂	银两	50 000
1919	董洪茂厂	银两	8 000	1922	恒大纱厂	银两	40 000
1919	义昌慎丝厂	银两	4 300	1922	隆和花厂	银两	36 000
1920	振锠泰丝厂	银两	369 500	1922	达丰染织厂	银两	35 000
1920	源锠馀丝厂	银两	224 000	1923	大生三厂	银两	90 000
1920	源记丝厂	银两	202 000	1923	恒丰纱厂	银两	40 000
1920	厚大丝厂	银两	101 000	×			×
1920	精勤布厂	银两	10 000	1927	大生三厂	银两	100 000
1920	董洪茂厂	银两	7 490	1927	丰泰纱厂	银两	100 000
1920	德丰丝厂	银两	4 500	1927	汉冶萍	银两	25 000
1921	一新布厂	银两	9 000	1927	大生一厂	银两	15 000
1921	精勤布厂	银两	5 000				

（资料来源：恒隆钱庄红帐）

1919—1927年工业放款表（二）

年份	信用放款 工厂户名	币别	金额	年份	信用放款 工厂户名	币别	金额
1919	恒丰纱厂	银两	30 000	1921	三友实业社	银两	10 000
1919	汉口第一纱厂	银两	10 000	1921	阜丰面粉厂	银两	5 000
1919	大生纱厂	银两	10 000	1921	汉口爕昌	银两	5 000
1919	阜丰面粉厂	银两	10 000	1921	豫丰纱厂	银两	5 000
1919	振新纱厂	银两	10 000	1922	大生三厂	银两	85 000
1919	达丰染织厂	银两	6 000	1922	大生纱厂	银两	30 000
1919	汉口爕昌	银两	5 000	1922	内地自来水公司	银两	25 000
1920	汉口第一纱厂	银两	20 000	1922	厚生纱厂	银两	20 000
1920	大生纱厂	银两	20 000	1922	恒丰纱厂	银两	20 000
1920	阜丰面粉厂	银两	10 000	1922	达丰染织厂	银两	17 000
1920	恒丰纱厂	银两	5 000	1922	汉冶萍	银两	15 000
1921	汉冶萍	银两	61 475	1922	振泰纱厂	银两	15 000
1921	大生纱厂	银两	55 000	1922	久成丝厂	银两	15 000
1921	厚生纱厂	银两	50 000	1922	汉口第一纱厂	银两	10 000
1921	统益纱厂	银两	30 000	1922	纬成丝厂	银两	10 000
1921	内地自来水公司	银两	30 000	1922	华商电气公司	银两	10 000
1921	恒丰纱厂	银两	30 000	1922	溥益纱厂	银两	9 000
1921	振泰纱厂	银两	25 000	1923	大生三厂	银两	250 000
1921	和丰纱厂	银两	20 000	1923	达丰染织厂	银两	206 000
1921	汉口第一纱厂	银两	10 000	1923	久成丝厂	银两	35 000
1921	达丰染织厂	银两	10 000	1923	统益纱厂	银两	25 000
1921	华商电气公司	银两	10 000	1923	内地自来水公司	银两	20 000
1921	民生纱厂	银两	10 000	1923	德大纱厂	银两	18 179

年份	信用放款	币别	金额	年份	信用放款	币别	金额
	工厂户名				工厂户名		
1923	振泰纱厂	银两	15 000	1925	福新面粉厂	银两	50 000
1923	恒大纱厂	银两	12 514	1925	大生一厂	银两	40 000
1923	恒丰纱厂	银两	10 000	1925	汉冶萍	银两	25 000
1923	溥益纱厂	银两	10 000	1925	统益纱厂	银两	25 000
1923	统益纱厂	银两	10 000	1925	汉冶萍	银两	20 000
1923	民生纱厂	银两	10 000	1925	贾汪煤矿	银两	20 000
1923	豫丰纱厂	银两	4 000	1925	内地自来水公司	银两	20 000
1924	达丰染织厂	银两	236 000	1925	振泰纱厂	银两	10 000
1924	大生三厂	银两	170 000	1925	民生纱厂	银两	10 000
1924	大生纱厂	银两	100 000	1925	鼎新染织厂	银两	10 000
1924	恒丰纱厂	银两	70 000	1925	恒大纱厂	银两	6 257
1924	德大纱厂	银两	49 236	1925	第一毛织厂	银两	5 000
1924	久成丝厂	银两	44 000	1925	天厨味精厂	银两	5 000
1924	汉冶萍	银两	40 000	1925	豫丰纱厂	银两	3 920
1924	振泰纱厂	银两	35 000	1926	达丰染织厂	银两	110 000
1924	内地自来水公司	银两	20 000	1926	大生三厂	银两	100 000
1924	水泥公司	银两	10 000	1926	福新面粉厂	银两	50 000
1924	恒大纱厂	银两	6 257	1926	大生一厂	银两	50 000
1924	第一毛织厂	银两	5 000	1926	汉冶萍	银两	25 000
1924	纬成丝厂	银两	5 000	1926	贾汪煤矿	银两	24 000
1924	恒源花厂	银两	2 240	1926	内地自来水公司	银两	20 000
1925	大生三厂	银两	150 000	1926	振泰纱厂	银两	15 000
1925	达丰染织厂	银两	108 000	1926	仁记纱厂	银两	10 000

续 表

年份	信用放款 工厂户名	币别	金额	年份	信用放款 工厂户名	币别	金额
1926	恒大纱厂	银两	6 257	1927	内地自来水公司	银两	25 000
1926	中国毛绒厂	银两	5 000	1927	贾汪煤矿	银两	24 000
1926	顺馀油厂	银两	4 000	1927	长丰纱厂	银两	10 000
1926	豫丰纱厂	银两	3 840	1927	振泰纱厂	银两	8 000
1927	大生三厂	银两	110 000	1927	第一毛织厂	银两	3 000
1927	大丰庆记纱厂	银两	80 000	1927	恒大纱厂	银两	3 000
1927	振丰染织厂	银两	54 000	1927	豫丰纱厂	银两	2 000
1927	福新面粉厂	银两	40 000				

（资料来源：恒隆钱庄红帐）

编者注　1924—1926年工业放款未注明信用或抵押，一律列在信用放款内。

五、1919—1927年同业往来分析表

年份	币别	本埠同业		外埠同业		本国银行		帝国主义银行	
		存入	存出	存入	存出	存入	存出	拆入	拆（存）出
1919	银两	79 924		389 272		223 567		80 000	529 660
1920	银两	290 000		12 849	160 000	304 329			
1921	银两	278 371		30 376	31 990	139 610	87 480		215 445
1922	银两				210 336	398 840			140 000
1923	银两		50 000	32 580	51 190	425 278	72 720		190 000
1924	银两	126 148		40 873	35 574	346 506	150 000		163 158
1925	银两	88 212		42 576	15 677	358 649	63 700		70 000
1926	银两	32 572		76 099	168 667	489 934			200 000
1927	银两	167 565	50 000	62 013		537 575	145 730		226 954

（资料来源：恒隆钱庄红帐）

六、1919—1927年各项投资分析表

年份	币别	公债	股票	合计
1919	银两	3 947	160	4 107
1920	银两	2 233	160	2 393
1921	银两	22 207	184	22 391
1922	银两	20 415	834	21 249
1923	银两	10	730	740
1924	银两		600	600
1925	银两	40 957	538	41 495
1926	银两	95 475	538	96 013
1927	银两	111 158	440	111 598

（资料来源：恒隆钱庄红帐）

说明：

（一）1919年成立时原资本为11万两，1925年增为22万两，1933年改为银元30万元。这以后虽然其他钱庄纷纷增资，该庄资本始终停滞在原来数字。

（二）公积及提存（红帐中用久源科目处理）由1920年开始在盈余中提存5万两，以后每年增加，到1927年共计25万两，8年中增加了5倍。

（三）9个年份的盈余共计592 000两，每年平均65 777两。自1919年的46 000两逐年上升到1927年的9万两。

（四）该庄存款总数自1919年的808 980两，逐年增加到1927年的2 742 614两，计增长了3倍半。其中工商存款增加较多，私人存款次之。股东存款9年中互有增减，以1920年的115 731两为最多，1927年的5 450两、1923年的3 461两为最少，1927年只占存款总数千分之二，已微不足道。

（五）1919年该庄放款总数只有93万两，1927年增加到305万两，计增长了3倍多。历年放款中信用放款所占比重很大，1923年为155万两，1924年为203万两，1925年为238万两，1926年高达272万两。货物押款，以1920年的100万两、1927年的130万两为较多。房地产押款以1927年的77万两为较多。该庄对工业的放款，据现有资料来看，最初两年以丝厂押款为最大，1919年为15万余两，1920年为90万两。自1921年起，信用放款都较抵押放款为多，其中以大生纱厂、达丰柒

织厂两家的放款为最突出。1923年放款中，计有大生纱厂34万两、达丰染织厂20万两。1924年放款中，计有大生纱厂27万两、达丰染织厂23万两，共约占该年放款总数25%—31%。此外放款对象为各纱厂、面粉厂及内地自来水公司、汉冶萍公司等。丝业放款，虽有一两家，数目很小。

（六）恒隆虽然经常运用同业拆款，但在这9年的红帐纪录中，没有把这一情况充分反映出来。本国银行存款，每年都有，最初几年不过二三十万两，1923年增加到42万两，1926年加到49万两，1927年达到53万两。本埠同业存款只有1920、1921两年在28万—29万两之间，1924、1927两年在12万—17万两之间。帝国主义银行拆款，只有1919年拆进8万两，但同年拆放给帝国主义银行的款项却有529 000两。其他8年，对帝国主义银行皆有拆放款项。这一切都说明红帐纪录是每年阴历年底结算的数字，钱庄的往来信用放款要在这时收回大部分，各家的头寸都相当地宽裕，帝国主义银行因为外国商人需款较多，却反而向钱庄吸进存款。该庄平时依赖同业存款、扩大帐面的情况，在年终结算的红帐中，已经被阴历年关的暂时情况所掩盖了。

（七）恒隆在1919—1927年间没有房地产投资，其他投资也很少。股票投资在9年中都在1 000两以下。公债投资1919—1920年只有二三千两，1920—1921年不过2万两，1925年起逐渐从4万两加到1927年的11万两。

以上系就恒隆钱庄现存的红帐资料，说明该庄在1919—1927年间的业务大概情形。由于红帐的纪录很简单，有些数字便不很完整，尤其是关于存放款的分析。据我们了解，1928年以后，该庄业务表面上虽很发达，收付数字也很庞大，但已逐渐走上下坡路。后来迭次遭到倒帐，仅谢蘅牕所经营的郁乐煤矿一家倒帐即有七八十万两之巨。1931年经理陈子埙死后，年终结算，资本公积全部亏折。1932年第一次改组加泰记，资本20万两全部是新募集的。1933年第二次改组，资本30万元。1936年第三次改组为昌记，资本仍为30万元，也有部分资本是新加入的。但是由于历年房地产押款受到市价跌落的影响，损失很重。1935年钱业大恐慌以后，虽然照常上市营业，事实上已处于"开门收帐"状态，至1937年底，才清理结束。

（中国人民银行上海市分行编：《上海钱庄史料》，上海人民出版社1960年3月第1版，第839—848页）

按语：原文选自《上海钱庄史料》第十二章"几家钱庄的资产负债概况"第五节"恒隆钱庄"。

恒隆钱庄的工业放款

恒隆钱庄在开设头几年中的工业放款,以大生纱厂及达丰染织厂两家数字为较大。当时大生纱厂资金周转很困难,我父亲陈子壎是该庄经理,曾到南通与张謇见面,张要我父亲担任大生一、三两厂董事外,并希望能派人去经管财务,后即由我父推荐熟悉纱厂业务的去担任大生三厂的经理,并介绍友人到该厂经管财务。大生方面经常联系借款的是吴寄尘,我时常看见他到钱庄来。恒隆对大生的放款经常在三五十万两之间,以信用居多。后来以永中公司名义做过押款,放款额在一二十万两之间。由于恒隆本身经常缺单,放款时放时收,不能满足大生的需要,又在宁波帮每年三、九月底调款到上海托放时代为介绍放款,其金额在三五十万两之间。达丰染织厂是余葆三、王启宇等发起的,我父也是该厂发起人之一,成立后,即任该厂董事,一直到去世为止。曾推荐一总帐房,到1956年企业改造,这人因年老退休。所以,恒隆和达丰的渊源也是很深的,放款金额经常在二三十万两之间。宁波帮放款数字也很大,经常在30万两左右。由于该厂业务蒸蒸日上,其他行庄也乐于放款给它,该厂开设后不久,资金周转就没有什么困难了。以上事实可以说明当时钱庄对大型企业的放款,经理人有两点可以利用:一是担任董、监事有社会地位,及车马费、红利等;二是推荐帐房,间接了解企业情况。

（陈春霙回忆,1958年8月20日）

（中国人民银行上海市分行编:《上海钱庄史料》,上海人民出版社1960年3月第1版,第170—171页）

按语：此标题系编著者所加,原标题作《恒隆、福源、福康、顺康四家钱庄的工业放款》。

恒巽、慎源、恒隆、恒赉、恒兴等
钱庄归还“三行”借款情况

此项拆放款,迨至民国25年间,欠款各钱庄陆续解还本息者有之,展期归息者有之,现已停业而仍延欠本息者亦有之,迭由三行会函钱业监理会转催清偿,终鲜成效。

25年10月间钱业监理会拟呈财部催偿借款办法：

一、钱业借款应自25年10月1日起，尽6个月内分别归还清楚，逾期不还，由部将其抵押品处分，或估价承受，不足之数，责令各钱庄股东补偿。

二、借款利息如有拖欠，应将押品不动产之收益，由欠息各庄即日移交中央信托局，代为经收抵付欠息，不足即处分抵押品。

三、停业之欠款各庄应将此项借款本息悉数归楚，否则照第一项逾期不还办法办理。

以上三项，业奉财部核准，分别函令知照。根据此项办法，则欠款各庄中如恒巽、慎源、恒隆三家，应照第二项规定办理。恒赉、恒兴、同泰、生昶四家，应照第一及第三项规定办理。经三行会函上列各庄暨钱业监理会转行查照去后，据各该庄来信，均以地产呆滞，放帐难收为言，商请展缓，一时恐难即了。监理会秦委员祖泽对此亦拟有节略条陈财部。至25年年底止，各钱庄结欠三行总额为1 400余万元，本行名下为280余万元。

（"参加银团拆放委员会应付金融风潮经过情形"，"交通银行大事记"业务第90—91页，1937年4月）

（中国人民银行上海市分行编：《上海钱庄史料》，上海人民出版社1960年3月第1版，第244—245页）

按语：此标题系编著者所加，原标题作《钱业归还"三行"借款情况》。
　　"三行"即中央银行、中国银行、交通银行。
　　"秦委员祖泽"即秦润卿。

银　行

统原商业储蓄银行

余葆三、陈润水、陈绳武等发起，于1932年8月成立，资本总额为国币100万元，1937年变更资本为法币111.7万元，敌伪时期迭经增资至伪中储券2 000万元，胜利后，改为法币2 000万元，财政部营业执照为银字第284号。该行位于上海市北京东路330号，董事长为陈绳武，常务董事为陈润水，董事有徐仲麟、秦善德、杨文林、胡元祥、陈云晖、陈春云、邵兼三，由陈绳武兼任经理，全行员工 33 人，至 1946 年 7 月 31 日止存款总额约为法币 3.4 亿元，1946 年度盈余 80 余万元。

（金普森、孙善根主编：《宁波帮大辞典》，宁波出版社 2001 年 3 月第 1 版，第 185 页）

统原商业储蓄银行

由陈润水、秦善德等人创办于 1932 年。创办总资本 100 万元。除经营商业、储蓄业务外，还办理信托、债券、股票、抵押等业务。行址在北京路（今北京东路 330 号）。解放后停办。

（马学新、曹均伟、薛理勇、胡小静主编：《上海文化源流辞典》，上海社会科学院出版社 1992 年 7 月第 1 版，第 533 页）

统原商业储蓄银行

统原商业储蓄银行开办于民国二十一年八月，行址在上海，资本收足一百万元。二十一年底有存款总额三、九六九、三四三·八五元，翌年年底有公积金八、九四三·〇六元，存款总额三、三五四、三一九·六七元。现任董事长为余葆三氏，董事徐仲麟、俞佐庭、陈绳武、李祖荫、秦善富、秦善福、秦善德、陈润水诸氏，监察人徐伯熊、姚德馨、向侠民三氏，经理为陈润水氏。

该行开办之初即设储蓄部，资本十万元。二十一年底有活期存款三〇四、一六七·〇〇元，定期存款七二二、二五〇·一九元，共一、〇二六、四一七·一九元；二十二年底有活期存款二九四、三五七·三一元，定期存款一五三、五六六·八七元，共四四七、九二四·一八元。二十一年底有现金三五、二八〇·六〇元，存放商业部一、一〇六、五五八·四九元，合计一、一四一、八三九·〇九元，几占运用资金总额之百分之百；抵押放款一、四〇〇·〇〇元，所占仅千分之一。二十二年底有库存及存放银行三五六、七八四·六六元，合运用资金之百分之六十；抵押放款一〇六、五四〇·〇〇元，合百分之十八；有价证券一三六、五〇〇·〇〇元，合百分之二十二。

（王志莘编辑：《中国之储蓄银行史》，新华信托储蓄银行 1934 年 9 月第 1 版，第 211—212 页）

统原商业储蓄银行
China United Commercial and Savings Bank，Ltd.

统原商业储蓄银行创立于民国二十一年八月，收足资本总额一百万元，于同年九月七日经财政部核准注册，经营商业银行一切业务，并另拨资金十万元，设立储蓄部，会计独立，专营储蓄业务。

董事长：余葆三

常务董事：秦善德、陈润水

董事：徐仲麟、俞佐庭、陈绳武、李祖荫、秦善富、秦善福

监察人：徐伯熊、向侠民、姚德馨

经理：陈润水

总行所在地：上海

全行员生总数：六十二人

（中国银行总管理处经济研究室编辑：《中华民国二十四年全国银行年鉴》，中国银行总管理处经济研究室1935年6月第1版，第B281页）

按语：标题系编著者所加，原题作《统原商业储蓄银行（一）China United Commercial and Savings Bank，Ltd.》。

统原商业储蓄银行
China United Commercial and Savings Bank

统原商业储蓄银行创立于民国二十一年八月，收足资本总额一百万元，于同年九月七日经财政部核准注册，经营商业银行一切业务，并另拨资金十万元，设立储蓄部，会计独立，专营储蓄业务。该行行址原在上海天津路，现已移至北京路、河南路口新址。

董事长：陈润水

常务董事：陈绳武

董事：徐仲麟、陈子楚、徐懋昌、秦善德、向侠民

监察人：姚德馨、徐伯熊

经理：陈润水

总行所在地：上海

全行员生总数：四十人

（中国银行经济研究室编辑：《中华民国二十六年全国银行年鉴》，中国银行经济研究室1937年10月第1版，第D169页）

统原商业储蓄银行概况

名称	简史	资本	负责人	所在地	备注
统原商业储蓄银行	创立：民国二十一年八月；组织：股份有限公司；经过及变迁：资本原额一百万元，曾于廿六年增资十一万七千五百元，一次收足，呈准财部注册，并另拨资本十万元设立储蓄部，会计独立	总额：国币一百十一万七千五百元，实收国币一百十一万七千五百元	董事长陈润水，常务董事陈润水、陈绳武，董事徐仲麟、陈子楚、徐懋昌、秦善德、向侠民，监察人姚德馨、徐伯熊，经理陈润水，副经理陈春雩	总行：上海	

（《第二章　全国金融机关调查》，沈雷春主编：《中国金融年鉴》，中国金融年鉴社1939年1月22日第1版，第B31页）

按语：标题系编著者所加。

统原商业储蓄银行股份有限公司

公司内容一斑：

地址：上海北京路、河南路口

董事长：陈子楚

常务董事：陈润水、陈绳武

董事：徐仲麟、秦善德、陈元晖、胡元祥、杨文林、邵兼三

监察人：徐伯熊、姚德馨

经理：陈绳武

副经理：陈春雱、朱赞侯

△ 简史 ▽　该行成立于民国二十一年八月，为宁波旅沪巨商所发起组织，初设行址于天津路。嗣以营业发达，同时适有某布商持有河南路北京路口（现为该行行址）之房屋，向该行抵押，故经该行押进后，即行迁入营业。

该行自开业后，初办各年，业务尚称良好。惟于民国二十四年间，金融动荡，因此业务亦见逊色。数年以来，幸该行当局调度有方，得能应付裕如，尤于年来，更见生色，业务颇见向荣之象。且自事变后，沪市人口集中，财产激增，上列现象，尤以目前最为显著。该行有鉴于斯，故于去岁十一月底，实行改组，并增加资本，以充实力，大事刷新，迨至今日，该行于本市银行同业中，堪称进步之银行。

△ 资本额 ▽　该行初创时，原定资本总额为国币一百万元。迨至客冬改组后，增加资本至国币一百五十万元，计分为一万五千股，每股票面为国币一百元。

△ 营业情形 ▽　该行专以经营一切商业银行业务为营业，兼办储蓄。商业部、经租部，尚附设有保险股。至其二十九年年度结束时，因该行适值改组，故无营业报告书发表。惟据该行当局称，迄目前为止，该行两部各种存款之数额，约在国币一千万元。

△ 股息及股票市价 ▽　该行于民二十四年前，年给股息八厘。至该行股票，因数额不多，筹码亦少，故于市上，未有流通。

（《华股日报》第108期，1942年7月15日出版）

统原商业储蓄银行

地址：上海北京路三三〇号

营业种类：经营商业银行业务，兼营储蓄。

资本额：新币三百万元，分为三万股，每股一百元。

董事长：陈子楚

董事：邵兼三、徐仲麟、杨文林、胡元祥、陈元晖、秦善德、陈绳武、陈润水

监察人：徐伯熊、姚德馨

经理：陈绳武，浙江宁波人，年四十外，向营钱业，以前在钱庄服务，经验丰足，信用殊佳。

副经理：陈春雯、朱赞侯

襄理：陆翰青

简史：该行设于民国二十一年八月，资本原定一百万元，嗣因招股溢收十一万七千五百元，故改为一百十一万七千五百元，行址初设天津路，后迁至北京路现址。该屋原为棉布商余君所有，后向该行抵押，但民国二十七年已经理楚赎回。去年十一月间增加资本为一百五十万元，原有资本作三折计算，合成三十五万二千五百元，不足之数，另行招集，但闻新股仍由旧股东认缴居多。近来营业颇形发展，今年二月廿八日召开股东常会，又议决增资至新币三百万元，除将原有股本以二折一改作新币七十五万元外，所缺之数仍由老股东认缴云。

设备：该行设于北京路、河南路口，向沙逊洋行租借楼下底层，雇用职员三十余人。去年各项开支共计三十六万二千四百余元。

营业概况：该行经营商业银行一切业务，并营储蓄。近年来营业较前发展，年稍盈余。民国三十一年底决算，商业部定期存款计二万六千五百六十五元四角五分、活期存款四百三十万三千七百七十八元三角九分、抵押放款七十七万〇六百二十八元三角六分、信用放款四百七十二万二千二百三十一元、所收利息计五十八万三千九百二十九元三角一分、手续费二万四千〇七十七元八角七分、兑换损益一万二千六百四十三元六角八分、什损益一万一千三百八十七元一角八分，除去开支、呆账、准备金外，结有纯益十万〇六千一百五十七元八角四分；储蓄部定期存款四万〇六百二十四元四角六分、活期存款二十万〇七千〇三十元六角七分、抵押放款四千五百十五元三角五分、所收利息计二千七百四十五元一角五分、证券损益九万三千〇八十七元五角、什损益十七元三角四分，除去开支等外，结有纯益八万四千四百四十五元〇一分。股东派发股息七厘、红利七厘，共计一分四厘，已于二月一日起分派云。

（中国征信所编辑：《征信日报》特第1418号，1943年3月9日出版）

统原商业储蓄银行现状

总行行址：上海北京路、河南路口　电话：一八四二一　电报挂号：六四〇〇资本总额：国币一千万元，实收国币五百万元，分为十万股，每股一百元。

营业执照：钱字第一〇九二号，三十三年一月十一日财政部颁给。

开业日期：民国二十一年八月十日

简史：该行创立于民国二十一年八月，收足资本总额一百万元，于同年六月十四日经财政部核准注册，经营商业银行一切业务，并另拨资金十万元，设立储蓄部，会计独立，专营储蓄业务，该行行址原在上海天津路，现已移至北京路、河南路口新址。二十四年三月经股东会议决增资五十万元，旋以金融动荡，招募新股时，不无受阻，将已收集股款连同原有资本一百万元，合计一百十一万七千五百元。二十六年六月呈准前财政部变更注册，颁给"银字第二八四号"营业执照，是年秋承既往不景气之后，事变骤起，沪市益形凋疲。三十年十月召集股东临时会议决，将旧股减作三成，计三十三万五千二百五十元，找给畸零三千三百五十元，添招新股一百十六万八千一百元，一次收足，合成资本为一百五十万元，是年十二月召集新、旧股东会，改选董、监后，由董事会推选陈子楚为董事长，陈润水、陈绳武为常务董事，并由陈绳武兼任经理。三十一年六月一日遵照部令，资本以二对一折合"中储券"计七十五万元，呈准财政部颁给"钱字第二九七号"执照，三十二年二月间股东常会决议增资，中间因遵部颁条例，分作二次进行，于同年十一月六日召集新、旧股东会，增资依限完成，变更资本总额为国币一千万元，分作十万股，每股国币一百元，先收二分之一，实收资本五百万元。

董事长：陈子楚　浙江

常务董事：陈润水　浙江、陈绳武　浙江

董事：徐仲麟　浙江、邵兼三　浙江、杨文林　浙江、陈元晖　浙江、胡元祥　浙江、秦善德　浙江

监察人：秦善富　浙江、姚德馨　江苏

经理：陈绳武　浙江

副经理：陈春雯　浙江、朱赞侯　浙江

襄理：陆翰青　浙江

营业主任：朱赞侯（兼）　浙江

会计主任：朱静槐　浙江

会计副主任：楼崇音　浙江

出纳主任：陆翰青（兼）　浙江

出纳副主任：郑序宜　浙江

总务主任：魏惟年　浙江

储蓄部副经理、主任：陈春雯（兼）　浙江

储蓄部副主任：楼崇音（兼）　浙江

全行员生总数：三四人

（《第二章上海银行业之现状》，中央储备银行调查处编辑：《上海银行业概况》，中央储备银行调查处1945年3月第1版，第265—267页，上海图书馆藏）

按语：此标题系编著者所加，原标题作《（一〇〇）统原商业储蓄银行》。

统原商业储蓄银行
China United Commercial & Savings Bank Ltd.

一、**简史**　该行由余葆三、陈润水、陈绳武等发起，于民国二十一年八月十日成立，资本额定为国币一百万元，廿六年变更资本额为法币一百十一万七千五百元，敌伪时期迭经增资至伪中储券二千万元，胜利后改为法币二千万元，财政部营业执照为"银字第二八四号"。

二、**地址**　上海北京东路三三〇号　电话：一八四二一、一〇四五〇及一八五四〇　电报挂号：六四〇〇

三、**现在资本**　实收法币二千万元，分为二十万股，每股一百元

四、**负责人**

董事长：陈绳武

常务董事：陈润水

董事：徐仲麟、秦善德、杨文林、胡元祥、陈元晖、陈春雯、邵兼三

监察：姚德馨、秦善富

经理：陈绳武兼

副经理：陈春雯兼、朱赞侯

襄理：陆翰青

储蓄部主任：陈春雯兼

出纳主任：陆翰青兼　　副主任：郑序宜

会计主任：朱静槐　　副主任：楼崇音

总务主任：魏惟年

五、全行员生总数 计三十三人。

六、存款总额 三十五年七月三十一日止,约三万四千余万元

七、历年盈余 三十五年度八十余万元

(联合征信所调查组编辑:《上海金融业概览》,联合征信所1947年1月1日第1版,第177—178页)

统原商业储蓄银行
China United Commercial & Savings Bank Ltd.

　　一、简史 该行由余葆三、陈润水、陈绳武等发起,于民国二十一年八月十日成立,资本额定为国币一百万元,廿六年变更资本额为法币一百十一万七千五百元,敌伪时期迭经增资至伪中储券二千万元,胜利后改为法币二千万元,财政部营业执照为"银字第二八四号"。

　　二、地址 上海北京东路三三〇号 电话:一八四二一、一〇四五〇、一八五四〇 电报挂号:六四〇〇

　　三、资本 实收法币二千万元,分为二十万股,每股一百元

　　四、负责人

　　董事长:陈润水(代),前上海恒隆钱庄副经理、本行经理、中国染织业银行副总经理。

　　董事:徐仲麟、秦善德、杨文林、胡元祥、陈元晖、陈春雯、邵兼三、陈信森

　　监察:姚德馨、秦善富

　　经理:陈春雯(兼代)

　　副经理:朱赞侯

　　襄理:陆翰青

　　储蓄部主任:陈春雯(兼)

　　五、员生总数 三十三人

　　六、存款总额 三十六年十一月三十日止,约三拾亿元

　　七、历年盈余 三十五年度计法币一八,〇八六,〇六三.八六元

(联合征信所调查组编辑:《上海金融业概览》,联合征信所1948年4月第1版,第A172—A173页)

惠中商业储蓄银行

惠中商业储蓄银行成立于民国二十二年十月，行址在上海。现任董事长俞佐廷氏，董事厉树雄、丁家英、魏乙青、孙劫卿、陈绳武、秦善庆、邱彭年、王文治、何谷声、虞仲言诸氏，监察人楼怀珍、史久鳌、潘久芬诸氏，经理戚仲樵氏。该行设储蓄部，二十三年春有储蓄存款三十万元左右，内定期性质者占百分之五十六，活期性质者占百分之四十四。其资金之运用，抵押放款占百分之四十二，有价证券占百分之二十七，本行往来占百分之二十一，现金占百分之十云。

（王志莘编辑：《中国之储蓄银行史》，新华信托储蓄银行1934年9月第1版，第213—214页）

惠中商业储蓄银行
Wai Chung Commercial &Savings Bank

惠中商业储蓄银行系俞佐廷、潘久芬等所发起，一次收足资本银元五十万元，于民国二十二年七月十六日在钱业公会开创立会，选举俞佐廷、丁家英等十一人为董事，楼怀珍、潘久芬等三人为监察人。于同月二十日举行第一届第一次董事会议，公推俞佐廷为董事长，并聘任戚仲樵、虞仲言、俞树棠等为经、副理。择定天津路五十九号为行址，及订定营业章程，办理注册手续，旋于九月十四日先后奉财政部颁给银字第一五四号营业执照、实业部颁给设字第六二一号注册执照，乃于十月二日开始营业，专营收受存款、放款及抵押、贴现放款等业务。并拨定资本十万元，设立储蓄部，经营储蓄业务，遵照部章，会计完全独立，董事负无限责任。

董事长：俞佐廷

董事：丁家英、魏乙青、秦羡卿、邱彭年、王文治、孙劫卿、陈绳武、厉树雄、虞仲言、何谷声

监察人：楼怀珍、潘久芬、史久鳌

经理：戚仲樵

总行所在地：上海

115

全行员生总数：五十人

（中国银行总管理处经济研究室编辑：《中华民国二十四年全国银行年鉴》，中国银行总管理处经济研究室1935年6月第1版，第B284页）

按语：此标题系编著者所加，原标题作《惠中商业储蓄银行（一）Wai Chung Commercial & Savings Bank》。

据中国银行经济研究室编辑《中华民国二十六年全国银行年鉴》（中国银行经济研究室1937年10月第1版）第D175页记载，该行1937年时董事为魏乙青、丁家英、陈绳武、张詠霓、俞佐庭、孙劫卿、高培良、邱彭年、虞仲言、戚仲樵、秦善庆（美卿）。

惠中银行现状

总行行址：上海天津路六六号　电话：一〇七六六　电报挂号：六三三〇

资本总额：国币六百万元，实收国币三百万元，分为六万股，每股实收五十元。

营业执照：银字第一五四号，二十二年九月十四日财政部颁给。

开业日期：民国二十二年十月二日

简史：该行由俞佐廷、潘久芬等所发起创立，一次收足资本国币五十万元，于民国二十二年七月十六日在钱业公会开创立会，于九月十四日奉财政部颁给"银字第一五四号"营业执照，于十月二日开始营业。二十九年十二月增资为一百五十万元，三十二年二月增资伪中储券二百万元，同年十月三十日复遵令增资为六百万元，实收资本为三百万元，分为六万股，每股先收半数计五十元，专营存款、抵押放款及贴现放款等业务。

董事长：俞佐廷　浙江

董事：高培良　浙江、丁家英　江苏、张丽云　上海、陈绳武　浙江、王时新　浙江、徐永炎　浙江、张詠霓　浙江、魏乙青　浙江、秦善庆　浙江、林熙生　福建

监察人：戚子泉　浙江、楼怀珍　浙江、陈焕章　浙江

经理：戚仲樵　浙江

副经理：俞树棠　浙江、王莲晞　浙江、黄绥隆　浙江、王志修　江苏

襄理：裴懋然　浙江、余伯雄　浙江

全行员生总数：四四人

（《第二章上海银行业之现状》，中央储备银行调查处编印：《上海银行业概况》，1945年3月出版，第262—263页，上海图书馆藏）

按语：此标题系编著者所加，原标题作《(九八)惠中银行》。

惠中商业储蓄银行
Wai Chung Commercial & Savings Bank

一、简史　该行于民国二十二年十月二日开业，领得财政部"银字第三九五号执照"，创立时资本国币五十万元，二十九年十二月增资为法币一百五十万元，三十五年五月增资为法币一万万元。

二、地址　上海天津路六十六号　电话：一○七六六　电报挂号：六三三○

三、现在资本　法币一万万元，每股一百元

四、负责人

董事长：俞佐庭，前宁波县政府财政局长、上海市商会主席，现为四明银行常务董事。

常务董事：戚仲樵、俞树棠

董事：秦善庆、丁家英、王时新、高培良、张丽云、徐永英、魏乙青、林熙生

监察：戚子泉、陈焕章、楼怀珍、陈绳武

经理：王莲晞，前中国通商银行汉口分行副理

副经理：黄绥隆、王志修、张永年

襄理：裴懋然、余伯雄、郁孟馨

五、全行员生总数　三十八人

六、存款总额　三十五年六月三十日止，计法币二万四千四百八十五万八千四百元

（联合征信所调查组编辑：《上海金融业概览》，联合征信所1947年1月1日第1版，第144页）

惠中商业储蓄银行
Wai Chung Commercial & Savings Bank

一、简史　该行于民国二十二年十月二日开业，领得财政部"银字第三九五

117

号执照"，创立时资本国币五十万元，二十九年十二月增资为法币一百五十万元，三十五年五月增资为法币一亿元。

二、地址 上海天津路六十六号 电话：一〇七六六 电报挂号：六三三〇

三、资本 法币一亿元，每股一百元

四、负责人

董事长：俞佐廷，前宁波县政府财政局长、上海市商会主席，现为四明银行总经理。

常务董事：戚仲樵、俞树棠

董事：秦善庆、丁家英、王时新、高培良、张丽云、徐永英、魏乙青、林熙生

监察：戚子泉、陈焕章、楼怀珍、陈绳武

经理：戚仲樵

副经理：王莲晞，前中国通商银行汉口分行副理、黄绥隆、王志修、张永年

襄理：裴懋然、余伯雄、郁孟馨

五、员生总数 三十八人

六、存款总额 三十六年六月三十日止，计十五亿四千六百一十二万一千二百廿二元〇五分

（联合征信所调查组编辑：《上海金融业概览》，联合征信所1948年4月第1版，第A148—A149页）

《上海市银行业同业调查》（选录）

（三一）惠中商业储蓄银行股份有限公司

惠中商业储蓄银行于民国二十二年十月开办，系俞佐廷、陈绳武诸氏所组织，股本五十万元，储蓄部基金十万元，会计独立。以戚仲樵、虞仲言、俞树棠三氏分任经、副理。

资本：额定五〇〇、〇〇〇、〇〇 实收五〇〇、〇〇〇、〇〇

储蓄部基金：一〇〇、〇〇〇、〇〇

董、监事：俞佐廷、陈绳武、何谷声、王文治、魏乙青、秦羡卿、厉树雄、丁家英、邱彭年、孙劫卿、虞仲言、史久鳌、楼怀珍、潘久芬

经、副理：戚仲樵、虞仲言、俞树棠

职员人数：四十人 成立日期：民国二十二年十月二日

总行：上海天津路五九号　　电话：一〇七六六、一二〇八五

（三八）统原商业储蓄银行股份有限公司

统原商业储蓄银行系甬商所组织，于民国二十一年八月开办。股本一百万元，储蓄部另拨十万元为基金，会计独立。以余葆三氏为董事长，陈润水氏为经理。

资本：额定一、〇〇〇、〇〇〇、〇〇　　实收：一、〇〇〇、〇〇〇、〇〇

储蓄部基金：一〇〇、〇〇〇、〇〇

董事长：余葆三

董事：俞佐廷、陈绳武、徐仲麟、秦善福、秦善富、李祖荫、陈润水、秦善德

监察人：徐伯熊、姚德馨、尚侠民

经理：陈润水

副理：秦善德、陈春雯

襄理：鲍国华

储蓄部主任：宋源清

职员人数：六十五人　　成立日期：民国二十一年八月一日

总行：上海天津路二十号　　　电话：一八四二一、一八四三一、一〇四五〇

（上海市商会商务科编：《金融业》，1934年出版，第110、117—118页）

按语：陈春雯系陈子埙子。

以上两家银行未加入银行业公会。

徐寄庼编辑《增改三版最近上海金融史附刊之一》（1933年12月出版）附有《统原商业储蓄银行民国二十一年度营业报告》。

工　业

宁波和丰纺织公司议事录（选录）

民国七年四月二十九日（即旧历三月十九日）本公司第十一届股东常会为选举董事暨监察人事特延会一日，午后二时开会，计股东到者四千三百六十二股，三千五百零四权。兹将会场秩序及进行事项记录于左

一、振铃入席。

二、经理宣布延会宗旨。

三、请临时议长朱葆三君就席。

四、公推股东李梅湖、倪春墅二君为抽签员，孙康宏、余润泉二君为监视员。

五、抽留董事六人。经李梅湖君出席报告固有董事姓名及签数毕，与倪君春墅并监视员孙康宏、余润泉三君共同执行抽签，当抽得留任董事六人。

姓名列左：高子勋君、钱中卿君、范杏生君、李厥孙君、朱葆三君、谢蘅牕君

六、公推监视投票员及开匦检票员。

经股东公推，李梅湖、倪春墅、孙康宏、余润泉四君任之。

七、选举董事及监察人。

议长报告抽留董事六人姓名，请股东改选董事五人并监察人三人。

附议：盛省传君起立宣言为本厂人才问题有提议事。经临时议长许可，盛君言承乏本厂董事已将十载，虽尽心竭力为本厂规画大计不敢不勉，但于营业工作两端非所素习，未能多有裨补良用自愧，今幸抽签退席，借得藏拙，惟董事居最高地位，有监督办事人之责，必富有经验者方可胜任，以某所知有张君雯春者前在本厂总司会计极称得力，故于选举董事未经开匦之先，特为提出应否由本厂延为名誉董事。查本厂名誉董事向系二人，现仅虞君洽卿一人，系戴瑞卿君提出，经股东赞成。是项名誉董事本无定员，亦无必须补入之理，此次张君经本席提出应否延请，听股东主持公道。本席无要求众股东赞成之一语，倘众股东意不谓然，并无下文，本席自信无私，绝无愧色云云。经徐镛笙君谓张君在厂历史可请顾经理详述，俾众咸知。顾经理爰历述张君富有能力，当年厂务深资臂助，延为名誉董事必大有裨益云。李商山君言张君既属相宜，缺额自应补入。嗣经临时议长付众表决，经众股东赞成通过，准延为名誉董事，以昭公道云。

八、开董事、监察人选举匦。

兹将当选董事暨监察人姓名、权数列后。

当选董事：

盛省传君三千一百八十八权、戴瑞卿君三千一百二十八权、徐镛笙君二千七百四十七权、戴文耀君二千六百五十四权、徐棣荪君二千五百十七权。

当选监察人：

陈子埙君三千二百四十四权、秦珍荪君二千六百五十二权、严康林君二千五百八十五权。

其余董事次多数张雱春等二十余人，监察人次多数李志芳等二十余人不及备载。

九、宣布董事、监察人当选姓名、权数。

十、摇铃散会。

议长朱葆三

（宁波市档案馆编：《宁波和丰纺织公司议事录》，宁波出版社2019年4月第1版，第60—62页）

中华民国七年五月二十一日（即旧历四月十二日）上午十时在本厂开董事成立会，兹将所议各事记录于后

一、诸董事入席成立，经理顾君致祝词，云此次本公司董事会成立，诸董事槃槃大才、宏谋硕画，将来公司营业蒸蒸日上，基础巩固，和丰公司万岁！诸董事万岁！

二、全体票举戴瑞卿先生为议长。

三、全体票举朱葆三、戴瑞卿、盛省传先生并经理为股单签字人。

四、公阅董事会旧章，众赞成通过照旧办理。

五、提议本年旧历三月十八日股东会投票议决修改本公司章程第二十一条原文，兹将改定条文录后。

> 第二十一条　本公司董事任期二年，其次年用抽签法抽留六人，另选五人，连举者得连任，其监察人任期一年，连举者得连任。

六、本公司呈部立案，去年旧历五月二十日临时董事会议决注册呈文仍归前任董事盖印签字，因前任朱、林两董事去年相继逝世，未便列名，今议以现任董事全体列名，俟呈文改缮，于夏季常会请诸董事公阅，盖章呈部。

七、本年旧历三月十八日股东会议决购买通久源旧厂，所有收付款项今立户名曰"湾头厂基"字样，其给产业股券定名为"湾头第二厂"字样，经理人提出拟就合同草约底稿，公阅照行，惟签名须加入两厂经理，再请上海、宁波两商会正、副会长为证人，并加盖两商会戳记，由正、副会长签字以昭慎重。

八、售进通久源旧厂事，公举董事戴瑞卿、盛省传、徐镛笙先生并监察人陈子埙先生为代表立约签字，俟正式合同订就，再行定期开会通告各股东。

九、经理报告本年正、二月间花纱两歧，营业困难，见机将存花出售，此中得些微利，现因纱销滞呆，栈房存纱甚多，不得已于三月廿三日停车，待时再做。

十、本厂近时售花屡受花行同业倾轧，今公议由本厂拨资在甬江地点设立花行一处，其主权仍由经理一人掌之，其买卖性质虽仍照甬江花行一例，惟不得代人买空卖空。

附本届董事会提议

一董事、名誉董事、监察人应得花红按成分派，议长应照诸董事加派一成，此条与董事第二十五条章程不合，本届系高董事提议，各董事赞同作为团体私议，下届新董事会成立不在此例。

会议董事朱葆三、盛省传、高子勋、谢蘅牕、徐棣荪、徐镛笙、李厥孙、范杏生、钱中卿、戴文耀

监察人秦珍荪、陈子埙

议长戴瑞卿

（宁波市档案馆编：《宁波和丰纺织公司议事录》，宁波出版社2019年4月第1版，第62—63页）

中华民国八年一月九日（即旧历戊午年十二月初八日）午后一时在本厂开董事年会，兹将应议各事记录于后

一、经理报告本厂自八月初三日开车，其时欧战未停，幸粗纱价格增高，营业尚称顺利，本届十一月底止，揭帐约计盈余洋十四万一千五百余元。

二、提议湾头第二厂产业证券现已签字完全，惟年关伊迩，年内定期发给未免局促。兹公决，俟明年给发戊午年官利时，带发第二厂证券并证券利息，年内预先登报声明，俾免各股东记念，附登报稿。

宁波和丰纱厂通告各股东：

本厂于戊午年六月廿九日股东大会决议发行湾头第二厂产业证券，计总额洋二十四万元。今证券印成，已由董事签名、盖章，一切手续完备。兹由本月初八日董事年会议定，己未年旧历四月初一日起，为本厂发给戊午年股息日期，带发是项产业证券并戊午年证券八厘利息，特此通告。

和丰纱厂董事会谨白

三、更户作废股票除前封存外，现有一百零七张，计六百七十五股，当经公同查核无讹，遵章封存。

四、经理报告厂外柴家漕工人房屋廿八间，遵去年董事年会议决，从新改筑，今已完工，共计工料洋一万零八百余元，该款应付入产业户，今复核无异，照章录簿，加入帐略。

五、又报告添换细纱车、绳子、盘回丝车、房屋及赠置消防器具等，又添设头弹弹花车一部、钢丝车十二部、并条车一部，今查核簿载抄账均属相符，应照章加入帐略。

六、第二厂之江东船坞涂田，今公同酌议作价洋三万五千元，转册过户归老厂管业。

七、经理报告源康庄东醒记户股单二十股，遵议案俟债务清了方可过户。今查该庄之款尚欠洋四千八百余元，一再追讨，迄未归清。兹挽陈季衡先生代恳，愿再还洋一千元作为（情）〔清〕讫。公议证以各方面舆论，源康庄东实已力竭，既经陈季衡先生出而调处，应俟洋一千元缴厂收清，一切手续均已清了，准由经理将醒记股单订户取消，于银总结有项下开支清讫。

八、周熊甫先生于今秋作古，熊甫先生创办本厂卓著勤劳，兹议于酬红证券应得红利外，每月由本厂致送洋五十元，常年计六百元，作为特别报酬，是项报酬周夫人在日，自当按月馈送。

九、本厂创办之初，戴瑞卿先生为总理，周熊甫先生为协理，总理月薪定贰百元，协理月薪定壹百元，因戴瑞卿先生辞多受寡，故致送周协理每月贰百元，戴总理月薪仅壹百元。自顾元琛先生接任总理，屡次谦冲，相仍未改，今厂中历年营业颇为发达，纱锭添至加倍，事务益繁。由董事会提议，现在本厂未设协理，凡事皆由总理一人主持，勤劳益甚，自戊午年正月起，总理月薪定每月贰百元，董事等为本厂规画久远，非从个人着想，请顾总理毋容固辞。

会议董事盛省传、高子勋、谢蘅牕、钱中卿、李厥孙、范杏生、戴文耀、徐镛笙、徐棣荪

监察人陈子埧、秦珍荪

议长戴瑞卿

（宁波市档案馆编：《宁波和丰纺织公司议事录》，宁波出版社2019年4月第1版，第66—68页）

海门大生第三纺织公司民国三十五年
股东会议事录（1946年5月7日）

日期：中华民国三十五年五月七日

地点：上海西藏路宁波同乡会

到会股东：五百十六户，股数：三万零九百七十九股，股权：一万一千八百七十一权

公推陆子冬先生主席。

行礼如仪。

（中略）

提议事件：

主席：今天董会提案原有二件，但会场上临时有股东提议二件，与董事会提案有连带关系，故一并宣读讨论。

（一）请议定增加股额原则案。

本公司原有股额不足以配合现时经济状况，而发展公司营业，势必增资。但或升旧值或增新资，目前无成轨可循，办理困难，是否应先定一增加股额之原则，俾获于适当时由董事会妥筹办法，相机办理，另召临时股东会议决施行。

（二）请授权董事会拟订修改章程案。

本公司章程有应行修改而现在不能遽改者，列如股额一条必须修改，但在增资问题未决以前不能修改，又如凡旧章有不合新公司法者，应查核修改，而在尚未奉到新法实行命令以前，不能遽照草案修改。兹拟请将此项修改原则授权董事会，于适当时期妥为修改，再提交股东会决议。

（三）修正本公司章程须经临时股东会以维权利案。

本公司章程多年未经修改，恐有不合新公司法及现时潮流。鄙人等有鉴及此，爰建议大会授权董、监会拟订章程草案，于一个月内召开临时股东会，再付公决。

本公司重新规定资本须经临时股东会公决案。

本公司规定资本额关系股东利益颇大，须经股东临时会公决订定，以维权利。

提议人股东　林平甫、秦善德、陈春雩、秦善宝、林自耀、蔡适、刘聘三、丁渭成、励伯卿、庄宁年、林似春、柳序西、柳叶萃华

（四）本公司股票面值每股国币七十元应减为每股国币十元，以利流通案。

股票流通市面需求普及，故近代各大工厂、公司股票面值多订为每股国币十元，其目的务求流通普及，使普通人皆有购买能力，而得投资机会。鄙人等有鉴及此，爰建议大会应将本公司股票面值每股七十元改为每股国币十元，以合潮流而利普及。请主席付大会投票公决，交董、监会修改是荷。

提议人股东　秦善德、陈春雯、林自耀、蔡适、林平甫、秦善宝、刘聘三、丁渭成、励伯卿、庄宁年、林似春、柳序西、柳叶萃华

兹综合上项数案意见，本公司原有股额太少，不切实际，似应增加；而公司章程亦亟须修改，以切实用。惟该两点俱须依据公司法办理，当新公司法尚未正式施行前，似应先决定一原则，待新公司法颁布施行后，再行修改。至减低股票面值一事，应如何处理，亦请讨论。现在可归纳为三点：1. 股额是否需增加；2. 股票面值应如何改正；3. 修改章程授权董事会办理，是否待下届股东会追认通过，抑另行召开临时股东会通过。

秦善德：章程经董事会修改后，留待下届股东会追认似觉不妥，应授权董、监会，待新公司法正式颁布后，拟订章程草案，于一个月内召开临时股东会议决。

杨管北：本席有两点意见：

（一）新公司法颁布后，与本公司章程有抵触，不得不修改者，授权新董事会根据新公司法修改、拟订草案，待下届股东会正式追认通过，不必再开临时股东会。

（二）股票面值改为十元一案，为便利起见，可参照其他纱厂办法，授权新董事会办理。

秦善德：临时股东会必须召开，不可为手续麻烦而抹杀股东权利，否则留待下届股东会追认，则事隔一年，恐失时效。

李云良：附议杨股东的意见。

（一）修改公司章程应以新公司法为根据，本公司章程与新公司法抵触者，自应修改，惟此乃照例修改，并不十分重要，为避免麻烦起见，赞成不再开临时股东会，可授权董事会办理，并可参照昨日一厂议决办理。（一厂议决案：本公司章程与新公司法有抵触及不适用者，授权董、监会修改拟订草案，交下届股东会追认通过之。）

（二）增加股额改正股票面值一案，票面为十元或七十元仅为名义而已，赞成仍照昨日一厂议决案办理，即由董、监会核实估计本公司资产净值（资产除去对外

负债余额），遵照政府法令，参照工商界升值办法，妥筹方案，授权董事会施行。并希望各股东注重实际，不要看重表面问题，请付表决。

秦善德：建议用投票表决。

主席：秦、杨两股东都同意授权董事会办理，李云良股东提议照昨日一厂议决案表决。现在先请表决授权董事会修改章程、改正票面后，一个月内召开临时股东会通过案。

朱警辞：关于表决方式有点意见。现在讨论的焦点是，临时股东会需否召集的问题，按理，修改章程事关重大，自应由股东大会通过，但此次董、监名额已准备增加，董、监会自可代表更大多数股东，董、监事本身之利害即为全体股东之利害，故董、监事一定可顾到全体股东之利益。但修改章程，法律上是否有明文规定必须股东会逐条讨论通过，拟请在座律师就法律点解释。至于表决方式，不必投票，因计算股权太费时，可采用其他方式。

主席：本案法律点可请李文杰先生解释，表决方式鄙意可用人数计算，不用股权。

李文杰：本人以股东资格发言，很表同情于杨管北、李云良二君之意见。今天的会，实际已将修改章程原则决定，但为时间所限，不能用文字来表示。章程与新公司法抵触者，需加修改，其范围已决定，若授权董事会办理，相信新任董、监不致越权，任意修改，故修改章程后，自可不必再开临时大会。再则，本案昨日一厂已有议决，本厂虽不受其他公司之限制，但一、三两厂为姊妹公司，自宜采同一步骤，以利进行。倘付表决，自应先将李云良股东之提案予以表决，因李君所提为修正案，依法应先予表决，表决方式亦无规定，可任意采用之。

主席：现在先就杨管北、李云良、朱警辞、李文杰四君之修正案，即授权董事会修改章程、改正票面，交下届股东会追认案表决。请赞成者起立。（大多数起立。）

议决照修正案通过。

（下略）

（南通市档案馆、张謇研究中心编：《大生集团档案资料选编·纺织编IV》，方志出版社2006年4月第1版，第343—347页）

按语：该公司位于江苏。

其　他

《民国十年上海商业名录》（选录）

恒隆（北市汇划）

英租界河南路即抛球场济阳里三七九号

经理：陈子壎　　协理：戚龄延

电话：中央三四六六

恒兴（北市汇划）

英租界宁波路同和里二四号

经理：沈翊笙　　协理：王庆华

电话：中央四一四六

恒丰昌

英租界山东路即望平街二六九号（汉口路南）

经理：秦涵琛

电话：中央三六五七

（徐珂编纂：《民国十年上海商业名录》，商务印书馆1921年11月第1版）

《上海工商业汇编》（选录）

恒丰昌（颜料）

英租界山东路二六九号（福州路北）●经理：秦函琛●电话：中央三六五七

永聚

英租界宁波路二八号●经理：吴廷范●电话：中央三九六一

恒隆（北市汇划）

Hung Loong Bank.

英租界河南路三七九号●经理：陈子壎●电话：中央三四六六

恒大

英租界河南路济阳里三七四至三七五●经理：周雪舲●电话：中央三七四六

恒兴（北市汇划）

Hung Shing Native Bank.

英租界宁波路二四号●经理：沈翙笙●电话：中央四一四六

（上海总商会月报部编辑：《上海工商业汇编》，1927年3月出版，上海图书馆藏）

按语：据中国征信所编辑、上海市商会1937年出版的《上海工商业汇编》，内收录"恒丰昌颜料号"名录称该号位于山东路229号、电话号码93657、经理秦函琛。"秦函琛"应为"秦涵琛"，1930年逝世，下同。

《上海商业名录》（选录）

永聚庄

宁波路二八号

主要营业：钱庄

经理：吴廷范

电话：一三九六一

恒隆庄

河南路三七九号

主要营业：钱庄

经理：陈子壎

电话：一三四六六

恒赉庄

宁波路兴仁里四七号

主要营业：钱业

电话：一三八六三至五

恒兴钱庄

宁波路同和里二四号

主要营业：钱业（北市汇划）

经理：沈翊笙

电话：一四一四六

恒丰昌颜料号

山东路福州路北二六九号

主要营业：颜料、靛青

经理：秦函琛

电话：一三六五七

（中国商务广告公司编辑：《上海商业名录》，商务印书馆1931年4月第1版，上海图书馆藏）

按语：“秦函琛”应为“秦涵琛”。

《上海市工商行名录》（选录）

恒丰昌颜料号

山东路二二九号

电话：九三六五七

营业：颜料

经理：秦函琛

惠中银行

Wai Chung Commercial & Savings Bank, Ltd.

天津路六六号

电话：一〇七六六、一二〇八五

电报挂号：六三三〇

营业：银行业务

董事长：俞佐廷

董事：丁家英、魏乙青、秦善庆、邱彭年、张詠霓、林熙生、陈绳武、高培良、虞仲言、戚仲樵

监察：楼怀珍、戚子泉、陈焕章

经理：戚仲樵

副经理：王莲晞、俞树棠

襄理：糜静盦、黄绥隆

（杨宪臣、费西畴编辑：《上海市工商行名录》，上海市工商调查所1940年出版）

按语："秦函琛"应为"秦涵琛"。

慈善公益

华美医院

募集爱克司光镜诸公姓名银数报册

黄涵之君（会稽道道尹），助银二百五十元；方瀹年君，助银二百五十元；葛礼君（海关税务司），助银二百五十元；林渭舟君，助银二百五十元；达伐生君（英国领事官），助银二百五十元；张天锡君，助银二百五十元；何葆龄君，助银二百五十元；李掬厚君，助银二百五十元；秦珍荪君，助银二百五十元；乐甫生君，助银二百五十元；李奎浩君，助银二百五十元；张祖英君，助银二百五十元；徐庆云君，助银二百五十元；张祖福君，助银二百五十元。

以上共计银三千五百元。

屠鸿规君，助银二十元；崇本堂陈，助银十元；张朗斋君，助银二十元；何俊卿君，助银十元；酒业会议所，助银十元；陈志贤君，助银十元；李梅卿君，助银十元；郭维桂君，助银十元；怡生祥，助银五元；韩志荣君，助银三十元；林澄泉君，助银十元；李毓卿君，募银一百元；姜不留名，助银五元。

以上姜证禅君（鄞县知事）经募银二百五十元。

周茂兰君，助银五十元；何积璠君，助银七十元；何楳轩君，助银二十元；张延钟君，助银一百元；秦润卿君，助银三十元；张云江君，助银五十元；石运乾君，助银二十元；薛文泰君，助银五十元；冯芝汀君，助银六十元；李志方君，助银五十元；傅松年君，助银五十元；美大，助银三十元。

以上方椒伯君经募银五百八十元。

资善堂，助银一百元；承裕庄，助银五十元；赓裕庄，助银一百元；安康庄，助银一百元；方季扬君，助银一百元；方惠和君，助银五十元。

以上方季扬君经募银五百元。

叶子衡君，助银二百五十元；孙梅堂君，助银五十元；谢衡熄君，助银一百元；张嘉甫君，助银五十元；袁履登君，助银五十元。

以上袁履登君经募银五百元。

和丰纱厂，助银一百二十元；费善本君，助银三十五元；沈景荣君，助银三十五元；顾元琛君，助银六十元。

以上顾元琛君经募银二百五十元。

秦珍荪君，助银五十元；泰源庄，助银十元；屠容房，助银五十元；鼎丰庄，助银十元；衍源庄，助银十元；景源庄，助银十元；丰源庄，助银十元；瑞馀庄，助银十元；裕源庄，助银十元；听雪轩徐，助银二十元；晋恒庄，助银十元；永源庄，助银十元；应闻初君，助银二十元；赵占绶君，助银二十元。

以上赵占绶君经募银二百五十元。

达丰染厂，助银二十元；王启宇君，助银十元；杨杏堤君，助银五元；包凤笙君，助银十元；崔福庄君，助银十元；王馥棠君，助银五元；方逸侯君，助银一百八十元。

以上方逸侯君经募银二百五十元。

张晋峰君，助银四十元；张绚伯君，募银二百元；张德郱君，助银十元。

以上张让三君经募银二百五十元。

林希桓君，助银六十元；永川公司，助银二十元；林鸿钦君，助银十元；董樵沅君，助银二十元。

以上林希桓君经募银一百一十元。

李雪蕉君，助银一百五十元；严康懋君，助银一百二十五元；王正康君，助银一百二十五元；谢仲笙君，助银一百二十五元；颜登宝君，助银一百二十五元；张善述君，助银一百二十五元；周羡江君，助银一百元；赵菊椒君，助银一百元；邵声涛君，助银一百元；谢蘅熄君，助银一百元；刘仲房，助银一百元；孙仲玙君，助银五十元；蒲克礼士君，募银六十元；赵林士君，助银五十元；倪椿如君，助银五十元；陈蓉馆君、王荫亭君、徐棣苏君，合助银一百元。

以上本院兰雅谷君经募银一千五百八十五元。

樊和甫君，助银二百五十元；陈师母，助银一百元；蔡丕乾君，助银一百元；丁忠茂君，助银一百元；翁企望君，助银一百二十五元；戴文模君，助银五十元；翁立甫君，助银五十元；裴黼臣君，助银五十元；顾衡如君，助银三十元；方保廉君，助银二十五元。

以上本院任莘耕君经募银八百八十元。

统共计银八千九百零五元。

（《宁波华美医院报告第一期》，1920 年出版）

秦珍荪先生玉照

秦珍荪先生，鄞县人，富而好施。民国九年水灾，先生出巨资办平粜，全活甚多。客岁先生之孙康强君患瘰病就本院割治，即愈，爰助银五百元，俾充本院经费，并赠匾额一方。敬留玉照，永远纪念。

（《宁波华美医院报告第二期》，1921 年出版）

按语："康强"应为"康祥"，谱名永聚。

华善士助款报册

方稼荪君常年，助银一百元；胡象美君常年，助银五十元；李立房常年，助银五十元；方丛桂轩常年，助银五十元；吴荫庭师母常年，助银五十元；和丰纱厂常年，助银三十元；永耀电灯公司常年，助银三十元；宁波电话公司常年，助银三十元；捷美糖行常年，助银二十元；费冕卿君常年，助银二十元；张元宰君常年，助银十二元；张善述君常年，助银十二元；洪益珊君常年，助银十元；洪莘桥君常年，助银十元；朱旭昌君常年，助银十元；顾元琛君常年，助银五元；晋大蛋行常年，助银五元；秦珍荪君，助银二百五十元（另有二百五十元捐入爱克司光内）；叶太太，助银五十元；李钦辉君，助银五十元；王少云君，助银三十元；张君（铁路），助银二十五元；董世祥君，助银二十元；董祥邃君，助银二十元；朱阿甫君，助银二十元；陈庆瑞君，助银二十元；张朗斋君，助银二十元；慕义妇女学校，助银二十元。

无名氏，助银三十元；乐善轩，助银二十元；陈鹤亭君，助银十元；永茂厂，助银十元；瑞大厂，助银十元。

以上五名计银八十元邵荇泉君经募。

张让三君，助银二十元；金师母，助银二十元；陈渭经师母，助银十元；李成耀君，助银十元；张仁茂君，助银五元；陈祖顺太太，助银五元；董师母，助银五元；邬一如女士，助银四元；周茂寿君，助银一元；施松杨君，助银一元。

共计银一千一百八十元。

（《宁波华美医院报告第二期》，1921年出版）

按语：“常年”指常年捐。

“银助十元”应为“助银十元”。

宁波华美医院建筑新院扩充设备募捐经过状况

本院自兰雅谷医士长院后，惨淡经营，声誉日盛。当时苦于经费不足，诸事苟简，供不应求。虽得地方人士相助，竭蹶之状，时所不免。民国九年，为本院成立八十年纪念，亦即兰医士来华服务三十年纪念，计甬人受诊者不下数十万，耆绅张让老辈为发起，募购爱克司光镜，以利诊察，院务为之一振。继是以往，兰医士益觉本院所处地位之重要，知原有院舍及设备实有碍本院前途之进展，爰于民国十二年，决定新院之计画，于旧院附近购置基地，邀集热心人士筹商建筑募捐之进行方案，预计新院建筑设备等费约需三十万金，众议金同。募捐开始未几，江浙开衅，兼岁遭兵，商市凋零，捐务受挫。然兰医士之热诚始终不懈，期在必成，与本院任莘耕医士连年奔走，无间寒暑，足迹殆遍国内。既而新院工程次第兴筑，不幸，兰医士中道崩殂。任医士承其遗志，继续努力，以迄于今，大业告成。总计募捐经过为时凡六年，为程数万里，实得捐洋拾壹万玖千肆百陆拾叁元陆角伍分。倘非兰医士之忠勤艰苦，与各方人士之热心响应，曷克臻此！本院于是感悼同深，爰立此碣以志不朽云尔。

谨将各户经募捐助、台衔开列于后：

吴荫庭君、无名氏翁、效实学会，各助洋伍千元；周宗良君助洋肆千元；上海万国体学会助洋叁千元；孙梅堂君助洋贰千陆百贰拾元；方药雨君经募洋贰千元；无名氏叶助洋贰千元；孙宝琦君经募洋壹仟肆百五拾元；陈子埙君、余葆三君、王正康君，各助募洋壹千伍百元；楼恂如君经募洋壹千贰百五拾元；张组英君助洋壹千壹百伍拾元；卢子嘉君、李赞侯君、李光启君、丛桂轩方、袁履登君、姜炳生君、吴麟书君、赵晋卿君、秦珍荪君、王儒堂君、徐庆云君、贺得霖君、张延钟君、朱葆三君、叶葆青君、邬挺生君、边文锦君、谢蘅牕君、方液仙君、方稼荪君,各助募洋壹千元;方安圃君、王桂林君、张天锡君,各助募洋捌百元;西北公会助洋柒百元;宁绍公司水脚项减半助洋陆百伍拾元;钱中卿君助募洋陆百壹拾元;曹兰彬君经募洋伍百伍拾元;袁巽初君、韩紫石君、虞洽卿君、张寿房、张润津君、张效良君、张朗斋君、陈楚湘君、倪倬如君、董占春君、严蕉铭君、方寿房、王佐禹君、吴佩纶君、孙馀生君、沈鸿照君、董杏生君、王习甫君、钱新之君、方爱吾庐、项松茂君、傅其霖君、陈瑞海君、醒庐方、戴耕莘君、新顺泰号、洪贤钫君、种德堂徐、严子均君、裴黼臣君、孙瑞甫君、黄涵之君、刘鸿生君、仁寿堂严、金廷荪君、张继光君、乐振葆君、乐甫生君、何葆龄君、孔颂馨君、章林生君、徐庆云君电话费,各助募洋伍百元;李祖赓君、陈蓉馆君、邬谟昌君,各助募洋肆百元;天童寺助洋叁百捌拾元;苏寿田君助洋叁百伍拾元;洪沧亭君、朱吟江君、孙衡甫君、谢仲笙君、方哲民君、张瑞椿君、无名氏周,各助募洋叁百元;郑义炳君经募洋贰百陆拾伍元;曹云祥君经募洋贰百伍拾贰元;陈春福君经募洋贰百伍拾壹元;周肇詠君、华成公司、林斐成君、邬彬生君、童梦云君、邵尔康君、方保廉君、包湘涛君、郑植生君、朱鸿源君、郑仁业君、蔡酉生君、蔡仁初君、翁继初君、周松寿君、刘瑞卿君、陈如馨君、曹心存君、丁佐成君、姚芬梅君、童伦元君,各助募洋贰百伍拾元;任彩月女士经募洋贰百叁拾肆元;吴雨亭君助洋贰百贰拾伍元;邬志豪君、翁葆甫君、叶仲恕君、李达卿君、李拙君、虞秉荣君、陈廷奎君、顺泰木行、孙传芳君、蔡丕乾君、祁仍奚君、何绍庭君、冯玉祥君、陈艮初君、文德堂沈、黎元洪君、盛省传君、卢华庭君、吴涵秋君、周乾房、裴霞如君、濮卓云君、林蔚文君、李祖荫君、徐博传君、孙美鸿君,各助募洋贰百元;荣德均君经募洋壹百捌拾元;陈希学女士、吴熊渭君、戚伟良君,各经募洋壹百伍拾伍元;方新吾君、胡象美君、严子裕君、姜证禅君、王正甫君,各助募洋壹百伍拾元;陈宽钧君、陈常泰君、陈筱葆君、周宁甫君、李桂卿君、陈季兰君、徐霞管君、周汝佐君、王宝庆君、谢凤鸣君、上海大益号,各助募洋壹百贰拾伍元;陆筱舫君、董君蛋业、方樵苓君、沈遗香女士、赵奎章君、徐永祥君、徐树馥君,各助募洋壹百贰拾元;陆瑞康君经募洋壹百壹拾元;邵生荣君经募洋壹百零伍元;周汝南君经募洋壹百零肆元;毛和源君、陈均侯君、洪雁宾君、余安官君、岑廷康君、林渭舟君、俞福谦君、陈淮钟君、鲍咸昌君、夏老太太、邬友铭君、丁忠茂君、严孟繁君、周炳文君、卢老太太、徐永炎君、毛鲁卿君、严蓉卿君、舒文耀君、楼其樑君、高子勋君、励忻宝君、卧月居李、张逸云君、石运乾君、王烈高君、陈松源君、王大黻君、陈庆瑞君、胡文甫君、刘宝馀君、尹贸治君、张梅岭女士、王友三夫人、孙祚型君、陈寿衡君、徐渭源君、袁梅记、王海帆君、朱旭昌君、钱筱宝君、林承欢君、张安芳君、盛松琴君、李庆龄君、王国海君、邬志坚君、益利公司、赵占绥君、王瑞双君、锦华行、上海商务印书馆、上海中英药房，各助募洋壹百元；陈天寿君助洋捌拾元；科发药房助洋柒拾伍元；陈子翔君经募洋柒拾元；邬光道君经募洋陆拾壹元；马申昌君助洋伍拾贰元伍角；叶守卿君、柳师母、马友芳君、何德文君，各助募洋陆拾元；赵春华君、刘予醒君、董梅生君、顾元琛君、杜厚裁君、张保庆君、洪益珊君、楼复来君、王少云君、徐和梅君、王才运君、陈祥麟君、郑霖祥君、杨河清君、祁太太、陈斌奎君、卓宝亭君、陈次平君、邱宝赉君、周开文君、徐虎臣君、蔡志阶君、庄鸿皋君、裘珠如君、王亦鹏君、蒋介卿君、楼四海君、徐诚绍君、邵锡康君、上海集成药房，各助募洋伍拾元；章维华君经募洋肆拾伍元；李樵卿君经募洋肆拾叁元；屠开泰君经募洋肆拾贰元；甬江、慕义二校、乐滋生君、善记，各助洋肆拾元；高信昌厂助洋叁拾肆元；董景安君经募洋叁拾贰元；金吉夫君、张九龄君、洪元祖君、施女士、史宗棠君，各助募洋叁拾元；谢其锠君经募洋贰拾捌元；张嘉惠君助洋贰拾伍元；余显恩君、李汉一君、戎云土君、徐味青君、何元增君、杨渭泉君、董瑞震君、章裕卿君、上海华英药房，各助洋贰拾元；阮渭泾君助洋拾伍元；源泰号、屠介澄君、屠韵记、俞嘉福君、王世恩君、杨炳仁君、邬绥发君，各助洋拾元；兰老太太经募洋玖千柒百零柒元零伍分。

中华民国十九年四月三日

宁波华美医院谨识

（据中国科学院大学宁波华美医院藏碑整理）

按语：据中国国家图书馆藏1930年3月刊印的《宁波华美医院征信录》，秦珍荪为该院建筑新院舍"助洋一千元"。

邬志豪，又作邬子豪。

据民国《鄞县通志·文献志》记载，该碑石由章师濂书写。

四明孤儿院

董事一览表

旅京津董事

陈映渠君、严蕉铭君、吴荫庭君、周寅初君、沈吉甫君、李宝裕君、李赞侯君、李正卿君、李祖恩君、李湘帆君、林湘如君、俞寰清君、方药雨君、孙景福君、贺得霖君、王品南君、郑杏村君、周道生君、陈宜孙君、邱润初君、金梦桂君、叶星海君、周星北君、吕幼才君、李组才君、邱振扬君、竺莲生君、许廷佐君、王松鹤君、朱式如君、朱恒信君、严锦源君、竺汝棠君、俞春瑞君、竺纯芝君、李纯芝君、陈心泉君、朴道一君、方安圃君、张耕珊君、张直卿君、王莲舟君、鲍芸莱君、冯占祥君、钱维芝君、金锡麟君、李组绅君、宋子良君、柳良材君、柳宝楚君

旅沪董事

朱葆三君、虞洽卿君、谢蘅牕君、周金箴君、袁礼敦君、王儒堂君、盛竹书君、薛宝润君、傅筱菴君、周茂兰君、姜炳生君、刘星耀君、陈文鑑君、乐俊葆君、边文锦君、蔡仁初君、马汝霖君、曹昌猷君、包凤笙君、徐庆云君、杨沛霖君、樊和甫君、舒承德君、林笙甫君、张敏良君、叶景林君、应子云君、董桂芳君、徐承勋君、陈文槐君、侯禹和君、仇荣庆君、余葆三君、戴星一君、楼恂如君、陆善祥君、周肇詠君、傅廷镛君、叶松盛君、简照南君、徐云生君、徐乾麟君、唐华九君、张延锺君、徐玉生君、胡澄波君、项鸿生君、谢全镛君、王佐卿君、周揆卿君、汪康年君、吴炳荣君、黄允芳君、王芝岚君、戴文清君、王养安君、戴耕莘君、王美樑君、边瑞馨君、贺其良君、吴梅卿君、叶益钧君、孙兰生君、史光廷君、曹兰彬君、庄海涛君、裘蕉苏君、王心海君、张敏良君

四明董事

盛省传君、洪復斋君、张让三君、丁忠茂君、费冕卿君、顾元琛君、袁燮元君、石韵皋君、周宗良君、何葆龄君、秦珍苏君、严康楙君、徐镛笙君、王成球君、陈兰苏君、陈季衡君、徐修甫君、张雪春君、陈星伯君、孔馥初君、徐湖楼君、陈蓉馆君、刘文昭君、蔡芹生君、费善本君、陈子秀君、丁仰高君、姚和甫君、赵芝室君、蔡芳卿君、王叔云君、李霞城君、周田泉君、厉汝熊君、陈信鸿君、李棣辉君、袁鹿笙君、王永彬君、徐晓笑君、邱馥棠君、周性沧君、陈顺承君、应元龙君、李震棠君、吴芝庭君、徐子湘君

募捐董事

孙瑞甫君、费振麟君、李纯芳君、丁文斋君、朱国珍君、马静斋君、吴柏生君、孔云生君、傅介堂君、童梦熊君、俞家骏君、徐詠春君、郭庆恩君、李玉青君、张纯德君、乐汝成君、乐复深君、乐复琛君、金芝山君、周乐莱君、庄鲁卿君、陈德麟君、范珊琳君、陈正翔君、陈璈笙君、韩珊璜君、吴梓堂君、胡甸苏君、邵德铭君、叶德权君、徐紫绥君、侯安卿君、陈余甫君、徐敏才君、裴廷翰君、傅丕烈君、张明琅君、袁廉坊君、蔡农生君、费辅卿君、林竹堂君、柯梅苏君、项颂如君、项如松君、周茂哉君、徐士明君、邬挺生君、黄子桐君、陈子常君、戴季石君、叶贤刚君、周葵卿君、徐心如君、张岳年

君、沈仰峰君、周懋园君、黄渔亭君、励长华君、施耀卿君、何俊卿君、李继臣君、蒋蘅卿君、姜义琅君、黄和琴君、徐纯初君、闻永祥君、戴景芳君、郁棹云君、王如樑君、朱谐笙君、吕初成君、朱昌全君、冯子枚君、王璋甫君、蔡鼎臣君、叶德政君、洪杏荪君、施桂森君、吴锦堂君、吴斯芳君、王茂廷君、郁芝亭君、徐汝樑君、史祖安君、陈才宝君、章裕卿君、孔郁哉君、汪订笙君、林芝庭君、徐定甫君、董亮清君、车三凤君、陈缉庭君、徐毓卿君、杨永年君、蔡酉生君、赵占绶君、孙兰鋆君、冯芝汀君、孙浏亭君、刘信甫君、林梅荪君、李时杰君、蔡嘉祥君、邱金林君、金吉甫君、周明琅君、袁传铭君、林夏性君、黄品生君、宋瑞卿君、朱锡荣君、吴志钦君、石枫高君

值年董事

京津　王品南君、周星北君、吕幼才君

沪江　陈文鑑君、舒承德君、林笙甫君

宁波　丁忠茂君、陈兰荪君、李震棠君

（《四明孤儿院第二期报告册》，约1922年8月出版，宁波市天一阁博物院藏）

按语：旅沪董事张敏良重复刊登。

四明孤儿院创办于民国八年（1919年），院址位于鄞县南门外（今属宁波市海曙区），系宁波社会各界人士创办的一所慈善机构。《四明孤儿院第二期报告册》编辑者应为时任院长徐傑（子湘）。

灵　桥

改建老江桥沪筹备处会议录（选录）

（二十一年）十二月二十四日第十四次会议

出席者：余葆三君、穆子湘君、张继光君、孙梅堂君、张申之君、俞佐庭君、秦润卿君、金廷荪君、王皋荪君

主席：张继光君

提议事件：

一、茄工程师来函请本委员会通函付以投标及对外之全权。

议决：函示一节，极为感佩，惟近因委员长乐振葆君不在申，且本会分沪、甬两处，甬筹备处叠函来索图样，请先将选定之图样送会一份，及投标共有几家详细指示云云先行答复，俟各件送到后，再行开会核议。

二、徐委员庆云、楼委员恂如作古，应添推委员。本处委员加推傅筱庵、周枕琴、朱守梅、方式如、秦善宝、邬子豪、姜炳生、徐懋堂八君。

二十二年六月一日第十五次会议

出席者：张继光君、孙梅堂君、俞佐庭君、张申之君、黄延芳君、袁履登君、穆子湘君

主席：张继光君

（一）报告桥工模型已到，商议进行。

约本月十日左右投标账略可到，俟到后再致函甬筹备处定开联席会日期。

（二）报告捐款之大要。

（三）推定各委员分组办事。

    （一）总务组：虞洽卿、乐振葆、傅筱庵、秦润卿、张申之、袁履登、金廷荪、张继光、黄延芳、周枕琴、朱守梅、姜炳生诸君，由乐振葆君召集之。

    （二）捐募组：余葆三、何楳仙、孙梅堂、袁履登、谢蘅牕、方椒伯、金廷荪、邬子豪、王云甫、秦善宝、徐懋堂诸君，由张继光君召集之

    （三）工程组：何绍庭、王皋荪、乐振葆、张继光、穆子湘诸君，由张继光君召集之。

    （四）会计组：孙衡甫、俞佐庭、张申之、秦润卿诸君，由俞佐庭君召集之。

（改建老江桥筹备委员会编印：《重建灵桥纪念册》"会议记录"，1936年6月出版）

按语："老江桥"即灵桥。

    "茄工程师"即上海工部局英国工程师茄姆生（A. F. Gimson，又译作茄姆逊），系灵桥工程顾问。

改建老江桥沪甬两筹备处委员题名

沪筹备处委员

乐振葆君、虞洽卿君、张继光君、金廷荪君、孙衡甫君、何绍庭君、秦润卿君、徐庆云君、俞佐庭君、袁履登君、方椒伯君、楼恂如君、王皋荪君、余葆三君、徐永炎君、穆子湘君、张申之君、谢蘅牕君、黄延芳君、徐懋堂君、周枕琴君、傅筱菴君、朱守梅君、方式如君、秦善宝君、戴耕莘君、姜炳生君、王云甫君、何楳仙君、孙梅堂君、邬志豪君、竺泉通君。

甬筹备处委员

王文翰君、陈蓉馆君、陈南琴君、陈宝麟君、俞济民君、周炳文君、俞佐宸君、徐镛笙君、周巽斋君、蔡芳卿君、郁槵菴君、严康楙君、沈景荣君、陈如馨君、卓葆亭君、应鸣和君、乌子英君、徐瑞章君、毛稼生君、洪宸笙君、袁端甫君、陈来孙君、金臻庠君。

（改建老江桥筹备委员会编印：《重建灵桥纪念册》"会议记录"，1936年6月出版）

按语：乐振葆系改建老江桥沪筹备处主任。

自捐壹万元以上者之姓名

秦馀庆堂，捐助二万五千元；忠恕堂，捐助二万元；吴启藩君，捐助二万元；华成烟草公司，捐助二万元；吴启鼎君，捐助二万元；王伯元君，捐助二万元；方梧春轩，捐助一万七千元；傅筱庵君，捐助一万元；善通氏，捐助一万元；周炳文君，捐助一万元；姜炳生君，捐助一万元；倪挺枝君，捐助一万元；务滋堂应，捐助一万元；静廉居李，捐助一万元；金廷荪君，捐助一万元；张继光君，捐助一万元。

中华民国二十五年五月　日改建宁波老江桥筹备处谨依纪念章程第四条一、

二两项勒石。

（改建老江桥筹备委员会编印：《重建灵桥纪念册》"碑记"，1936年6月出版）

按语：该碑记正式立碑时文字稍有调整，详见《自捐伍万圆以上者之传记、自捐壹万圆以上者之姓名》碑。

自捐伍万圆以上者之传记、自捐壹万圆以上者之姓名

自捐伍万圆以上者之传记

孙衡甫君捐助伍万圆

孙君名遵灜，字衡甫，慈谿人。恢廓有大度，从事金融界有年，卓著声誉。四明银行自君揔主其事，百废具举，业以大振。久侨沪，疏财好义，一切善举如学校、医院、办平粜、修杠梁、浚川渠、治道路，凡资利济而益民生者，或创或曰，靡不斥巨金以成之。自改建老江桥之议起，君知工程宏大，需费浩繁，首先提倡，以孙贻经堂名义慨捐五万金，繇是当事者有所藉手，继续募资，源源而集，俾得以竟大功。君年方周甲，精神矍铄，积善馀庆，正未有量，并勒诸石，以风当世。

徐庆云君捐助伍万圆

徐君名维训，字庆云，慈谿人。年十六，从父执俞安德君学业上海。俞君治纱业，器君才，任以机要。居六七载，尽得其利病，乃与俞君合肆曰福泰，家日饶。与同业穆藕初、吴麟书、荣宗敬设华商纱布交易所，又以余力营钱肆，业益蒸蒸上。顾勇于为义，生平所捐资，如平粜、助建模范狱、振各省水患、济豫灾、救上海市银荒，前后曰数十万计。二十年冬，以疾卒，遗命拨五十万圆于故乡，立学校、医院、养老院、孤儿院各一所，而别以十万圆为其它善举。改建老江桥捐五万圆，其一也。先世本业纱，中落，君起孤寒，驯致高资，恢复旧业，急公好义，聚财而能散，可谓难矣，爰勒诸石，昭示来兹。

自捐壹万圆以上者之姓名

秦馀庆堂，捐助贰万伍阡圆；忠恕堂，捐助贰万圆；吴启藩君，捐助贰万圆；

华成烟草公司，捐助贰万圆；吴启鼎君，捐助贰万圆；王伯元君，捐助贰万圆；方梧春轩，捐助壹万柒阡圆；傅筱庵君，捐助壹万圆；善通氏，捐助壹万圆；周炳文君，捐助壹万圆；姜炳生君，捐助壹万圆；倪挺枝君，捐助壹万圆；务滋堂应，捐助壹万圆；静廉居李，捐助壹万圆；金廷荪君，捐助壹万圆；张继光君，捐助壹万圆。

中华民国二十有五年六月二十七日改建宁波老江桥筹备处依纪念章程第四条一、二两项立石。

（据宁波市天一阁博物院藏拓片整理）

按语：标题系编著者所加。

"自捐伍万圆以上者之传记""自捐壹万圆以上者之姓名"刻于同一块石碑。原碑已毁。

秦馀庆堂系秦君安家族堂号。

"平政祠"之新题名录

灵桥自民国二十年发起重建，成立沪、甬两筹备委员会以来，历时五载，施工二年，费款达七十余万，始得于今夏告成。其工程之巨大，在吾宁波，堪称空前。此空前工事之得以兴举，赖于输财者输财，输力者输力，输智者输智而后成。筹备委会对此次建造灵桥，议有纪念办法，其捐助款项或对建桥有劳绩者，依旧例列位平政祠。左列一百四十人，或为筹备委员，或为斥资捐户，皆有功于桥而附祀于平政祠中者，兹录其姓名如后。其余尚有以堂名、户记或公司、行号之名义而捐款者，则因与入祠纪念之条例，有所抵触，由筹备处函各捐户，另开代表人姓名，立位附祀。本刊因通桥之期已近，在各代表人姓名未开列寄示以前，不得不提早付梓，故不备载。

编者附识

乐委员振葆、虞委员洽卿、孙委员衡甫、张委员继光、金委员廷荪、秦委员润卿、俞委员佐廷、何委员绍庭、谢委员蘅牕、张委员申之、袁委员履登、方委员椒伯、孙委员梅堂、王委员皋荪、余委员葆三、穆委员子湘、徐委员永炎、竺委员泉通、王委员文翰、陈委员宝麟、俞委员济民、俞委员佐宸、沈委员景荣、周委员巽斋、陈委员南琴、袁委员端甫、乌委员子英、洪委员宸笙、应委员鸣和、毛委员稼生、卓委员葆亭、陈委员如馨、金委员臻庠、陈委员来生、楼公恂如、徐公庆云、陈公蓉馆、周公炳文、徐公镛笙、蔡公芳卿、严公康懋、郁公樨庵、钱公雨岚、谢公莲卿、俞公国光、南山七济先生、穆公启鸿、胡公瑞华、朱公世恩、郑公秉权、毛公顺庆、虞公鹤亭、姜陈氏、俞公维惠、赵公沧蓉、励公建侯、董公杏荪、陈公子壎、徐公瑞章、倪公志涛、林公传声、三德上人、范公桂馥、吴公梓堂、吴公启藩、吴公启鼎、王公伯元、傅公筱庵、周公善通、姜公炳生、倪公挺枝、杜公月笙、何公绍裕、张公逸云、黄公延芳、厉公树雄、周公乾康、王公子廷、曹公兰彬、边公瑞馨、何公积璠、项公颂如、王公养安、茆公姆生、王老太太、蔡老太太、徐公瑞甫、王公厚甫、王公智荣、陈公子廉、邵公景甫、范公恒德、谢公仲笙、谢孙芝馨女士、刘公景韩、邵公荣春、徐杨全福女士、徐杨善庆女士、李朱清心女士、朱公守梅、刘公聘三、竺公梅先、裴公良圭、郑公叔平、陈公楚湘、周公大烈、浙江省鄞县行政督察区行政督察专员赵公申之、周公毓青、王公正模、王公正模元配庄太君、林公莆田、徐公怡铭、傅公其锟、恒巽庄俞公佐廷、顺康庄应公芝庭、袁振公祀袁公振德、敦裕庄赵公松源、陈公鲁琛、恒祥庄邵公兼三、慎源庄林公荣生、恒隆庄林公友三、傅氏、陈氏、信裕庄傅公松年、王公桂馥、赓裕庄盛公筱珊、华成烟草公司戴公耕莘、静廉居李李公詠裳、李公北平、李方太夫人、徐公炳辉、徐公廷献、梁公吟甫、陈公葆勤、叶氏、朱公安甫、福源庄徐公文卿、秦公润卿、顾公雪芗、周水善通女士。

（改建老江桥筹备委员会编印：《重建灵桥纪念册》"沿革"，1936年6月出版）

平政祠补立神位

元方公国珍、元张公明五、清周公文学、倪公微庸、施公求臧、方公式如、秦公善宝、徐公懋堂、王公云甫、何公楳轩、秦公涵琛、倪氏、金氏夫人、秦公珍荪、姚氏夫人、秦公泉荪、袁氏夫人、秦公蕙荪、赵氏、李氏夫人、邬公志豪、秦公运锅、张氏夫人、周公枕琴、应公子云、王公静瑞、徐公伯熊、冯公斯仓、陈公绳武、秦公康祥、赵公芝室、刘公文昭、周公仰山、阮公葭仙、林公瑞亭、邓公杰卿。

以上神位纪念册中未及登入，特此补记。

（《重建灵桥纪念册》补页，1947年3月5日编印）

按语：查上述名单，除秦运锅（君安）、张氏外，尚有其子辈（含儿媳）10人（即秦涵琛、倪氏、金氏；秦珍荪、姚氏；秦蕙荪、赵氏、李氏；秦泉荪、袁氏）、孙辈1人（即秦善宝）、曾孙辈1人（即秦康祥）。秦善宝系改建老江桥沪筹备处委员，其余13人因该族以"秦馀庆堂"名义捐助二万五千元，故均得以入祀平政祠。

四明大学

创办四明大学之初步计划

陈 迹

（上略）

由此观之，当时四明大学创办之呼声，盖已甚嚣尘上；——嗣以全国发生空前之大水灾，长江流域一带，灾情尤重，吾甬同乡诸公，素具悲天悯人之怀，乃亟从事赈济工作。九月十八日，忽又爆发我国历史上创深痛巨之东北祸变；念一年春，上海又发生"一·二八"之惨案，于是国难日亟，民生凋敝，益以近年全国农村，濒于破产，经济衰落，市面不振，国人俱有自顾不暇之势，不得已乃将四明大学之计划，暂时搁置，遂成悬案。

二十三年元旦，陈迹在《上海宁波日报》发表《对于故乡之十大建议》一文，设立四明大学，即为十大建议之一，聊资鼓吹，当时颇引起沪甬人士之注意，读者惠函商榷者，不下十余起。该文长五千余言，旋在《宁波旅沪同乡会月刊》第一百念六期"一月号"中转载。

同年二月二十日，陈迹应甬青年会之邀，作公开演讲，题目即为《宁波创办四明大学之必要与可能》，缕述种种理由，并建议先办商学院。事先青年会曾印发"听讲券"，当时各界听讲者达二百余人，事后各报俱有记载。于是四明大学之创办问题，重成为社会人士之谈资。凡我甬籍同乡，关怀尤切。

厥后，虞洽卿氏等重提旧事，乃于同年五月四日举行四明大学发起人与筹备员第二次联席会议，地点在上海三北公司楼上航运俱乐部，出席者有张寿镛、张申之、秦润卿、陈布雷、陈屺怀、虞洽卿、魏伯桢、方椒伯、李孤帆、乌崖琴、孙衡甫（虞代）诸氏等多人，当经议决创办四明大学之经费暂定一百万元，先筹五十万元，请虞洽卿先生向四明银行承指半数（二十五万元），其他半数由各同乡设法劝募之，以四明银行为捐助收款处，并将筹备处改设于宁波旅沪同乡会。当时且经推定两种委员会之人选，以便促进四明大学之实现。兹特探录其名单如下：

一曰经济委员会,以秦润卿、孙衡甫、刘鸿生、戴耕辛、徐懋棠、方式如、李詠堂、张继光、金廷荪、秦善宝、周湘云、王伯元、方液仙、项绳武、何绍庭、吴芑汀、张肇元、鲍庆麟、傅筱庵、朱子奎、厉树雄、梁晨岚、孙鹤皋、余葆山诸氏等二十六人为委员,由虞洽卿氏召集之。

二曰校务委员会,以陈屺怀、陈布雷、张寿镛、张申之、魏伯桢、虞志学、李孤帆、吴经熊、方椒伯、李权时、翁文灏、乌崖琴、赵志游、周象贤、罗惠侨、林黎叔、张其昀、何吟莒、厉翼之、陈仲慈、叶季纯诸氏等二十一人为委员,由魏伯桢氏召集之。

(《宁波旅沪同乡会月刊》第139期,1935年2月出版,上海图书馆藏)

按语: "戴耕辛"应为"戴耕莘"。
　　　　"李詠堂"应为"李詠裳"。

天一阁

秦秉年先生捐赠文物目录

1. 清张希黄款留青"秋林琴韵"竹臂搁
2. 清张希黄款留青"平湖一钓"竹臂搁
3. 清张希黄款留青老虬新蕾图竹臂搁
4. 清周公留青远足图竹臂搁
5. 明于蒨留青秋塘浮游图竹臂搁
6. 清吴之璠浅浮雕静听松风图臂搁
7. 清刘起浅浮雕梅花图竹臂搁
8. 清杨谦深刻"碧梧清暑图"竹臂搁
9. 清杨谦浅刻"采芝图"竹臂搁
10. 清蔡照刻任熊仕女图竹臂搁
11. 清芷岩款深刻山水竹臂搁
12. 清吴廷康浮雕晋砖铭竹臂搁
13. 清王幼芳浮雕风竹图竹臂搁

14. 明张风浅刻右军挥毫图竹臂搁

15. 清寿华深刻楼阁雨霁图竹臂搁

16. 清吴之璠款浮雕归庄行草诗句竹臂搁

17. 明李流芳刻行草诗句竹臂搁

18. 明三松款深刻透雕空山听松图竹臂搁

19. 清奚冈深刻童叟观鹤图竹臂搁

20. 清芝山刻雪斋行书《阿房宫赋》、秋林涧声图竹臂搁

21. 清王席珍刻赤壁泛舟图竹臂搁

22. 清鹤亭深刻折枝梅花图竹臂搁

23. 清鹤亭深刻辞句、竹石图竹镇纸

24. 清高垲浅刻行书辞句竹臂搁

25. 清翁叔钧深刻行书诗句竹臂搁

26. 清陈允升浅刻行草诗句竹臂搁

27. 清留村居士紫檀浮雕岁寒三友图臂搁

28. 清庄绥纶深刻透雕仕女共读图竹香筒

29. 清王梅邻浮雕"风雨归舟"竹笔筒

30. 清王梅邻浮雕"庐陵夜读"竹笔筒

31. 清王梅邻浮雕陇上归来图竹笔筒

32. 清王梅邻刻行书《爱莲说》竹笔筒

33. 清王梅邻刻行书《李翰林春夜宴桃李园序》竹笔筒

34. 清蒯增深刻渊明赏菊图竹笔筒

35. 清蒯增浅刻层峦亭树图竹笔筒

36. 清秦一爵款深刻透雕仲夏夜泊图竹笔筒

37. 清严煜浮雕三老玩月图竹笔筒

38. 明侯崤曾款深刻竹木七贤图竹笔筒

39. 清封颖谷款深刻透雕赤壁泛舟图竹笔筒

40. 清顾珏款深刻透雕"行猎图"竹笔筒

41. 清无款深刻八仙乘槎图竹笔筒

42. 清朱文右高浮雕和合莲瓣图生笔筒

43. 清仲谦款松荫赏画图竹笔筒

44. 清仲谦款浮雕秋庭放鹤图竹笔筒

45. 清无款深刻幽篁弹琴图竹笔筒

46. 清西厓山人深刻幽篁弹琴图竹笔筒

47. 清马国珍浮雕采药老人图笔筒

48. 清侯松音深雕"瑶池归宴"竹笔筒

49. 清徐熙浅刻"戴山写扇"竹笔筒

50. 清方洁浅刻梦中书味图竹笔筒

51. 清方洁浮雕松榭问径图竹笔筒

52. 清陈雪立款浮雕梦会图竹笔筒

53. 清周颢深刻三僧道禅图竹笔筒

54. 清周颢深刻枯木竹石图竹笔筒

55. 清淅江款仿倪迂山水竹笔筒

56. 清介持款浮雕"海屋添寿"竹笔筒

57. 清滨湖主人浮雕梅鹊图竹笔筒

58. 清李半山留青梅花图竹笔筒

59. 清西谷山人深刻博古图竹笔筒

60. 清赵璧深刻行草清言六则竹笔筒

61. 清邓国桢刻行书李白《春夜宴桃李园序》竹笔筒

62. 清韩潮刻临大令十三行竹笔筒

63. 清韩潮刻行草《孙莘老求墨妙亭诗》竹笔筒

64. 清邓渭刻隶书《陋室铭》句竹笔筒

65. 清李根深刻黄道周行书笔筒

66. 清守愚浅刻"秋山夜月"竹笔筒

67. 清练秋逸史刻"河东君像"竹笔筒

68. 清潘西凤黄杨木浅刻杨柳知了图竹笔筒

69. 清沙神芝刻紫檀篆书诗句、太平春笔筒

70. 清沙神芝刻紫檀行草、舒卷自如笔筒

71. 清莲汀刻紫檀梅花图笔筒

72. 清岳鸿庆刻紫檀张熊梅花图笔筒

73. 清吴之璠款竹根雕佛手纹杯

74. 清无款竹根雕松鹿杯

75. 清无款竹根雕松猴杯

76. 清无款竹根雕盘松杯

77. 清释达受竹根圆雕盘松杯

78. 清牧山款竹圆雕卧鹿衔芝杯

79. 清王圯竹圆雕盘松盂

80. 清无款竹根圆雕盘松盂

81. 清无款竹根圆雕蟠枝梅洗

82. 清无款竹圆雕枝叶葫芦盒

83. 明朱松邻竹圆雕五子戏弥陀

84. 清朱松邻款竹圆雕送子观音立像

85. 清施天章竹圆雕东方朔坐像

86. 清封云生竹圆雕达摩立像

87. 清封锡禄竹圆雕达摩戏狮

88. 明无款竹圆雕刘海戏蟾

89. 清吴之璠款圆雕岩下幽栖摆件

90. 清老桐款竹圆雕松岩行马摆件

91. 清无款竹圆雕崖下观瀑摆件

92. 清沈兼款竹圆雕"大领"山子

93. 清无款竹圆雕石榴摆件

94. 清无款竹圆雕荷塘夏趣摆件

95. 清无款竹圆雕母子蟾蜍摆件

96. 清无款竹根雕"大明万历年制"款碗

97. 清大音竹根雕佛手摆件

98. 清大音竹根雕佛手摆件

99. 紫檀木根柄

100. 清胡菊邻红木深刻花鸟图镇纸（一对）

101. 清陈韶《鄞江送别图》手卷（纸）

以上共计壹佰零壹件（套）

2001/11/24

（宁波市天一阁博物院藏档案）

148

按语：此系经宁波市公证处公证、秦秉年先生于2001年捐赠给宁波市天一阁博物馆的101件珍贵文物目录。

秦秉年先生后又分两次向宁波市天一阁博物馆捐赠珍贵文物（均经公证处公证），即2003年12月8日捐赠171件明清瓷器、2006年11月17日捐赠8 105件书画、折扇、玺印、钱币等文物和326种2 318册古籍。

甬籍收藏家秦秉年捐献珍贵文物

12月9日，秦氏支祠的第5代孙秦秉年先生遵照其父秦康祥先生生前的嘱咐，将家藏的101件（套）珍贵文物捐赠给了天一阁博物馆。市长张蔚文、市委副书记徐福宁、副市长盛昌黎、市政协副主席陈守义和原市政协领导徐季子、毛翼虎以及国家文物局代表李耀申、省文物局副局长陈文锦等出席捐赠仪式并表示热烈祝贺。

张蔚文在会见秦秉年及秦母陈和乡女士、叔父秦仲祥先生等时热情赞扬了秦先生爱国爱乡的高风亮节。他代表市委、市政府向秦秉年先生及其家人表示衷心的感谢。他说，宁波正在筹建博物馆，秦先生的捐赠义举将进一步推进我市的博物馆建设。他热烈欢迎秦家后人来秦氏支祠举办活动，一起把宁波的文化事业办好。秦秉年先生在捐赠仪式上说，他的父亲在世时多次提出，家藏的文物要回到家乡宁波，送到天一阁。今天父亲的遗愿终于实现了。秦先生说，以个人的力量收藏保护文物，能力是有限的，很难做到科学保管。他家的文物自从委托天一阁代保管后，天一阁做了大量的工作。今年秦氏支祠又被公布为全国重点文物保护单位。这些都促进了他把家藏文物捐献给国家的决心。

秦康祥，祖籍宁波，寓居上海，为近代著名的篆刻家、收藏家，尤以收藏名家竹刻、玺印驰誉海内。捐赠的101件珍贵文物中，其中97件是明清竹刻文物。经国家文物鉴定委员会专家鉴定，一级文物23件，二级文物59件，三级文物15件，可谓集中国竹刻艺术品之大成，其数量与质量为国内博物馆一流收藏水平。捐赠仪式上，为褒扬秦秉年先生化私为公的义举，天一阁博物馆特聘秦秉年先生为名誉研究员。

同日秦秉年先生捐赠明清竹刻精品展，秦秉年先生的叔父、旅美画家秦仲祥先生敬乡画展在天一阁博物馆同时开幕。

（浙江文物年鉴编委会编：《浙江文物年鉴2001》，2002年3月内部出版，第195—196页）

按语：陈和乡，又作陈和芎。

此文又刊《宁波文化年鉴2002》第94—95页，标题作《天一阁举行秦秉年先生捐献珍贵文物仪式》。

秦秉年先生再度捐赠珍贵文物

继2001年向天一阁博物馆捐赠101件文物之后，甬籍收藏家秦秉年先生在他70周岁的今天，再度向天一阁博物馆捐赠171件瓷器类文物。其中国家二级文物6件、三级文物31件。12月8日上午，秦秉年先生捐赠文物仪式在宁波市天一阁书画馆举行。捐赠仪式后，"秦秉年先生捐赠文物展"在天一阁书画馆云在楼举行，市领导葛慧君、陈继武、成岳冲、陈云金以及来宾们观赏了秦秉年先生捐赠的200余件珍贵文物。秦秉年先生籍贯宁波，1933年出生于上海，现为天一阁博物馆终身研究员。其高祖秦君安、曾祖秦际瀚和祖父秦伟楚，三代均为经商致富的宁波帮商人，秦君安所建秦氏支祠现为全国重点文物保护单位。秦秉年先生的父亲秦康祥（1914—1968），谱名永聚，字彦冲，为近代上海著名的篆刻家、收藏家、西泠印社社员，以收藏名家竹刻、玺印驰誉海内。作为天一阁博物馆终身研究员，秦秉年先生说："我是天一阁的一分子，关心天一阁、爱护天一阁、发展天一阁是我们共同的责任。"说来也巧，今年这一次捐赠，也是他的母亲90周岁。老人不擅言辞，简单的交谈中有意无意间袒露的，却是老人无私、真诚、爱乡这些令人肃然起敬的文化品格。

（宁波市文化局宁波文化年鉴编委会编：《宁波文化年鉴2004》，2004年3月内部出版，第88页）

按语：文中称秦氏支祠由秦君安所建，有误。

《浙江文物年鉴2003》第199页《秦秉年先生再度向天一阁捐赠珍贵文物》亦有相似报道。

秦秉年捐赠8 000余件文物

11月17日下午，天一阁秦氏支祠的第五代后裔秦秉年先生将家藏的8 105件器物及326种古籍2 318册文物悉数捐赠给天一阁博物馆，捐赠仪式在天一阁书画馆昼锦堂举行。宁波副市长成岳冲出席了捐赠仪式，并代表市政府对秦秉年先生的爱国爱乡之情表示崇高敬意和诚挚感谢。秦氏家族为甬上望族，全国重点文物保护单位——秦氏支祠就是其高祖秦君安所建，秦秉年之父秦康祥先生为近代中国著名的篆刻家和收藏家，以收藏名家竹刻、玺印驰誉海内。秦秉年遵照父亲的遗愿，这是第三次向天一阁博物馆捐赠珍贵文物。继2001年和2003年两次捐赠之后，此次秦秉年先生将家藏的文物悉数捐出，包括扇面、印章、书画、玉石、钱币等，经浙江省文物鉴定专家鉴定，其中有国家一级文物1件，二级文物47件，三级文物1 421件。

（宁波市文化广电新闻出版局宁波文化年鉴编委会编：《宁波文化年鉴2007》，2007年6月内部出版，第84页）

新闻报道

次货断罚

　　〇恒丰昌洋货铺之秦某赴英界会审公堂，控称曾向元亨洋行定买野鸡牌一品红，言明须俟将此货售完方准再行另卖，违则罚银一千两，立约为凭。今知同业之瑞康铺伙奚某将红硃装入野鸡牌瓶内混卖，以伪乱真，请为提究。由德国副领事穆君照会陈太守传到奚某订期于昨午后会讯。秦申诉前因，并称知奚将红硃贮入野鸡牌瓶里共有二箱，已向其买来，以作凭据。奚称因红硃瓶均碎，故向元亨行言明贮入野鸡牌瓶里，贴有西文字样，载明货系副号，并无以低货图混，况恒丰昌曾将攀冒为天源祥牌子颜料出售也。元亨洋行东称奚将红硃贮入野鸡牌瓶内，确系知照于我，况其西文载明副号，似无不合。原告总以不能混其牌号为词，且称如定货售完，则事与我无干矣。陈太守商之穆副领事，断奚罚银一百两云。

（《申报》1882 年 6 月 25 日）

恒丰昌洋货号

　　本号向在英老巡捕房对面开张，今移至三马路中、庆和里内依旧交易。凡远近贵客赐顾者诚恐错志。特此告白。

（《申报》1883 年 8 月 13 日）

按语：该启事又刊 8 月 14—19 日《申报》。

葛蕃甫先生世兄芹仪移赈第四单

○陈梅邱总戎洋四元, 陈润甫、席茂之二户合三元, 秦君安、陈宇山总戎、陈小庄司马三户各二元, 夏玉珍一元, 潘子楼三角, 以上共收洋十四元三角。上海四马路陈春记内协助奉赈公所同人谨启。五月初四日。

(《申报》1889年6月4日)

葛韩二君第一批寿仪移助

○谨启者: 葛蕃甫同转、韩山曦司马六秩寿辰, 同人庆祝, 固辞不获。因念赈务孔亟并四明清节堂经费不敷, 请以所馈分仪移助善举, 汇交仁济堂代收转解, 曾登报章, 早邀公鉴。今敝堂接到第一批葛君名下: 朱明德翁洋一元、秦君安翁洋二元、袁春洲翁洋二元、丁懋初翁洋四元、黄菊孙翁洋一元、沈子眉翁洋二元、郑惠晨翁洋二元、南寄园号洋四元、□泉翁洋二元, 韩君名下: 秦君安翁洋二元、余锦甫翁洋二元, 共计洋三十二元。除由敝堂代具谢束, 分别掣奉收条外, 恐未周知, 谨再布告远近同人凡与二君谊笃往来者, 既申庆贺之忱, 复积福寿之券, 照布公鉴, 并申谢悃。

施善昌等谨启。

(《申报》1893年1月13日)

寿仪移赈第六次清单

○严筱舫观察寿仪移赈续请登报, 计收到徐兰斋翁洋十元、严润田翁洋六元、陈莲舫翁、孙镜帆翁、盛赓翁、泰子颜翁、信源祥号、费信之翁六户各洋四元、冯燦然翁、宋延生翁、庄韶九翁、宋仙舫、冯荫三、杨兰生、俞方川、费楚珍、虞修篁、葛俊心、茹立甫、袁联清、洪国仁、胡易初、周詠葭、郑爱堂、蔡吉安、李厚珪、邵渭琛、荣禄、谭立生、冯子廉、穆子鋆、虞中衡、范晓磐、秦君安、陈卿恩、裴廷骧、裴鸿勋、程鸿澂、王尔楫、俞达夫、杨秋谷三十三位各洋二元、应锦甫翁、庄瑞卿翁、董叙卿、夏受之、梁秋波、叶文荪、徐康斋、詹仲书、费允中、杨宝甫、严锦坤、王纯斋、陈守澜、吴幹臣、严振卿、苏梦渔、苏稼秋、严汉三、王厚存、周惠臣、胡燨泉、丁廷兰、朱昆泉、严养斋、洪宏瑞、洪贤瑞、洪贤璋、洪坤、焦乐山、李宝书、徐采三、田桐圭、盛樵峰、冯吕卜、赵汝舟、李文甫、蔡丕隆、吴燹梅、沈积山、穆时振、严和逊、戴在川、费箓如、来億药号四十四位各洋一元、严钦泉、严德顺合洋一元，是批收洋一百五十一元。

上海六马路仁济善堂司董等谨志。

（《申报》1897年5月19日）

洋货商业会馆补议董四员广告

谨启者：本会馆原定议董之数，字号、颜料两业计各六员。初议无论何业，议董有被选为总董者，即以其本业应补之人补之。今总董四员，字号、颜料各得其两，应照初议所定检阅选举票孰为多数，应补之人即行补入，爰于十六日会议允洽，故特登报奉告，并附台衔于后：字号业两员，丁得琳翁、徐文明翁；颜料业两员，邱渭卿翁、秦涵琛翁。再者，英界门庄徐文明翁已选为议董，今查字号帮选举票又得应补议董之数，因公议门庄议董既经溢额一员，而徐翁于初发选举票时即有愿改字号之说，故特移补，使门庄议董得符原定之数云。

本会馆公启。

（《申报》1906年8月9日）

按语：该广告又刊8月10日《申报》。

商会总协理仍未举定　　宁波

○甬郡商务总会总理吴传基、协理陈贤滋现皆退职，日前合郡商界在商务局开会公举新董，吴君得票仍占多数。吴君因于例不合，一再推辞。嗣举秦均韩为总理，亦谦不承认，仍未定夺。惟协理闻有举陈某之说，然亦尚未定议也。（躬）

（《申报》1908年1月25日）

按语：宁波商务总会位于城内后市茶场庙侧（今属宁波市海曙区）。1916年改称宁波总商会。
吴传基即吴葭儇。
"陈贤滋"应为"郑贤滋"。
"秦均韩"应为"秦君安"。
"陈某"应为"郑某"，即郑贤滋（谔笙、岳生）。

宁波辞职商董声明

谨启者：去腊十二日宁波商会投票公举戊申年总、协理及议董，吴葭儇君得最多数，郑岳生君及鄙人为次多数，吴君援不得过两任之例，当即宣布推辞，遂议以鄙人为总理，郑君仍为协理。查《公民必读初编》，凡选举为议员及正、副董事，或其人罢疾病及年满六十以上者，皆得辞职。鄙人年已七十，常名疾病，耳聋、健忘，精力衰敝。倘或勉膺此任，一误公事，后悔何及当对诸君。恳切敬辞，诚恐未蒙曲谅。谨此布告，伏乞鉴恕。秦运钖谨白。

（《申报》1908年2月5日）

按语：据《申报》1908年5月24日《甬上集股处会议缴股办法　宁波》称，5月21日"午后两点钟开会，公推商会总理秦君安为临时议长"，可见秦君安正式担任了宁波商务总会总理。
该声明又刊2月6—9日《申报》。

甬上集股处会议缴股办法　宁波

〇本月十二日，甬上集股处邀集绅、商、学各代表议决缴股办法，会所在宁城后市商务总会内，到者共七十余人。午后两点钟开会，公推商会总理秦君安为临时议长，宣布开会宗旨。次由盛省传历述路事办理情形，并谓欲保全商办，必踊跃集股；欲集股，必自本处董事缴款始。语颇诚恳，听者感动。计当日缴款者：集股处董事秦安君二千股、李松侯二千股、吴葭儇二千股、盛省传一千股、孙玉仙一千股、方彭年一千股、宁波府教育会先缴二千股、慈谿公益社一千二百股，其余各团体除将经收股款暂存各分理处外，计陆续缴到集股处者共一万五千余股，并有当场续认。再次为浙路保存会会员景本白演说。继议开第二次大会日期，众谓时近端节，各业均须清理帐目，恐未能专心办理，宜要求公司延长截止期限，端节后开会较为合宜，遂议决五月十八日举行，会场仍在府城南、鄞县学明伦堂，并议定各业、各帮由商务总会各董事力任运动，各县乡约局、劝学所、教育分会由府教育会诸职员预为组织，已认者劝缴，未认者劝认，以维大局而践前言计。散会时已钟报五下矣。（来）

（《申报》1908年5月24日）

按语：“董事秦安君二千股”应为“董事秦君安二千股”。

甬北车站定议　　宁波

○甬北车站日前浙路公司将工程师勘定草图并施总办节略（原定封仁桥下坟墓既多、地方亦窄）交由甬属集股处邀集同乡会议。甬上绅、商、学界公推代表秦君安、胡叔田两君与旅沪甬绅公同妥议，函电往还，颇昭慎重。现闻决定甬北砖桥后石矼厂地方为总车站，已函复浙路公司矣。

（《申报》1909年1月17日）

城自治之恢复

宁波城自治董事会自春间被顽僧侮辱全体解散，江伯训大令到任后迭邀各绅筹议组织，始于日前成立，开会公选梁秉年君为正董、秦际瀚君为陪董、章述洨君为董事，业已呈请监督注册，详请上台札委颁给□记。

（上海《时事新报》1911年9月6日）

四月十九日中国银行收受储款清单

第三十一册第四号
高德秀元十五两
第六十八册五十四号至一百号

王汝繁一元、恒丰昌号秦涵琛一千元、秦德廉四十元、袁绍康三十元、秦善宝五元、袁东初十五元、黄渔亭十元、林樑甫五元、陈仲芳十元、袁家润五元、傅佑臣二元、鲜猪业敦仁堂二百八十七元、源大行五十元、昇源行五十元、长源行五十元、豫和行五十元、长丰行五十元、源顺行五十元、倪秋霞三十元、王可成三十元、王秋泉三十元、许惟昭二十元、王瑞荣二十元、徐正科二十元、王瑞隆二十元、侯松泉十五元、候杏荪十五元、忻赓才十元、顺泰号十元、周纯芳十元、春和十元、陈珊泉十元、王槐章十元、忻义生十元、周漱泉十元、合兴十元、徐长发十元、公馀号十元、王修永十元、刘华庭十元、洽记号十元、王裕廷十元、王春泉十元、凌掌生十元、阮德生十元、万丰号十元、许九卿五元

第七十一册七十五号至一百号

（中略）秦善庆二元（下略）

（《申报》1915 年 4 月 21 日）

中国救济妇孺总会志谢恒丰昌
颜料宝号慨助洋二百元

启者：兹承恒丰昌宝号以前次乔迁之喜，蒙诸友厚赐隆仪，理应治筵酬答。因天气炎热，特将贺仪二百元移助敝会经费，为诸友造福，似此热心好善，无以复加。拜领之余，同深感谢。除当奉收条、款交经济科核收外，特此鸣谢，并祝贵友纳福无量。

上海泗泾路中国救济妇孺总会朱佩珍、王震等谨启。

（《申报》1916 年 8 月 10 日）

和丰纱厂改选董事

宁波和丰纱厂为选举董事暨监察人特延会一日，十九日午后二时继续开会，计股东到者四千三百六十二股、三千五百零四权。李海湖君出席，报告固有董事姓名及签数毕，与倪君春墅并监视员孙康宏、余润泉三君，共同执行抽签。当抽得留任董事六人：高子勋、钱中卿、范杏生、李厥孙、朱葆三、谢蘅牕。次由盛省传推举张云春

为名誉董事，临时议长付表决，经众股东赞成通过。乃投票，其结果盛省传、戴瑞卿、徐镛笙、戴文耀、徐棣苏当选为董事，陈子埙、秦珍荪、严康楙当选为监察人，遂散会。

（《申报》1918年5月2日）

按语：文中误作会议日期为"十九日"。据《民国七年四月二十九日（即旧历三月十九日）本公司第十一届股东常会为选举董事暨监察人事特延会一日，午后二时开会，计股东到者四千三百六十二股，三千五百零四权。兹将会场秩序及进行事项记录于左》（《宁波和丰纺织公司议事录》，宁波出版社2019年4月第1版，第60—62页）可知，实际会议日期应为4月29日。

宁波同乡会募捐消息

宁波同乡会募捐期满，催缴捐册捐款办理结束，一面仍行续募。近日，各募捐员之续缴捐款者更形踊跃。兹将捐户细目列后：

钱雨岚君募怡泰五金号六元，俞四海、叶财福、葛兴赓、叶才卿四君各一元，秦涵琛君助洋一百元，秦珍荪君助洋一百元，洪萼亭君十元，王心贯君十元，石运乾君募泰慎号三十元，孙信义君募何银海、戴振声、郑文正、何生化、王德华、於绍棠、夏洽兴、毛顺泰、兴祥皮件号、孙宝馥、包大章诸君各一元，竺大兴、康生福、锦和钟表号各两元，孙君自助四元，姜炳生君助洋二百五十元，陈伯刚君募董桂芳君五十元，芜湖四明公所、芜湖宝成银楼、周幹夫君各十元，芜湖永丰公六元，陈耕、赵文显君四十元，芜湖顺泰五金号、吴诚章、沈东生、吴茂绩、姜忠浩、胡志标、刘维熊君各两元，陈敬甫募阮鑫甫君二十元，益大林裕康、刘同槐君各五元，大同号、徐敬湧君合助五元，陈辅臣、王虞苏二君各五元，刘瑞棠君、船业保安会十元，孙鼎友君二元，胡贤顺、陈道依、王小品、舒生财、康显光、张生贲、孙善财、钱瑞根、孙善友、戎阿鹤、周才元、戴孝良、张金元、袁根全、张银宝、曹阿发、沈才福、董秉衡、柳开乔、阮水智、张桂荣、张林福、史宽顺、袁信发、徐阳春、曹纪鋆、曹纪土、汪小伙、应宝初、范金甫、陈志廷、董富顺、李信南、郑祥寿、戴荣寿、钱金生、徐东方、康惠堂、张财宝、郑夏生、张悦生、张宝先、戎东发、三达、张宝福、陆再鑫、徐开顺诸君各一元，刘君自助四十一元，忻继香募忻显甫君二十元，史悠琳君十元，夏安生君五元，周春在、郑宝荣君各两元，忻阿宝、王阿洪、忻如兴君各一元，忻君自助十元。余再续报。

（《申报》1918年10月14日）

富翁急公好义

　　鄞县秦珍荪君,富翁也。好为善举,此次米荒,秦君独出巨资在南门大庙举办平粜局,每日以六十石为限,迄今已四十二日。主其任者,如丁君仰高、姚君次鼓,办法完美,男由左,女由右,小儿由中,分门而入,秩序井然,所以各处平粜局俱不能逮。又闻秦君又助奉化民田一百亩于养老堂,又以南门大庙塌坍已久,特捐二千金将大庙大门修葺。急公好义,诚可谓难得者矣。

(《时事公报》1920年8月14日)

按语:南门大庙即灵应庙,今存。

中国救济妇孺总会敬谢秦涵琛大善士令嗣成婚奁资移助洋二百元

　　敬启者:兹由林梁甫先生送到秦涵琛大善士为其少君善福先生成婚将奁资洋二百元移助本会,具见先生乐善不倦,惠及妇孺,拜领之余,同深感颂。从来种德者所以修福,作善者必获降祥,富寿多男,可操差券耳。除掣奉收条并函谢外,特此登报,以扬仁风。

　　上海老北门东首中国救济妇孺总会朱佩珍、王震、徐懋等谨启。

(《申报》1920年9月14日)

按语:该启事又刊9月15日《申报》。

五月二十七日大总统令

　　(上略)

　　又令　黄庆澜、虞和德均给予二等宝光嘉禾章,秦际藩、秦际瀚、严英均给予四等嘉禾章。此令。

（下略）

（《申报》1921年5月30日）

方桥鄞奉公益医院鸣谢

会稽道尹黄公经募、自认永年捐洋五十元；朱葆三君、傅筱庵君、秦珍孙君、穆子兰君、陈子埙君、徐庆云君、田时霖君、赵晋卿君、邬挺生君、王一亭君、张申之君、赵占绥君、徐承勋君、周茂兰君、叶子衡君、张晋峰君、魏清涛君、乐振葆君、贝润生君、励汝熊君、周宗良君、周肇詠君、张云江君、钱雨岚君、陈蓉琯君、葛虞臣君、周竺君君、王心贯君，以上二十八君均认年捐五十元，以三年为限；孙宝善君年捐洋二十元，以三年为限；毛子坚君永年捐洋十元；蔡琴孙君特捐洋一百五十元；谢蘅牕君、顾馨一君、秦润卿、薛文泰君、姜炳生君，以上五君各特捐洋一百元；叶逵君特捐洋十元。

本医院谨启。

（宁波《四明日报》1921年6月19日）

按语："秦珍孙"应为"秦珍苏"。
"励汝熊"应为"厉汝熊"，即厉树雄。
"陈蓉琯"应为"陈蓉馆"。
该启事又刊6月20日《四明日报》。

国务总理呈大总统核议浙江省长请奖
捐办平粜员绅勋章开单呈鉴文（附单）

为核议浙江省长请奖捐办平粜员绅黄庆澜等勋章恭呈仰祈钧鉴事。据铨叙局呈称，准浙江省长咨开案查上年十二月六日据会稽道道尹黄庆澜呈称，职属旧宁绍米粮向赖外省接济，惟旧台属临、温、黄三县产米较多，本年夏间，该三县食米缺乏，自顾不遑，而各处米荒，外省来源亦几绝断，以致米价奇涨，民间顿起恐慌，迭经道尹令饬各县知事会同绅富筹办平粜并捐俸提倡，复亲函各处巨绅劝募捐款，嗣据各县知事呈报或就地动拨公款或由地方绅富捐款办理，鄞县各绅并有独力自办者即经先后开办在案。兹据各县知事将捐款各绅富衔名、数目开报前来,道尹查本年青黄不接之时,各处食米同形缺乏,而职属各县尤为吃紧,幸赖各该绅商捐办平粜,贫苦小民藉以维持,地方亦安静无事,裨益匪细。该绅秦际藩、秦际瀚、严英、徐维训、袁友仁、边文锦、孙忠祥、虞和德等八户先后在各该原籍地方捐助巨款办理平粜,急公好义,均属可嘉,可否专案呈请核奖勋章,以昭激劝而示优异。至该会稽道道尹黄庆澜筹办平粜督率有方,并经募款至五万元以上,未便没其劳绩,应如何给予奖励之处,除分咨外,相应检同各该捐户履历,备文咨请查核办理等因到局。查案内黄庆澜一员既准咨称筹办平粜督率有方,其余各绅均系捐助巨款维持民食,洵属急公好义,拟请均准予给奖勋章,以资激劝,开单呈请转呈等情前来,理合具文呈请鉴核训示遵行,谨呈。十年五月二十七日已奉指令,谨将浙江省长请奖捐办平粜员绅勋章开单,仰祈钧鉴。

计开:

徐维训

该员拟请给予五等嘉禾章,

孙忠祥、边文锦、袁友仁

以上三员拟请均给予六等嘉禾章。

(《政府公报》第 2005 号 , 1921 年 9 月 23 日出版)

按语: 时任国务总理为靳云鹏。

时任浙江省长为沈金鑑。

浙江会稽道尹公署训令第六五九号

令鄞县、奉化、慈谿、镇海县知事为发平粜案内秦际藩等勋章凭单由

本年七月十七日奉省长公署第一七九八号训令,内开案准铨叙局咨开查贵省长请奖捐办平粜员绅黄庆澜等勋章一案,于本年五月二十七日奉大总统令,黄庆澜、虞和德均给予二等宝光嘉禾章,秦际藩、秦际瀚、严英均给予四等嘉禾章。此令。同日又奉指令,呈悉,黄庆澜等已有令明发,余均如拟给章,此令等因。查案内徐维训一员奉给五等嘉禾章,孙忠祥、边文锦、袁友仁三员均给六等嘉禾章相应检具,黄庆澜等甲种凭单九张送请查照转发可也等因,附送凭单九张,准此。查此案

前据该道尹呈报道属各县上年因米粮缺乏，就地士绅先后在原籍地方捐款办理平粜，当将捐款最巨之秦际藩等八户并以该道尹等办平粜督率有方，经募捐款至五万元以上，经即先后咨请核奖在案，准咨前因，合亟检同凭单令发仰该道尹即便分别祗领转给仍具报查考，此令。计发凭单九张等因奉此。查此案本道尹前以上年夏间各该绅富捐助巨款，办理平粜，遵奉省令，取具各该绅富履历转呈请奖在案，兹奉前因，除祗领并分行外，合行检发凭单，令仰该知事查收转给祗领具报。此令。

中华民国十年七月十九日

（《浙江会稽道公报》第95号，1921年8月1日出版）

昨日钱业公会之议决案

昨日，钱业公会开第二十二次常会，其议决案如左：〇 新开钱庄报请入会。永聚庄，资本银十万两，股东秦畛荪、严康懋、徐承勋、陈星诩各二股半，经理吴廷范，协理朱崙卿，见议秦润卿、王鞠如。（议决入团）（下略）。

（《申报》1922年1月14日）

按语："秦畛荪"应为"秦珍荪"。
朱崙卿，浙江慈谿人。

丹阳中正桥工程事务局鸣谢

敝局蒙姜证禅君经募宁波绅商捐款如下：朱君葆三、傅君筱庵、周君茂兰、孙君梅堂、袁君燮元、乐君振葆、楼君恂如、周君炳文、徐君永炎、何君邀月、张君云江、邬君志豪、周君肇詠、钱君雨岚、项君松茂、应君启霖、周君忠良、张君延钟、陈君子壎、秦君珍荪、刘君星曜、何君绍庭、姜炳生君等二十四位各助洋一百元，张君申之、蔡君琴孙、王君水金、毛君濂卿、王君才运、陈君文鉴、边君文锦等七位各助洋五十元，又姜君自捐洋一百二十元，统计收洋二千七百七十元，理合登报鸣谢，以扬仁风。丹阳中正桥工程事务局谨启。

（《申报》1922年4月28日）

按语：姜证禅即姜若，曾任鄞县知事。
该启事又刊 4 月 29—30 日《申报》。

财主施赈呈请给奖

鄞县士绅秦际瀚家产颇称富厚，兹以本年灾祲遍地，特捐助赈款五千元，并为其生母秦张氏捐洋一千元，为其胞兄秦际藩捐洋一千元。黄道尹以其急公好义，业已崇案呈请督办、省长转部请奖矣。又慈绅吴作镆君前特汇洋五千元到慈，作为慈邑丁赈用途，亦由黄道尹呈请给奖矣。

（《时事公报》1922 年 11 月 11 日）

助赈士绅请从优给奖

宁波会稽道尹黄君日前具呈卢督办、张省长文云：窃查本年宁属绅士秦际瀚等捐助水灾巨款，业经道尹于本月七日开具清折呈请分别咨给勋章在案。兹查道尹原折，内开秦际瀚一户本年捐助振款达五千元之巨，实为难得。该绅于十年五月业经给有四等嘉禾章，道尹原请给三等嘉禾章，俱不足以昭激劝，理合呈请钧督、钧长将秦际瀚一户超给二等大绶嘉禾章，连同秦际藩各户电案呈请，俾资奖励云。

（《时事公报》1922 年 11 月 22 日）

按语："卢督办"即卢永祥。
"张省长"即张载阳。

浙赈征募大会筹备会纪详

▲当场认定一总队……廿八分队

宁波会稽道尹公署，昨日由黄道尹召集就地士绅，在花厅开组织浙赈征募大会之筹备会，到者西人甘税务司、郝培德、戴司铎三人，华人则有旅旅沪同乡会代表袁履登，就地官绅姜知事、张让三、余润泉、李松侯、丁忠茂、史璧华、章裕卿、余子权、胡咏骐、卓葆庭、苏九韶、赵钵尼、胡仰之、朱旭昌、邵槐亭、袁子青、屠鸿规、张湘卿、袁书霖诸君。由黄道尹主席，报告开会宗旨，略谓上海华洋义赈会筹募灾赈款项，特仿青年会办法，分队认捐，以便聚成巨款，共设总队廿五队，承认者已十九队，吾宁亦应承认数队，以资协济，故请诸君莅会讨论，详细经过即请袁履登君报告。袁君起谓全国华洋义赈会，前为北省灾赈所发起，本定今年三月底结束，所有剩余浙东、西赈款廿五万及北京关余廿五万，本拟另作他项慈善事业之用，不料今年浙省复遭巨灾，不得不再行续办，然统计所费，非四百万不可。经沪会讨论，如此巨款，非分队劝募不可，其方法设团长一人，由黎总统任之。上海方面，承认四分之一，计一百万元，分廿五总队，每队四万元，由分队长组织二十人为队员，每员承认二百元。凡募捐二百元以上者，将其名镌入西湖积德之上，以留永久。其余则向外省及友邦劝募，日前美商福克斯来沪，亦极愿帮助，经将灾区照片携带回国。外人尚且如此热心，况吾同胞切肤相关，自当格外竭力。今上海所认之廿五总队，经沪上各团体迭开会议，先组织十六队。日前特派代表赴杭，由卢督办、张省长承认二队，谛闲法师一队，共十九队，尚少六队，特派鄙人来甬，要求诸善士竭力承认一队或二队。黄道尹以为连年灾荒，迭次开捐，实已筋疲力尽，然事关灾黎，非勉力维持不可，就鄙见承认一队，筹募四万元，照原定章程总队长一人，今为分轻负担起见，设总队长二人，诸君以为如何？众赞成。姜知事谓总队长既已加倍，原定之分队长十人，亦可倍之。当公推黄道尹、甘税司二人为总队长，姜知事、屠鸿规、戴司铎、张让三为参谋。由黄道尹当众承认二分队，以资表率。到会官绅，亦即分别承认，依次纪录如下：

一、黄道尹；二、甘税务司；三、屠鸿规；四、袁端甫；五、戴司铎；六、赵钵尼、徐矞青；七、丁忠茂；八、李松侯；九、陈才宝、章裕青；十、余润泉、陈南琴、朱旭昌、袁书霖；十一、袁友仁；十二、秦珍生；十三、严康懋；十四、赵占绥；十五、梁文成、卓葆庭、陈如馨、孙鲁贯；十六、陈子壎；十七、吴荫亭；十八、梁廉甫、蔡芳卿；十九、郁桂芳、蔡良初；二十、姜知事、林厅长；廿一、张让三；廿二、袁子青；廿三、魏伯桢；廿四、孙表卿；廿五、徐镛笙；廿六、蒋衡卿、朱莲生；廿七、张申之、冯仲光；廿八、王荫亭、陈富润，以上各认一队。议毕散会，已四时余矣。

（《时事公报》1922 年 11 月 24 日）

按语："秦珍生"即"秦珍荪"。

安养堂鸣谢

本堂董事秦珍荪先生今年五十弧旦,节其筵酒之资为本堂兴修义火祠,轸恤老人无微不至。特此鸣谢。

(《申报》1922年12月18日)

按语:该启事又刊12月19—20日《申报》。

四月十二日大总统令

(上略)

又令　吴作谟晋给二等大绶宝光嘉禾章,秦际瀚晋给三等嘉禾章。此令。

(下略)

(《申报》1923年4月19日)

宁波华美医院第一次鸣谢诸大善士

启者:敝院建筑新医院,承官、商、绅、学各界提倡募捐。今蒙大善士吴荫庭翁助洋五千元;无名氏翁助洋五千元;周宗良君认助洋四千元;黄和卿君经募无名氏君助洋二千元,又叶惠房助洋一千元,又陈瑞海翁助洋五百元,又苏寿田君助洋三百五十元;张朗斋君助洋五百元,又经募孙瑞甫君助洋五百元;徐庆云君助洋一千元;秦珍荪君助洋一千元;余葆三君认募洋一千元;姜炳生君助洋一千元;方丛桂轩助洋一千元;陈子埙君认助洋一千元;曹兰彬君认募洋一千元;邬挺生君助洋一千元;张延锺君助洋一千元;醒庐助洋五百元;仁寿堂严助洋五百元;董杏生君认募五百元;钱中卿君认募五百元;方半间庐助洋五百元;方爱吾庐助洋五百元;方寿房认募洋五百元;张仁模君助洋五百元;陈蓉馆君认募洋五百元;周茂兰君认助洋五百元;陈楚湘君认助洋五百元;严子均君助洋五百元;乐振葆君认募洋一千元；谢蘅牕君助洋五百元；虞洽卿君助洋五百元。医院关系治病卫生，荷蒙诸公首先资助巨款，登高一呼，万山皆应，拜受仁施，先此鸣谢。院长兰雅谷、汤默思、任莘耕仝启。

（《申报》1923年9月7日）

按语：该启事又刊9月8—10日《申报》。

上海时疫医院敬谢

宁波同乡会送来励建侯君经募秦珍荪君慨助洋一百元。院长朱葆三、史量才、窦耀廷谨启。

（《申报》1923年9月14日）

报　丧

敝主秦珍荪先生于本月初九日酉时寿终，定十一日酉时大殓，恐未周知，特此报闻。

秦馀庆堂账房谨启。

（《申报》1924年5月13日）

按语：该启事又刊5月14日《申报》。

退保声明

敝主秦珍荪先生于本年夏正四月初九日逝世，所有先生在日蒙各界信用担保文武伙友及银洋往来各节，自即日起，无论单保、函保、面保、口保等情，概作无效，与敝小主人无涉。特此声明，诸希公鉴。

秦馀庆堂账房谨启。

（《申报》1924年5月15日）

按语：该启事又刊5月16—21日《申报》。

秦珍荪今日出殡

　　秦伟楚君之尊翁珍荪君于阴历四月初九日逝世，年五十二岁。珍荪君生前曾任宁波商务总会协理之职，他如安养堂、育婴堂、孤儿院、贫民学校等慈善事业，尤出巨资赞助。前、昨两日，各界往吊者颇多，定今日（二日）下午二时半起发引，由三马路至河南路，往北抵宁波路，向西折入西藏路，再经福州路而至河南路，经三茅阁桥，往敏体尼荫路，而入四明公所厝柩云。

（《申报》1924年6月2日）

四明公所募捐昨日开幕

　　昨日下午六时，四明公所在甬同乡会举行赈材募捐闭幕典礼，到者男、女各界约五百余人。总队长袁履登老太太主席，乌崖琴司仪。首由主席致词，次募捐主任葛虞臣报告募捐经过，次会计董事秦润卿报告捐数，次王东园演说，次方椒伯报告最后竞募方法，请各队竞争。最后结果，各队竞募照章得奖者十队，楼恂如老太太一万二千三百四十五分、刘耀庭老太太一万零四百三十一分、葛云臣太太四千二百分、秦润卿太太三千分、袁燮元太太二千八百六十分、陈蓉馆太太二千七百六十分、陈良玉太太二千七百四十四分、乐振葆太太二千四百分、董芝初太太二千三百五十分、李詠裳太太二千三百十分。又个人出捐最多数十人，计虞洽卿老太太二千三百五十二分、方式如太太二千三百零一分、叶子衡太太二千零十分、秦涵琛太太二千分、周湘云太太一千五百六十分、王皋荪太太一千五百零五分、周蕚庐太太一千五百分、姜炳生太太一千一百五十分、陈子埙太太一千一百二十分、谢蘅牕追荐老太太一千一百分。总数捐到赈材某金共计二十七万六千零十三分半。末举行余兴如下：㊀国乐，国乐清平集。㊁国技，任潮军君、吴万祥君、丁德桂君、吴万炳君、丁德保君。㊂双簧，郑正秋君、郑小秋君。㊃独舞，邵庄林君。㊄短剧，张敏吾君、黄君甫君、王梦石君，《胖三娘教老头子》。㊅曰话剧，《说梦》，郑正秋君。㊆武术表演，查瑞龙君及商工国技科。㊇歌舞、歌剧，华民学校。至散会时已十一时矣。

(《申报》1928年9月2日)

按语：《民国日报》1928年9月2日《四明公所募捐闭幕》亦有相似报道。

鄞奉长途汽车股份有限公司招股广告

本公司资本总额定为十五万元，分作三千股，每股上海通用银圆五十元。除由发起人认定外，尚有余额公开招募，自十月十八日起、至十一月七日止，为招股期间，期满截止。招股简章函索即寄（上海筹备处：法租界辣斐德路四七四号；宁波通讯处：宁波总商会）。

发起人俞佐廷、陈南章、竺杏林、孙康宏、何秋星、张有福、毛栩卿、蒋介卿、陈子埙、徐庆云、竺芝珊、秦涵琛、宋止澜、邬志豪、王问涵、刘祖汉、陈蓉馆、孙衡甫、洪沧亭、袁履登、周枕琴、邬韵玉、方济川、谢蘅牕、陈掌文、孙梅堂、俞樵峰、袁端甫、周蒂南、赵宇椿、王才运、罗惠侨、陈基明、孙表卿、俞镒卿、张申之、周采臣、楼恂如、朱守梅、严康棽。

(《申报》1928年10月18日)

按语：该广告又刊10月20日、22日、24日、26日《申报》，发起人排名不同。

报　丧

家主涵琛先生于国历五月十日辰时逝世，兹择十二日酉时大殓。谨此告闻。
秦颐寿堂账房启。

(《时事公报》1930年5月11日)

按语：该启事又刊5月12日《时事公报》。

退保声明

家主涵琛先生痛于五月十日弃养，所有生前为亲友作保，无论口头或书面，于登报日起概作无效。谨此声明，伏希鉴谅。

秦颐寿堂账房启。

（《申报》1930年5月16日）

按语：该声明又刊5月17—18日《申报》。

南北市汇划庄更动记

沪埠钱庄同业向例每届年终岁首，或更动股东，或加改牌记，或新创，或停业，均须照例报告，以资查核。兹将各庄更动者，分录如次：㈠新开恒巽庄，股东为秦馀庆堂、徐庆云、李詠裳、恒丰昌、俞佐廷等计共十一股，资本二十二万两，经理俞佐廷（系甬钱业界闻人），协理夏圭初、李伯顺，襄理陈馀庆，业于一月五日聚本，大约本月底初开业。㈡新开惠丰庄，股东为孙直斋八股、王选臣两股，资本二十万两，经理为席季明，协理为黄毅斋，已于一月五日上市营业，地址在天津路永安里。㈢益大庄，内有陈玉亭两股，现由股东中郑淇亭加添一股半，共占三股，郑友松加添半股，共占三股半，经、协理仍旧。㈣南市乾元庄，亦因陈玉亭拆出，以原有股东加股。闻大股为郑鑑之、姚紫若、郑淇亭、郑光裕堂等，所有资本及经、协理仍旧。㈤聚康庄，亦因陈玉亭拆出，由大股东陈青峰、陈恒记、谢光甫等加添足额，经理为王怀廉，协理严大有，牌号则加源记，为聚康源记庄。㈥鸿祥庄，股东亦有更动，为郑子彬六股、郑培之三股、秦鹤卿、郑秉权、冯受之各一股，计十二股，计资本三十万两，牌号加德记，为鸿祥德记庄。㈦同春庄，加聘胡子衡、吴有香两人为襄理。

（《申报》1931年2月4日）

秦善庆被绑消息

训 鹰

后马路有恒大钱庄矣，肆主秦善庆，年卅四岁，甬地望族也。同族有四房，设钱肆二于沪，曰恒大、恒隆。秦为第四房，兄弟凡四，秦居第三，上月廿七日，出外一晚不归，家人四处寻访不着，翌日接来信，始悉为匪所绑，但信中之言，尽系秦个人之慰家人言，云作出外某处被绑，现在匪窟甚安，家中不必憔灼等语。至初四，乃有匪方之索赎函来，云须四十万元，不折不扣，但秦父愿出十万元往赎。因相去太巨，一时殊难得匪方之圆满答复。

（《艳影画报三日刊》，约1931年出版）

按语：文中称秦善庆"年卅四岁"，查秦善庆生于1898年，故刊物约出版于1931年。"同族有四房"即秦君安家族分为富、贵、康、宁等四房。秦善庆属于第四房即宁房。

统原银行创立会记

统原商业储蓄银行于本月二十六日下午二时在上海银行公会开创立会，到会股东一百九十八户，股数七千六百八十股，由社会局派代表王宝鋆君莅场监督，公推徐伯熊君为主席，由发起人陈润水君报告创立经过情形及筹备费用。主席报告股款一百万元业已一次收足，分存各钱庄、银行，宣读公司章程草案，经众讨论、修改通过。投票选举结果，当选董事九人，为余葆三、李祖荫、俞佐庭、徐仲麟、陈绳武、楼恂如、秦善富、秦善德、陈润水诸君，又当选监察人三人，为徐伯熊、姚德馨、向侠民诸君。当由当选董事、监察人查核股款存数符合，当场证明，遂摇铃散会，时下午六时矣。

（《申报》1932年6月28日）

按语：1932年7月出版的《中行月刊》第5卷第1期《沪统原银行开创立会》亦有相似报道。

统原银行行将开幕

　　天津路二十号统原银行,于上月二十六日开创立会,已志前报,并于本月一日举行第一届董监联席会,公推余葆三为董事长,聘请陈润水为经理、秦善德、陈春雩为副理,三君服务于金融界有年,学验俱丰,故一切布置大半就绪,现正呈请财政部验资给照,开幕之期当在不远云。

(上海《时事新报》1932年7月10日)

按语:《申报》1932年7月12日《统原银行开幕在即》亦有相似报道。

统原银行定期开幕定于八月十日举行典礼

　　统原商业储蓄银行资本总额国币一百万元,业已一次收足,刻经财政部核准注册,颁给"银字一二一号"营业执照,将于八月十日举行开幕典礼,并定八月二日先行开始营业。该行董事长余葆三,董事徐仲麟、余佐廷、秦善宝、陈润如等,均系实业界金融界中之巨子,将来于银行业前途定有相当贡献云。

(《申报》1932年7月29日)

按语:"余佐廷"应为"俞佐庭"。
　　1932年9月1日出版的《工商半月刊》第4卷第17号《统原银行定期开幕》亦有相似报道。

统原商业储蓄银行开幕通告

　　本行资本国币壹百万元,一次收足,经呈奉财政部核准注册颁给营业执照,并呈请实业部登记在案。兹择于八月十日正式开幕,尚祈各界惠临赐予指教,不胜感激。再,本行经营商业银行,业务凡存款、放款,利息克己,手续便利,并为社

会服务、提倡节俭起见，附设储蓄部，专营各种储蓄，均有详章，利息优厚，保障稳固。如蒙赐顾，无任欢迎。
董事长余葆三，董事李祖荫、徐仲麟、俞佐庭、楼恂如、秦善富、陈绳武、陈润水、秦善德，经理陈润水，副经理秦善德、陈春雯
监察人徐伯熊、姚德馨、向侠民，襄理李瀛生、鲍英甫，储蓄部主任宋源清
行址：上海天津路二十号
电话：经理室一八四三一、营业室一八四二一

（《申报》1932 年 8 月 7 日）

按语：该通告又刊 8 月 9—10 日《申报》。

统原银行昨日开幕▲贺客盈门

　　昨日，天津路二十号新创统原商业储蓄银行正式开幕，资本一百万元，专营商业储蓄及各种银行业务，利息优厚，手续简快，颇为社会所欢迎。组织者系金融、实业两界人物，经理陈润水君、副理秦善德君、陈春云君，皆蜚声金融界。该行地居适中，陈设亦精丽窝皇。来宾前往道贺者，皆海上闻人，如王晓籁、袁履登、贝淞荪、傅筱庵、徐圣禅、钱新之、林康侯、胡孟嘉、秦润卿、徐寄顾等诸君，计有千余人，车马盈门，至午后尚络绎不绝，颇极一时之盛。各项存款收入，闻自二日开始营业起，至今已有六百余万之数，足见该行信用卓著，前途盖未可限量也。

（《申报》1932 年 8 月 11 日）

按语："陈春云"应为"陈春雯"。

钱业同业公会昨开临时会员大会

钱业同业公会自议决二十一年度总结账期为一月二十五日后,自二十六日起至三十日止,全体休息四天。昨日下午二时,在宁波路钱业公会举行临时会员大会。兹志详情如下:

到会会员　（略）

通过各案　由秦润卿主席,报告开会宗旨,继即开始讨论,通过:㈠新庄同庆庄计十股,资本总额规元二十万两,经理夏圭初。(中略)㈧新庄慎源庄,计十股,资本总额规定二十万两,经理林荣生,协理姚国香,襄理励叔卿。㈨会员恒巽庄,加推徐景祥为协理。㈩会员益昌慎记庄,以王安人为协理。㈩一会员寅泰庄,经理冯斯仓,得股东同意,温林瑞庭为该行经理,沈亮夫为协理。

（《申报》1933年1月23日）

各界航空救国运动

（上略）

甬人热心　宁波旅沪同乡会航空救国募款委员会定二十日下午五时为第三次揭晓,各队长将捐款缴入该会及代收各银行、钱庄者十分踊跃。第四次揭晓定于月之二十五日举行云。兹将该会所征求之队长姓名,续志如下:汪宝堂、任矜苹、李祖虁、陈翊庭、陈忠皋、余化龙、周道行、姜炳生、何梦熊、何绍裕、李觐丹、朱守梅、毛志纫、洪贤钫、竺泉通、林伯泉、周仰和、何绍庭、包达三、向树年、毛濂卿、王莲葆、柯宗德、徐懋、徐伯熊、俞哲夫、陈掌文、俞国珍、洪荆山、姜竹斋、吴廷范、李寿山、李丽水、李詠裳、沈延康、沈星德、朱震三、施兆光、石忠安、向侠民、方稼荪、方式如、王仲元、王岳蜂、王正茹、胡锦香、陈耕莘、林联琛、林友三、林伟庭、林荣生、林佑卿、王启宇、周湘云、周纯卿、陈松源、郭学序、何友兰、吕望仙、沈敬华、史宗堂、孔锡卿、王显华、王子廷、王和兴、陈喜伯、邵英瑞、邵人华、邵达人、王廉方、俞景祺、周五明、王心贯、胡梅庵、胡孟嘉、周德富、徐永炎、余性本、孔少耕、方椒伯、王鼎元、王皋荪、陈月亭、邵伯瑛、徐可陞、徐雪赓、徐诚炤、徐宝鲁、姜俊彦、洪渭亭、徐国兴、李晋懋、洪苓西、伺立卿、何楳轩、李学畅、朱继良、朱贡禹、包镜弟、石芝坤、方液仙、毛鲁卿、王养安、洪沧亭、胡凤联、金善镶、林渭川、林焕章、沈荣山、周和甫、王云甫、胡詠麒、胡詠莱、陈景塘、俞馥裳、徐子铣、何耿星、沈相甫、朱昌礼、朱安甫、王子璋、陈裕仁、陈良卿、邵宝兴、胡甸荪、陈良玉、四明医院、林万琅、徐善基、徐芹香、汪宝棠、何积璠、李骞如、吕信耕、吕信孚、余占元、余云岫、朱焕文、何平龙、朱永祥、朱晋椒、石金奎、水祥云、方椿生、王鸿赍、王新甫、胡组庵、邱嘉樑、柯子佩、邵德铭、陈葆诚、陈九皋、林松卿、周兰苗、周文林、王维官、史悠凤、徐炳辉、徐忠信、俞炽卿、汪桂生、朱敏华、包安然、孔填甫、王云赓、王夔卿、王祖安、王法镐、陈亭鹤、长源行、施体奋、邵允冰、邵子建、林孟垂、周静斋、周梅庭、陈元福、陈杏初、孙荣昌、孙玮甫、陈荇荪、陈受昌、陈舜玉、陈颖章、陈止翔、陈总培、陈全南、陈芝眉、陈仰和、陈敬甫、陈士范、陈伯刚、陈濂源、桂兰荪、邬鹏、邬文敬、邬景森、邬云程、邬志坚、邬振馨、张均彬、张晓畊、张肇元、张永年、张玉麟、张运济、张笠渔、张横海、张伯琴、张佩珍、张炳生、张志行、张廷龄、张云春、张有福、张祖康、张延庄、张咀英、张网伯、张詠霓、张百铭、张巨川、张增阳、郭祖绳、许廷佐、戚竟成、郭学序、盛丕华、郭外峰、曹庆华、盛序祖、盛如金、盛筱珊、盛安孙、黄振世、黄世华、庄鸿皋、庄国庆、曹兰馨、孙祥篑、孙人镜、孙道胜、孙雅堂、秦褉卿、梁武襄、倪挺枝、倪庆云、倪荣泰、凌寿彭、郎光瑞、孙天孙、秦善宝、马定元、梁晨岚等。

（下略）

（《申报》1933 年 3 月 21 日）

各界航空救国运动

宁波号　新新社云：宁波旅沪同乡会航空救国募款会于昨日下午六时在该会二楼大礼堂开第九次例会，计到虞洽卿、毛和源、刘芷芴、金廷荪、孙衡甫、徐懋棠、曹静渊、王东园、袁履登、张继光、乌崖琴、竺梅先、邬子豪、张申之、胡凤联、叶翔皋、乌荇舫、黄振世、桑相廷等数十人，首由虞洽卿主席，总参谋王文翰到席，总干事陈光伯纪录。行礼如仪后，由主席报告开会宗旨（词从略）。次由干事林勉哉报告揭晓总成绩，计王伯元一千元、孙衡甫一千元、徐懋昌六百三十元、乌崖琴六百零六元、徐懋棠五百五十元、秦善宝五百元、邬志豪三百八十七元、周德甫三百五十元，第九次共计募洋八千六百六十九元三角六分八厘，连前数共计洋八万五千三百二十四元二角一分,总揭数计洋九万三千九百九十三元五角六分九厘。

（下略）

（《申报》1933年5月6日）

按语：为筹款购置"宁波号"飞机,宁波旅沪同乡组织了战斗机队及驱逐机队,共计216队,其中一队系"秦善宝队"。

王晓籁等发起国货产销联合公司
生产救国之新阵线

（上略）

参加发起之踊跃　自中华国货产销联合公司开始筹备后,各界热心人士无不闻风加入。截至昨日止,业已签名加入发起者,除王晓籁、林康侯、邬志豪及参加芝加哥博览会各省出品代表外,先后签名发起者,计有史量才、张公权、陈光甫、刘鸿生、宋子良、许世英、庄崧甫、虞洽卿、金廷荪、徐新六、俞佐廷、吴蕴斋、李明扬、叶扶霄、吴蔚如、徐永祚、陆伯鸿、徐懋棠、郭顺、金侯城、冯仲卿、薛笃弼、潘公展、张竹平、簧延芳、江一平、王彬彦、蔡无忌、许廷佐、胡西园、李万里、褚慧僧、王伯度、周邦俊、陈绳武、俞国珍、项绳武、郑澄清、诸文绮、邬志和、叶荣钧、洪膺仁、卓雨亭、邬云程、陈翊周、邬挺生、姜证禅、徐春荣、曹国华、卢成章、王仲元、叶道渊、林万琅、杨永年、王屏南、胡叔仁、任矜苹、王鸿赍、孙纫兰、洪荆山、王剑锷、秦善宝、汪宝棠、傅芳廷、朱德超、陆祺生等数十人。预料在召集发起人会时,必尚有热心国货人士踊跃参加云。

（下略）

（《申报》1933年7月27日）

按语："簧延芳"应为"黄延芳"。

惠中商业储蓄银行开幕通告

本行业经呈准财政部颁给营业执照,并呈请实业部注册备案,专营●存款●放款●抵押放款●票据贴现●国内外汇兑●买卖生金银及有价证券●代募公债及公司债券●保管贵重物品●堆栈●各种储蓄存款等及其他一切银行业务。兹定于十月二日正式开幕，务希宠临赐教，无任荣幸，诸惟公鉴。

董事长俞佐廷，董事丁家英、魏乙青、厉树雄、秦羡卿、王文治、邱彭年、何谷声、陈绳武、孙劼卿、虞仲言，监察人楼怀珍、潘久芬、史久鳌，经理戚仲樵，副理虞仲言、俞树棠，襄理黄绥隆、糜静盦。

行址：上海天津路（河南路）电报挂号：有、无线六三三〇号电话：经理室一〇七六六、营业部一二〇八五号

（《申报》1933年9月28日）

按语：该通告又刊9月29日至10月2日《申报》。

甬江桥募集五十万　徐懋棠独捐五万元

募建宁波老江桥驻沪办事处于昨日下午四时在西藏路宁波旅沪同乡会开筹备会议，出席者计虞洽卿、秦润卿、徐懋棠、俞佐廷、孙衡甫、秦善宝、乐振葆、张继光、金廷荪、余葆三、王皋荪、姜炳生、张申之等二十余人，由虞洽卿主席报告，略谓筹建宁波老江桥为时已久，所募捐款亦已集有成数，新桥图样经由美国工程师绘就后，审查完竣，此次募捐工作仍请积极进行，于短时间内募定七十万，俾可兴工云云。交由张继光报告捐募经过，共计五十余万。和平社记者探悉该项捐册只有一本，皮面乃金字装璜，颇为美观。该册中所捐款项，以五十元为最少限度，实开捐册之新纪录。捐款五十余万业已如数收足，其中最巨者，为徐庆云之子懋棠独捐五万元。至讨论要点，以募足七十万，始行兴工建造，其新桥全用钢骨，以水泥做成，并以吊桥式，轮船进出可以活动开放，建桥地点定江东，自后塘街起，西至半边街止，与原有桥址业已不同云。

（《申报》1933年10月28日）

按语：秦君安家族后以秦馀庆堂名义，为改建灵桥（即老江桥）捐款二万五千元，捐资额仅次于孙衡甫、徐庆云。

大中银行总处已开幕

大中银行开办于民国八年，总处原在重庆，嗣迁天津，现乃呈准移沪，于昨晨在河南路五〇一号沪行楼上开始办事，内部规模宏伟，布置亦甚周密。是日各界来宾道贺者，有冯幼伟、胡笔江、宋汉章、虞洽卿、徐新六、叶扶霄、陈蔗青、林康侯、王伯元、张澹如、许建屏、徐伯熊、徐仲麟、贺得林、赵恒惕、袁履登、屈映光、汤漪、傅筱庵、张申之、孙祥篯、胡锡安、蒋百里、陶家瑶、王延松、梅哲之、邓鸣皆、李云书、秦善宝、夏启瑜、黄墨涵、邬志豪、王文治、罗家衡、虞仲咸、沈宝昌诸氏约千余人，由该行董、监暨总、协理张慕先、俞佐庭、徐季凤、何鼎臣、李皋宇、李赞侯、孙仲山，沪行经、副、襄理黄懋仁、刘世杰、林联琛、秦彭年等殷勤招待。闻该沪行因总处移沪纪念，特予优待存户，加给利息，计收存款达一千余万元，将来营业发达，可以预券。

（《申报》1934年8月22日）

恭贺新禧

统原商业储蓄银行董事长余葆三，常务董事陈润水、秦善德，董事俞佐庭、徐仲麟、秦善富、陈绳武、秦善福、李祖荫，监察人向侠民、徐伯熊、姚德馨，经理陈润水，副经理陈春雩仝鞠躬。

本行办理商业银行一切业务，兼办各种储蓄，手续敏捷，服务周到。如蒙惠顾，无任欢迎。行址：天津路五十号，电话：一八四二一号、一八三一号。

（《申报》1935年1月1日）

统原银行开董事会

统原银行前日开董事会，因前董事长余葆三君及董事李祖荫君已于去年辞职，曾于三月十七日由股东会补选李霭东、向侠民二君为董事，并于昨日莅新。原任董事为俞佐廷、徐仲麟、陈绳武、秦善福、秦善富、秦善德、陈润水诸君，改选监察人为姚德馨、毛廉甫、徐伯熊三君，公推李霭东君为董事长。新猷焕发，可为该行得人庆。

（《申报》1935年4月19日）

同庆钱庄股东发觉经理侵占五十余万
报告捕房将经理夏圭初等拘捕昨经法院
开审讯取舞弊之事实

宁波路一百八十号门牌同庆钱庄，系金融界巨子徐懋堂、秦羡馥、秦羡富、李璇泉等所合股开设，每股计国币洋三万元，于民国二十三年春开业，聘甬人夏圭初为经理、湖州人朱海初为襄理。营业以来，亏蚀甚巨。近经股东查核账目之下，发觉夏、朱二人有重大舞弊，侵占公款其总数达五十三万四千三百九十三元二角三分，遂委任鄂森律师报告总巡捕房。当由捕房请求第一特区法院签出拘票，于前日饬派华探目陈耀庭至同庆钱庄，将夏、朱二人拘获，暂行收押。昨晨，解送特一法院刑一庭。被告夏圭初延范刚、赵传鼎律师，朱海初延吴麟坤、王树勋律师为辩护人。同庆钱庄由鄂森律师附带民诉。先由捕房律师蒋保廉起称，捕房□据告诉人之报告后，即请求钧院签发拘票，于前日将二被告拘获，现捕房依刑法三百三十五条第□款之罪起诉，兹将被告等犯罪事实略为陈述：㈠去年十月三十日至本年□月二十九日，夏圭初曾先后三次向总账房董敬鸿取得公债券十万元、五万元、六十九万二千元，均立有收据，作其私人经营投机事业之资本。㈡去年七月间，夏以宁地方单用泰记名义，向同庆抵押洋十万元，现连利息结欠十万三千九百五十□元七角三分，查该泰记实为夏之化名，又夏以价值八千三百九十三元之方单一包，向同庆抵押款洋达九万□千六百零七元。㈢去年年底，有泰昌、同□、信源三字号寄存同庆庄值洋十五万七千六百□十元之公债，至本年三月间来取，而该项公债已无着，遂由同庆庄设法以同等□值之公债赔偿，但该项公债是否确有寄存，抑为被告所取用，尚在侦查。㈣有瑞记客户以二万元票面之公债，向同庆抵押洋一万二千元，该公债亦经夏所变卖。基上数点，总结被告等侵占之款为五十三万四千三百九十三元二角三分，被告等在捕房亦均供认云云。继由同庆股东投称，在同庆有三股，计洋九万元，但因被告等之舞弊，现每股须约三十万元，致各股东咸均倾家荡产，财产抵押殆尽，始能将对外债务偿清。同庆在二十三年春营

178

业,所有店内职员,尽属被告等私人,故账目舞弊,甚难发觉。吴麟坤律师即起而询问经理之职权。据答,钱业惯例,经理为独裁制,即股东亦不能干预其职务或清查账目。赵传鼎律师亦向王询问,是否该庄另设王仲云、秦羡富二监理,以监督经理之账务,但王则否认之。诘之夏圭初供,原告听控之数,完全系卖买公债所亏蚀,并非我等侵占,至泰昌等三家所寄存公债,在金融界危急之时卖去,以维店务。至有数笔账目记我户名者,实因去年年底钱业极度恐慌时,本庄亏蚀太巨,若明记于账上,则风声传播于外,势必挤倒,故与监理磋商,结果将一部份账暂付于我户,以为弥盖,俟风潮平息后,再行转账等词。而朱海初供,庄内全权属诸经理,我无干预之权,我已于去年年底辞去襄理职务,现在该庄只助理收账,并不支薪,夏圭初卖买公债事件,虽有时知悉,但未顾问云云。被告之律师即请求准予交保。经冯世德刑庭长核供之下,谕俟改期一星期再讯,朱海初准交十万元现金或相当金额之保证书,准予停止羁押,夏圭初还押。

(《申报》1935年7月30日)

按语:文中称同庆钱庄于民国二十三年春开业有误,实为民国二十二年二月。

同庆钱庄经襄理侵占巨款案
昨因捕房假期本案改期再讯

宁波路一百八十号同庆钱庄为金融界巨子合伙所开设,聘甬人夏圭初为经理、湖州人朱海初为襄理,自民国二十三年春开业以来,迄今只一年有余,亏蚀甚巨。每一股股本原为三万元,现须增加十倍,合计每股须出资三十万元。经股东清查账目之下,发觉重大弊病。查得夏、朱二经、襄理通同弊舞,侵占公款达五十三万四千三百九十三元二角三分,爰延鄂森律师报告总巡捕房,饬探将夏、朱二人拘获,解由第一特区地方法院审理之下,谕夏还押,朱准予交十万元现金或铺保各情,已详本报。此案本定于昨晨由特一院冯世德庭长在刑一庭继续审理,适值工部局例假之期,捕房停止解案。此案又为捕房所起诉,于是遂不能进行,宣告延期审理。

(《申报》1935年8月6日)

按语:"通同弊舞"应为"通同舞弊"。

同庆钱庄经理等被控舞弊案已和解
捕房同意撤回告诉　夏圭初交殷实铺保

宁波路一百八十号同庆钱庄经理甬人夏圭初、襄理湖州人朱海初近被股东徐懋堂等延鄂森律师向总巡捕房控诉通同舞弊，侵占公款达五十二万四千三百九十三元二角三分之巨。当由华探目陈耀庭、西探华而根生将夏、朱二人拘获，依业务侵占罪起诉于第一特区法院。一度审理，谕令改期再讯，夏圭初还押，朱海初准交十万元现金或铺保各情，已志本报。昨晨此案由特一院冯世德庭长开刑一庭续讯。先由告诉人方面提出充分证据，乃原、被两造兹已和解，故不将证据提出，使捕房无法进行侦查。据告诉人之意思，欲捕房将本案之公诉撤回。承办西探乃请示于区长，甲区区长表示依刑诉法二百四十八条之规定公诉案件于第一审辩论终结前得撤回之，故同意告诉人之请求。惟该条文规定撤回时须以书状为之，是以请求庭上准将本案改期一星期，以便于期内补具书状，声请撤回告诉云云。而夏圭初之律师范刚、赵传鼎以本案既捕房声请撤回，应请准许夏交□随传随到保，而朱海初之律师吴麟坤则称查捕房向例起诉撤回，均不以书状为之，是以今日捕房律师已口头声明撤回告诉，应请庭上认为撤回告诉，庶免□延时日云云。冯庭长以新刑法规定，撤回必须以书状为之，捕房向例起诉均用解案单，故最低限度亦应补具一声请撤回之解案单，遂谕本案改期一星期，夏圭初准交殷实铺保出外。

（《申报》1935年8月8日）

按语：《申报》此前报道称夏圭初、朱海初被控侵占五十三万四千三百九十三元二角三分。

夏圭初等被控侵占案正式撤回

宁波路同庆钱庄经理夏圭初、襄理朱海初被控侵占五十余万一案，因双方业已和解，捕房亦应告诉人之请求声请撤回诉讼，但依据刑诉法二百四十八条规定，撤回诉讼应以书状为之，以不及具备此项手续，故改期在案。昨晨，捕房律师蒋保廉已将声请撤回书备就，呈递于特一院刑庭长冯世德，而被告律师范刚、吴麟坤、赵传鼎均声请将保状予以注销。冯庭长遂裁定捕房声请撤回诉讼应予照准,被告所交铺保保状注销。案遂了结。

(《申报》1935年8月13日)

昼锦里八折减租自本年六月份起

昼锦里沿马路一带各商号以社会不景气,生意清淡,营业损失,亏累甚巨,乃于六月间发起组织昼锦里减租支会,并经推派代表与该屋主馀庆公司交涉,要求减让租金,以恤商困。经迭次商洽,业于十月三十日上午十时许,始得该公司主秦善宝君允自六月份起,照八折减让租金。该会代表等认为交涉满意,已于前晚召集会员大会报告一切云。

(《申报》1935年11月2日)

通源银行理事秦伟业遭绑幸得脱险
汽车夫忽生急智开车撞电车
电车司机吵闹一场绑匪逃逸

甬人秦伟业,年三十岁,在本埠天津路通源银行任理事,家住爱文义路四百七十三弄(联珠里)三十号,其出入曾备有别克汽车一辆以代步,其照会号码为第二二零零零号。昨晨十时左右,秦步出家门,拟在弄口乘自备汽车赴行办公。不意斯时大通路、爱文义路口突出男子五人,各持手枪,将车围住,不令开行,一面由三匪跃登车厢,由两匪将秦监视,一匪看守车夫,并坚令其向西疾驶。当时秦之车夫以无法抵抗,乃只得遵行。正在拨动马达之际,该车夫见迎面有辆第十九路无轨电车缓缓驶来,不觉灵机一动,即将汽车转向对准电车撞去。当时电车上司机见该车变向,势将肇祸,乃急煞车下来,与汽车夫理论。该汽车夫亦故意蛮不讲理,引起吵闹,果然吸引无数观众围而观望,但斯时车中匪徒已大起恐慌,知事不妙,且见电车司机已在鸣捕,恐被发觉,乃急各推开车门,向旁窜逸无踪。未几岗捕果到,经汽车夫等告以故意撞车原委,乃始恍然大悟,于是仍令无轨电车照常开驶,一面即偕秦等乘原车赴该管新闸捕房报告。经探等详察一过,发觉车门等处遗有匪徒手印指纹甚多，乃为逐一摄下，存案待究，一面加派赶探四出追缉，而对于该汽车夫之急智，亦深为嘉许，否则该秦伟业恐难脱此险境也。

（《申报》1936年1月16日）

按语："通源银行"应为"统原银行"。上海《时事新报》1936年1月16日《统原银行理事秦伟业昨晨遇绑当场脱险》、上海《铁报》1936年1月16日《秦伟业被绑幸脱险》亦有报道。

绑架秦伟业案男女匪八名已就逮
三名直认不讳余则供词支吾
主谋犯严金海现尚在逃匿中

天津路统原银行理事秦伟业氏，于本月十五日晨，从爱文义路联珠里家中外出时，在自备汽车中被匪绑架，由司机人设计脱险，各匪则纷纷下车逃逸，经报告新闸捕房，请为查缉在案。十九日晨十时许，由静安寺捕房探目在小沙渡路、星加坡路拘获匪徒江北人李一芝（即"大坠子"）一名，继至赫德路六二六弄五十一号，续获同党王少卿（即丁克珍）、陈耀年（即陈少卿、陈三、夏老三）、张二、李志全、赵庆鸿、严小四子等六名，并在小沙渡路四二七弄一二六号，拘获妇人王黄氏一口，一并带入捕房。并由被告赵庆鸿供出，彼家内藏有手枪，遂会同公安局警探，至闸北汉中路五十七弄十号将手枪一支、子弹九粒起出，翌晨并解特一法院。讯据赵庆鸿供谓绑架秦伟业之事系由在逃之严金海（即严小二子）起意，同往者除严与我外，尚有丁克珍、张二、夏老三等云云。又据王少卿（即丁克珍）、张二供认参加绑案，其余则均供词支吾，结果庭谕李一芝等八人羁押至本月念九日再讯云。

（上海《时事新报》1936年1月27日）

钱庄去年盈余报告
以福源庄最多不满六万元
和丰等二十五家均属平平

新声社云：民国二十四年各业总结束后，汇划钱庄上市者四十九家，盈余者

二十四家、平平者二十五家。钱业同业公会定二月二日开代表大会、五日、十日举行年会,并祭先董。详情如后:

去年盈余报告　㊀汇划庄钱业同业公会会员,福源五万三千、福康四万二千、安康二万五千、宝裕二万三千、安裕二万二千、鼎康二万二千、敦馀二万、庆大二万、致祥二万、承裕一万六千、存德一万五千、益大一万二千、聚康一万一千、同馀一万、衡九一万五千、宝昶一万、五丰一万、衡通一万、征祥五千、振泰五千、均昌五千、信孚五千、顺康三千七百、义昌三千、同庆、滋丰、滋康、信裕、和丰、恒隆等二十五家均平平;㊁未入园元字号庄,建昌二千、协和平、晋泰平。

改组、整理各庄　总结束后,(甲)改组成功上市之汇划钱庄:㊀恒巽加兴记,北市宁波路;㊁恒隆加昌记,北市宁波路;㊂元盛加清记,北市天津路集益里;㊃均泰改永记,北市天津路福绥里;㊄五丰改和记,北市宁波路冠群里;(乙)整理内部、行将上市之汇划钱庄:㊀恒赉元记,北市宁波路,股东徐庆云、秦涵深、孙衡甫、秦徐庆堂,资本三十万元,经理陈绳武;㊁恒兴,北市天津路长鑫里,股东秦君安、恒丰昌、李瑞湖,资本十四万元,经理沈翌笙,以上两庄现正整理内部。

(下略)

(《申报》1936年1月30日)

按语:"入园"指加入设在南市豫园内园的上海钱业总公所。入园钱庄又被称为大同行、汇划钱庄。

"秦涵深"应为"秦涵琛"。

据上海《时事新报》1936年1月30日《金融界两周》称,1936年上市钱庄有恒隆昌记、恒巽兴记等49家(不含未入园3家),指出恒巽钱庄自"二十五年度起,增加资本,股东如下:恒丰昌三股、秦善宝三股、秦泉生三股、俞佐庭一股,牌号加兴记",恒隆泰记庄自"二十五年度起,增加资本,股东如下:徐懋棠三股半、秦善宝三股半、秦泉生二股、恒丰昌一股,牌号改昌记",并说明未上市钱庄中"恒兴庄(有择日上市之说)""恒赉庄(有三月份上市之说)"。

秦伟业被绑脱险五绑匪昨提讯
讯明无关者已开释　秦本人赴宁波未回
系由严金海起意

天津路统原银行(前报误为通原)常务理事秦伟业于本月十五晨乘自备二千二百

号汽车，由汽车夫吴阿生司机，甫在其寓爱文义路联珠里之弄口登车，即有绑匪数名亦蜂拥入车，各执手枪，吓禁秦、吴声张，并迫吴将车开驶。吴颇机警，遂循成都路，见迎面一无轨电车驰来，吴故与之相撞，使电车、汽车俱戛然而止。各匪觉不利，相继下车逃逸。事后，秦据情报捕，嗣经静安寺捕房缉获该案匪犯李一芝等男、妇八名口，解由第一特区地方法院，谕令押候究办，已志前报。连日以来，经承办该案之中、西探员向所获各犯侦查之下，除其中二男一妇均无关系、业已声请法院准予摘释外，其余江北人李一芝（即"大坠子"）、王少卿（即丁克珍）、陈耀年（即陈少卿）、张二、赵庆鸿等五名，昨晨复解法院，由工部局律师张天荫依法提起控诉。张律师先将各被告在捕房供认实施绑票时之情状陈述，谓秦伟业家住联珠里三十号，一月十五晨十一时欲赴统原银行办事，与其车夫吴阿生行出联珠里，讵方登汽车，突有三匪亦随上车，与秦并坐，出示手枪，禁止声张，另一匪则上车与吴并坐，亦执枪迫吴开车。此匪因能司机，原拟将吴驱逐，由彼代之，以不及为而吴已将车与电车相撞而停。此匪即下车，犹思移开障碍、继续行驶时，吴亦乘隙下车，且大呼绑票，于是坐于秦旁之二匪，恐电车中人注意，相率下车而遁，秦始安然无恙。今吴已到案，自能证明当时情状，惟秦去甬未回云云。继由吴阿生证明是日遇匪情形，质之被告李一芝等供，此事系由严金海起意，手枪、匣子炮皆严发给等情不讳。赵并延沈星侠律师辩护。刘推事嗣谕各被告还押，改期再核。

（《申报》1936年1月30日）

按语：**"前报误为通原"应为"前报误为通源"。
上海《时事新报》1936年1月30日《绑秦伟业案三嫌疑犯讯释五犯则供认不讳》亦有相似报道。

钱业公会昨开会员代表常会
通过各庄增资改组更换代表
钱库为节省开支迁入公会内

上海钱业同业公会于昨日下午二时在宁波路该会举行第三届第四次会员代表常会。（中略）

通过各案　继即开始讨论：（一）一月份拆息请公决案。议决：已于总结束前第三届第三次会员代表大会决定为二元五角,故毋庸再行讨论。㈡下列会员各庄报告更动股份,经提交执委会审查、投子表决,认为合格,照常提请大会决定案。(中略)(六)恒巽庄,自一月二十八日起,计秦泉笙三股、秦善宝三股、恒丰昌号三股、俞佐廷一股,资本三十万元,加记兴记,督理俞佐廷,经理徐景祥,见议秦润卿。(七)恒隆泰记庄,自一月二十八日起,计徐懋棠三股半、秦善宝三股半、秦泉笙二股、恒丰昌号一股,资本三十万元,改号昌记,经理林友三,协理陈馀庆,见议秦润卿。(中略)㈢下列会员各庄报告更换经理,经提交执委会审查、投子表决,认为合格,照章提请决定案。(中略)三、恒兴庄自二十五年度起,以沈翊笙为督理、陈和琴为经理,其余一切均照旧。以上议决通过。㈣同业联合准备库为节省开支,拟将原有办公处所迁至公会,年可省去租金一万元,业经提出执委会讨论,经议决认为可行,特再提请讨论公决案,议决通过。至下午四时许始散。

(《申报》1936年2月3日)

钱业明日年会集议今年营业方针
设法拨还三行借款

新声社云:各钱庄上市后,钱业同业公会明日举行年会,集议营业新方针,对中、中、交三银行借款已设法拨还,恒兴钱庄决定上市。兹录详情如下:

公会明日举行年会钱业同业公会除于前日开会员代表大会,通过各庄改组、更换经理代表外,并定明日在南市内园举行年会。通告已发出,届时除报告会务外,并集议今年营业新方针。至于钱业联合准备库为节省开支,经大会议决,迁至宁波路公会后,业已由该库经理秦氏负责筹备,预定下月可实现。

各庄拨还三行借款财政部前为救济钱业,拨发民国二十四年金融公债二千五百万元,并组钱业监理委员会主持之。今承借各钱庄,除钱业准备库及各商业银行之借款七百万元,已于总结束前偿清外,中、中、交三银行一千八百万元,得三行之允许,准过总结束后归还。今各钱庄已上市,对中、中、交三银行之借款,视各庄自身情形,分别拨还。

恒兴钱庄决定上市钱业同业公会会员福源等四十九家汇划钱庄上市后,一致紧缩,对各项放款特别慎重。市场洋拆行市,昨日为每千元每日七分,较前日略高一分,但每年总结束后,洋拆行市,恒告白贴。今年总结束洋拆行市,竟高至七分。

又，未上市之北市天津路长鑫里恒兴庄，今已决定上市，前经理沈翌笙升为督理，前协理陈和琴升为经理，一切股份等照旧，俟整理内部完竣，即行通告上市。

（《申报》1936年2月4日）

钱业公会昨开北市年会
公祭先董并奉傅松年入祠
恒兴汇划钱庄已上市营业

新声社云：钱业公会昨开北市年会，公祭先董，市场定十五日起恢复上、下午两市洋拆行市，恒兴庄业已上市，各庄送折亦已完竣。兹志详情如下：

北市年会　钱业同业公会于昨晨十一时在北市文监师路钱业会馆举行年会，到福源、福康、衡九、和丰、元盛、恒巽、同馀、承裕、敦馀、恒隆、怡大、振泰、信孚、赓裕、安康、安裕、信裕、均泰等四十八家经理、协理何衷筱、裴云卿、钱远声、徐文卿、徐景祥、邵燕山、严大有、席季明等，由何衷筱领导，公祭先董，同时并奉已故执行委员傅松年入祠。中午聚餐，报告会馆开支等。至下午三时始散。

恒兴上市　民国二十四年总结束后，上市汇划钱庄为福源、福康等四十九家，除宝昶庄已自动清理外，今北市天津路长鑫里恒兴庄于日前上市，向钱业公会报告，督理为沈翌笙，经理陈和琴，资本为国币十四万元，股东秦君安五股、恒丰昌三股、李瑞湖二股。

（《申报》1936年2月12日）

掳架秦伟业未遂五绑匪昨判罪
有三匪在华界犯案市公安局请求移解

天津路统原银行常务理事秦伟业于上月十五晨在所寓爱文义路联珠里弄口乘自备汽车赴行办事，讵甫登车，忽有绑匪亦随之上车，袖出手枪，吓禁秦及其车夫吴阿生声张，迫令开驶。吴乃故与经过之无轨电车相撞，匪始弃票逃逸。嗣由静安寺捕房缉获绑匪李一芝等数名，解经第一特区地方法院讯究各情，已志本报。昨晨该案宣判之期，承办探员于九时将各匪押解到庭，由刘毓桂推事升座，判决李一芝、陈耀年、赵庆鸿三匪各处徒刑十三年,王少卿、张二各处徒刑十五年,并褫夺该匪等公权各十年。判毕,当有市公安局西门分局侦缉队副队长李筱宝到庭,声明李一芝、王少卿、陈耀年三匪在华界尚犯有杀人越货巨案,请求准予提去侦查。庭上以该队长未备具正式公文,遂命其候市公安局公文到院,再行核办,而李等五匪则仍由探员带去送监禁锢。

(《申报》1936年2月20日)

按语: 上海《时事新报》1936年2月20日《绑泰伟业案判决两匪各处徒刑十五年共犯三名各处徒刑十三年》亦有报道。

旅沪甬人发起单独购机祝寿

旅沪甬人虞洽卿、金廷荪、朱守梅等为购机祝寿事,前晚在亨利路金宅集会,当草定告同乡书如下:人何以寿? 知养生之要道,斯人寿矣。国何以寿? 有固国之利器,斯国寿矣。今有藉寿国之工具,移而用诸寿人者,如我全国各界购机祝寿之举是。本年欣值我同乡蒋委员长五十寿辰,各地民众纷纷发起集款购机,呈献政府,为委员长寿。良以委员长之寿,即我中华民国之寿,而购飞机以固国防,实为我国家祈年永命唯一要著,爱本爱国之热忱,为拥护领袖之表示,意至美、法至良也。我旅沪甬人对于此举,一方为爱护国家,又一方则为敬恭桑梓,赞助之热烈,知必有异乎寻常者。本会同人负此使命,用敢揭举斯义为乡人告,须知集款购机寿委员长,即所以寿中华民国,语曰人之爱国,谁不如我,又曰众志可以成城。我亲爱之乡人,曷兴乎来? 本会征款办法如左:㈠ 分组征款,每组以征满二千元为足额。㈡ 凡征款满二千元者,由本会呈请政府赠给匾额。收款处:㈠ 四明银行,㈡ 大来银行,㈢ 福源钱庄,㈣ 恒巽钱庄,并推定委员如下:宁波旅沪同乡购机祝寿委员会委员长虞洽卿,副委员长金廷荪、朱守梅,常务委员傅筱庵、张继光、吴芑汀、俞佐庭、袁履登、竺梅先,总干事张申之,副总干乌崖琴、毛和源,委员王伯元、王养安、王皋荪、王薇官、王时新、王启宇、毛和源、方季扬、方稼荪、方选青、孔慎甫、史悠凤、朱守梅、朱世恩、朱子奎、吴芑汀、何绍裕、何绍庭、何积璠、岑子厚、沈延康、沈光衍、沈维挺、沈星德、李詠裳、李寿山、李祖夔、李甄丹、竺梅先、邵声涛、周湘云、周宗良、周乾康、周子兴、周祥生、洪贤钫、洪苓西、姜子祥、胡梅庵、胡西园、姚德甫、徐圣禅、徐懋昌、徐永炎、徐炳、秦润卿、秦善宝、孙衡甫、孙鹤皋、张詠霓、张继光、张祖康、张肇元、张竹屿、陈楚湘、陈廉源、陈良玉、陈耕莘、梁晨岚、曹莘耕、郭永澜、傅其霖、盛筱珊、项颂如、项绳武、虞洽卿、叶琢堂、叶启宇、叶有才、董吉生、乐振葆、刘鸿生、刘吉生、刘聘三、厉树雄、蔡雨潮、蒋兰亭、黄延芳、钱中卿、钱锦华、穆予湘、应子云、戴耕莘、谢仲笙、韩芸根。

(《申报》1936年7月11日)

遗失声明

兹有民国廿二年费德森出立与秦善德期票一纸，计国币四千五百元。今已遗失，倘有发现，作为废纸。特此登报声明。费德森、秦善德启。

(《申报》1936年11月3日)

按语：该声明又刊11月4日《申报》。

恒兴等庄借款押品让与"三行"
秦润卿氏商妥原则开始办理估价手续

财政部前为救济钱业，拨金融公债二千五百万元，设钱业监理委员会，由中、中、交"三行"等贷款与各钱庄。期满后，经承借各庄再三请求展缓，至今年三月底截止，计恒兴、恒赉等十三家钱庄，总欠一千三百八十余万元仍未偿还。中、中、交三银行，曾通知决将承借各庄抵押品变价，不足之数，仍须向承借各庄依法追偿。承借各庄，已请钱业监理委员会委员秦润卿氏，与"三行"接洽。因承借各庄，实无力归还，愿将抵押品转让与"三行"，今经秦委员与"三行"当局商妥转让原则，开始办理估价等手续云。

(《申报》1937年5月10日)

召　租

昼锦里：地址英租界九江路、汉口路号房、市房；吉祥里：地址英租界河南路、宁波路号房、市房；洋行街：地址法租界洋行街、太古路号房、市房、栈房，上列房屋请向三马路、望平街二二九号恒丰昌内接洽可也。馀庆公司启。

（《申报》1937年8月7日）

按语：该广告又刊8月8—11日《申报》。

南京路热闹店面市房召顶

南京路大陆商场相近、朝南门面店屋两间，内连六楼六底号房一宅，屋身非常深大，地点极端热闹，租金低廉，顶费公道。如欲顶者，请至山东路《申报》馆后大铁门内馀庆公司接洽可也。

（《申报》1939年4月16日）

按语：该广告又刊4月20—22日、26—29日，5月5—11日《申报》。

遗失议据声明

兹遗失上海恒大钱庄由先父康棽公出面之议据一纸，如后发现作为废纸。又，对于上海恒大钱庄及上海恒隆钱庄之股份及其主从权义，均已推并与秦馀庆堂承受享负。除另立推受股份合同各执外，合并声明。此启。

严祥琯启。

（《申报》1942年3月10日）

按语：该声明又刊3月11—12日《申报》。

安中保险股份有限公司开业公告

上海特别市保险业同业公会会员（地址：泗泾路廿七号）

本公司业经呈奉实业部核准注册，颁给保字第七号营业执照。兹订于本月二十三日（星期二）开业，敬备茶点，恭请光临指教。

董事长高培良，常务董事王时新、许晓初、翁济初、陈子受、谢瑞森、戚仲樵、董事沈锦洲、顾克民、严庆祥、张迭生、邵锦涛、强锡麟、叶序馨、孙子莆、朱维官、洪经五、方久香、秦善庆，监察人董汉槎、张莲舫、丁家英、吴成基、张永年、糜静盦，总经理俞树棠，副总经理李竹仙，总稽核黄绥隆，经理毛洪钧，副经理魏之让、张鹤龄、夏献章、殷立城、何善生、郑毓棠、吕嘉穀，襄理王维钧、秦雄强、陈信初、徐毓麟、钱浩钧、周家声、陈俊发全订。

（《申报》1943 年 2 月 22 日）

按语：该公司获实业部登记发给"保字第七号"营业执照，地址位于上海泗泾路 27 号，系上海特别市保险业同业公会会员。据 1942 年 7 月 18 日《申报》刊登的《安中保险股份有限公司筹备处公告（第一号）》可知，该公司英文名为 The Globe Insurance Company, Ltd.，资本实收国币 200 万元，筹备处曾设天津路 66 号。

该公司于 1946 年宣告清理，清理处设在天津路 66 号。

该公告又刊 2 月 23 日《申报》。

秦羡馥、曹序元为长男永年、胞妹竹琴订婚敬告亲友

兹承陈绳武、梁武襄两先生介绍，于本月廿六日下午四时假座国际饭店十四楼举行订婚典礼，敦请袁履登先生证仪，届时谨备茶点恭请光临观礼，恕不另柬，诸祈垂鉴。

（《申报》1943 年 3 月 26 日）

三友实业社股东联谊会征求会员启事

启者：本公司创办以来，对股东常会每年依法召集，自战事以后已阅六载未开股东会议，暌隔已久，缺乏联络，故公司业务多未明了。仝人等为联络感情、交换智识，以群策群力、共谋公司福利起见，发起股东联谊会。凡我股东均希乐予赞助、时赐教益，利人利己，共襄实业之发展。如蒙参加，请先驾临南京路三六一号益元参号先行登记，待有多数股东加入，再行择地欢叙。此请贵股东均鉴。

发起人张咀英、秦康祥、费文宝、张德佑、秦善德、张子祥、郑崇兰、陈荣轩、顾少卿、汤南金、吴颖娟仝启。

（《新闻报》1943年9月15日）

按语：该启事又刊9月16日、18日《申报》、9月17日《新闻报》。

遗失声明

兹遗失上海统原商业储蓄银行旧礼字第102/4号三十股，计分三纸，记名秦善福，除向该行挂失外，特登《申》《新》两报声明作废。

（《申报》1944年2月18日）

洪源润茶叶股份有限公司公告第一号

本公司依照公司法股份有限公司之规定组织，以经营茶叶之产制运销及国内外卖买为业务，额定资本国币三千万元，分为三百万股，每股十元，由全体发起人如数认招足额。兹定于三十三年二月即日起至二月底止为缴纳股款日期。至希。各认股人于期内向下列各银行、钱庄缴付为荷。

发起人：洪经五、李康年、高福九、丁家英、戚仲樵、孙子弗、汪振寰、崔中、王云卿、盛企勋、徐世雄、沈伯铭、张丹秋、王怀廉、章叔淳、殷子白、周午三、张新初、朱安甫、陈绳武、秦善庆、周德孙、张嘉陵、朱衍庆、彭志平、高子和、邵锦涛、戚子泉、江南

轩、曾雨辰、高培良、俞树棠、戚仲耕、余节庵、凤柱楣（姓名以笔划为序）

筹备处：上海七浦路二三二弄三号　电话：四三二四九号

代收股款处：惠中银行，天津路六六号；大康银行，宁波路一三号；振业银行，宁波路三一五号；中国棉业银行，福州路一七号；统原银行，河南路北京路角；聚康钱庄，天津路二六号；华昌钱庄，天津路一七六号；仁昶钱庄，河南路吉祥里二四号；开元钱庄，北京路福兴里一〇号；苏州復康钱庄，观前街一五一号。

（《申报》1944年2月25日）

> **按语**：该公司由洪源润茶栈与聚记茶行合并改组而成。另，据《申报》1946年6月3日《上海新企业调查》报道，洪源润茶叶股份有限公司资本增至五千万元，筹备处仍在七浦路232弄3号。
>
> 该公告又刊2月27日《申报》。

天和烟草股份有限公司为出品廿支装
丰年牌香烟（又名万年牌）通告

本公司为适应高尚人士需要，特制廿支装丰年牌香烟问世（又名万年牌，Virginia Straight），选用美国佛及尼烟叶，加工精制，烟味和醇馥郁，装潢华贵大方，超群绝伦，堪称烟中隽品。发行伊始，为优待吸者，特廉价发售，敬请各界试吸批评，本公司不胜荣幸之至。

董事长李康年，常务董事戚仲樵、徐昭侯、胡国磐、孙子荒、翁□□、曾雨辰，董事尹莘耕、陈子受、周德荪、戚子泉、乔文寿、刘聘三、陈兆熊、徐世雄、曹序元、秦羨卿、杨云波、李锡卿、王乃福、陆守伦，常务监察俞树棠，监察朱令望、杜心坦、陈椿龄、孙子绶，经理戚仲耕，副经理宋俊同启。

（《申报》1944年3月24日）

> **按语**：该公司地址在上海天津路66号惠中银行大楼，其出品的丰年牌香烟起初委托天津路阜成里天隆烟行（办事处设在天津路66号二楼）独家经理，后改由华发荟行总经理。

秦羡馥、曹序元为长儿永年、
胞妹竹琴结婚敬告亲友

兹詹十一月十四日下午三时假座外滩华懋饭店八楼为长儿永年、胞妹竹琴结婚，敦请袁履登先生证婚，敬具茗点恭请诸亲友好光临观礼，恕不另柬，诸祈公鉴。

（《申报》1944年11月14日）

惠中产物保险股份有限公司开业公告

本公司业已领到财政部"保字第一三八号"营业执照，兹择于十二月十八日开业，敬具茗点，恭请光临指教，恳辞隆仪，恕不另柬。

董事长高培良、董事俞佐廷、王时新、戚仲樵、俞树棠，监察人秦善庆、戚仲耕，总经理戚仲樵、副总经理洪和卿、经理俞鼎锐，副经理王澄如，地址天津路六六号，电话12085、10766。

（《申报》1946年12月17日）

惠中产物保险公司今日开业

惠中产物保险股份有限公司系高培良、俞佐庭、王时新、戚仲樵、俞树棠等发起组织，创立于本年六月廿三日，资本额定国币五千万元，分为五十万股，每股票面一百元，先收半数，经营水火险及其他再保险。现任董事长高培良，董事俞佐庭、戚仲樵、王时新、俞树棠，监察人秦善庆、戚仲耕，总经理戚仲樵，副总经理洪和卿，经理俞鼎锐，副经理王澄如。该公司业已领到财政部"保字第一三八号"营业执照，定于今日开业，地址天津路六六号，电话一二〇八五——一〇七六六。

（上海《征信所报》1946年12月18日）

周庆恩、秦羡馥为舍姪铁鹏、长女兰芳订婚敬告亲友

兹承杨春华、丁渭成两先生介绍，詹于民国三十六年三月九日下午三时假座南京路"东亚又一楼"举行订婚典礼，敦请徐正铿先生证明，届时务祈诸亲友莅临观礼。

（《申报》1947年3月9日）

高君湘律师左德焘律师代表秦善福君通告各界切勿向合鑫公司受买或受押南京东路三五四至三六四号房屋及基地紧要启事

据当事人秦善福君声称，鄙人于去年十二月廿七日因需款应用，曾将自产秦福记户名、坐落上海市南京东路黄浦区七图来圩廿号十五坵即英册道契一四五五号、前公共租界工部局地册中区第二三七号基地一亩四分八厘六毫，连同地上全部建筑物（即南京东路三五四至三六四号房屋）向合鑫公司应民卿君押借烚赤五百五十两，除佣金三十两外，实得烚赤五百二十两，并另加六个月息金二百三十两，共七百八十两。当时依照应君主张，以买卖方式订立契约，同时由该公司应民卿君出立预填本年一月六日期之允条，载明准在本年六月廿五日以前仍由原业主买回。鄙人以迫于经济环境委屈接受，将卖契允条分别授受各执。近以买回期限即将届满，鄙人即经筹集价款，依照中央银行规定每两国币四十八万元合计国币三亿七千四百四十万元并备函通知该公司，准于五月二十日上午十一时前往交付。讵届时鄙人偕同友人林、王两君随带中国垦业银行第一五九〇三一号本票一纸，前往通和洋行晤及。应君父子对于上开经过虽不否认，惟拒绝买回，甚且声势汹汹，出言不逊，其为意图推翻原约已属灼然可见。嗣应君挽请张、陈两君从中劝说和解，嘱缓进行诉讼。惟一再延约，迄无诚意，显系故意拖延，以为妨碍鄙人行使权利之地步。除依法起诉外，应请贵律师代表登报声明并通告各界，对于上开房地产慎勿受买或受押，以免蒙受无谓损失。如有私相授受情事，不惟根本无效，抑且应负

194

损害赔偿之责。再,该公司对于鄙人通知买回函件已经拒绝收受,有邮局退信可核,并请一并声明等语前来,合代登报通告如上。

(《申报》1947年6月1日)

按语:该启事又刊6月2日《申报》。

统原银行违法行为副理等四人遭传讯

〔本报讯〕统原银行被控违反银行法,前经财政部移送地检处侦查,缘财政部派员稽核该行业务时,发现该行私设暗户,如久丰丝织公司内之德昌号,实际无此行号。该行前经理陈绳武死亡后,其医药费及殡葬费均由德昌号户头支付,不合规定。又该行于短缺头寸时,伪托商号名义,以假贴现方式,套用上海市银行头寸。凡此均有违反银行法第四十三条罪嫌,除业务方面不合之处由财部令饬纠正外,其余违法之处,函请地检处侦查。承办该案之郁懿新检察官昨传该行副经理朱赞侯、董事胡元祥、秦善德、久丰丝织公司经理张馀庆等四人,根据该行账册详加讯问,讯毕均予饬回。

(《申报》1947年12月30日)

宁波民居建筑艺术集大成之作
秦氏支祠对外开放

本报记者　龚红雅

【本报讯】我市市级文物保护单位之一的秦氏支祠昨起正式对外开放。

秦氏支祠位于马衙街74号,与天一阁毗邻,建成于1925年,占地2.6亩,建筑面积1 400多平方米。祠堂建筑融合了木雕、砖雕、石雕、贴金、拷作等民间工艺,为宁波民居建筑艺术集大成之作。

秦氏支祠历经70多年历史,1981年被市政府列为市级文物保护单位,1991年由国家文物局拨款110万元按原貌修复。

目前,秦氏支祠陈列有南京雨花石、景德镇瓷器、古玩等物。

(《宁波日报》1994年5月11日)

朵朵"奇葩"迷人眼
"宁波工艺美术陈列"参观记

吴向正

这是两块画有竹子的清代红木工艺花板,片片扶疏的竹叶里,竟"藏"着一首古诗:"不谢东君意,丹青独立名。莫嫌孤叶淡,终就不凋零。"观众惊叹道:"画中有诗,诗中有画。"这是前不久记者在参观"宁波工艺美术陈列"时所见的一个情景。

"宁波工艺美术陈列"设在马衙街74号的秦氏支祠内,是市博物馆10月7日刚开放的一个基本陈列,内中收集、保藏了我市200多件民间美术工艺品,包括各类木雕、骨木镶嵌、泥金彩漆、竹制工艺品、地毯、瓷器等,再现了宁波工艺的辉煌成就。

朱金木雕、泥金彩漆和金银彩绣,合称"三金",是宁波工艺美术品的看家宝。特别是始于唐代的朱金木雕,造型古朴,刀法浑厚,富有艺术魅力。陈列室里的"头号花轿"和"朱金横挂屏"则是其典型作品。"头号花轿"上雕着、画着或绣着各式各样的花木、禽兽和人物,无不栩栩如生。据有关专家考证,它是我国最大的花轿,号称"天下第一轿"。"朱金横挂屏"上的山水、亭阁、人物浑然一体。一块过去挂在慈城关帝庙戏台的匾额,上有宁波晚清书法家梅调鼎所写的"寓褒贬"三字,也是朱金木雕的代表作。

在参观中,记者又为竹制工艺品所深深吸引。既是实用品又是艺术品的明清竹制发篓、幢篮、果盒,竹篾如丝如缕,精密无比。竹根雕艺术品更是匠心独运,象山张德和创作的作品《雨兴》,就在一段30厘米左右长的竹根上,刻出了一位形象逼真的"孤舟蓑笠翁",那鱼竿、斗笠、蓑衣,还有脚边的竹篓,雕刻精致,诗意盎然,充满野趣。

别具一格的朱漆提桶、果桶、祭盘及泥金挂屏等泥金彩漆,色彩绚丽的金银彩绣代表作"百鸟朝阳",精巧绝伦的白木雕"龙舟",金碧辉煌的佛像,花色繁多的宁波地毯等,也使观众流连忘返。

宁波的工艺美术真是民族传统文化中一簇奇葩!

(《宁波日报》1994年10月23日)

展示七千年文明　弘扬爱祖国传统
"宁波史迹陈列"展出

【本报讯】"宁波史迹陈列"昨天在秦氏支祠隆重揭幕。

市委常委、宣传部部长邵孝杰为陈列揭幕剪彩。邵孝杰在讲话中指出,"宁波史迹陈列"应该成为爱国主义教育的形象化的课堂。

"宁波史迹陈列",分五大部分。"举世瞩目的河姆渡文化"部分展示了7 000年前河姆渡人创造的灿烂文化,展出的籼亚种中晚稻型稻谷,证明宁波是世界栽培稻谷的起源地之一,骨耜等农具说明当时已处于"耜耕农业"阶段。"三江地区经济的拓展"部分,展示了秦汉至两晋的各类出土瓷器,精良的青铜兵器和农具,反映当时农牧业发展。"兴盛繁荣的明州港"部分展出了不少新近出土的贸易陶瓷,以及其他对外交往的史实,它告诉人们宁波自唐代起就是我国对外贸易的重要港口。"可歌可泣的斗争业绩"部分反映了宁波自古以来就是一块具有光荣传统的土地。抗倭、抗英、抗法斗争中的杰出将领,反侵略战争中的铁炮与兵器,表明我们的先辈从来就不屈服于外来的侵略,宁波还是一块富有文化气息的土地,"人文渊薮的东南名邦"着重介绍了宋以来的藏书文化及王阳明、黄宗羲、朱舜水、万斯同等著名的学者。

天一阁博物馆的孟建耀馆长告诉记者,在昨天开始的爱国主义教育周中,"宁波史迹陈列"向中小学生免费开放,如学校可预先登记,集体去参观。

(本报记者)

(《宁波日报》1996年4月2日)

走近秦氏后人
——访甬籍收藏家秦秉年先生

今天,甬籍收藏家、秦氏支祠主人的第五代后裔秦秉年先生按照父亲秦康祥先生的遗愿,把101件珍贵文物捐献给了天一阁博物馆,于是关于秦氏家族的故事又一次引起了人们的关注。

第一次见到秦老先生多少有些惊讶：着一件普通的米色夹克，没有想像中名人的"光彩"。这位和蔼可亲的老人笑称自己的生活与为人继承了秦氏家族的风范：简朴、诚实。尽管老人拥有父亲留下的弥足珍贵的文物收藏（此次捐赠品中包括23件国家一级文物），但这丝毫没有改变老人的生活习惯：他一不爱出门打车，二不用手机。他说这简朴的生活传统跟祖上白手起家在上海创业的经历不无关系。

秦先生说，十九世纪中期，秦家祖上秦君安先生从宁波到上海闯世界，靠做颜料、钱庄生意发家致富，逐渐成为上海滩有一定名气的民族资本家。秦家也由此在上海立住了根。

秦秉年和他母亲

在秦先生的印象里，父亲从小有着很深的故乡情结。秦康祥先生10岁前生长在宁波，经常与趺跗室的冯孟颛先生一起到天一阁玩。他一向生活简朴，唯一的爱好就是喜欢篆刻与收藏，后来参加了西泠印社，与当时的名人吴昌硕、赵叔孺结交甚厚，也为收藏创造了条件。父亲一有空就喜逛广东路的大古玩市场，看到宁波人的名作名品就爱不释手，买来收藏，久而久之收藏到了2 000多件，主要以明清竹刻、金石印玺为主，其中那些竹刻产自嘉定，是明清两代竹刻艺术的鼎极代表。

"父亲的收藏并非为了投资增值。"秦先生说，父亲曾告诉他，有关咱们宁波人的资料太少了，他要把流落在外的宁波人的字画作品收集起来，有朝一日送回故乡。几十年过去了，秦先生始终牢记着父亲生前的愿望：把收藏文物捐赠给天一阁。如今父亲的愿望终于可以实现了。

采访快结束时,继承了秦家爱乡情结的秦先生深情地说:希望宁波的未来会更好!(李菁/文　沈荣江/摄)

(《宁波晚报》2001年12月9日)

按语:"趺跗室"应为"伏跗室"。

秦秉年向天一阁捐赠珍贵文物

101件(套)文物中,一级文物23件,二级文物59件,三级文物15件

本报讯(记者顾玮)　昨日,天一阁秦氏支祠的第5代孙秦秉年先生遵照其父秦康祥先生生前的嘱咐,将家藏的101件(套)珍贵文物捐赠给了家乡的博物馆。秦秉年先生及母亲陈和乡女士、叔父秦仲祥先生等秦氏家人以及趺跗室冯孟颛先生的孙辈冯孔衡先生,冯仲同、冯叔同女士及亲属出席了捐赠仪式。

市长张蔚文、市委副书记徐福宁、副市长盛昌黎、市政协副主席陈守义和原市政协领导徐季子、毛翼虎以及国家文物局代表李耀申、省文物局副局长陈文锦等出席仪式并表示热烈祝贺。

张蔚文在会见秦秉年一行时热情赞扬了秦先生爱国、爱乡的高风亮节,他代表市委、市政府向秦秉年先生及其家人表示衷心的感谢。他说,宁波正在筹建博物馆,秦先生的捐赠义举将进一步推进我市的博物馆建设。他热烈欢迎秦家后人来秦氏支祠举办活动,一起把宁波的文化事业办好。

秦秉年先生在捐赠仪式上说,他的父亲在世时多次提出,家藏的文物要回到家乡宁波,送到天一阁。今天父亲的遗愿终于实现了。秦先生说,以个人的力量收藏保护文物,能力是有限的,很难做到科学保管。他家的文物自从委托天一阁代保管后,天一阁做了大量的工作。今年,秦氏支祠又被公布为全国重点文物保护单位。这些都促进了他把家藏文物捐献给国家的决心。

秦康祥,祖籍宁波,寓居上海,为近代著名的篆刻家、收藏家,尤以收藏名家竹刻、玺印驰誉海内。秦秉年先生遵照其父生前嘱咐捐赠的珍贵文物共101件(套),其中的98件是明清竹刻文物。经国家文物鉴定委员会专家鉴定,认为其中一级文物23件,二级文物59件,三级文物15件,可谓集中国竹刻艺术品之大成,其数量与

图为秦秉年先生（左）向天一阁博物馆捐赠珍贵文物。（记者　叶维龙　摄）

质量为国内博物馆一流收藏水平。

捐赠仪式上，为褒扬秦秉年先生化私为公的义举，天一阁博物馆特聘秦秉年先生为名誉研究员。

又讯　秦秉年先生捐赠明清竹刻精品展、旅美画家秦仲祥先生敬乡画展昨日上午在天一阁博物馆同时开幕。

秦康祥先生的胞弟秦仲祥先生现年84岁，是一位旅居海外的著名画家，早年在苏州美专习艺，受画坛大师颜文梁、吴子深的悉心指导，所学为南宗风格，多年来在美国及中国香港等地办展览及教画。秦仲祥先生的作品艺术风格鲜明，内容以写意花卉为主。本次展出作品共30余幅。展览为期6天。

（《宁波日报》2001年12月10日）

变私藏为公藏　化一家为大家

秦秉年向天一阁捐赠稀世文物

本报讯（记者徐锦庚）　宁波天一阁博物馆日前举行隆重仪式，接受甬籍收藏家秦秉年先生捐赠的101件（套）极为珍贵的文物。经有关专家鉴定，这批文物中有98件是明清竹刻文物，其中一级保护文物23件、二级文物59件、三级文物15件。

秦秉年的父亲秦康祥先生祖籍宁波,寓居上海,是近代上海著名的篆刻家、收藏家,以收藏名家竹刻、玺印驰誉。父亲谢世后,秦秉年一直珍藏着这些文物。他此次捐赠的大多是稀世之物,有明代竹刻嘉定派创始人朱松邻的竹圆雕"五子戏弥陀"(朱松邻与儿子朱小松、孙子朱三松均为竹刻顶峰级人物,史称"竹刻三松");有清代竹刻大师吴之璠的浮雕"静听松风图";还有清代雍正、乾隆年间的宫廷艺术家封锡禄的竹圆雕"达摩戏狮"和他弟子施天章的竹圆雕东方朔坐像。

国家鉴定委员会有关专家对这批文物鉴定后得出结论:"这是现知最重要的竹刻收藏,从质量和数量来看,在全国范围内都名列前茅。如展出,足够辟成专室陈列。如整理研究出版,可以编成一本很有价值的竹刻图谱,为竹刻文化提供不少珍贵史料。因此值得保护、研究、收藏,予以特别重视。"

为表彰秦先生的义举,宁波市政府特别批准他为天一阁博物馆终身名誉研究员。

(《光明日报》2002 年 1 月 15 日)

天一阁举办首届中国藏书文化节

秦秉年再捐171件明清瓷器

本报讯(记者顾玮)　"藏书之富,甲于天下",昨日开幕的首届天一阁中国藏书文化节展示了宁波人引以为自豪的城市的"文化招牌":藏书文化。市领导葛慧君、陈继武、成岳冲、陈云金以及我国历史学、方志学、图书文献学权威、南开大学历史系教授来新夏,中华书局原总编傅璇琮等出席开幕式。

宁波历来是中华藏书文化的重地,特别是自宋代以来,私人藏书蔚然成风,名楼迭出,历代著名的藏书楼有 80 余座,其中历经 430 余年的天一阁是宁波藏书文化的典范,也是中国藏书文化的生动象征,如今已被人们形象地称为"宁波的书房"。专家说,目前宁波仍是我国保存藏书楼最多最好的地区之一。

一个前所未有的陈列
全国52家藏书楼首次"走到一起"

昨日上午,"中国现存藏书文化陈列"在天一阁揭幕,全国各地的 52 个现存藏书楼通过图文形式首次"走到一起",在 700 平方米的展厅内来了个"争奇斗巧",其中既有保存至今的四大皇家藏书楼文渊阁、文澜阁、文津阁、文溯阁,也有名闻一方的具有代表性的藏书楼如湖州嘉业堂、绍兴青藤书屋、无锡薛氏传经草堂等，它们与宁波范氏天一阁一起，成为展览的"主角"。

陈列按照时代分为四个部分，分别是"明代的藏书楼"、"清代的藏书楼"、"民国时期的藏书楼"和"新建纪念性藏书楼"。每一个藏书楼的介绍除了采用照片和中英文对照的文字外，有些还配有场景展示。在展厅内，参观者能欣喜地看到：冰裂纹的花格窗后隐隐透出书桌的一角，黝黑的书版看似随意地排放着，书箱中的线装书有些已经打开了翻在某一页……这样的由书版、书箱、书桌组成的场景展示大概有10来组，它们与64幅卷轴式巨幅画面以及古建筑环境一起，形成了别出心裁的开放式的陈列，使观者产生身临其境的感觉。

据统计，中国历史上曾经有过1 000多座藏书楼。

一个新闻人物

秦秉年再捐171件明清瓷器

在昨天的藏书文化节上，70岁的秦秉年算得上是重要的新闻人物。他再次将其家藏的珍贵文物捐赠给了天一阁博物馆，捐赠的171件精美的明清瓷器将在天一阁作三天的展览。

秦秉年先生祖籍宁波，1933年出生于上海，现为天一阁博物馆终身研究员。其高祖秦祖安、曾祖秦际瀚和祖父秦伟楚，三代均为经商致富的"宁波帮"商人。秦祖安所建的秦氏支祠现为全国重点文物保护单位。父亲秦康祥为近代上海著名的篆刻家、收藏家，以收藏名家竹刻、玺印驰誉海内。

早在2年前，秦秉年先生就遵从其父遗愿将收藏的101件珍贵明清竹刻捐赠给了家乡的天一阁博物馆。这次他捐赠的瓷器，包括国家二级文物6件，三级文物31件，如明崇祯青花人物莲子罐、清雍正豇豆红盘、清龙泉窑贯耳壁瓶等都是极为珍贵的文物。

一系列活动

精彩活动还在后头

除了上面这两个活动，首届天一阁中国藏书文化节还安排了"中国藏书文化研讨会"、"中国藏书票展"、"中国藏书票知识讲座"、"藏书文化知识游园竞猜"等既有较高的学术性，又有广泛的群众参与性的活动。

（《宁波日报》2003年12月9日）

按语："中国现存藏书文化陈列"实为"中国现存藏书楼陈列",设在秦氏支祠正、后殿。今已撤去。

"秦祖安"应为"秦君安"。

"我是天一阁的一分子"

——访秦秉年先生

本报记者 顾 玮

同样的地点,同样的采访对象,不过时间已过去了2年。昨日早上,头发花白而精神矍铄的秦秉年先生再度出现在天一阁的时候,我一下子想起了他2年前说的话:"我父亲在世时多次对我说,我家收藏的文物要回到家乡宁波,送到天一阁。"

是的,就是这位言语坦诚的长者,继2001年向天一阁捐赠101件珍贵明清竹刻后,昨天,又慨然将家藏的另外171件明清瓷器交给了天一阁。他说:"以个人的力

秦秉年先生在昨天的捐赠仪式上

图为秦秉年先生捐赠的部分瓷器

量收藏与保护文物，能力是有限的，而交给天一阁，我很放心。"

正逢古稀之年的秦秉年先生，从1997年起，就和其母陈和芗一起从上海回到故乡宁波定居。在接受记者的采访时，他欣然回忆起父亲秦康祥当初的收藏经历。他说："父亲喜欢上收藏可能是受伏跗室冯孟颛先生的影响吧，当时他在上海也结识了好多篆刻、书画、收藏方面的大家，看看听听，也就练出了眼光。"据他回忆，其父收藏最多的是竹刻，收藏原则是以精为主，而瓷器则是附带收藏的。不过，即便如此，父亲还是留下了不少好东西，譬如此次捐赠的171件瓷器中，就有国家二级文物6件，三级文物31件。

令秦秉年先生耿耿难忘的是几十年前父亲搜集《鄞江送别图》的往事：《鄞江送别图》是一幅与浙东学派大有渊源的历史画卷，描述的是万斯同以布衣身份进京修《明史》、甬上诸生依依送别的历史性场面。当年天一阁也曾派人去上海希望将它争取回宁波，但未果。秦秉年的父亲在文物市场上偶然看到了，认出是宁波的东西，就想尽办法买了下来。这幅对宁波人来说意义重大的书画作品在上一次捐赠中已经重新回到家乡，原件目前保存在天一阁，复印件在白云庄展出。

秦秉年先生现为天一阁博物馆终身研究员，他说："我是天一阁的一分子，关心天一阁、爱护天一阁、发展天一阁是我们共同的责任。"谈到自己，秦秉年先生谦虚地说，收藏是需要高深学问的，自己没有父亲的眼光，等到迷上收藏，也已经晚了。

秦先生笑着说，自己其实挺好动的，喜欢到处走走。有时候随兴散步出去，走累了再打车回来，拿张车票就知道自己走了多长的路。在宁波也居住了六七年了，他说，宁波与他原来想像中的一样好。

说来也巧，今年这一次捐赠正逢秦秉年先生70周岁，同时也是他的母亲90周岁。老人不擅言辞，简单的交谈中有意无意间袒露的，却是老人无私、真诚、爱乡这些令人肃然起敬的文化品格。　　　　　　　　　　　　　　　　（摄影　丁安）

（《宁波日报》2003年12月9日）

秦秉年又捐171件明清瓷器

记者　周丽珍

本报讯　天一阁又多了171件瓷器文物，昨天，秦秉年先生再次把自己家藏的

市民参观秦秉年捐赠的文物

秦秉年老先生

古董捐献了出来。秦先生曾经在2001年向天一阁博物馆捐赠了101件（套）明清竹器文物。

　　秦秉年先生籍贯宁波，1933年出生在上海，现为天一阁博物馆终身研究员。其高祖秦君安、曾祖秦际瀚和祖父秦伟楚均为经商致富的宁波帮商人，秦君安所建的秦氏支祠现为全国文物保护单位。秦秉年的父亲秦康祥为近代上海著名的篆刻家、收藏家，以收藏名家竹刻、玺印驰誉海内。1997年春节前，秦秉年先生在天一阁博物馆的帮助下，与母亲返乡，定居宁波。

　　本次捐赠的171件瓷器中，有国家二级文物6件、三级文物31件。秦先生说，把家传的珍贵文物交给国家，能够化私藏为公藏，使其得到永久保存，何乐而不为呢！

（《宁波晚报》2003年12月9日）

"十五"期间宁波文物保护十件佳事评选

宁波市文化广电新闻出版局　　宁波日报社联合举办

　　"十五"期间，我市文化遗产保护工作提高到了一个新的水平。各级党委政府更加重视，各职能部门更加有效协作，社会各界更加积极支持并参与保护，从而使宁波在现代化建设进程中不断克服名城保护与城市建设的矛盾，留下许多完善城市人文生态环境、实现保护与建设和谐统一的成功范例，涌现不少为名城保护作出积极贡献的单位和个人。为了进一步引导建立国家保护为主，全社会多元投入的文物保护体制，营建我市良好的文化遗产保护氛围，增强全社会共同参与的保护意识，特组织本次评选活动，为名城公布20周年系列活动拉开序幕。

　　（中略）

7. 秦秉年先生捐赠明清竹刻瑰宝

甬上收藏家秦秉年先生遵照其父亲秦康祥遗愿，于2001年、2003年先后两次，将收藏的明清竹刻101件和以瓷器为主的文物171件捐赠给天一阁博物馆。经国家鉴定委员会专家鉴定：其中一级文物23件，二级文物59件，三级文物15件。秦康祥先生早年寓居沪上，是早期西泠印社社员，长期从事金石篆刻研究，一生爱好收藏，在世时曾多次叮嘱家人要将这批文物回报家乡，送到天一阁入藏。高祖秦君安、曾祖秦际瀚、祖父秦伟楚一门三代，创业沪上都是宁波商帮巨子，为宁波商业繁荣作出重大贡献。秦氏家庭建造的秦氏支祠被公布为第五批全国重点文物保护单位。秦秉年先生的捐赠义举，堪称"宁波帮"人士眷恋故土、报效桑梓的典型。

（下略）

（《宁波日报》2006年3月13日）

按语：据《宁波日报》2006年4月18日《宁波文物保护十件佳事评选揭晓》，最终评选出的十件佳事为：天一阁构建中国藏书文化节平台；"千年海外寻珍"获得海内外广泛关注；保国寺古建文化彰显风采；秦秉年先生捐赠明清竹刻瑰宝；永丰库遗址入选"全国十大考古新发现"；文物保护中的"苦旅同道"：杨古城、曹厚德、徐水道甘守清贫，奉献文保；石浦古镇再现历史风情；东钱湖墓道石刻遗址保护工程启动；上下联手内外互动保护柔石故居。

"全国文物保护工作先进个人"事迹简介

（上略）

秦秉年

秦秉年,收藏家,天一阁博物馆终身研究员,男,1933年9月出生。

自从2001年来,已两次向天一阁博物馆捐赠文物收藏品272件(套),其中,有国家一级文物23件、二级文物65件,三级文物46件。

为实现父亲的家藏文物要回到家乡宁波,送到天一阁的遗愿,秦秉年在老年时多次奔回故里,就捐赠事宜多次与政府、天一阁洽谈。终于,在2001年达成第一次捐赠事项。2003年,又慷然地将家藏的另外171件明清瓷器交给了天一阁,其中也有国家二级文物6件、三级文物31件。现在正打算着把家传另外的8 000多件收藏文物捐赠给天一阁博物馆。

(《中国文物报》2006年6月7日)

收藏家秦秉年受表彰

本报讯(记者李臻　通讯员徐建成)　国家文物局昨日表彰了70名全国文物保护工作先进个人。我市著名收藏家秦秉年先生作为向国家捐赠珍贵文物、为文物事业做出重要贡献的社会各界人士的杰出代表,荣获"全国文物保护工作先进个人"荣誉称号。

2001年以来,秦秉年先生两次向天一阁博物馆捐赠文物收藏品272件(套),其中包括国家一级文物23件、二级文物65件、三级文物46件,他还计划把余存的8 000多件文物在有生之年全部捐赠给天一阁博物馆。

(《东南商报》2006年6月9日)

秦秉年受国家文物局表彰

本报讯(陈青　徐建成)　日前,宁波籍著名收藏家秦秉年受到国家文物局表彰,荣获"全国文物保护工作先进个人"荣誉称号。

秦秉年先生是宁波秦氏支祠主人第五代后裔,后跟随父亲前往上海谋生。自2001年以来,他已两次向天一阁博物馆捐赠文物收藏品272件(套),他还想把余存的8 000多件文物在有生之年再次捐赠给天一阁博物馆。秦秉年目前是天一阁博物馆的终身研究员。

(《宁波日报》2006年6月19日)

秦秉年先生将家藏文物全部献给家乡
八千余件珍贵文物被珍藏入天一阁

昨天是他第三次捐赠,其中有国家一级文物1件,二级文物47件,三级文物
1 421件

天一阁博物馆负责人在接受秦秉年先生捐赠文物。
（本报记者摄）

下图为秦秉年先生三次向天一阁博物馆捐赠的部分文物精品。

南朝·萧梁"大富五铢"钱范（国家　汉·嵌绿松石错金银铜带钩　　明·崇祯青花人物
一级文物）　　　　　　　　　　　　　　　　　　　　　　暗花莲子罐

本报讯（记者陈朝霞） 昨天下午，天一阁秦氏支祠的第五代后裔秦秉年先生将家藏的8 105件器物及326种古籍2 318册文物悉数捐赠给天一阁博物馆，捐赠仪式在天一阁书画馆昼锦堂举行。副市长成岳冲出席了捐赠仪式，并代表市政府对秦秉年先生的爱国爱乡之情表示崇高敬意和诚挚感谢。

秦氏家族为甬上望族，全国重点文物保护单位——秦氏支祠就是其高祖秦君安所建，秦秉年之父秦康祥先生为近代中国著名的篆刻家和收藏家，以收藏名家竹刻、玺印驰誉海内。秦康祥先生逝世前留有遗愿：将收藏文物捐献给家乡。秦秉年遵照父亲的遗愿，昨天是第三次向天一阁博物馆捐赠珍贵文物。2001年12月，秦秉年先生首次捐出101件（套）文物，其中国家一级文物23件、二级文物59件、三级文物15件。2003年11月他又将家藏的另外171件（套）明清瓷器捐赠给天一阁，其中包括国家二级文物6件、三级文物31件。此次秦秉年先生将家藏的文物悉数捐出，包括扇面、印章、书画、玉石、钱币等，经浙江省文物鉴定专家鉴定，其中有国家一级文物1件，二级文物47件，三级文物1 421件。

秦秉年先生在捐赠仪式上说："借天一阁创始人范钦诞辰500周年，天一阁建阁440周年之际完成父亲的遗愿，把文物送回宁波家乡，是为了告慰父亲的在天之灵。完成父亲的遗愿是我最大的心愿。"秦秉年表示，文物捐赠给天一阁，能让文物更好地为社会公众服务，使社会公众更好地了解、观赏文物历史价值，为宁波市精神文明建设发挥更大的作用。

为表彰秦先生的义举，2001年，宁波市政府特别批准他为天一阁博物馆终身名誉研究员。今年，国家文物局授予其"全国文物保护工作先进个人"荣誉称号。

（《宁波日报》2006年11月18日）

按语：秦氏支祠建造时，秦君安早已去世，故并非由秦君安建造。

秦秉年又向天一阁捐赠传家宝

数量多达八千多件，其中国家一级文物一件，二级文物四十七件

本报讯 昨天下午，秦氏后人、73岁的天一阁终身研究员秦秉年先生再次成为众人瞩目的焦点。继2001年、2003年两次捐赠文物收藏品272件（套）之后，秦先生昨天又将自己的8 000多件文物全部捐赠给天一阁博物馆。

天一阁博物馆负责人接受秦秉年先生捐赠文物　　秦秉年先生捐赠的扇坠等文物吸引参观者

游览过天一阁博物馆的人，无不对毗邻的秦氏支祠的富丽堂皇留下深刻印象。秦氏支祠建于上世纪20年代，系秦氏族人为祭祀祖先而建。秦秉年先生是秦氏支祠主人的第五代后裔，他出生于上海，1997年与老母亲一起回到故乡宁波定居。

19世纪中期，秦秉年的祖先秦君安从宁波到上海闯世界，靠做颜料、钱庄生意发家致富。秦秉年先生的父亲秦康祥，不仅是一位开办颜料厂的成功实业家，而且是近代上海著名的篆刻家、收藏家、西泠印社社员，一生致力于金石篆刻，以收藏明清竹刻、秦汉玺印而闻名。

秦秉年先生三次捐赠的这么多件珍贵的文物收藏品均是父亲秦康祥"散尽万金"购入的。

2001年底，秦秉年先生遵先父之嘱，将101件（套）珍贵文物无偿捐赠给天一阁。其中的98件明清竹刻文物，经专家鉴定，有一级文物23件、二级文物59件、三级文物15件。参加鉴定的国家文物鉴定委员会委员王世襄称，这是他从事中国竹刻文物研究多年来一直想见而未见到的珍贵文物，可谓集中国竹刻艺术品之大成，可以填补目前国内竹刻文物史料的一些空白，其数量与质量为国内博物馆一流收藏水平。

2003年，恰逢秦秉年先生70周岁，老母亲90周岁，他又慷慨地将家藏的171件明清瓷器捐赠给了天一阁，其中国家二级文物6件、三级文物31件，明崇祯青花人物莲子罐、清雍正豇豆红盘、清龙泉窑贯耳瓷瓶等均是罕见的珍贵文物。

此次，秦秉年又将家藏的8 000多件文物赠给天一阁博物馆，其中一件"大富五铢"钱范属国家一级文物，此外，还有二级文物47件、三级文物1 421件。

秦秉年表示，文物捐赠给天一阁，能更好地为社会公众服务。天一阁方面也表

示,将对这批珍贵文物进行更好的研究,并不定期地向公众展出。(记者丁晓虹/文 王勇/摄)

(《宁波晚报》2006年11月18日)

"终于完成父亲的遗愿"

秦秉年先生向天一阁捐赠文物仪式昨举行

本报讯(记者 李臻) 昨日,秦秉年先生向天一阁捐赠文物仪式在天一阁昼锦堂举行。当头发花白的秦秉年先生哽咽着说:"父亲在世时多次对我说,要将家中收藏的文物送回家乡。今天我终于完成了他的遗愿,可以告慰父亲在天之灵了。"此话令在场所有的人为之动容。

天一阁负责人向秦秉年先生颁发证书。记者戚颢摄

就是这位言语坦诚的长者,继2001年向天一阁捐赠101件珍贵明清竹刻、2003年捐赠171件明清瓷器后,昨天,又慨然将家中余藏的8 105件器物及326种古籍2 318册悉数捐赠给了天一阁。他说:"这些文物交给天一阁,以便更好地为社会公众服务,使社会公众更好地了解、观赏捐赠文物,了解文物的历史价值,是父亲的心愿。"

年过古稀的秦秉年先生不擅言辞,简单的交谈中却时时让记者感受到老人无私、真诚、爱乡的品格。秦秉年先生是全国重点文物保护单位宁波秦氏支祠主人的第五代后裔,其高祖秦君安、曾祖秦际翰和祖父秦伟楚,三代均为经商致富的"宁波帮"商人。秦秉年先生1933年出生于上海,从1997年起就和其母陈和芎一起从上海回到故乡宁波定居。

说起当年父亲秦康祥的收藏经历,他非常感慨:"父亲是上海近代著名的收藏家、篆刻家。父亲当初喜欢上收藏可能是受伏跗室冯孟颛先生的影响吧,当时他在上海也结识了好多篆刻、书画、收藏方面的大家,看看听听,也就练出了眼光。"据他回忆,其父收藏范围广泛,涉及门类众多,最多的是竹刻,收藏原则是以精为主,很多属难得一见的艺术珍品。比如在这次捐赠中，器物类型就包括扇面、印章、书画、玉石和钱币等，品质非常精美，其中一级文物就有1件，二级文物47件，三级文物1 421件，价值不可估量。

秦秉年先生提到，当年父亲特别注重收集与宁波人文历史相关的文物。说起多年前父亲搜集《鄞江送别图》往事，秦先生仍历历在目。《鄞江送别图》是一幅与浙东学派大有渊源的历史画卷，描述的是万斯同以布衣身份进京修《明史》、甬上诸生依依送别的历史性场面。秦康祥先生在文物市场上偶然看到了，就买了下来。这幅对宁波人来说意义重大的书画作品在上一次捐赠中已经回到家乡，原件目前保存在天一阁，复印件在白云庄展出。

秦秉年先生现为天一阁博物馆终身研究员，他说："我是天一阁的一分子，关心天一阁、爱护天一阁、发展天一阁是我们共同的责任。"谈到自己，秦秉年先生谦虚地说，收藏是需要高深学问的，自己没有父亲的眼光，等到迷上收藏，也已经晚了。

（《东南商报》2006年11月18日）

按语：＂秦际翰＂应为＂秦际瀚＂。

秦秉年捐赠文物展主展印章

本报讯　今天上午，《秦秉年先生捐赠文物展》在天一阁书画馆云在楼开展。本次展览以印章为主，共展出印章180余枚，上起西汉，下至民国，多为难得一见的精品。本次展览将持续至6月8日结束。（记者　梅子满　通讯员　李洁莹）

（《宁波晚报》2009年5月28日）

秦秉年捐赠文物展天一阁开展

本报讯（记者陈青　通讯员李洁莹）　180余枚跨越2 000多年的印章精品，上起西汉下至民国，形式多样，造型古趣。昨日，＂秦秉年先生捐赠文物展＂在天一阁书画馆云在楼开展。

据介绍，秦秉年先生祖籍宁波，父亲秦康祥是近代上海著名的篆刻家、收藏家，虽旅居在外,却一直关注着家乡的文化事业。承家训,秦先生把所藏文物带回故乡。自2001年起,秦秉年先生先后3次向天一阁博物馆捐赠文物收藏品8 377件(套)及326种古籍2 318册文物,其中,有国家一级文物24件、二级文物112件、三级文物1 467件。所捐赠的文物上起新石器时代,下至明清、民国,时代跨度之

市民在观看展览。(周建平摄)

大、种类之多,于近代收藏家之中,都难以望其项背。"正是因为有秦秉年先生这样的广大宁波各行各业爱国爱乡人士,他们怀着'百川归大海'的捐赠热情,将天一阁的收藏事业推向了一个个新的高峰。他们造福桑梓、报效乡里的盛举,是宁波历史文化得以传承弘扬、文博事业得以日益发扬壮大的支撑之一。"天一阁有关负责人昨日告诉记者。

展览将持续至6月8日。

（《宁波日报》2009年5月29日）

天一阁举办秦秉年捐赠文物展

本报讯(记者　蒋继斌)　昨天,《秦秉年先生捐赠文物展》在天一阁书画馆云在楼开展,展览将持续至6月8日结束。本次展览以印章为主题,共展出印章180余枚,上起西汉,下至民国,且形式多样,造型古趣,多为难得一见的精品。

此次展览是继《朱赞卿先生捐赠文物精品展》、《冯孟颛先生捐赠文物精品展》、《孙家溎、杨容林、张季言捐赠文物精品展》之后,天一阁又一次策划组织大型的捐赠文物展。

秦秉年先生1933年出生,祖籍宁波。承家训,秦先生把所藏文物带回故乡。自2001年起,秦秉年先生先后3次向天一阁博物馆捐赠文物收藏品8 377件(套)及326种古籍2 318册文物,其中,有国家一级文物24件、二级文物112件,三级文物1 467件。

（《东南商报》2009年5月29日）

四明古琴文化揭开神秘"头纱"
天一阁首次展出馆藏14张古琴

避过历朝历代的天灾人祸，辗转文人琴师之手，14张被尊为"国乐之父"、"圣人之器"的古琴今天在天一阁博物馆亮相。这些古琴中，有唐琴1张，元琴1张，明琴10张，清琴2张。同时展出的，还有天一阁馆藏善本古籍中的琴学著作和扇面琴画。

以藏书闻名的天一阁，通过这个以《高山流水——天一阁藏古琴展》为题的展览，首次向世人展现了自己对古琴文化的兴趣。而曾经辉煌的四明古琴文化，也在沉寂数百年后再次进入市民的视野。

本次展览也拉开了由中国民族管弦乐学会、市委宣传部、市文广新闻出版局、宁波市文联联合主办的"2010年中国古琴书画名家艺术宁波展示周系列活动"的帷幕。

石上枯背面　石上枯正面

14把古琴跨越5个朝代

"这些珍贵的古琴，都是秦秉年先生捐赠的！"据天一阁博物馆负责人介绍，2006年，秦秉年先生最后一次将其父秦康祥留下的8 000多件文物赠给天一阁，在这批捐赠物中就有几件沾满灰尘、很不起眼的古琴，"秦康祥是近代著名的收藏家，家藏丰富，多属艺术珍品。他也是著名的浙派琴家和斫琴匠，这些古琴就是他收藏的。"

一个偶然的机会，著名古琴演奏家杨青来甬，为这批古琴做了初步鉴定。后来又经过著名斫琴大师王鹏和著名琴家陶艺先生鉴定，结果令人兴奋：这确实是一笔宝藏，初步认定14张琴中有唐琴1张，元琴1张，明琴10张，清琴2张。

唐代名琴在元代就很有名

在此次展出的14张古琴中，最为珍贵的要数来自千年之前的唐代古琴"石上枯"。唐代最负盛名的斫琴高手是四川的雷氏家族,雷氏三代九位斫琴大家,号称"蜀中九雷",他们所制之琴被视为传世珍品。"石上枯"便是雷霄所斫。

据天一阁博物馆副馆长贺宇虹介绍,这张琴为仲尼式古琴,题有"唐开元二年石上枯"的字样,凤沼上有一篆印"楚园藏琴",下方为"三唐琴谢"。"楚园藏琴"和"三唐琴谢"为清末藏书家安徽贵池人刘世珩(1875—1926年)的别号,"刘世珩、秦康祥均为当时上海著名收藏家,由此可以判断这张琴曾为刘世珩收藏,刘世珩之后,转藏秦康祥的。"

"这张古琴,在元代就已成为一张历史悠久的名琴。"据贺宇虹介绍,元代《西湖志》中曾提到,西湖葛岭玛瑙寺高僧芳洲有古琴二:一名石上枯,一名蕤宾铁。后来清末民初古琴九嶷派创始人、著名琴家杨时百也曾鉴定过"石上枯"琴,并在其《琴学随笔》中专门提到了"石上枯"琴。

据悉,全世界目前已知的唐琴只有12到15张。

一张明琴为皇室所作

除了"石上枯",此次展出的两张明代名琴也颇有来历。

其中一张为伏羲式古琴,龙池内有行书"嘉靖己卯岁孟夏,皇明衡国藩翁制"。"皇明衡国藩翁就是衡王朱佑楎,明宪宗朱见深的第七子。"贺宇虹介绍说,明代宗室造琴之多,可称空前,其尤者为四王琴。"四王",即明代的宁、衡、益、潞四王,其中以衡王琴传世最少,"现在知道的,只有清末民初杨时百旧藏的宣和式太古遗音、涂东辰旧藏的师旷式无名琴和郑颖孙旧藏的伏羲式龙吟秋水等寥寥几张。"

另一张为仲尼式古琴,龙池内有篆书"天启三年三吴张敬修斫"字样。张敬修,明代制琴名家。明张岱《陶庵梦忆》称张敬修制琴为吴中绝技之一,"可上下百年,保无敌手",极其推崇。

现存最早琴谱同时展出

今天,与14张古琴一同展出的,还有天一阁馆藏的琴谱、琴拓以及琴学著作、扇面琴画等珍贵文物30余件,其中不乏孤本、珍本,许多都是第一次向社会公开亮相。

在这些展品中,最有价值的当算《浙音释字琴谱》、《三教同声琴谱》及《琴史》,其中前两部均为明代琴谱,为天一阁馆藏孤本,后一部为琴史专著。

据悉,《浙音释字琴谱》是现存最早的古琴谱集。成书于1491年前,由南昌龚经(稽古)编释。原书残,现存两卷,录琴曲三十九曲。《浙音释字琴谱》的一个重要价值是它记录了一些传统的琴歌,其中一些还是现存最早的版本,其中以八段的《阳关三叠》最为有名。

《三教同声琴谱》是明代文人张德新辑录的儒、道、佛等“三教”音乐作品的古琴曲集,成书于明万历壬辰年。琴谱共三卷,收四曲,均有词。其中《释谈章》为首次刊传之佛教曲;另两首《明德引》、《孔圣经》为儒教曲,还有一首《清净经》为道教曲,故名《三教同声琴谱》。

《琴史》是民国时期宁波藏书家、文物鉴定家朱赞卿别宥斋捐赠的10万余卷藏书中的一种。它成书于1084年,作者朱长文。为清乾隆刻本,全书共六卷。前五卷按时代顺序收156人与琴有关的事迹,有所辨正和评论,末卷为琴艺的专题论述。作为现存最早的一本琴史专著,《琴史》记录了大量琴家资料,其琴评多有精辟独到处,为后人提供了珍贵的琴学参考。

在《高山流水——天一阁藏古琴展》开幕式结束后,天一阁还举行了“古阁听琴——古琴艺术雅集”,李祥霆、龚一等10余位古琴演奏家给参观者带来了《广陵散》、《春风》、《风云际会》、《流水》、《梅花三弄》等古琴名曲。

相关链接

宁波与古琴的缘分

这次展览,也首次将曾经辉煌的古琴文化重新引入市民的视野之中。

“在琴史上,宁波是一座占据着重要位置的城市。”贺宇虹介绍说,宁波历代迭有琴家名手,北宋的高僧琴家从信、演化、则全等,南宋的吴文英、史弥远、丰有俊、朱翊等,元明时期赫赫有名的“浙操徐门”,直至清代的华夏、孙传霁、张锡璜等,四明与古琴有着难以割舍的缘分。除此之外,宁波还诞生了著名的古琴理论家、欣赏评论家袁桷、戴表元等,以及近代以来古琴收藏名家虞和钦、秦康祥等。

（记者　梅子满　胡龙召　通讯员　李洁莹）

（《宁波晚报》2010年6月11日）

按语：“贺宇虹”应为“贺宇红”。

观千年古琴赏琴谱孤本闻名家琴音
天一阁设"琴宴"高山流水觅知音

本报讯（记者王路） 唐代古琴"石上枯"、明代伏羲式墨漆衡王古琴……昨日，14张古琴亮相天一阁博物馆，揭开了2010年中国古琴书画名家艺术宁波展示周系列活动的序幕。本次活动将举办展览、雅集、名家演奏会、讲座、笔会等交流活动。

观：千年唐琴"石上枯"

记者了解到，在展出的14张古琴中，有唐琴1张，元琴1张，明琴10张，清琴2张，其中最珍贵的是唐代古琴"石上枯"。唐代最负盛名的斫琴高手是四川的雷氏家族，雷威、雷霄等三代九位斫琴大家号称"蜀中九雷"，他们所制之琴被视为传世珍品，"石上枯"便是雷霄所斫。

记者在展览现场看到，这张"石上枯"古琴为仲尼式墨漆琴，题有"唐开元二年石上枯"的字样，凤沼上有一篆印"楚园藏琴"，下方为"三唐琴谢"。"楚园藏琴"和"三唐琴谢"为清末藏书家安徽贵池刘世珩的别号。

除唐琴"石上枯"外，此次展出的古琴中还有两张明代名琴。一张为伏羲式墨漆古琴，龙池内有行书"嘉靖己卯岁孟夏，皇明衡国藩翁制"。"皇明衡国藩翁"即明宪宗朱见深第七子衡王朱佑楎。衡王琴传世甚稀。另一张为仲尼式墨漆古琴，龙池内有篆书"天启三年三吴张敬修斫"字样。张敬修，为明代制琴名家。

据了解，这14张古琴都是由秦氏支祠主人的后裔、近代著名收藏家秦康祥先生所收藏，遵照他的遗愿，其子秦秉年先生将其所藏悉数捐给天一阁。

图为古琴演奏家在天一阁演奏古琴。（记者 周建平 摄）

赏：孤本琴谱《阳关三叠》

与古琴一同展出的还有馆藏琴谱、琴拓以及琴学著作、扇面琴画等珍贵文物30余件，其中最有价值的是《浙音释字琴谱》、《三教同声琴谱》及《琴史》。

《浙音释字琴谱》是现存最早的古琴谱集，该琴谱成书于1491年前，由南昌龚经（稽古）编释。原书有残缺，现存两卷，录琴曲三十九曲。《浙音释字琴谱》记录了许多经典琴歌，其中最著名的就是八段《阳关三叠》。

此外，《三教同声琴谱》是明代文人张德新辑录的儒、道、佛等"三教"音乐作品的古琴曲集，成书于明万历壬辰年。琴谱共三卷，收四曲，均有词。其中《释谈章》为首次刊传之佛教曲；另两首《明德引》、《孔圣经》为儒教曲，还有一首《清净经》为道教曲，故名《三教同声琴谱》。

《琴史》是现存最早的一本琴史专著，成书于1084年，作者朱长文。为清乾隆刻本，全书共六卷。前五卷按时代顺序收156人与琴有关的事迹，有所辨证和评论，末卷为琴艺的专题论述。

闻：李祥霆妙音《梅花三弄》

昨天，天一阁还迎来了一批特殊的"知音"——李祥霆、杨青、龚一、李禹贤、徐永、李荣光等10多位中国当代最具影响力的古琴大家，广大市民亲耳听闻了古琴名家们奏响的袅袅清音，《梅花三弄》、《流水》、《秋塞吟》、《平沙落雁》、《阳关三叠》、《归去来辞》等古琴名曲，不但打动了前来天一阁游玩的中国游客们，还吸引了外国友人，来自法国的皮埃尔·拉丰是位建筑设计师，来中国洽谈业务，他告诉记者："我很喜欢中国文化，天一阁已经是第二次来了。但是，这种乐器还是第一次见到，也是第一次听到这种音乐，很震撼，原来中国传统音乐是如此的美！"记者得知，12日晚上，在宁波民间建筑之瑰宝的秦氏支祠古戏台上，这些古琴大师还将联手为市民带来"天一夜宴——名琴、名曲、名家演奏会"。

（《宁波日报》2010年6月12日）

天一阁再办秦秉年捐赠文物展
80把扇子迷倒甬城书画家

本报讯　70多岁的我市著名书法家周律之戴着手套、拿着放大镜，仔细地端详一把把精美的扇子。"这是吴昌硕特意为天一阁写的呢！"同样戴着白手套的天一阁博物馆副馆长贺宇虹向站在旁边的一群书画家介绍着扇子的内容和价值。这是昨晚在天一阁云在楼开幕的《清风雅逸——秦秉年捐赠成扇展》上的一幕。

据悉，此次展览展出了近80件馆藏成扇精品，其中不乏近现代名家手迹，不少扇子除了扇页上的书画出自名家之外，扇骨亦是难得的竹雕艺术珍品。

这批藏品均为秦秉年先生的父亲秦康祥先生所藏。这是天一阁2009年以来第三次整理秦秉年捐赠给天一阁的珍贵文物进行展出，前两次分别展示了秦秉年捐赠给天一阁的印章篆刻和古琴藏品。从2001年开始，秦秉年先后3次向天一阁博物馆捐赠文物收藏品8 377件（套）及326种古籍2 318册文物。

本次展览将持续到10月17日。

（记者 梅子满/文 胡龙召/摄）

（《宁波晚报》2010年9月23日）

按语："贺宇虹"应为"贺宇红"。

讣　告

慈母陈和乡女士于2012年10月4日凌晨2时谢世，享年100岁。现定于10月7日下午15时在宁波颐乐园西游厅（高新区院士路328号）举行遗体告别仪式，特此哀告生前亲朋好友。

男秦秉年泣告

（《宁波日报》2012年10月5日）

驾鹤西去

百岁老人陈和薌的背后是一个家族的传奇……
甬上秦家闯荡上海滩百余年家藏8 000余件文物全部捐给天一阁

记者　张落雁

今天，百岁老人陈和薌（xiāng，古书上指用以调味的香草）女士遗体告别仪式将于下午3时在宁波颐乐园西游厅举行。10月4日凌晨2时，陈和薌女士于宁波谢世，享年100岁。

也许，大多数人都不知道"陈和薌"这个名字背后，隐藏着一个家族的传奇，承载着长达40年的承诺，也维系着一位老人对国家珍贵文物的守望。1968年，陈和薌的丈夫、近代上海著名的收藏家秦康祥去世前留下遗言："家里的宝贝，以后都要送回家乡，留给天一阁。"

从2001年至2006年，陈和薌和她的独子秦秉年将秦康祥收藏的8 000余件文物分三次捐赠给了天一阁博物馆，这其中有国家一级文物23件，二级文物112件，三级文物1 467件。目前，整个宁波国家一级文物也不过100多件。

豪门联姻，陈和薌嫁入秦家
在宁波颐乐园的一幢公寓里，记者见到了陈和薌的独子秦秉年，他也已有80

《鄞江送别图》（局部）

高龄,终身未婚。秦秉年操着一口上海话,间或夹杂着宁波方言。不善言谈的他,说到曾与他相依为命80载的母亲,更是几度哽咽。

在秦秉年年少的印象里,母亲总是穿着一身清秀淡雅的旗袍,烫着头发,举止高雅大方。莞尔一笑间,如淡淡幽兰,幽静雅致、脱俗隽永。

"母亲从未说起过她如何与父亲结识、相爱,或许一开始也只是家族间

陈和薇女士(右)和她的独子秦秉年。(资料图片)

的联姻吧。"秦秉年回忆起母亲的时候,沧桑的脸上却露出犹如孩童般的纯真依恋。

秦秉年先生的高祖秦君安、曾祖秦际瀚、祖父秦伟楚三代均为在上海经商的宁波帮人士。秦家先后与人合伙或独资开办起恒兴、恒隆、恒大等八家联号。当年在上海,提起"恒"字号钱庄,无人不知。

要想和秦家这样的大家族联姻,陈和薇自然也是出自名门。"母亲的家族也是在上海经商的宁波帮人士,他们家是靠经营棉布行发迹的。母亲排行第三,是陈家的三小姐。"秦秉年告诉记者。

陈和薇少时曾接受过几年西式学堂的教育,家里也请过老师。"母亲学得最好的不是诗文,倒是数学。"秦秉年回忆说,"我见过她打算盘算账的样子,熟练而精准。"养在深闺的陈家三小姐美丽聪慧,也曾想走出去见识一下这个世界。然而,19岁那年,她凤冠霞帔嫁入秦家。从此,她的人生就与这个家族命运紧紧地联系在一起。

淡泊豁达,奇女子坚强守业

陈和薇的丈夫秦康祥,字彦冲,是近代上海著名收藏家、篆刻家,西泠印社早期社员。幼时,秦家将他送回家乡,师从著名教育家冯君木先生。国学教育,加上冯先生的影响,在秦康祥的人生道路上留下深深的烙印,注定了他所走的道路和父辈们有所不同。钱庄数字的变化对他没有吸引力,诗文书画、金石篆刻和古代流传下来的物件成了他的心之所系。

秦康祥弱冠时,钱庄业经历金融风潮的洗礼,外加银行业的冲击,家族产业呈萎缩态势,更多的开支依靠房产租金来维持。然而,厚实的家业足以维持他殷实的生活,也完全可以支付他收藏古玺印、名人字画和竹刻的费用。

"母亲嫁给父亲后，他们两人情意绵绵，十分恩爱，我从没有见过他们红过脸。"陈和薾对收藏并无兴趣，对于丈夫无休止的"挥霍"，虽也有担心和不满，但出于对丈夫深厚的感情，她从未阻止。

正当秦康祥如饥似渴地收藏时，"文革"开始了。造反派多次冲进秦家，抄走了大部分藏品。用大半生心血换来的心爱之物，转眼间消失，秦康祥心中充满着悲愤，没多久，便含冤离世。去世前，秦康祥紧紧握住妻子和儿子的手说："你们要守住这些东西，以后把它们带回家乡，全都捐献给天一阁！"听着丈夫的遗言，陈和薾郑重地点了点头。

"我的母亲很坚强，那时我没见过她掉下一滴眼泪。被赶出祖屋后，我们一家人住到了一栋二层小楼里。她侍奉婆婆，操持家务，又要照顾体弱多病的我。而且因为大资本家的'罪名'，母亲出门都要遭受周围人的白眼，可她从没有愤懑灰心过，依然保持着豁达的心境。我终于明白一个母亲的肩膀可以坚韧到何种程度！"秦秉年说。

那时的陈和薾，还有着一个艰巨的任务——守住丈夫仅剩的藏品。他们住的楼上有"人"字形阁楼，中间高，两头低，只有中间部分能站起人。装着文物的箱子、纸包等把阁楼塞得满满当当。守着一室珍宝，他们低调谦和地过着日子，从不把这些藏品轻易示人，耐心地等待着宝贝可以重见天日的那一天。

恪守承诺，藏品全捐天一阁

时光流转，曾经的清秀女子，渐渐刻上了岁月的痕迹：头发白了、脊背佝偻了、腿脚也越来越不方便。出生于宁波的陈和薾一天比一天更思念家乡。

时任天一阁博物馆馆长的徐良雄回忆说：第一次去上海见到陈老太太，只能用四个字来形容，那就是"大家风范"。虽然她年纪已大，但是待人接物依旧井井有条，思路也很清晰。她的话并不多，却看得出来她是儿子秦秉年的主心骨，母亲的吩咐，做儿子的样样都遵从。

之后，陈和薾率先提出叶落归根的想法，孝顺的儿子遵从母意，同意文物拿到宁波代为保管。1996年11月19日，馆长徐良雄和相关工作人员借了一辆面包车，立即驶往上海。

在那个装满宝贝的阁楼里，他们开始按照文博的规矩，边清点，边装箱，对每件文物进行定名、编号、登记，贴好封条移交。整个过程中，陈老太太默默地在旁边站着，她显得有些激动，或许是作为一个弱女子，她终于完成了这批珍贵文物的守护任务；又或许是她想起了丈夫临终前的嘱托。

30年的辰光，在她心底，沉淀了太多的悲欢离合、起起伏伏，可她始终没有违背那一个承诺。徐良雄感慨地对记者说："老太太这一生，遇到那么多的苦难，受过那么多次的冲击，但是始终未改爱国爱乡之心，实在令人钦佩！"

1996年的最后一天，陈和薇母子俩拎着手提箱，坐上家乡专程前来接他们的汽车。从那一刻起，秦家离乡闯荡百余年、名震上海滩的传奇经历画上了一个圆满的句号。

2001年12月9日，陈和薇母子将第一批家藏的101件（套）珍贵文物正式捐赠给家乡。其中大部分是明清竹刻文物。经国家文物鉴定委员会专家鉴定，认为其中一级文物23件，二级文物59件，三级文物15件，可谓集中国竹刻艺术品之大成，其数量与质量为国内博物馆一流收藏水平。捐赠仪式上，陈和薇双眼湿润，她终于了却了丈夫很久以来的一个愿望：藏品归天一阁保管，将是最好的归宿。

相关链接

《鄞江送别图》

《鄞江送别图》是秦家捐赠给天一阁博物馆最珍贵的文物之一。

《鄞江送别图》描绘的是清康熙十八年，清廷开明史馆，鉴于万斯同在明史研究中的成就，邀请他赴京修《明史》。万斯同"请以布衣参史局，不置衔，不受俸"，客居京师江南馆20年修史。画作表现的是万斯同临别时，甬上文人依依送别的历史场景，此画也是浙东学派重要的文献资料。长卷上的每个人物都有名有姓，均为甬上文化名人。更难得的是，如今我们所见到的万斯同像，就出自此画，这也是大历史学家存留下来的唯一一张画像。

当年天一阁也曾派人去上海希望将它争取回宁波，但未果。秦秉年的父亲秦康祥在文物市场上偶然看到了，认出是宁波的东西，就想尽办法买了下来。这幅对宁波人来说意义重大的书画作品终于重新回到家乡，原件目前保存在宁波博物馆，摹本在白云庄展出。

秦氏支祠

秦秉年是天一阁秦氏支祠的第5代孙，秦氏支祠与他们的家族也有着一段传奇故事。

据说，秦家原本在镇明路章耆巷有一座宗祠，到上世纪初的时候，秦家宗祠已破旧不堪，尽显颓势。1923年，生意场上风光无限的秦际瀚回乡祭祖，看到眼前的宗祠，楼宇破旧，一副衰败景象，觉得脸上无光，就提出重建宗祠的想法。族内长辈见年轻人目无一切，口出狂言，又非秦氏嫡系，当即给予回绝。

族内长老另一想，毕竟是族中成功人士，终究要给些面子的，便提出宗祠不能建，只允许建支祠。这更激怒了他，他憋口气，下决心要建一座超过宗祠的建筑。他选中月湖西边，东靠闻家祠堂、北临天一阁的马眼漕的一块风水宝地，请来在宁波建筑业界一向享有盛誉的胡荣记营造厂建造。经过两年零七个月的建造，到1925年，一座耗银20余万，占地近2 000平方米的辉煌祠堂宣告完工。落成时，还请清代状元张謇撰写了《秦氏支祠记》。

(《东南商报》2012年10月7日)

按语：“陈和蒴”应作“陈和芗”或“陈和乡”。

讣　告

宁波籍著名收藏家、天一阁博物馆终身研究员、对宁波文化事业做出突出贡献的秦秉年先生于2015年7月2日9时48分因病离世，享年83岁。现定于7月4日8：30在宁波殡仪馆百寿堂举行遗体告别仪式，请参加告别仪式的亲朋好友于7月4日7：15在天一阁博物馆西大门外长春路口统一坐大巴前往。

天一阁博物馆同仁　泣告
(《宁波日报》2015年7月3日)

“天一阁的一分子”秦秉年先生走了

本报记者　陈青　汤丹文　通讯员　郑薇薇

《鄞江送别图》、唐代古琴“石上枯”、明清竹刻……他把家藏的8 000多件文物全部捐给了天一阁，其中国家一级文物24件。68岁那年，他被聘为天一阁博物馆终身研究员……

认识"秦秉年先生"是从我市这些年举办的各大精品展览之中："秦秉年先生捐赠文物展""高山流水——天一阁藏古琴展""瓶壁生辉——中国历代壁瓶精品展""方寸之间见天地——秦秉年捐赠历代玺印展"，以及常设在宁波博物馆三楼的"竹刻艺术——秦秉年先生捐赠竹刻珍品展"等，古琴、竹刻、壁瓶、玺印等珍贵文物让人大饱眼福，而站在展览背后的是天一阁博物馆终身研究员秦秉年先生。他曾经说过，"我是天一阁的一分子，关心天一阁、爱护天一阁、发展天一阁是我们共同的责任。"

秦秉年先生（资料图片由天一阁博物馆提供）

前天，天一阁秦氏支祠的第5代孙秦秉年先生——这位对宁波文物事业影响巨大的老人因病逝世，享年83岁。

8 000多件家藏文物全部捐赠给天一阁

秦秉年先生的高祖秦君安、曾祖秦际瀚、祖父秦伟楚三代均为在上海经商的宁波帮人士，曾创办恒丰昌染料号，投资地产和钱庄业，在上海叱咤风云的同时，秦家还把经营的触角拓展到了家乡宁波。秦家传到秦秉年的父亲秦康祥时，文化的含量和影响力在家族中已远远超过商业。秦康祥是西泠印社早期成员，幼时曾师从著名教育家冯君木先生，是上海滩著名收藏家、篆刻家，尤以收藏名家竹刻、玺印驰誉海内外。

秦康祥最大的爱好就是篆刻与收藏，他尽自己所能把流落在外地的宁波人的字画作品一件件收集起来，告诉秦秉年收藏并非为了投资增值，而是有朝一日送回故乡。

2001年12月，秦秉年先生遵照其父生前嘱咐，首次向天一阁捐出101件（套）文物，其中的98件是明清竹刻文物。经国家文物鉴定委员会专家鉴定，认为其中一级文物23件，二级文物59件，三级文物15件，可谓集中国竹刻艺术品之大成，其数量与质量为国内博物馆一流收藏水平。据当时的天一阁博物馆馆长徐良雄回忆，"当时我国著名文物专家王世襄、朱家溍鉴定这批文物，王世襄先生称'这些竹刻是现存文物中最好的一批'。"

2003年11月，秦秉年先生又将家藏的另外171件（套）明清瓷器捐赠给天一阁，其中包括国家二级文物6件、三级文物31件。2006年11月，他将包括扇面、印章、书画、玉石、钱币等的8 105件器物及326种古籍2 318册全部捐出，其中有国家一级文物1件，二级文物47件，三级文物1 421件。这当中就有包括唐琴"石上枯"在内的14张古琴。

秦秉年先生所捐赠的文物上起新石器时代，下至明清、民国，年代跨度之大，种类之多，近代收藏家都难以望其项背。他曾在2006年的捐赠仪式上表示，把文物送回家乡，回到天一阁是父亲的遗愿。

秦家为宁波地方文化作出了巨大贡献

在秦秉年先生捐赠的文物中，《鄞江送别图》总是一再被提及。《鄞江送别图》是一幅与浙东学派大有渊源的历史画卷，描绘的是清康熙十八年，清廷开明史馆，鉴于万斯同在明史研究中的成就，邀请他赴京修《明史》。画作表现的是万斯同赴京时，甬上文人依依送别的历史场景。徐良雄说："长卷上的每个人物都是有名有姓的甬上文化名人，如今我们所见到的唯一的万斯同像，就出自此画。"

关于这幅画有一个故事，曾经有一名古董商带着《鄞江送别图》来到天一阁，时任馆长的邱嗣斌又惊又喜，但当时天一阁拿不出那么多钱收购这件国保级的文物。邱嗣斌就找到了上海的老友——宁波籍大收藏家秦康祥。"后来，我大伯伯就把这张画买下来。"秦秉衡是秦康祥的弟弟秦仲祥之子。他告诉记者，"我听爸爸说，当时就讲好先放在秦家，等老一辈过世的时候再把画送到天一阁。"

秦秉年先生代表的秦氏家族的三次捐赠义举，是我市建国以来接受捐赠文物中级别最高、价值最大、数量最多的捐赠，受到社会各界的一致敬仰和由衷感佩。

简朴、诚实、爱家乡的家风在一直传承

秦康祥出身富豪之家，生活却简朴得很，除了用于收藏，其他地方能省则省。秦秉年同样如此。徐良雄说："1996年12月31日，我把秉年和他母亲接回宁波生活，我们想找个保姆或者工作人员照顾他们，他们却一直说不要，不想给我们增加一丁点负担。秉年晚年生活简朴，在郎官巷居住的时候，喜欢一个人在外面走走，后来颐养在宁波颐乐园。"

把家藏文物尽数捐给天一阁的壮举得到社会各界赞叹，秦秉年先生则认为："以个人的力量收藏和保护文物，能力是有限的，而交给天一阁，我很放心。"他还说："把家传的珍贵文物交给国家，能够化私藏为公藏，使其得到永久的保存，何乐而不为呢？"

上海牯岭路140号是秦家的小洋楼。"那个房子有1 100平方米，三进，二层楼带阁楼，我们和哥哥（秦秉年）都是那里出生的。"秦秉衡回忆说，"上世纪50年代

的时候,家里有点钱,买古董是我大伯伯秦康祥提出来的,除了篆刻,他对古琴有研究,我爸爸(秦仲祥)是学画画的。他们每天都分头去看文物,晚上回来一起讨论买到什么、值不值得买等问题。"

"捐赠文物给天一阁是我们家早达成的共识。我小时候玩过的清朝铜钱,还有刀币钱等,早年我跟爸爸说我拿两块好吗?我爸爸告诫我不许动。还有商朝的玉石,我也想留两块留个纪念。爸爸说要整套交到天一阁,一块都不能缺。"

自从秦秉年先生和母亲陈和芗回到故乡宁波后,在海外工作、生活的秦秉衡和姐姐秦蕊球几乎每年回宁波探亲。"我们秦家一直与天一阁很有缘,它是最有文化的地方,古董就应该回家。"

他们对位于天一阁的秦氏支祠得到很好的修缮表示感谢。"我爸爸说在他小时候,他进祠堂要走在最后。2001年,第一批文物捐给天一阁的时候,他的书画展同时举行,我们回天一阁是从祠堂的正门进去的,这就是回家了。"

尽管秦家高义,不求任何回报,但十多年来,天一阁的同志们,从历任馆长到普通员工都非常敬重秦秉年先生,一直看望照顾他们母子,2012年10月,又为其母亲送终。在此次秉年先生患病期间,大家更是竭尽全力。而宁波市政府、市文广新闻出版局领导也多次专程到医院探望,指示医院尽最大努力救治秦秉年先生。后又往灵堂吊唁,参加告别仪式,沉痛送别秉年先生。

天一阁博物馆馆长庄立臻说,斯人已去,但以秦秉年先生为代表的秦氏几代人身上所体现的淡泊名利、报效桑梓、化私为公的高义必将垂范世人、流芳后世,这也是宁波这座历史文化名城最宝贵的精神财富之一。

(《宁波日报》2015年7月4日)

按语:秦秉年将家藏171件(套)明清瓷器捐赠给天一阁实际应在2003年12月。

天一阁的"家人"秦秉年先生病逝

生前捐赠8 000余件文物 被称为"天一阁永不退休的终身研究员"

记者 林旻

今天上午8点半,宁波籍著名收藏家、天一阁博物馆终身研究员、对宁波文化

2001年12月9日，秦秉年先生首次向天一阁博物馆捐赠珍贵文物。图片由天一阁博物馆提供

事业做出突出贡献的秦秉年先生的遗体告别仪式将在宁波市殡仪馆百寿堂举行。7月2日上午9点，秦秉年因病离世，享年83岁。

从2001年至2006年，秦秉年曾代表父母，将家中收藏的8 000余件文物分三次捐赠给了天一阁博物馆，其中国家一级文物24件、二级文物112件、三级文物1 467件。他用人生中最后的时光，兑现了父亲秦康祥留下的遗言："家里的宝贝，以后都要送回家乡，留给天一阁。"

出身望族，一门三代创业沪上

秦秉年是宁波秦氏支祠主人第五代后裔。他的高祖秦君安、曾祖秦际瀚、祖父秦伟楚三代均为在上海经商的宁波帮人士。

24岁那年，出身贫寒的秦君安到上海创业，经营染料业，后来，在今汉口路和山东路交界处，开起一家叫"恒丰昌号"的铺面。秦君安谦虚好学，头脑灵活，信守承诺，生意越做越兴旺。除了染料，秦家在钱庄和地产业也各有投资，财富日渐积累。上世纪二三十年代，在上海滩著名的9家钱业家族中，宁波人占了5席，善于经营的秦君安便是其中之一。他先后与人合伙或独资开办起八家联号：恒兴、恒隆、恒大、恒赉、恒巽、永聚、同庆和慎源钱庄。在上海，提起"恒"字号钱庄，无人不知。

与此同时，秦家的钱庄生意也延续到了家乡宁波，在当时钱庄林立的江厦街上，秦家以大股东身份在宁波开办了晋恒、鼎恒、复恒等钱庄，业务辐射东南沿海和内陆。

秦秉年的父亲秦康祥，是沪上著名收藏家、篆刻家，西泠印社早期社员。到了秦康祥这一代，却选择了与父辈们全然不同的人生道路。秦康祥年幼时就被父亲送回家乡，师从著名教育家冯君木。财富对他没有吸引力，诗文书画和古代流传下来的物件反倒成了他的兴趣所在。

秦康祥收藏范围广泛，涉及门类众多，最多的是竹刻，收藏原则是以精为主，很多属难得一见的艺术珍品。那时，社会上对竹刻还没有深刻的认识，普遍视之为普通玩物，康祥独具慧眼，意识到竹刻是我国独特的一门艺术，其价值不在其他艺术门类之下。别人不看好，他却迷恋。从此，大量的明清竹刻笔筒、搁笔、扇骨、竹佛等成为他的钟爱，其中不乏明清竹刻代表人物，有嘉定派"朱氏三松"（朱松林、朱小松、朱三松）的各类精品，有金陵派濮仲谦等名家的作品。

2001年，秦秉年代表其父亲将这批竹刻捐给家乡时，为弄清楚文物的价值，宁波方面选定99件竹刻、两件紫檀，专门派人送到北京，请我国文物专家王世襄、朱家溍鉴定。经两位大师明鉴，最终确定为国家一级文物23件、二级文物59件、三级文物15件。"别小看这个数字，在秦家捐赠前，全宁波市的国家一级文物只有11件。"这些数字，至今深深印在天一阁博物馆前馆长徐良雄的脑海中。

子承父愿，家藏宝贝悉数回甬

在天一阁老馆长邱嗣斌退休后，和秦家母子联系的接力棒就交到孟建耀手里。"秦老先生曾说，他父亲希望将这些东西永远地保存下去，而交给国家是最好的选择。上一代人想法，让秦秉年来实现。知道他们有这个意向之后，我们才开始了密切的联系。"从1994年的初次相见至今，孟建耀用"家人"来形容天一阁和秦秉年之间的关系。

1996年年底，秦秉年和母亲陈和芗回到了阔别多年的家乡宁波。"我记得是1996年的最后一天，他们回到宁波的时候，天色已经很晚了。"那一天，时任天一阁博物馆馆长的徐良雄，带上工作人员和安保一道，赴上海将秦秉年母子俩接回宁波。

秦家在上海的住处是一幢民国时期的建筑，二层带阁楼，一楼出租，二楼住人，文物全部放在阁楼上，平时绝不示人。"人"字型阁楼，中间高，两头低，只有中间部分能站起人。装着文物的箱子、纸包等把阁楼塞得满满的。天一阁方面按照文博的规矩，边清点，边装箱，对每件文物进行定名、编号、登记，并复写三份，最终由秦秉年和徐良雄签字认可，贴好封条移交。那一次他们运回八箱竹刻、扇面、扇骨等。在以后的一个多月时间里，他们又前后五趟，陆续运回瓷器、印章、书画、古琴等。

自2001年起，秦秉年先后3次向天一阁博物馆捐赠文物收藏品8 377件（套）及326种古籍2 318册文物，其中，有国家一级文物24件、二级文物112件、三级文物1 467件。

最让徐良雄感慨的是辗转回家的《鄞江送别图》。此画描绘的是清康熙十八年，清廷开明史馆，鉴于万斯同在明史研究中的成就，邀请他赴京修《明史》。这也是这位大历史学家存留下来的唯一一张画像。

有一件事，让孟建耀印象深刻。"秦家母子要回宁波了，首先要让他们没有后顾之忧。市里的领导特事特批，史无前例地特聘60多岁的秦老为天一阁的终身研究员。另外，天一阁出钱，在郎官巷买了两套房子，让他们居住。秦老对身外之物看得非常轻，连房子也坚持不要写他的名字。"没住多久，为了生活更加便利，母子俩搬去了宁波颐乐园。孟建耀说，在秦秉年身上，能看到"宁波帮"的赤子之心。

上周，孟建耀还去医院看望了秦秉年，"当时他住在重症病房里，已经神志不清了。以前我们逢年过节就会见面，近两年见得少了，但过年还是会去看他。秦老是天一阁永不退休的终身研究员，也永远是天一阁的家人。"

（《东南商报》2015年7月4日）

诗文跋记

寒食行

秦康祥

柏森森，
松亭亭。
柳丝摇不停，
飘流水上萍。
隣舟有孤寡，
一叶寄伶仃。
寡妇容惨白，
孤儿甫四龄。
对儿泣且诉，
凄绝不忍听。
咽呜叹身世，
夫在维德馨。
夫作墓中人，
同穴望窅冥。
萍踪萦愁丝，
心比松柏贞。
怀中儿不耐，
亦不成哭声。
少顷抵墓门，
宿草猿鹤迎。

麦饭佐菜羹，

奠罢酒倾觥。

返掉别离行，

回顾泪盈盈。

怜他何惸惸，

累我亦怦怦。

（《钱业月报》第9卷第4号，1929年5月15日出版）

按语："返掉"应为"返棹"。

泛　湖

秦康祥

行舟绿水中，

浓雾蔽天空。

拂拂风萦袖，

萧萧雨打蓬。

一湖莲叶碧，

两岸杏花红。

月色波心照，

归来曲涧东。

（《钱业月报》第9卷第4号，1929年5月15日出版）

望月怨

秦康祥

望月引相思，

相思莫我知。

月缺有重圆，
闺怨几许时。

（《钱业月报》第9卷第4号，1929年5月15日出版）

忆去年春日游阿育王寺诗

秦康祥

万叠青峰烟雾笼，
飘飘柳絮正迎风。
山乡屋舍如鳞项，
都在游人一望中。

（《钱业月报》第9卷第5号，1929年6月15日出版）

烟　雨

秦康祥

孤亭烟树外，
茅茨雨声中。
深夜何人钓，
渔舟簑笠翁。

（《钱业月报》第9卷第5号，1929年6月15日出版）

闻　箫

秦康祥

明月残照宵，
隐闻吹洞箫。

幽人何处住，

隔水路非遥。

（《钱业月报》第9卷第5号，1929年6月15日出版）

春　去

秦康祥

信足过沙滩，

临流感逝川。

黄莺啼树恨，

为惜百花残。

（《钱业月报》第9卷第8号，1929年8月15日出版）

雨　夜

秦康祥

深夜不成眠，

倚镫欲晓天。

朦胧风雨急，

只为落花怜。

（《钱业月报》第9卷第8号，1929年8月15日出版）

秦氏支祠暨馀庆小学始末记颂辞二首

秦仲祥

我秦氏故老相传先世姓叶，入赘于蔡，因用叶、蔡二字形似之部，合而为秦，音仁，先父名所居曰仁庐，盖亦有寓于此也。郡属天水，非淮海，下从禾，不从禾，所以有别于秦也。字书无禾部,乃我秦氏首创此例,在广东颇多,不足为奇。世居浙之慈谿,本支迁鄞,为月湖派始祖,逮余已十有五世,历世无显宦巨贾,安分而已。我曾祖君安公在沪经商,退休还乡后每以造福桑梓为念。我祖辈为继承先志,即于民国十四年在鄞西马衙槽兴建秦氏支祠,即于其侧轫设馀庆小学,聘王霁云先师任校长,各科师资颇优,全盛时有学生四百人,学杂全免,并给书籍、文具。至抗战时,因敌机轰炸而罢,为时约十余年。此后历经巨变,驯至我等不肖幸免陨越,遑论传薪。今者支祠已由公家按原式修复,并获保留原名,与天一阁合而为一,翌赞斯文,固秦氏所愿也,而小学流光之继,惟有俟诸后来,颂曰:

不期金玉美,但羡诗书香。风范月湖旧,源流天水长。其一

十年培树木,百载毓人才。兴学念馀庆,流光俟后来。其二

一九九九年贵房裔孙永圣敬述

(秦仲祥:《蛛网集》,宁波出版社2004年第1版,第126—128页)

有关秦氏姓氏源流十二世祖在上海创业后人在民国廿四年度过金融风潮及支祠并入天一阁

秦仲祥

我秦氏系出慈谿,先辈口传远祖本姓叶,入赘于蔡,由于自秦以来歧视赘婿,因采叶、蔡二字形似之处,合而成秦,所以世有秦、叶不通婚之说。自大川公遣鄞为本支始祖,垂十二世至君安公。当时海禁已开,华洋贸易盛于上海,君安公因迁沪经商,经营颜料等洋杂货,与德商多有交往。当第一次世界大战时,洋货飞涨,蒙其利者有叶、倪、薛、秦等数家,因互为姻亲。君安公退休回乡,高年弃养。我祖辈纪念安公,因建秦氏支祠于宁波月湖,并于其侧轫设馀庆义务小学。至抗战时,因敌机轰炸而罢。在抗战前,上海租界市面繁荣,秦氏因转而投资房地产及金融业,始设恒兴钱庄。在当时,钱庄为股东负无限责任之信用行业。因秦氏以租界内之房地产为基础,由于租界之特殊条件,使地产年年升值,形成寸金寸土。秦氏因而被钱庄史作者列为浙江财阀之一。不幸,秦氏由于估计错误,以致盲目扩张,在上海一地所增设之钱庄、银行竟达六家之多,以致尾大不调。时在民国廿四年,日军势力进入上海,殖民国家无力保障租界。因之市面衰落,人心浮动,而租界之

房地产亦已失去优越条件，无人一顾。国府之中央银行亦拒绝抵押。因之，秦氏所属之上海六家银钱业无以应付提款要求，以致危在旦夕，而秦氏所属之银钱业牵涉颇广，如不幸倒闭，非但上海市面大乱，国家财政亦将受其连累，因此引致政府注意，财长黄夜来沪，指示央行以秦氏房地产作抵，全力维持秦氏金融业，由此秦氏得以保全信誉，幸免破产。迨抗战失利，国军撤离上海，租界成为孤岛，币值大跌。秦氏清理钱业，当时踞处租界之央行允秦氏以国币赎回房地产，而时局改变，租界之房地产已无复昔日盛况。解放后，由国家以赎买政策给与定息收回。至此，秦氏营商事业亦随之终结。至于在宁波之秦氏支祠因久被用作仓库，破坏严重，至解放后规定公产充公，因支祠建筑华美，有地方特色，被列为一级文物，拨款照原式修复，仍留秦氏支祠原名，与范氏天一阁合并，用以翊赞斯文，此乃秦氏之所望也。

支祠十五世孙仲祥秦永圣记

大江东去岁华更，
祖泽犹存荫后昆。
翊赞斯文留庙号，
流光不沫沐殊恩。

（秦仲祥：《蛛网集》，宁波出版社2004年第1版，第144—147页）

题秦彦冲濮尊朱佛斋图卷

张宗祥

好逢竹醉日，清酒酌盈尊。远酹濮高士，近劝竹云孙。五言一章咏濮尊。

拾得灵山残竹，幻成古佛慈容。万物皆具佛性，谁钦悟者朱公。六言一章咏朱佛。

濮尊朱佛贮清斋，二王风流孰与偕？读遍《竹人正续传》，古来绝艺不终埋。

彦冲兄曾编《竹人正续传》。

（浙江省文史研究馆编、曹锦炎主编：《张宗祥文集》第3册，上海古籍出版社2013年11月第1版，第255页）

玉楼春

陈蒙庵

樱花词为秦彦冲赋即书其介弟彦若所写生扇面

濛濛海色□花气,困倚东风娇欲起。无情有恨浅深红,剪□移根新旧泪。

愁春已是拼憔悴,静□珍□扶宿醉。□他蝶使与蜂媒,看取轻盈添妩媚。

(《申报》1948年10月5日)

按语:陈蒙庵即陈运彰。

汉宫春

题秦彦若牡丹册

汪 东

罗荔牙签,尽旧时题品,窈窕花工。筌熙偶传妙手,移入图中。娇黄嫩紫,似含情、斜倚熏笼。争信得、当年姚魏,便教占断春风。

就里一枝秾艳,是谪仙醉酒,月下曾逢。天香更兼国色,宠冠唐宫。繁华瞬改,讶雒阳、亭馆都空。应让我、挑镫玩取,因花细想徽容。

(汪东:《梦秋词》,齐鲁书社1985年7月第1版,第314—315页)

丁卯春日感旧诗二十首(选录)

周退密

文章汉魏有师承,乃以雕虫篆刻称。扫地出门余一命,前生疑是打包僧。鄞县秦彦冲学长

君名康祥,与予曾同学于清芬馆,后君先予负笈来沪,从回风冯先生游,回风文宗汉魏,君得其

薪传。富收藏,竹刻尤著。濮尊、朱佛,为世艳称。工书法、篆刻,为人重气谊,敦古道。曾刊印《竹人录》及《西泠印社志稿》,并集吴公阜、乔大壮二家遗印,制为印谱行世。浩劫中,全家遭扫地出门。未几,患胃癌逝世,未几太夫人又继之。著有《四明书人录》,遗稿乱中失去,已不可踪迹。介弟仲祥,以画名世。

(周退密:《移情小令四种·退密楼怀人诗·退密楼七言律诗钞》,内部出版,第49页)

宁波清芬馆和我的几位同学

周退密

1927年夏,余毕业于浙江省立四中附小。时北伐军于克复省城杭州之后,即挥师入宁波。一时公立学校纷纷停止开学,不得已乃入私塾清芬馆肄业。在湖西马衕漕秦氏宗祠旁舍,距家甚近。塾师黄际云(次会)先生,为前清廪贡生,曾任教于美国浸礼会创办的四明中学,有通儒之目。黄氏世代书香,其父正木著有《墨舫賸稿》行世,黄氏传为侁飞将军之后,将军死后有庙,受民血食。

际云师分四科授徒,曰德行、言语、政事、文学。四科各有教材。《论语》、《孟子》、《大学》、《中庸》为德行课本;《左传》、《战国策》,为言语课本;《纲鉴易知录》为政事课本,《史记菁华录》、《古文观止》、《唐诗三百首》为文学课本。五花八门,十分有趣。不知孔夫子当年杏坛讲学的是什么教材。新生第一年读《论》、《孟》,次学读《学》、《庸》,在安排上颇有深意。余肄业三年,《论》、《孟》已一再读。《纲鉴》按历史年代从近及远,从明史开始,由际云师逐行讲解。三年之中仅讲完明朝一代。课本中余最喜欢《史记菁华录》和《唐诗三百首》。除《纲鉴》外各课均主张背诵,这种记诵教育法正是过去私塾所独有而为今日大学中文系所忽视者。读至第三年秋天,际云师不幸捐馆,黄师逝后同学不散,由哲嗣某君代课,不甚理想,余读至年终即不再继续。三年之中使余稍窥得国学之樊篱,为日后自学打下基础,实在得自吾师之教益和恩赐。际云师曾谓余:"读书人不能不读《文献通考》,一俟明年开始,就给你们开课。"乃事与愿违,始终没有实现。

清芬馆同学逐年增多,累计之当达百数十人,但来学的各有目的,多数是为就业作准备,使读些文言文后进入社会,便于谋生。也有中学毕业后作短期进修投考大学的。当时就有余存章、何端芝二人,他们一个入上海法学院,一个入中央大学法律系,毕业后均在宁波当律师。还有一位钟一棠,是中医钟一桂的弟弟,一棠也就是为了提高文言水平来的。余、何二人久作古人,一棠尚健在。目前已经是宁波鼎鼎大名的老中医了。六十年来师门宿草,渺不可寻,同学少年亦多风流云散,久无消息。过去同在上海一地的有秦彦冲(康祥)、彦若(仲祥)兄弟。彦冲在清芬楼馆肄业约一年余即移居上海,从修能中学慈溪钱太希(罕)先生问业,并为慈溪冯君木(幵)先生的及门弟子,(冯门回风堂弟子各以"彦"字为序,如君木女夫魏友棐字彦忱,即其一例。)彦冲从游冯门之后学乃大进。为文词藻茂朴,深得回风宗法。彦冲除古文之外,复擅书法,篆及刻竹诸艺事,收藏明清两代图章至富,尤好藏弄竹刻。尝得朱三松所刻之弥勒佛及濮仲谦之酒樽二事,颜其室曰"濮樽朱佛斋"。浩劫中彦冲家被抄,两物被目为四旧,为红卫兵当作皮球乱踢乱砸,致遭毁损。一日彦冲来视余,笑谓余曰:"我过去是拿小刀的,现在改行拿大刀了。"我说愿闻大刀之说。彦冲笑谓:"现在拿菜刀做饭司务,切青菜萝卜了。"言竟苦笑不已。且谓患胃病,得食即呕,所患似胃癌,恐不久于世。又告余其母太夫人所患与彼相同。后数月彦冲果死,其母亲亦相继去世。忧能伤人,有如此哉。1967年君殇之前余曾往视之,盖扫地出门后已被勒令迁住于牯岭路永吉里某号之一东厢房内。彦冲出所撰之《印说十篇》示余,令余毕读之,余击节叹赏。终以当时气氛逼人,环境恶劣,相与咨嗟良久。别时余勉其录副保存,后知其不果行,手稿亦付劫灰。君雅怀高洁,斐然有述作之志。生前刊印有《杭州西泠印社志稿》《续稿》两种,重印《竹人录》,并刊印《竹人续录》,其所撰之《四明画人录》已经缮写清样,并贮存大批玉扣纸准备印刷,正遇上浩劫开始,以致功亏一篑。彦冲于此书花费不少心血,曾谓:四明一地代有画家,见于方志者记载多属寥寥数语,如说"工画"、"善人物"等语,不仅简单,亦未见作品流传,令人徒萦想像,无从欣赏。如根据方志照搬照抄,则集事甚易,但仍不足以信今而传后,余则从人而及其作品,或从作品而及其人,必千方百计购求其作品,以相印证。或为其人补立小传,亦必稽考诸家文集、笔记以充实内容,耗精竭力始克成书。凡记一事,立一传无不另起炉灶为之,其用力之勤劬,治学态度之严肃不苟,令人起敬。乃天竟厄此鸿业,不使之与世并传,殆天数也。后余多次以语宁波天一阁文物保管所主任邱嗣彬兄,经他多次向有关抄家单位联系,探询书稿下落,竟无踪迹。彦冲藏品中有明代印章数百方,已制成印谱初稿,清代诸印亦数百方尚未着手排比。抄家以后,闻藏印尚保存不散失，未知确否？

彦若习绘事，尤工花卉，"文革"前先行出国，鸾飘凤泊，久无消息。吾友诗人徐稼砚兄有题其牡丹画册诗，转载二首于后，以结束吾文。诗云："丈室天花渺不传，化工神笔说熙签。南田老去南沙逝，艺事萧务二百年。洛阳亭馆已山丘，檀晕鞓红记胜流，崛起秦郎工写照，不教蕉萃不教愁。"

（顾国华编：《文坛杂忆初编》，上海书店出版社1999年9月第1版，第273—275页）

按语："马衙漕秦氏宗祠"应为"马衙漕秦氏支祠"。

《杭州西泠印社志稿》、《续稿》"应为"杭州《西泠印社志稿》、《附编》"。

周退密在《闻一波绘赠安亭草堂图感赋》一诗写到"画传凭谁续四明"，并注释"亡友秦彦冲撰《四明画人录》，杀青有日，会'文革'事起，稿被抄掠，竟至无可踪迹"（见《周退密诗文集》，黄山书社2011年6月第1版，第234页）。

"邱嗣彬"应为"邱嗣斌"，曾任天一阁文物保管所所长。

张君鲁盦墓碣文

秦康祥

君讳锡诚，字咀英，号鲁盦，慈谿张氏。曾祖芙生、祖绅伯、父子云，清诸生。君生逾岁而孤，母杨氏抚育成立。家世业药材，君勿乐货殖，耽志金石，尤好篆刻，从鄞赵时棡游，尽得其传。积四十年精力，广搜周汉遗印及名家刻画，得千五百余纽，明以来诸家谱录亦四百余种，珍椠孤本多所庋致，竝世藏家无出其右者。平昔于邓顽伯之作，服膺最深，次第摹镌，辑成专谱。其他选拓原刻，自明何雪渔以下，亦十余家。君治石研朱，至老不倦，手刻印稿，哀然盈尺，所制印泥、印刀，竝皆精利，著称艺林。春秋六十有二，以公元千九百六十二年壬寅三月十四日殡于上海寓次。配林氏、叶氏。子二，永思，前卒，永憨；女六，适吴、适王、适游、适胡、适朱、适钱。孙二，宗兴、宗承。同年十月朔，卜葬杭州南山公墓。君故为西泠印社社员，既殡，永憨奉母命举所藏印章、印谱归之印社，用饷承学，遵遗志也。

秦康祥撰，韩竞书并刊石。

（据拓片整理）

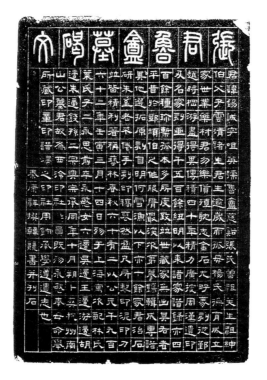

《张君鲁盦墓碣文》拓片（纵27厘米×横18.9厘米）
（郭若愚:《落英缤纷——师友忆念录》,上海书画出版社2003年7月第1版,第170页）

《西泠印社志稿》《西泠印社志稿附编》

鄞县秦康祥彦冲著,油印本

周退密

杭州西泠印社在西湖孤山之阳,擅泉石之胜,四方游客来此登临,则全湖胜景可收于一览。旧有数峰阁,为文士茗酒所在。清光绪甲辰,王福盦与叶叶舟、吴石潜三先生创立印社于阁旁,购地数弓,叠石开池,布置丘壑,此西泠印社之由来也。社本有志,叶叶舟所为也,临桂况夔笙序之。顾洊经兵火,叶氏志稿已杳不可得,君秉福盦丈之命,搜其资料,与社友孙智敏厪才太史商榷论定,此稿始底于成。君于此书既任采访之役,复任编纂之劳,又复独任梨枣之费,其于西泠印社,厥功伟矣!君与余及介弟仲祥彦若均为宁波清芬馆同学,同出黄次会际云师之门,后从慈谿冯开君木先生游，故文益大进，不如余之薄殖粗疏也。志共六卷，曰志地、曰志人、曰志事、曰志文、曰志馀。一卷在握，举凡印社之风物人文靡不毕见，视古图经更加详焉。志稿印成后，以编余金石全文及印人社友小传，别成附编上下两卷。今附编所列仅为金石全文一卷，盖君秉福盦丈之命先为印行者；其印人社友小传，终君之世未见写印。附编之成在一九六〇年，越数年即遭浩劫，一九六八年君下世，以身殉劫，人琴俱亡，可胜叹哉！

（周退密：《周退密诗文集》，黄山书社 2011 年 6 月第 1 版，第 1625—1626 页）

秦彦冲辑印谱

周采泉

秦康祥，字彦冲，鄞人。其祖均安为上海钱业巨擘，其父不能守成，所经营之钱肆折阅，动摇全沪钱业界，引起轩然大波，导致全沪骚动。时宋子文任财政部长在杭休养，闻之亲自赴沪调停，发公债五百万元以弭平此一金融风潮，故名为"金融公债"，其影响之大可知矣。秦氏家虽破产，"百足之虫，死而不僵"，固犹一巨富也。彦冲不事家人生产，喜从名士游，能治印，尤喜为名家辑印谱。为沙孟海辑《沙村印式》，沙老有为朱祖谋丈所刻数印最为得意，奈藏家因事下狱，彦冲设法保释其人出狱回家取印，听其钤拓，用毕归还其家，其勇于任事如此。某年西泠印社年会，彦冲携一方大端砚来，请到会社友镌名其上，当其握刀、奏刀时摄入影片，以资观摩，沙老甚称其设想之妙。西泠印社八十周年纪念有《社员题名碑》，时彦冲已故，创议者固彦冲也。彦冲好收拾竹刻，凡《竹人传》所载"行人"作品，巨细不捐。

（浙江省文史研究馆编：《孤山拾零》，上海书店出版社 1993 年 7 月第 1 版，第 58 页）

按语：　"均安"应为"君安"，实系秦康祥曾祖父。
　　本文又收录在姚以恩、刘华庭编选《新笔记大观——〈新编文史笔记丛书〉精选本》（上海书店出版社 1996 年 8 月第 1 版，第 822—823 页）。

秦彦冲

江成之口述　周建国整理

相识秦彦冲先生是在上海地区的西泠印社社员商讨集体刻制《西湖胜迹印谱》的第二次碰头会上,此会主要内容是各人领取刻制任务。会议结束时,彦冲先生找到我,问我收藏的旧印章还在不在,我说在的。彦冲先生原名永聚,后更名康祥,以字行,别署濮尊朱佛斋,浙江宁波人。刻印工稳,尤爱竹刻,精于墨拓,收藏颇丰。

就在西泠印社六十周年社庆大会前夕,彦冲先生陪同韩登安先生来到我家,说是为了配合社庆活动,请各地社员拿出自己部分藏品办个展览。当我把自己收藏的丁敬身、黄小松、陈曼生、赵次闲、钱叔盖等西泠八家的印章请他俩一一挑选时,登安先生以一口浓重的杭州话连连说:"好的,好的。"西泠印社六十周年社庆大会后,彦冲先生把我参加社员藏品展览的藏印从杭州带回上海,托吴朴堂还给我,同时还带给我两方印石,请我刻"睿识阁"和"濮尊朱佛斋"。

一次,方去疾叫我去朵云轩,说是收到一方何雪渔的名印,即"柴门深处"。得此消息后,我就匆匆赶去,在那里恰遇彦冲先生,便和他一起欣赏何氏佳印,确实是与流传有绪的谱上一般无二。彦冲先生于刻印、藏印皆行家里手,谈起此方面掌故来滔滔不绝,故我们相晤甚欢。

和彦冲先生的最后一面,是在吴朴堂家里。那是1966年6月后的一天,因得知朴堂自戕,我和徐家植去吴家看望其夫人王智珠,并示慰问,在那里遇见了也来慰问的彦冲先生。在此特殊时刻,我们除了安慰吴夫人外,相对无言。两年后,心灵受创的彦冲先生亦驾鹤西归。他所托之事未能了却,一是"文化大革命"前政治学习、日常工作繁忙,二是"文化大革命"后不敢再碰此技,故而失诺。

(江成之口述、周建国整理:《金石之交长相忆——亦静居忆师友》,西泠印社编:《西泠印社早期社员、社史研讨会论文集》下册,西泠印社出版社2006年9月第1版,第197页)

竹人三录

钱定一

秦彦冲为近代收藏明清竹刻最富，以藏有濮仲谦竹雕酒尊，朱松邻竹雕佛而颜其室为濮尊朱佛斋。曾重印金元钰《竹人录》。往时予常往访之于牯岭路寓所，畅论竹刻艺术盛衰，极为相得。尝出示所藏嘉定竹刻名家封锡禄等名作，均极稀有名贵，往往赏玩累日。曾赠予所印《竹人录》一册。彦冲继褚松窗《竹人续录》之后，复辑《竹人三录》一稿，收录竹刻名家数十人，原稿予曾假阅一过，并采其时沉一条入予民间美术艺人志中。闻彦冲逝于十年动乱中，藏品均归上海博物馆，惜《竹人三录》稿本，已荡然无存矣。

（顾国华编：《文坛杂忆全编》第5册，上海书店出版社2015年5月第1版，第211页）

《西泠印社志稿》跋二

秦康祥

丁亥重九，以丁丈辅之、王丈福厂之介，得预西泠印社社员之列。时叶丈品三尚健在，晨夕盘桓，备闻绪论，缘是尽读社中金石文字。至故社长吴缶老所为碑记，则憬然有所感焉。盖撰文、书丹之日为甲寅五月二十有二日，是日也，余始生之辰，金石良缘，斯亦奇矣。己丑初夏，问丁丈病于其沪寓。时孙丈厘才偕王丈亦来存问。谈次，以叶丈旧有社志之稿亡逸不可复得，佥云宜有以重编之。责以采访之役，余固不敢辞，遂遵其意旨，次第移录。王丈复时时搜求督励。积稿盈寸，规模粗具，乃就孙丈裁正体例，写定稿本，亟谋缮印，庶几印社永萦于人心，与湖楼风月终古常新。惜乎丁丈已不及见也。悲夫！鄞秦康祥彦冲甫跋。

（秦康祥、孙智敏编著：《西泠印社志稿》，1957年油印本）

按语：此标题系编著者所加，原标题作《跋二》。

《西泠印社志稿附编》跋

秦康祥

　　《西泠印社志稿》经孙丈廑才编定六卷，已付诸写印，复以编馀金石全文及印人、社友小传别成《附编》上下两卷。王丈福厂拟先续印金石一卷，责余葳其事，而纸未备，王丈忽病癃闭，就医施行手术。是日，谒于病榻，矇眬间犹以附编为言，余亦力任之。既退之翌日，不幸突撄先君子善宝公大故，时去年九月望日也。自是居丧读礼、不言志事者数阅月。今年春，复谒王丈于其家，然大耋之年经此巨创，疾愈而体力惫矣。其于附编，晤则必督之。旋既得纸，亟以走告，见其喜慰溢于颜表，精神湛湛若无疾者，且谓余曰："汝好为之，今而后，吾可以瞑目矣。"於乎！竟不浃旬，言犹在耳，而噩耗骤闻，至可悲也！然而王丈虽不及见，盖已知其必有以成也。写印毕工，为书其事。今之揽者，亦可想见其拳拳之情乎！公元一九六零年岁次庚子立秋，鄞彦冲秦康祥记于濮尊朱佛斋。

（秦康祥编著：《西泠印社志稿附编》，1960年油印本）

按语：此标题系编著者所加，原标题作《跋》。

《西泠印社小志》跋

秦康祥

　　叶丈品三归道山之明年，尝偕孙丈廑才、王丈福厂谒丁丈辅之于其沪寓。谈次，以叶丈曾辑西泠印社志，其稿佚不可得，乃以采访之役责诸余。后由孙丈写定，题曰《西泠印社志稿》，复辑录遗文以为附编，既皆缮印成书矣。去年冬大会，社员谭艺经旬，吴君振平出叶丈《西泠印社小志》见视，都四十三叶，叶自为篇，活字排印，版匡、行款皆不同，盖尚未作最后铨次者。虽非完书，多为余采访所未及，其中如印社之经始，岁月推移，今日已莫能道其事者，亟假归为之排比、誊录、付印，以广流传。闻叶丈别有手稿一巨帙，经临桂况夔笙先生校定且为之序，顾仍弗可得见。吾必其终不长湮如是稿者，期更征访得之写竟，复检蕙风簃文稿，录况先生原序冠之。先哲已往，存者勉旃，因识数语，即以为印社六十周年纪念之献礼。公历一千九百六十三年癸卯大暑，鄞彦冲秦康祥书于濮尊朱佛斋。

（叶为铭辑：《西泠印社小志》，1963 年油印本，宁波市天一阁博物院藏）

按语：此标题系编著者所加，原标题作《跋》。

"叶丈品三"即叶为铭。

"孙丈厪才"即孙智敏。

宁波市天一阁博物院藏本书末钤有"秦彦冲赠"朱文长方印，因该册索书号为"冯3421"，故可知当年系秦彦冲（康祥）赠送给冯孟颛。

题秦彦若花卉册

沙孟海

桐城姚氏论文，以为阴阳刚柔其本二端。糅而偏胜则品次亿万，惟画亦然。文长、道复擅阳刚之长，正叔、扬孙得阴柔之美，世或是甲非乙，非至论也。

彦若社兄出示所作花卉册子，赋色晕墨，深得恽、蒋遗意，炉香展对，俗虑都蠲。今国家揭橥"百花齐放、推陈出新"之文艺方针，正我辈各本性情，发抒才藻之时。会缤纷绮粲，光赞盛明。欢喜鼓舞，题字交勉。

一九六二，十一。

（沙孟海著，沙茂世、沙援整理：《沙孟海序跋》手迹释文本，文津出版社2017年11月第1版，第66页）

秦祠修复记

王宏星

位于湖西马衙街的秦氏支祠，是我省乃至全国屈指可数的优秀近现代建筑之一，整个建筑装饰上多以朱金木雕为主，也有砖雕、石雕，题材十分丰富，可以说糅合了历代宁波地方传统工艺美术之精华，特别是前厅的戏台，保存完整，是研究甬城地方戏曲的一个良好物佐。

秦祠修复前是市医药公司的中西药仓库，1989年准备维修时，接受维修秦祠任务的文物古建筑行家洪可尧，首先碰到的就是搬迁问题。该祠作为医药仓库已近30年，满库的中西药搬到哪里？只有新建医药仓库。为此洪先生跑城建规划、房地产、医药等部门不下百多趟，所到之处大力呼吁秦祠建筑保护抢救的重要性，叙之有理，晓之以情，很多部门领导为他的真诚所感动，给予了许多方便，维修秦祠的前期工作得以顺利开展。

走进秦氏支祠，第一进大门前的一对石鼓格外引人注目，它好似在迎接四方的宾客，又好似在向主人倾诉受屈与创伤。1959年，当时的政治气候容不得秦祠门前的石鼓，它被丢弃在漕池边，天一阁文保所负责人把其拾回，放置在天一阁大门前。1976年天一阁大门修建时，门前请来了两尊石狮子，石鼓被运到当时天一阁后园荒草地，后来民工在搭建临时房时又把它埋入地下。这次维修秦祠，石鼓才得以重见天日。

秦祠匾额早年被当作"四旧"而遗落它处，到秦祠维修即将竣工时，洪先生还在寻觅石沉大海的秦祠匾额。在连电视、摩托车都要原装的今天，更何况文物建筑的组成部分呢。功夫不负有心人，在一个不愿透露姓名的知情人士指点下，"秦氏支祠"匾额总算有了着落，原来它已被一位有心人拿去当作搁楼板，两面糊上了厚厚的纸。此匾不久可望完"匾"归"秦"。

搞基建的人都知道在上百万的维修工程中，一有疏忽损失几千、几万元是看不见的。秦祠维修有许多地方需要贴金，金箔用量较大，一般都是由绍兴金箔加工厂提供。有一次该厂送货承包人送来金箔1万张，刚好是一个包装盒。按常规一般不会错，但洪先生考虑到贵重物品还是当面打开检点为妥，结果发现少了2 000张，送货者羞愧难当赔礼不止。仅此一项为国家避免损失8 000元。

当前古建筑维修公认较难，难就难在一个"旧"字上，"旧"就是它的原有风貌，修出它的原有风貌难，修出它的神韵则更难。这次秦祠维修，称得上是花钱少，质量好，修出了它的神韵，得到省、市有关领导和专家的肯定与称赞。此祠近日可望对外开放。

（《宁波日报》1994年4月9日）

秦秉年先生文物捐赠记

虞浩旭

传承接力藏品建设

作为我国现存历史最久的私家藏书楼、世界上现存最早的三大私家藏书楼之一，天一阁的藏书不仅来自范氏族人的薪火相传，还来自全社会的关爱呵护和热情捐赠。尤其是中华人民共和国成立时，天一阁的藏书仅存一万余卷，倘若没有国家的支持和社会的鼎力捐助，天一阁就不可能有今天的辉煌。

天一阁现藏古籍30万余卷、15万余册，其中珍本8万余卷；历代名人字画4 400余件，历代碑帖4 000余件。馆内还藏有大量瓷器、竹刻、玺印等珍贵文物。这些藏书、文物有很大一部分来自社会捐赠，从早年的冯孟颛、朱赞卿、张季言、孙家溎等，到近年的秦秉年、傅璇琮、陈登原等，这些收藏家、学界名人及其后人怀着"百川归大海"的捐赠热情，把自己珍藏多年的图书、字画、碑帖等文物捐献给天一阁收藏，从而造就了天一阁这个宁波的文化标志。

天一阁的个人捐赠文物是从1931年马廉开始的。回顾70余年的历史，其间有三次高潮，分别为新中国成立初期、十年浩劫时期和十年浩劫结束落实政

时任副市长成岳冲与秦秉年先生交谈

策时期。第一阶段：1949年，中华人民共和国正式成立，第一次捐赠高潮为之到来。长久的战乱结束后，随着新政权获得人们的日益认可，文物捐赠也异常踊跃。第二阶段：十年浩劫期间，散落在民间各地的字画、瓷器、饰品、古籍首当其冲，被砸烂、烧毁者不计其数。当时，涌现了不少出于保护文物目的而纷纷倾囊捐赠的收藏者。第三阶段：十年浩劫结束后，根据政策，被抄家的文物要归还所有者。在这种背景下，一部分被查抄的文物重归主人的怀抱，但也有心有余悸的

秦氏支祠戏台

收藏者，担忧这些藏品会再起事端，选择将文物捐赠。另一种考虑就是为了让文物得到更好的保护，捐给国家是一个不错的选择。

在天一阁的藏品建设中，邱嗣斌先生有着举足轻重的地位。邱嗣斌是文物战线的老兵，1959年4月，邱嗣斌任古物陈列所所长。1960年2月，宁波市文物管理委员会成立，副市长周文祥兼主任，虞逸仲任专职副主任，邱嗣斌任办公室主任。1978年2月，宁波市天一阁文物保管所成立，9月，邱嗣斌任天一阁文物保管所所长，至1991年2月。他一生服务天一阁，十分重视藏品建设，天一阁的藏品捐赠大多与他有关。1962年4月，"伏跗室"主人、著名藏书家冯孟颛先生的长孙冯孔豫代表家属，遵照冯老的遗嘱，将"伏跗室"全部藏书260余箱近11万卷、碑帖533件捐献给国家，1983年3月书籍移藏天一阁。1967年1月和1979年10月，孙家淇（1879—1946）后人孙定观先生先后将"蜗寄庐"14 000余卷藏书、86件字画赠给天一阁。1979年8月，朱赞卿（1885—1968）家属将"别宥斋"藏书10万余卷，字画900余件，瓷器、玉器等文物800余件捐赠给天一阁。1979年10月，杨容林（1892—1971）先生家属将"清防阁"全部藏书12 168卷赠予天一阁。邱嗣斌或为亲历者，或为策划组织者，有的捐赠他做了很长时间的跟踪，长期与收藏家打交道，作宣传和动员。十年浩劫期间，邱嗣斌还和骆兆平、洪可尧等两位天一阁前辈去各种废品仓库、废纸回收站等地方"淘"回来大量家谱、古籍。

我1987年参加工作，在天一阁边上天一街5号的市文管会，后来去药行街117

号市博物馆，但还是住在天一街5号，偶尔也能见到看上去身体瘦弱却精力充沛、干事风火的邱先生。当时在天一阁邱嗣斌称"阿爸"，骆兆平称"爷爷"，洪可尧称"太公"，"爷爷"管书、"太公"管基建，各管一摊，不理余事。"阿爸"当家，主持天一阁，颇有威望和威严，我等只能远望。除了藏品建设，邱嗣斌对于天一阁北书库、东园、西大门、东明草堂的建设也费尽了心血。邱嗣斌还是书画鉴定家，对书画和天一阁历史深有研究，1992年9月他与汪卫兴合著的《天一阁史话》由文化艺术出版社出版，这是继民国时期陈登原《天一阁藏书考》后的又一本有关天一阁的书。他在扉页题上"浩旭兄指正"，送我一本，虽是文人风格，却让我惶恐了好几天。1994年底，我到天一阁工作，才有了更多接触，实在平易近人，也才了解他和秦秉年先生藏品捐赠的故事。

邱嗣斌和甬籍沪上收藏家秦康祥是老相识，二十世纪五六十年代多有来往，即便是在十年浩劫期间也未曾中断。同为文化人，在收藏、鉴赏方面，两人有很多共同语言。秦康祥收到好的版本，请邱鉴赏；邱有什么线索，会及时地通报给他。慢慢地秦家所藏，邱也略知一二。交往中，秦康祥也曾向邱流露过，藏品将来最好的归宿是回到家乡。而现在这些藏品传到其哲嗣秦秉年手上。邱嗣斌希望天一阁的新领导传承做好这件事。天一阁博物馆成立后，400多年老阁有了少当家，30出头的孟建耀馆长刚到天一阁上班的第一天，邱嗣斌便将他叫到办公室，很认真地交代一件事："有个叫秦秉年的，家在上海，是宁波籍人士，有很多东西，我们可以做些工作，我会亲自陪你去的。"

1995年新年刚过，邱嗣斌领着年轻的继任者孟建耀赶往上海，拜访位于上海牯岭路140号秦家。邱嗣斌的接力棒交给孟建耀后，继任者意识到此事对宁波文物事业的影响将非同一般。从那一刻起，天一阁与秦家的联系越来越密切，经常像走亲戚一样走动，关于秦氏收藏品的归宿，心也越来越近。

从代保管到分三次捐赠

孟建耀馆长离开天一阁赴文化局担任局长助理、副局长后，与秦家交往的接力棒传承到馆长徐良雄手中。他也遵循前两任馆长的做法，经常赶到上海去沟通感情。秦家感受到了来自家乡的真挚情感，秦秉年的母亲陈和芗老太太率先提出愿意回宁波居住的想法。孝顺的儿子遵从母意，同意文物拿到宁波代为保管。恰在此时，上海进行大规模城市改造，牯岭路的秦家小洋楼被列入拆迁范围。

拆迁的告示一贴出，秦秉年的电话很自然地打到天一阁。1996年11月19日，馆长徐良雄和工作人员赵维扬等连同公安、安保人员一道，借了一辆面包车，装上天一阁的书箱，立即驶往上海。

秦家的洋房是一幢民国时期的建筑，二层带阁楼，一楼出租，母子和一个堂妹住在二楼，文物全部放在阁楼上，平时绝不示人。"人"字形阁楼，中间高，两头低，只有中间部分能站起人。装着文物的箱子、纸包等把阁楼塞得满满的。天一阁方面按照博物馆的规矩，边清点，边装箱，对每件文物进行定名、编号、登记，并复写三份，最终由秦秉年和徐良雄签字认可，贴好封条移交。第一次他们运回八箱竹刻、扇面、扇骨等。在以后的一个多月时间里，他们又前后五趟，陆续运回瓷器、印章、书画、古琴等。

8 000余件秦氏收藏品安全运抵宁波，集中贮藏在天一阁博物馆位于药行街117号展览馆五楼的库房中，双方签订了代保管协议：天一阁博物馆保证秦氏藏品的安全，秦氏允许天一阁博物馆对秦氏藏品进行学术研究、陈列展示、宣传出版。秦氏藏品的价值得到了大家的充分肯定，尤其是竹刻，当时还成立了竹刻整理研究小组。这批竹刻当时曾专门送北京请我国著名文物专家王世襄、朱家溍鉴定，王世襄先生称"这些竹刻是现存文物中最好的一批"。还有一幅大家寻访已久的《鄞江送别图》，描绘的是清康熙十八年，清廷开明史馆，万斯同北上修史，甬上文人依依送别的历史场景。此画是浙东学派重要的文献资料，早年曾在甬上出现，但湮没无声，邱嗣斌曾四处寻访不着，没想到被秦氏收藏，回归故土，令人惊喜。

百川归海，私人的藏品由国有的机构来收藏保管是它最佳的去处，它最重要的意义在于，它体现了一种精神，回报社会，乐于奉献；同时让独乐乐变大众乐，把孤室秘宝变大众"情人"，这个意义和影响更大。秦秉年先生曾说："以个人的力量收藏和保护文物，能力是有限的，而交给天一阁，我很放心。"他还说："把家传的珍贵文物交给国家，能够化私藏为公藏，使其得到永久的保存，何乐而不为？"这，就是甬籍收藏家化私为公的可贵精神。

秦氏藏品共分三次捐赠，2001年底，秦秉年将101件（套）珍贵文物无偿捐赠给天一阁。其中98件明清竹刻文物，经专家鉴定，有一级文物23件、二级文物59件、三级文物15件。2003年，恰逢秦秉年先生70周岁，老母亲90周岁，他又慷慨地将家藏的171件明清瓷器捐赠给了天一阁，其中国家二级文物6件、三级文物31件，明崇祯青花人物莲子罐、清雍正豇豆红盘、清龙泉窑贯耳瓷瓶等均是罕见的珍贵文物。2006年11月，秦秉年再次将家藏的8 000多件文物捐赠天一阁博物馆，其中一件"大富五铢"钱范属国家一级文物，此外，还有二级文物47件、三级文物1 421件。

秦氏捐赠文物时期,正是宁波博物馆筹建如火如荼之时,当时有人提议将秦氏文物捐赠给宁波博物馆。我曾在原来的宁波市博物馆工作过,知道宁波博物馆藏品的底子,缺乏系统性,缺乏镇馆之宝。这种想法可以理解,但我们必须尊重捐赠人的意愿,何况天一阁的同志做了长期的工作,思想上也有些想法。最后,根据秦秉年先生的意愿,将藏品捐赠给天一阁,在天一阁永久保存。当时秦秉年先生在捐赠仪式上的发言稿由我代拟,特别强调了三点,一是秦秉年先生尊重其父亲秦康祥的生前遗愿,希望藏品回归故里,捐赠给天一阁,完成父亲的嘱托。二是秦家的祠堂秦氏支祠就在天一阁边上,现在已划归天一阁管理,希望藏品和祠堂能够珠联璧合不分离。三是秦秉年先生认为天一阁的同志长期以来对他母子照顾有加,他自己也是天一阁的一员,与天一阁的领导和同志们已建立了深厚的情谊,自己也希望把藏品捐赠给天一阁。由于天一阁库容有限,宁波博物馆新建,面积庞大,除古籍外,所有捐赠品暂放博物馆库房,而且根据资源共享的原则,允许博物馆对秦氏藏品进行研究陈列。

2005年8月以后,与秦秉年先生直接打交道的接力棒传递到我手中,二次捐赠后所剩8 000余件文物的捐赠成为一项重要工作。在筹备2006年的"双纪念"活动时,考虑第三次捐赠时把剩余的8 000余件一次性捐赠。初始秦秉年先生也有顾虑,他给我解释了分次捐赠、前二次数量不多的理由。秦氏这批藏品十年浩劫时受冲击,后放在上海博物馆。十年浩劫结束后,在退还被抄藏品时,因上海博物馆需要,有部分藏品当时作价售与上海博物馆,手续完备。这种情况是存在的。罗伯昭是知名的钱币收藏家,十年浩劫结束后,一些被抄走的文物要发还给罗家。罗家四个子女商量后,决定将其全部捐献。上海博物馆从中挑选了140件,其余捐献给了四川博物馆。秦氏留在上海博物馆的也是上博挑选的,件件都是珍品。当时秦秉年先生希望父亲收藏的藏品能保持完整性,希望能把上海博物馆的部分要回来。如果全部一次性捐赠天一阁了,反正都是捐给国家,就没有理由去要回来了。另外考虑到其父亲是著名篆刻家,曾是西泠印社著名社员,他原打算将970余方印章捐赠给西泠印社。我们给他作了分析,十年浩劫结束后的捐赠高潮有其特殊的历史背景,但当初也是自己真实意愿的表达,而且文物部门在接受文物捐赠方面一直做得很规范,有一整套流程,想要拿回来,几乎不可能,况且在上博也能得到很好的保护和利用。我们认同他关于保持藏品完整性的想法,宁波也是篆刻重地,曾出过以赵叔孺、马衡、沙孟海、朱复戡"四老"为代表的一大批篆刻家,把印章留存宁波也能发挥很好的作用。最后秦秉年先生认同了我们的看法,将8 000余件藏品一次性捐赠给天一阁。秦秉年先生在捐赠仪式上说:"借天一阁创始人范钦诞辰500周年,天一阁建阁440周年之际完成父亲的遗愿,把文物送回宁波家乡,是为了告慰父亲的在天之灵。完成父亲的遗愿是我最大的心愿。"秦秉年表示,文物捐赠给天一阁,能让文物更好地为社会公众服务,使社会公众更好地了解、观赏文物历史价值,为宁波市精神文明建设发挥更大的作用。从1995年初孟建耀馆长上海初访秦秉年,到2006年11月第三次捐赠,历时11年,秦氏藏品有了圆满的结局。

改革开放后,随着市场经济的发展、人民生活水平的提高以及文物政策的松动,社会上重兴收藏热,再加上有关媒体特别是电视媒体的推波助澜,收藏、寻宝成了人们茶余饭后津津乐道的话题,捐赠似乎被大众遗忘了。秦秉年先生三次捐赠义举,是市场经济兴起以来我市接受捐赠文物中级别最高、价值最大、数量最多的捐赠,也是国内少有的捐赠之举,秦秉年先生为此曾被授予全国文物保护工作先进个人,受到社会各界的一致敬仰和由衷感佩。

善待捐赠者与捐赠文物

社会捐赠是博物馆赖以产生、生存乃至发展的源泉,也是衡量一个博物馆社会影响力大小的重要标准之一。博物馆要尊重捐赠者,要善待捐赠文物,要回报捐赠者。现在社会上开始提倡感恩,博物馆也应该以感恩的心对待捐赠者。给捐赠者以一定的荣誉,在媒体上广泛宣传,在展览中注名捐赠者的姓名。同时,博物馆也要开阔视野,在力所能及的前提下,更多地回馈捐赠者。

秦氏藏品在回归甬上的过程中,知悉上海面临拆迁、秦氏母子有落叶归根的意思,天一阁急他们之所急,出钱为他们在天一阁附近的宁波市郎官巷买了两套楼房,供秦家母子居住,并将秦氏母子户籍迁到宁波。同时聘用秦秉年先生为天一阁博物馆终身研究员,进事业编制。由于秦秉年先生已经60多岁,还要进事业单位,非常困难。时任馆长孟建耀找到人事部门商量,吃了闭门羹:"从没这个先例!"考虑到这个事情的重要性,情急之下,他径直找到当时的常务副市长,讲明情况。领导特事特批,便有了秦秉年60多岁进天一阁,成为终身研究员,永不退休的一桩佳话。秦秉年成了天一阁的一员,成了永不退休的研究员,这对秦先生来说是一份荣誉、一份尊重。

对于秦氏母子在宁波的生活,天一阁给予悉心照顾。秦秉年虽为终身研究员,但不用上班,然天一阁每有职工活动,都请他参加,来回接送,有人陪伴。每逢过年过节，都会向其家人表示祝福，向他们介绍博物馆发展新成果，捐赠文物保存现状，并表示博物馆将不断改进与提升文物保存展示环境，精心守护、代代传承。天一阁的老馆长孟建耀到了局里工作后，天一阁领导慰问老同志，秦秉年先生和沈元魁先生的每年慰问他每次必到。随着年龄增大，天一阁想办法让秦氏母子去颐乐园生活。天一阁常去关心他们的生活，尽可能照顾他们的生活，帮助他们解决生活上的难题。比如陈和芗女士生病时，天一阁就派工作人员去料理，直到2012年10月去世，享年100岁。2015年，83岁的秦秉年先生患病期间，大家更是竭尽全力。而宁波市政府、市文广新闻出版局领导也多次专程到医院探望，指示医院尽最大努力救治秦秉年先生。他们母子俩所有的后事也都是由天一阁料理的。

对于藏品，我们也加以充分的展示和研究，向社会广泛宣传秦氏捐赠文物。三次捐赠天一阁都举办了"秦秉年先生捐赠文物展"，并配以媒体的大幅报道和专版介绍。天一阁还举办过"高山流水——天一阁藏古琴展""瓶壁生辉——中国历代壁瓶精品展"，宁波博物馆举办过"方寸之间见天地——秦秉年捐赠历代玺印展"，同一展览还在兰溪市博物馆、安吉生态博物馆展出，宁波博物馆三楼有常设的"竹刻艺术———秦秉年先生捐赠竹刻珍品展"等。研究成果有《明清竹刻》专著和《论秦彦冲的收藏和艺术成就》等论文。

以诚相待收藏家，用心善待捐赠品，继续深入研究捐赠文物的价值，创新展览方式，讲好文物故事，传递文物蕴含的中华民族文化自信，弘扬捐赠者藏宝于国的家国情怀，应该而且已经成为天一阁礼遇捐赠者的传统。

（韩小寅主编：《时代印记：宁波文物工作70年回眸》，宁波出版社2019年12月第1版，第257—263页）

按语：**"沈元魅"应为"沈元魁"，系已故宁波著名书法家。**

其 他

鄞县秦姓氏族表

姓氏	时代	始祖	地址	祠堂	谱牒	分派	丁口	职业	组织	风俗习惯	经济概况	族望	备考	调查年月
秦	明	一槐,明万历间自慈谿来	六区新民乡段桥头	祠在本村,建于清乾隆年间,额署"秦氏宗祠"	谱作于清咸丰二年,八世孙壎辑,民国十一年十世孙洽重修。民国十五年冬,祖堂被火,谱亦毁焉	一槐有弟三,一居鄞西高桥南秦家衕,一居鄞西翁家直,一居西门外马园,后迁城内小校场,小世录迁慈谿西门,镜迁杭州钱塘县								二二年
	明	忠,号大川,自慈谿来	六区高桥镇秦家衕	祠在本村,额署"秦氏宗祠"										二三年
	明	芳原,讳子贤,号少川,其先居西郊马园,后迁城南章耆巷,是为迁城始祖,为忠之四世孙	一区孔庙镇章耆巷	祠在章耆巷,额署"秦氏宗祠",堂名"崇本"		迁西郊马园者为三世国才,其后五世宪文迁西皋桃源村,后归章耆巷旧宅,九世廷弼迁后库营房,十二世迁腰带湖,另有支祠,支谱见后	男女约四五百人	商居多数						二二年

255

续　表

姓氏	时代	始祖	地址	祠堂	谱牒	分派	丁口	职业	组织	风俗习惯	经济概况	族望	备考	调查年月
秦	清	清诰封通议大夫运锅，为忠之十二世孙	一区鄞山镇腰带湖	祠在湖西马眼漕，额署"秦氏支祠"，量计基地四亩七分零，门前照墙壹座，民国十四年建	《鄞县秦氏支谱》，民国十四年同县黄次会纂，六卷，卷一仪容图、祠墓图，卷二追远图、世系图、世系分图、众子图，卷三纪元表、阴阳历对照表、茔域表、第宅表、排行表、房分表，卷四追远表、世系表，卷五荣哀录、言行录、训诫录、祠祀录，卷六赠言录、杂录	长子际藩、三子际瀛，世居腰带湖，二子际瀚居湖西书院衕，四子际浩居城南象鼻漕	丁口各二十人	商	分富贵康宁四大房，祭祀按年轮值	家风素朴，祖训克遵，春秋大祭，元旦、冬至，齐集参拜	族内各人俱业商，均称富裕			二二年

（民国《鄞县通志·舆地志》"氏族"）

按语：标题系编著者所加。

　　　"莹域表"应为"茔域表"。

秦涵琛墓碑及联

秦涵琛先生墓

□辰嘉平

华世奎

 秦涵琛墓位于宁波市海曙区集士港镇山下庄村，碑名"秦涵琛先生墓"，每字直径约
50厘米，系第三次全国文物普查登录点。

华世奎落款处有"华世奎印""璧臣"等两方方印。

墓碑上"□辰"二字因残缺，故所指何年不详，推测应为戊辰（1928年）。

秦涵琛墓旁有《谒涵琛先生墓有作》碑记，今残缺严重。

□□□□□□□□，

佳城百世永巩牛眠。

汀州伊立勋书

 此系宁波市海曙区集士港镇山下庄村秦涵琛墓联。

据编著者于2022年3月24日下午实地调查，上联柱石材硕大，因搁置在墓旁（文字
面朝下），故内容不详。据谢国旗编著《揭开尘封的记忆》（宁波出版社2013年5月
第1版，第1336页）称上联为"华表千秋宁看鹤化"，而"宁"字应系"贮"字之误。

秦涵琛墓面石刻简介及平面图

◎**分类及顺序号**：1295-E$_{442}$-r$_{106}$-Ⅳ$_1$　　◎**国家数据库编号**：330212-1393

　　秦涵琛墓面石刻位于鄞州区集士港镇山下庄村肖家自然村，其墓毁，现只剩石
结构架面，故名。为民国石刻，局部受损，墓面现宽5.93米，其中碑宽3.93米，对联
柱宽0.56米，翼子宽0.78米。墓碑由整块石料雕刻而成，厚0.3米，高1.84米，上刻
"秦涵琛先生墓"几个大字，阴阳文，由天津著名书法家华世奎撰写，笔力遒劲，气
势恢宏，碑两侧为对联柱及翼子，亦由整块石料刻成，对联柱上部刻成圆形收边，上

刻挽联一对："华表千秋宁看鹤化，佳城百世永巩牛眠"，由汀州伊立动书。联柱外侧为一对翼子，上刻鱼龙图案，墓前尚存一座平台，长16.9米，进深8米。

秦涵琛墓面石刻规模巨大，石质粗大，用材考究，为鄞江小溪石，墓碑采用双勾线刻法，雕工精美，对联阴刻平底字，工艺深厚。翼子上鱼龙图案，形象生动，是当地保存较好的近代墓面石刻艺术之一，具有较高的文化艺术研究价值。

（谢国旗编著：《揭开尘封的记忆》，宁波出版社2013年5月第1版，第1336页）

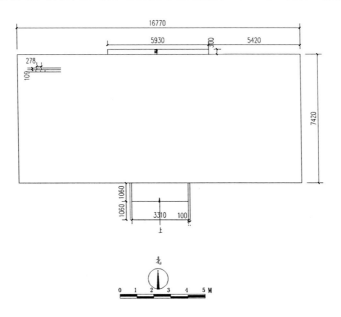

按语："伊立动"应为"伊立勋"。
《揭开尘封的记忆》列入鄞州区第三次全国文物普查丛书《历史的回声》。

国家文物局关于表彰
"全国文物保护工作先进个人"的决定

文物人函〔2006〕53号

各省、自治区、直辖市文化厅（局）、文物局（文管会），故宫博物院、中国国家博物馆、局各直属单位：

近年来,全国文物系统以邓小平理论和"三个代表"重要思想为指导,深入贯彻落实党的十六大和十六届三中、四中、五中全会精神,认真贯彻执行《文物保护法》以及党和国家的文物工作方针,以保护文化遗产、弘扬中华民族优秀文化传统、建设先进文化为己任,组织文物系统全体干部职工并动员全社会各个部门和广大人民群众投身于文物保护工作,涌现出一批为文物事业的发展作出突出贡献的先进个人。

为表彰他们的先进事迹,国家文物局决定授予廖静文等70名同志"全国文物保护工作先进个人"荣誉称号。希望受到表彰的同志珍惜荣誉,谦虚谨慎,发扬成绩,再立新功;希望全国文物系统广大干部职工以他们为榜样,爱岗敬业、勤奋努力、开拓进取、无私奉献;希望全社会各个部门和广大人民群众一如既往地大力支持和积极参与文物保护工作,共同推进文物事业的改革与发展,为全面建设小康社会、构建社会主义和谐社会作出更大的贡献。

二○○六年五月三十一日

秦秉年　　浙江省宁波市天一阁博物馆研究员

（余略）

（中国文物年鉴编辑委员会编:《中国文物年鉴2007》,中国时代经济出版社2009年1月第1版,第109—110页）

秦秉年先生讲话稿

尊敬的成岳冲副市长:

尊敬的各位领导、嘉宾、朋友:

借天一阁纪念创始人范钦诞辰500周年、天一阁建阁440周年之际,我再次向天一阁捐赠我家存文物8 105件,完成父亲遗愿,把文物送回宁波家乡。今天的义捐是告慰在天之灵我的父亲秦康祥先生。他是上海近代著名收藏家,把家计有结余用于收藏事业,能完成他的遗愿是我最大的心愿。

文物捐赠给天一阁,以便捐赠文物更好地为社会公共服务,使社会公众更好地了解、观赏捐赠文物的历史价值。希望天一阁对这批文物精心保护、深入研究、广泛宣传文物的历史作用,为宁波市精神文明建设发挥更大的作用。

谢谢大家。

（宁波市天一阁博物院藏档案）

按语：2006年11月17日下午，秦秉年先生捐赠珍贵文物仪式在宁波市天一阁博物馆举行，此系秦秉年在会上的讲话稿。该讲话稿又刊天一阁博物馆编《第三届天一阁中国藏书文化节资料汇编》（2006年12月内部出版）。

秦秉年先生挽联选录

抱残守阙秉承先志年久弥坚，
化私为公流庆后昆源长垂远。

秦秉年先生千古
祗身伺母回乡归里纯孝感天地，
一心敬父献珠返璧高义流千古。

天一阁博物馆敬挽

秦秉年先生千古
数十载母慈儿孝相依为命传汉德今人楷模，
万千件父传子守倾囊化公颂文翰吾辈典范。

天一阁博物馆敬挽

秦秉年先生千古
积铢累寸泉布起家以俭养德典型辉一阁，
篆石刻竹清芬延世举私为公高义泽四明。

天一阁博物馆敬挽

下 编

编年编

秦君安家族史事编年

应芳舟

明

明中叶,秦忠由浙江慈谿大轿衖迁至鄞西高桥之南、宁国寺前。后,该地被称为秦家衖。(秦永聚:《鄞秦氏宗谱稿序》,《鄞秦氏宗谱稿》)

按语: 慈谿大轿衖秦氏迁自馀姚梅川,原姓叶,后入赘秦家,遂改姓秦。

秦忠,即秦大川,八月二十日生,生卒年不详,被奉为迁鄞(鄞县)始祖。配邵氏,八月初八日寅时卒,生卒年不详,享年七十六岁。葬于秦家衖东首河边(一说在鄞西徐家漕)。相传生有二子,即秦槐(字济川,正月二十二日卒,生卒年不详。配姚氏[一说配洪氏,八月二十六日卒],鄞县西郊马园人,生卒年不详。葬于张翁漕吴家桥西北首向南位置。相传生有四子,即秦福陵[亚川]、秦国才[东川]、秦国贵[西川]、秦福楠[幼川])、秦相(丙川);另,鄞县秦氏段桥派谱称秦忠生有四子,即秦槐、秦械(彬川)、秦相、秦樾(景川)。

嘉靖十七年(1538年)八月二十六日,秦槐(济川)次子秦国才出生。后,因秦家衖住宅遭毁,遂迁至西郊马园母(即姚氏)家。(《鄞秦氏宗谱稿》)

按语: 秦国才,字东川,被奉为月湖派支祖。元配杨氏,继配马氏,生年均不详。生二子,即秦惟学、秦子贤。

隆庆五年(1571年)十月初一日,秦国才(东川)次子秦子贤出生。后,自西郊马园迁居城内水浮桥,因遭火灾,又偕长子秦宪文迁居醋坊巷(章耆巷),偕三子秦宪忠、四子秦宪臣分居西郊大卿桥北畔,后迁宝奎庙前胡门内,一支分居穿山。(《鄞秦氏宗谱稿》)

按语: 秦子贤,后改名芳,字少川,郡饮大宾。配徐氏,侧室王氏(生卒年不详)、吕氏。生四子,即秦宪文(徐氏出)、秦宪章、秦宪忠、秦宪臣(均吕氏所出)。

隆庆六年(1572年)六月十七日,秦子贤(少川)配徐氏出生。(《鄞秦氏宗

谱稿》）

按语：徐氏系鄞西徐家漕人。

万历二十二年（1594年）十月初十日丑时，秦子贤（少川）长子秦宪文出生。（《鄞秦氏宗谱稿》）

按语：秦宪文，字献庵，号绍川，明郡庠生。配俞氏。生三子，即秦朝英、秦朝彦、秦朝俊。

万历二十三年（1595年）四月二十四日，秦子贤（少川）侧室吕氏出生。（《鄞秦氏宗谱稿》）

按语：吕氏卒于十月初八日，年份不详。

万历二十七年（1599年）十一月十四日，秦国才（东川）元配杨氏逝世。（《鄞秦氏宗谱稿》）

万历二十八年（1600年）六月初七日寅时，秦宪文（绍川）配俞氏出生。（《鄞秦氏宗谱稿》）

按语：俞氏系鄞西后俞漕人。

万历三十八年（1610年）八月十八日，秦国才（东川）逝世。后，葬于鄞西翁家直石路下树桥头，碑名为"明东川秦公暨嗣少川秦公之墓"。（《鄞秦氏宗谱稿》）

是年（1610年）十一月二十四日，秦国才（东川）继配马氏逝世。（《鄞秦氏宗谱稿》）

崇祯五年（1632年）九月二十六日戌时，秦朝彦（直斋）配干氏出生。（《鄞秦氏宗谱稿》）

按语：干氏系鄞县南郊迓岁桥人。

崇祯六年（1633年）十月初八日辰时，秦宪文（绍川）次子秦朝彦出生。（《鄞秦氏宗谱稿》）

按语：秦朝彦，字枚一，号直斋，清邑庠生，例赠修职郎。配干氏，侧室陈氏。生二子，即秦锡昭（干氏出）、秦锡潢（陈氏出）。

崇祯九年（1636年）六月初一日，秦子贤（少川）逝世。后，葬于鄞西翁家直石路下树桥头秦国才（东川）墓旁，碑名为"明东川秦公暨嗣少川秦公之墓"。（《鄞秦氏宗谱稿》）

崇祯十七年（1644年）八月初九日，秦子贤（少川）配徐氏逝世。（《鄞秦氏宗谱稿》）

清

清初，秦宪文（绍川）因避乱迁至鄞西桃源村。数年后，又迁至郡城内章耆巷旧宅。（《鄞秦氏宗谱稿》）

顺治三年（1646年）十二月初二日寅时，秦朝彦（直斋）侧室陈氏出生。（《鄞秦氏宗谱稿》）

顺治十二年（1655年）九月初八日寅时，秦锡昭（立斋）继配张氏出生。（《鄞秦氏宗谱稿》）

顺治十七年（1660年）十一月十一日子时，秦朝彦（直斋）长子秦锡昭出生。（《鄞秦氏宗谱稿》）

按语：秦锡昭，字汝懋，号立斋，例授修职郎、候选训导。配杨氏，十一月十五日生，二月十二日卒，生卒年不详；继配张氏、范氏。生三子，即秦嗣澂（杨氏出）、秦嗣溥、秦嗣瀚（均张氏所出），分为孟、仲、季三房。

康熙八年（1669年）二月初二日丑时，秦宪文（绍川）逝世。后，葬于鄞县西乡河尽埠头黄泥山，墓碑书"秦公绍川偕配俞孺人寿域，龙飞己巳岁长至月谷旦"。（《鄞秦氏宗谱稿》）

康熙九年（1670年）三月十二日未时，秦宪文（绍川）配俞氏逝世。（《鄞秦氏宗谱稿》）

康熙十二年（1673年）十月二十三日卯时，秦锡昭（立斋）继配范氏出生。（《鄞秦氏宗谱稿》）

按语：范氏晚年素食。

康熙十八年（1679年）三月十三日辰时，秦朝彦（直斋）逝世。后，葬于鄞西上河头清泰安桥，墓碑书"皇清邑庠生直斋秦公暨配干氏陈氏孺人之墓，乾隆十六年辛未正月吉旦"。（《鄞秦氏宗谱稿》）

按语：从该墓碑落款可知，秦朝彦墓在乾隆十六年（1751年）进行过重修。

康熙二十一年（1682年）十二月初四日丑时，秦锡昭（立斋）长子秦嗣澂出生。（《鄞秦氏宗谱稿》）

按语：秦嗣澂，学名焕然，字德宽，号厚菴，一号觉亭，郡庠生。配邬氏。生二子，即秦廷枢、秦廷机，分为兴、隆二房；二女，长适张，次适洪。

康熙二十二年（1683年）九月初六日，秦嗣澂（德宽）配邬氏出生。（《鄞秦氏宗谱稿》）

按语：邬氏系奉化西邬人。

康熙三十五年（1696年）仲秋，秦锡昭（立斋）以《易经》中浙江乡贡第一名。（《鄞秦氏宗谱稿》）

康熙三十八年（1699年）二月初六日亥时，秦朝彦（直斋）侧室陈氏逝世。（《鄞秦氏宗谱稿》）

康熙五十三年（1714年）三月十六日巳时，秦朝彦（直斋）配干氏逝世。（《鄞秦氏宗谱稿》）

康熙五十五年（1716年）正月十八日辰时，秦廷机（虞山）继配黄氏出生。（《鄞秦氏宗谱稿》）

康熙五十六年（1717年）十二月二十一日卯时，秦嗣澂（德宽）次子秦廷机出生。（《鄞秦氏宗谱稿》）

按语：秦廷机，学名廷弼，字赞尧，号虞山，雍进士（生员、秀才的别称）。配朱氏，正月十七日生，七月初六日卒，生卒年不详；继配黄氏、张氏。生五子，即秦元森（朱氏出）、秦元辉（黄氏出）、秦元燦、秦元燿、秦元炯（均张氏所出）；女七，长适胡，次适徐，三适汪（均黄氏所出）、四适李名杨，五适张，六适吴维新，七适张（均张氏所出）。

康熙五十八年（1719年），鄞县秦氏各支派议定行次歌诀，自七世起编为"锡嗣廷元，开运际会，孝友忠贞，文章显贵，敬尔齐家，懋乃在位，祖训永遵，保世滋大"。后，月湖派因年湮代久、谱牒未成、歌诀失传之故，将"会"改为"伟"、"孝友忠贞"改为"永言孝思"。（秦永聚：《书段桥派秦氏家乘后》，《鄞秦氏宗谱稿》）

康熙六十年（1721年）十月十四日未时，秦锡昭（立斋）继配张氏逝世。（《鄞秦氏宗谱稿》）

雍正九年（1731年）六月初八日巳时，秦锡昭（立斋）逝世。后，葬于鄞县南郊迈岁桥九龙漕，墓碑书"皇清钦授外翰立斋秦公暨配杨氏张氏范氏孺人之墓"。（《鄞秦氏宗谱稿》）

乾隆二年（1737年）二月初八日戌时，秦廷机（虞山）继配张氏出生。（《鄞秦氏宗谱稿》）

乾隆十四年（1749年）四月十二日，秦嗣澂（德宽）配邬氏逝世。（《鄞秦氏宗谱稿》）

乾隆十六年（1751年）十月初三日未时，秦锡昭（立斋）继配范氏逝世。（《鄞秦

氏宗谱稿》)

乾隆二十二年(1757年)九月十七日卯时,秦嗣澂(德宽)逝世。后,葬于鄞西毛舍漕毛家山,墓碑书"皇清待赠郡庠生德宽秦公暨配邬孺人之墓"。(《鄞秦氏宗谱稿》)

乾隆二十五年(1760年)二月初四日寅时,秦廷机(虞山)四子秦元燿(益辉)配应氏出生。(《鄞秦氏宗谱稿》)

按语：秦元燿,字益辉,国学生,例授登仕郎,七月十六日生,七月二十八日卒,生卒年不详。生三子,即秦开昌(系秦君安祖父)、秦开晹、秦开昇,分为福、禄、寿三房。
应氏系鄞东下应人。

乾隆五十二年(1787年)八月初八日未时,秦廷机(虞山)逝世。后,葬于鄞西毛舍漕毛家山,墓碑书"虞山秦公之墓"。(《鄞秦氏宗谱稿》)

乾隆五十九年(1794年)七月初九日丑时,秦廷机(虞山)继配黄氏逝世。(《鄞秦氏宗谱稿》)

嘉庆三年(1798年)正月十一日申时,秦廷机(虞山)继配张氏逝世。(《鄞秦氏宗谱稿》)

是年(1798年)三月十六日亥时,秦元燿(益辉)配应氏逝世。后,葬于鄞西孙家漕张家桥,墓碑书"清授登仕郎益辉秦公暨德配应氏孺人墓"。(《鄞秦氏宗谱稿》)

嘉庆五年(1800年)十二月初十日申时,秦元燿(益辉)长子秦开昌(皑窗)继配、秦君安生母王氏出生。(《鄞秦氏宗谱稿》)

按语：秦开昌,字皑窗,国学生,诰赠奉政大夫,十月十三日生,年份不详。配张氏,十一月十二日生,十一月十四日卒,生卒年不详;继配王氏。生三子,即秦运镰、秦运锽、秦运锅(君安),分为福大房、福二房、福三房。

道光八年(1828年)十二月二十五日辰时,秦君安胞兄秦运镰出生。(《鄞秦氏宗谱稿》)

按语：秦运镰,字君扬,国学生。配乐氏,正月初二日生,五月十三日卒,生卒年不详;继配陈氏,道光二十六年(1846年)十月十八日生,民国十四年(1925年)九月十六日丑时卒。生二子,即秦际唐、秦际渠,均乐氏所出。

道光十五年(1835年)七月初二日申时,秦君安胞兄秦运锽出生。(《鄞秦氏宗谱稿》)

按语：秦运锽,字君序,号声之,同知衔,例授奉政大夫。配孙氏,道光十八年(1838年)十月十三日未时生,民国三年(1914年)四月初九日子时卒。生三子,即秦际华、秦际澐、秦际源，分为智、仁、勇三房；五女，长女适鄞县徐庆荪，次女适鄞县董诗章，三女适慈谿王子涛，四女适鄞县吴树堂，五女适洪塘洪云岳。

道光十九年（1839年）十一月初七日酉时，秦运鏀（君安）出生。（《鄞秦氏宗谱稿》）

按语：秦运鏀，字君安，清国学生，同知衔，诰封奉政大夫，晋封通议大夫，后被奉为湖西马衙漕派支祖。配张氏。生四子，即秦际藩、秦际瀚、秦际瀛、秦际浩，分为富、贵、康、宁四房；三女，长女适林被薰，次女适陈赓年，三女殇嫁叶贻铨。叶贻铨系"五金大王"叶澄衷子。

道光二十三年（1843年）九月初八日辰时，秦君安配张氏出生。（《鄞秦氏宗谱稿》）

按语：张氏系鄞县张秉蓴女。

道光二十九年（1849年）五月十五日，秦君安父秦开昌逝世。后，葬于鄞西上河头启孤岙木身山，墓碑书"清开昌秦公墓"。（《鄞秦氏宗谱稿》）

是年（1849年）夏，秦开暄撰写《秦氏祠堂碑记》。（《鄞秦氏宗谱稿》）

是年（1849年），秦氏族人将章耆巷旧宅改建成秦氏宗祠。（秦永聚：《续修马衙漕秦氏支谱序》，《鄞秦氏宗谱稿》）

道光三十年（1850年），秦君安在台州学贾。（褚德彝：《鄞县秦氏支祠碑记》，《鄞秦氏宗谱稿》）

按语："学贾"指做学徒，也称"学生意"。

咸丰六年（1856年），秦君安在慈（慈谿）北学习钱业。（褚德彝：《鄞县秦氏支祠碑记》，《鄞秦氏宗谱稿》）

同治元年（1862年）八月二十一日亥时，秦开昌继配、秦君安生母王氏逝世。（《鄞秦氏宗谱稿》）

生母王氏丧事完毕，秦君安"间关至沪"，结识倪芹香、王磬泉、叶澄衷等宁波同乡。"是时商场所需为英文，翁苦心练习，未及一稘，尽得其秘，与洋商交易益觉便利。时洋货麇集海上，如棉织、五金、煤油诸物品，商人咸欲订购居奇，翁以颜料需要不下棉织品，沪贾问津者尚尠，白圭所谓乐观事变，人弃我取者，因设立颜料号。"（褚德彝：《鄞县秦氏支祠碑记》，《鄞秦氏宗谱稿》）

同治八年（1869年）七月十六日未时，秦君安长子秦际藩出生。（《鄞秦氏宗谱稿》）

按语：秦际藩，字延生，一字涵琛，清国学生，候选道加二级，赏戴花翎，诰授通议大夫。因慈善公益活动，民国时获四等嘉禾章、大总统黎元洪奖给"乐善好施"匾额。元配倪氏，继配金氏。生一子，即秦伟桢；二女，其中长女适李，次女适盛。子女均由倪氏所出。

约19世纪70年代初，德商礼和洋行、禅臣洋行将容量为两盎司的小瓶颜料运抵上海，委托林魁记、李珊记、万顺丰、恒丰昌等洋杂货号试销。(《贝润生——颜料大王》，张连红、严海建主编：《民国财经巨擘百人传》，南京出版社2013年10月第一版，第1页)

按语：恒丰昌号由秦君安创办。

同治九年(1870年)八月二十五日巳时，秦际藩(涵琛)元配倪氏出生。(《鄞秦氏宗谱稿》)

按语：倪氏系镇海倪芹香女。

同治十一年(1872年)五月十八日丑时，秦际瀚(珍荪)配姚氏出生。(《鄞秦氏宗谱稿》)

按语：姚氏系鄞县姚永丰次女。

同治十二年(1873年)正月十四日戌时，秦君安次子秦际瀚出生。(《鄞秦氏宗谱稿》)

按语：秦际瀚，字珍生，一字珍荪，清国学生，中书科中书，候选道加三级，三品衔赏戴花翎，诰授中议大夫，晋封通议大夫。配姚氏。生一子，即秦伟楚(又作伟础)；一女，适慈谿冯昭适。冯昭适系宁波著名藏书家冯孟颛(贞群)子。

光绪元年(1875年)七月三十日申时，秦君安三子秦际瀛出生。(《鄞秦氏宗谱稿》)

按语：秦际瀛，字渭生，一字蕙荪，清国学生，市政司理问，赏戴蓝翎，敕授宣德郎。元配赵氏，继配李氏。生二子，即秦伟荣、秦伟业；三女，长女秦传亮适镇海李祖荣，次女适鄞县袁纲洁，三女适慈谿贵名墀。子女均由李氏所出。

光绪二年(1876年)正月二十九日亥时，秦际瀛元配赵氏出生。(《鄞秦氏宗谱稿》)

按语：赵氏系鄞县赵燮和女。

光绪四年(1878年)二月初一日酉时，秦君安四子秦际浩出生。(《鄞秦氏宗谱稿》)

按语：秦际浩，学名绶彰，字泉生，又作泉笙，清郡庠生，光禄寺署正加二级，赏戴蓝翎，诰授奉直大夫。民国时获五等嘉禾章。配袁氏。生三子，即秦伟樘、秦伟棣、秦伟桦；三女，长女(即秦莲卿)幼殇，字鄞县赵安浩，次女适慈谿裘玉如，三女适应崇钧。

光绪六年(1880年)六月二十三日午时，秦际浩配袁氏出生。(《鄞秦氏宗

谱稿》)

按语：袁氏系鄞县南郊袁如心女。

是年(1880年)十一月初一日丑时,秦际瀛继配李氏出生。(《鄞秦氏宗谱稿》)

按语：李氏系鄞县李琴史女。

光绪七年(1881年)十月二十二日申时,秦君安三女出生。(《镇海东管乡沈郎桥叶氏宗谱》卷三,民国十九年永思堂木活字本,上海图书馆藏)

光绪八年(1882年)五月初九日午后,英界会审公堂审讯恒丰昌洋货铺秦某(疑为秦君安)控告瑞康铺奚某混其颜料牌号一案。秦某在公堂"以不能混其牌号为词,且称如定货售完,则事与我无干"。最终,公堂判罚奚某银一百两。(《次货断罚》,《申报》1882年6月25日)

光绪九年(1883年)七月十一日,恒丰昌洋货号在《申报》刊登广告,称该商号已由英老巡捕房对面迁至三马路中、庆和里,继续对外营业。(《恒丰昌洋货号》,《申报》1883年8月13日)

按语：该启事又刊8月14—19日《申报》。

是年(1883年),东陵书屋、庄菱记、庄怀芳、秦君安、乐善居、陈逸记各向仁济善堂助洋十元。(《仁济善堂征信录》,1893年出版)

光绪十一年(1885年)十月十九日,丝业会馆筹赈公所施少钦经收上海慎裕号朱宝珊(葆三)经募叶澄衷、王磬泉等捐助棉衣,其中恒丰昌秦君安捐助四百件。十一月初六日(12月11日),该经收棉衣清单在《申报》刊登。(《上海北市丝业会馆核奖筹赈公所施少钦经收山东赈捐十月十九第八百四十一次清单》,《申报》1885年12月11日)

光绪十二年(1886年)六月二十三日卯时,秦君安胞兄秦运锽(声之)逝世。后,葬于鄞西集士港李家漕后,墓碑书"声之秦公生圹"。(《鄞秦氏宗谱稿》)

光绪十三年(1887年)五月十二日亥时,秦君安胞兄秦运镳逝世。后,葬于鄞西划船埠头。(《鄞秦氏宗谱稿》)

光绪十四年(1888年),秦君安五十虚岁,其"思古人知足之训,引退归甬,沪甬二处商业令伯仲二子经纪之,于带湖之湣构宅,尚羊其中"。(褚德彝:《鄞县秦氏支祠碑记》,《鄞秦氏宗谱稿》)

光绪十五年(1889年)二月十四日亥时,秦际藩(涵琛)继配金氏出生。(《鄞秦氏宗谱稿》)

按语：金氏系江苏吴县金兆榕女。

是年（1889年）五月初四日，上海四马路陈春记内协助奉赈公所同人发布《葛蕃甫先生世兄芹仪移赈第四单》，其中秦君安助二元。（《申报》1889年6月4日）

光绪十七年（1891年）正月初八日卯时，秦伟楚（善宝）配戴氏出生。

按语：戴氏系宁波江东（今属鄞州区）戴珍卿次女。

光绪十八年（1892年）五月二十八日申时，秦际瀚（珍荪）独子秦伟楚出生。（《鄞秦氏宗谱稿》）

按语：秦伟楚，四十岁后改名伟础，字善宝，别号有秋，清国学生，江苏补用道加二级，三品衔赏戴花翎，诰授通议大夫。配戴氏。生二子，即秦永聚、秦永圣。

是年（1892年）十一月二十六日，仁济善堂施善昌等在《申报》刊登启事，称该善堂代收各界致送葛蕃甫、韩山曦六秩寿辰贺礼并移助善举，其中秦君安分别向葛蕃甫、韩山曦致送洋二元。（《葛韩二君第一批寿仪移助》，《申报》1893年1月13日）

光绪二十年（1894年），因发生事变，秦君安等旅沪宁波商人"辟除谣诼，沪市获安"。（褚德彝：《鄞县秦氏支祠碑记》，《鄞秦氏宗谱稿》）

光绪二十三年（1897年）四月十八日，上海六马路仁济善堂司董等在《申报》刊登启事，公布严信厚寿仪移赈第六次清单共收到洋一百五十一元，其中秦君安致送洋二元。（《寿仪移赈第六次清单》，《申报》1897年5月19日）

是年（1897年）八月二十七日丑时，秦际瀛元配赵氏逝世。（《鄞秦氏宗谱稿》）

是年（1897年）十二月二十二日午时，秦君安三女逝世。（《镇海东管乡沈郎桥叶氏宗谱》卷三，民国十九年永思堂木活字本，上海图书馆藏）

按语：据民国十九年（1930年）永思堂木活字本《镇海东管乡沈郎桥叶氏宗谱》卷三记载，叶澄衷四子叶贻铨（子衡）生于光绪七年（1881年）七月初三日，曾聘鄞城秦均安（君安）女（即三女）。因此，宁波民间所谓叶、秦互不通婚，也不是绝对的。因秦君安三女于光绪二十三年逝世，故在《鄞秦氏宗谱稿》记载为"三殇嫁叶贻铨"。另，秦君安三女系诰赠淑人。

光绪二十四年（1898年）四月十二日，秦际瀛长女秦传亮出生。（《鄞秦氏宗谱稿》；李名慈、李名尧编纂：《宁波小港李氏族谱》，2016年内部出版，第12页）

按语：秦传亮适镇海小港李昌祥次子李祖荣。李祖荣，光绪二十四年（1898年）八月十三日生，民国十二年（1923年）阴历三月二十六日卒。

是年（1898年）七月初八日午时，秦际浩长子秦伟樘出生。（《鄞秦氏宗谱稿》）

按语：秦伟樘，字善庆，一字美卿。元配陈氏，继配李氏。生一子，即秦永樵；三女，子女均由李氏所出。

是年（1898年）十月十二日申时，秦伟橙（善庆）元配陈氏出生。（《鄞秦氏宗谱稿》）

按语：陈氏系鄞县陈淇英女。

光绪二十六年（1900年），因发生事变，秦君安等旅沪宁波商人"辟除谣诼，沪市获安"。（褚德彝：《鄞县秦氏支祠碑记》《鄞秦氏宗谱稿》）

光绪二十八年（1902年）八月初四日子时，秦际瀛长子秦伟荣出生。（《鄞秦氏宗谱稿》）

按语：秦伟荣，字善富。配赵氏。生二子，即秦永权、秦永淦。

是年（1902年），甬上缺米，米价高昂，秦君安输巨款购米办平粜，"躬亲其役，不辞劳瘁，贫户均沾实惠"。（褚德彝：《鄞县秦氏支祠碑记》《鄞秦氏宗谱稿》）

光绪二十九年（1903年）六月初十日酉时，秦伟橙（善庆）继配李氏出生。（《鄞秦氏宗谱稿》）

按语：李氏系鄞县李象爵长女。

是年（1903年）七月初六日辰时，秦际藩（涵琛）独子秦伟桢出生。（《鄞秦氏宗谱稿》）

按语：秦伟桢，字善福，一字美馥。配陈氏，侧室徐素珍。生七子，即秦永年、秦永祥、秦永澄、秦永赓、秦永锡，均由陈氏所出，秦永嘉、秦永彬，均由徐氏所出；六女，其中长女即秦兰芳。

是年（1903年）十一月十三日戌时，秦伟桢（善福、羡馥）配陈氏出生。（《鄞秦氏宗谱稿》）

按语：陈氏系鄞县迎凤桥陈翊史女。

光绪三十年（1904年）三月二十三日子时，秦伟荣（善富）配赵氏出生。（《鄞秦氏宗谱稿》）

按语：赵氏系鄞县赵自贞长女。

光绪三十一年（1905年），恒兴钱庄在上海设立，资本3万两。是年，该钱庄存款55.753 8万两、放款40.201 3万两、盈余1.007 8万两。（中国人民银行上海市分行编：《上海钱庄史料》，上海人民出版社1960年3月第1版，第747、833、835页）

按语：恒兴钱庄由秦君安、恒丰昌颜料号与人合股开设。

是年（1905年），宁波商务总会成立，吴葭聪（传基）任总理。（吕瑞棠：《宁波商会五十年述略》，宁波市暨各县市区政协文史资料委员会编：《宁波文史资料》第15辑，1994年12月内部出版）

按语：宁波商务总会位于城内后市茶场庙侧（今属宁波市海曙区）。1916年，改称为宁波总商会。

光绪三十二年（1906年）六月十六日，秦涵琛（际藩）被补选为上海洋货商业会馆颜料业议董。（《洋货商业会馆补议董四员广告》，《申报》1906年8月9日）

按语：上海洋货商业会馆设在泗泾路，时任总董为贝润生、丁钦斋、邹藏卿、周昭桂。

是年（1906年）六月二十日，上海洋货商业会馆在《申报》刊登广告，公布补选丁得琳、徐文明为字号业议董、邱渭卿、秦涵琛（际藩）为颜料业议董，内称"本会馆原定议董之数，字号、颜料两业计各六员。初议无论何业，议董有被选为总董者，即以其本业应补之人补之。今总董四员，字号、颜料各得其两，应照初议所定检阅选举票孰为多数，应补之人即行补入，爰于十六日会议允洽，故特登报奉告，并附台衔于后：字号业两员，丁得琳翁、徐文明翁；颜料业两员，邱渭卿翁、秦涵琛翁。再者，英界门庄徐文明翁已选为议董，今查字号帮选举票又得应补议董之数，因公议门庄议董既经溢额一员，而徐翁于初发选举票时即有愿改字号之说，故特移补，使门庄议董得符原定之数云"。（《洋货商业会馆补议董四员广告》，《申报》1906年8月9日）

按语：该广告又刊8月10日《申报》。

是年（1906年）七月十二日寅时，秦泉笙（际浩）女儿秦葆卿出生。（《慈谿横山裘氏宗谱》卷二十，民国三十八年敦睦堂木活字本，上海图书馆藏）。

按语：秦泉笙此前已育有一女，名莲卿，后早逝，故秦家多称秦葆卿为大姐。

是年（1906年），秦君安输巨款购米在家乡办理平粜。（褚德彝：《鄞县秦氏支祠碑记》，《鄞秦氏宗谱稿》）

是年（1906年），恒兴钱庄存款53.057 9万两、放款45.198 8万两、盈余1.212 2万两。（中国人民银行上海市分行编：《上海钱庄史料》，上海人民出版社1960年3月第1版，第833、835页）

光绪三十三年（1907年）十一月二十八日酉时，秦伟棣（善贵）配冯绰出生。

按语：冯绰，字柔宜，系冯孟颛（贞群）次女。

是年（1907年）十二月十二日，宁波商务总会在商务局开会投票选举戊申年（1908年）总理、协理和议董，吴葭馨得票最多，次多数为郑贤滋（谔笙、岳生）、秦君安。吴葭馨当即宣布推辞，遂推举秦君安为总理、郑贤滋为协理。（《宁波辞职商董声明》，《申报》1908年2月5日；《商会总协理仍未举定　宁波》，《申报》1908年1月25日）

是年（1907年）十二月二十二日，《申报》报道称宁波商务总会于日前开会选举总理、协理和议董，吴葭簏得票最多，但其一再推辞，后又推举秦君安为总理，"亦谦不承认，仍未定夺"。（《商会总协理仍未举定　宁波》，《申报》1908年1月25日）

是年（1907年），恒兴钱庄存款48.315 4万两、放款52.688 0万两、盈余0.340 4万两。（中国人民银行上海市分行编：《上海钱庄史料》，上海人民出版社1960年3月第1版，第833、835页）

光绪三十四年（1908年）正月初四日，秦君安在《申报》刊登声明，以年龄和健康为由，请求辞去宁波商务总会总理一职，称"去腊十二日宁波商会投票公举戊申年总、协理及议董，吴葭簏君得最多数，郑岳生君及鄙人为次多数，吴君援不得过两任之例，当即宣布推辞，遂议以鄙人为总理，郑君仍为协理。查《公民必读初编》，凡选举为议员及正、副董事，或其人罢疾病及年满六十以上者，皆得辞职。鄙人年已七十，常名疾病，耳聋、健忘，精力衰敝。倘或勉膺此任，一误公事，后悔何及当对诸君。恳切敬辞，诚恐未蒙曲谅。谨此布告，伏乞鉴恕"。（《宁波辞职商董声明》，《申报》1908年2月5日）

按语：该声明又刊2月6—9日《申报》。

是年（1908年）四月二十二日下午二时，浙路甬属集股处邀集绅、商、学界代表在宁波商务总会商议缴股办法。会上，宁波商务总会总理秦君安被公推为临时议长，并宣布开会宗旨。是日，甬上集股处董事踊跃缴股，其中秦君安缴二千股。至五时散会。（《甬上集股处会议缴股办法　宁波》，《申报》1908年5月24日）

是年（1908年）十二月二十六日，《申报》报道称"甬北车站日前浙路公司将工程师勘定草图并施总办节略（原定封仁桥下坟墓既多、地方亦窄）交由甬属集股处邀集同乡会议。甬上绅、商、学界公推代表秦君安、胡叔田两君与旅沪甬绅公同妥议，函电往还，颇昭慎重。现闻决定甬北砖桥后石砆厂地方为总车站，已函复浙路公司"。（《甬北车站定议　宁波》，《申报》1909年1月17日）

是年（1908年），秦君安奉商部劄委任宁波商务总会总理。（《鄞秦氏宗谱稿》）

按语：据《申报》1909年5月26日《咨设宁波出品协赞会　南京》可知，宁波商务总会时任总理、协理为郑贤滋、吴葭簏，即秦君安应在1909年卸任总理一职。

　　《宁波市志》（中华书局1995年10月版，第1998页）称1905年至1941年4月间，担任宁波商务总会（后更名宁波总商会）总理、会长或主席者共有13人，依次为吴葭簏、郑贤滋、余芷津、费冕卿、屠鸿规、袁端甫、陈南琴、俞佐庭、孔馥初、林琴香、俞佐宸、王文瀚、周大烈。可见，这份名单不够全面。

是年（1908年），秦际瀚奉商部劄委任宁波商务总会襄理。后，晋升为协理。

（《鄞秦氏宗谱稿》）

是年（1908年），恒兴钱庄存款50.970 1万两、放款48.407 8万两、公积0.32万两、盈余0.481 7万两。（中国人民银行上海市分行编：《上海钱庄史料》，上海人民出版社1960年3月第1版，第833、835页）

宣统元年（1909年）正月二十八日辰时，秦际浩次子秦伟棣出生。（《鄞秦氏宗谱稿》）

按语：秦伟棣，字善贵。配冯绰。生二子，即秦永杰、秦永煦。

是年（1909年），恒兴钱庄存款63.932万两、放款59.679万两、公积0.32万两、盈余1.241 8万两。（中国人民银行上海市分行编：《上海钱庄史料》，上海人民出版社1960年3月第1版，第833、835页）

宣统二年（1910年）三月十一日辰时，秦际瀛次子秦伟业出生。（《鄞秦氏宗谱稿》）

按语：秦伟业，字善德。配李氏。生四子，即秦永椿、秦永梓、秦永杠、秦永标。

是年（1910年）九月十七日寅时，秦君安三子秦际瀛（蕙荪）逝世。后，葬于鄞西白鹤山之原，墓碑书"蕙荪秦公寿域"。（《鄞秦氏宗谱稿》）

是年（1910年），恒兴钱庄存款84.019 6万两、放款67.537 8万两、公积0.32万两、盈余1.671 8万两。（中国人民银行上海市分行编：《上海钱庄史料》，上海人民出版社1960年3月第1版，第833、835页）

宣统三年（1911年）七月十四日，上海《时事新报》报道秦际瀚当选宁波城自治董事会陪董消息，称："宁波城自治董事会自春间被顽僧侮辱全体解散，江伯训大令到任后选邀各绅筹议组织，始于日前成立，开会公选梁秉年君为正董、秦际瀚君为陪董、章述浚君为董事，业已呈请监督注册，详请上台札委颁给□记。"（《城自治之恢复》，《时事新报》1911年9月6日）

是年（1911年）八月二十九日酉时，秦伟业（善德）配李氏出生。（《鄞秦氏宗谱稿》）

按语：李氏系鄞县李瑞湖长女。李瑞湖系秦君安家族所办的恒兴钱庄股东之一。

是年（1911年），秦君安输巨款购米在家乡办理平粜。（褚德彝：《鄞县秦氏支祠碑记》，《鄞秦氏宗谱稿》）

是年（1911年），恒兴钱庄存款54.042 5万两、放款11.282 4万两、公积0.72万两、盈余0.444 7万两。（中国人民银行上海市分行编：《上海钱庄史料》，上海人民出版社1960年3月第1版，第833、835页）

中华民国

1912 年

2月，恒兴钱庄上市。(郭孝先：《上海的钱庄》，《上海市通志馆期刊》1933年第3期)

按语：1912年上海南、北市上市的汇划钱庄仅24家。

是年，恒兴钱庄资本增至10万两、存款56.326 9万两、放款27.842 2万两、盈余0.867万两。(中国人民银行上海市分行编：《上海钱庄史料》，上海人民出版社1960年3月第1版，第833、835页)

1913 年

2月14日(正月初九日)辰时，秦永聚(康祥)配陈和乡出生。

按语：陈和乡，又作陈和芗，系宁波江东(今属鄞州区)陈奕林长女。另，据宁波市天一阁博物院藏(2001)甬证民字第1501号公证书，称陈和乡生于1913年2月13日。

是年，恒兴钱庄存款58.239 8万两、放款40.774 8万两、盈余2.216 2万两。(中国人民银行上海市分行编：《上海钱庄史料》，上海人民出版社1960年3月第1版，第833、835页)

1914 年

3月2日(二月初六日)亥时，秦际浩三子秦伟桦出生。(《鄞秦氏宗谱稿》)

按语：秦伟桦，字善祥。配应柏寿。生三子，即秦永烈、秦永薰、秦永照；二女。

6月15日(五月二十二日)卯时，秦伟楚(善宝)长子秦永聚(康祥)出生。(《鄞秦氏宗谱稿》)

按语：秦永聚，字康祥，一字彦冲，曾从冯君木先生问学于冯在宁波后乐园(今中山公园)开办的一所国学社。配陈和乡。生一子，即秦言焘(秉年)。

8月28日(七月初八日)寅时，秦君安逝世。后，葬于鄞西鳖山前、跨湖桥侧，

墓碑书"运钖秦公寿域"。(《鄞秦氏宗谱稿》)

阴历八月,秦际藩、秦际瀚、秦际浩开始建造其父秦君安丙舍(即永安山庄)。(姚家镛:《永安山庄记》,《鄞秦氏宗谱稿》)

是年,恒兴钱庄股份为秦君安七股、"慎成李"三股,存款75.822 9万两、放款27.102 4万两、盈余2.216 7万两。(张公权:《各省金融概略》,1915年出版,第206页,上海图书馆藏;中国人民银行上海市分行编:《上海钱庄史料》,上海人民出版社1960年3月第1版,第833、835页)

1915年

2月16日(正月初三日)寅时,秦伟桢(善福、羡馥)侧室徐素珍出生。

按语:徐素珍系江苏吴县(今苏州)人。

4月19日,中国银行收受恒丰昌号秦涵琛储蓄款一千元、秦德廉储蓄款四十元、秦善宝储蓄款五元、秦善庆储蓄款二元。4月21日,该银行在《申报》公布19日所收受的储蓄款清单。(《四月十九日中国银行收受储款清单》,《申报》1915年4月21日)

5月4日(三月二十一日)亥时,秦伟桦(善祥)配应柏寿出生。(《鄞秦氏宗谱稿》)

按语:应柏寿系鄞东下应应芝庭五女。应芝庭曾任沪上永康钱庄、顺康钱庄经理。

5月6日,中华救国储金团总事务所在《申报》刊登启事,公布朱葆三、秦润卿、秦涵琛(际藩)等为干事。(《中华救国储金团总事务所干事名单》,《申报》1915年5月6日)

阴历五月(一阳月),姚家镛撰写《永安山庄记》。(《鄞秦氏宗谱稿》)

8月1日(六月二十一日)卯时,秦永圣(仲祥)元配张吟娟出生。(《鄞秦氏宗谱稿》)

按语:张吟娟系镇海张文模(祖康)次女。

9月15日,旅沪广东慈善会筹赈处在《申报》刊登《鸣谢大善士乐助广东水灾第九次收款列》启事,公布经收各界捐助款项,其中秦涵琛(际藩)助洋五十元。

阴历十月,秦君安丙舍竣工,命名为永安山庄,"计正屋三进,首进为大门,其次为厅事,又次为享堂。围墙以外,右首余屋为守墓户,后首余屋为办事室。左辟行路,以通便门。前临河浒,甃石为砌。后留隙地,环以短垣。"落成之日,亲朋毕集,

交相赞美。(姚家镛:《永安山庄记》,《鄞秦氏宗谱稿》)

是年,恒兴钱庄存款95.085 8万两、放款49.720 1万两、公积0.6万两、盈余2.814 5万两。(中国人民银行上海市分行编:《上海钱庄史料》,上海人民出版社1960年3月第1版,第833、835页)

1916年

8月10日,上海泗泾路中国救济妇孺总会朱葆三、王一亭等在《申报》刊登启事,鸣谢恒丰昌颜料号助洋二百元,内称"承恒丰昌宝号以前次乔迁之喜,蒙诸友厚赐隆仪,理应治筵酬答。因天气炎热,特将贺仪二百元移助敝会经费,为诸友造福,似此热心好善,无以复加。拜领之余,同深感谢。除当奉收条、款交经济科核收外,特此鸣谢,并祝贵友纳福无量"。(《中国救济妇孺总会志谢恒丰昌颜料宝号慨助洋二百元》,《申报》1916年8月10日)

是年,恒兴钱庄盈余1.6万两。(中国人民银行上海市分行编:《上海钱庄史料》,上海人民出版社1960年3月第1版,第833页)

1917年

是年初,上海钱业公会成立。

是年,恒兴钱庄盈余3.7万两。(中国人民银行上海市分行编:《上海钱庄史料》,上海人民出版社1960年3月第1版,第833页)

1918年

4月29日下午二时,宁波和丰纱厂召开第十一届股东常会,选举董事和监察人。经抽签,抽得高子勋、钱中卿、范杏生、李厥孙、朱葆三、谢蘅牕为留任董事。临时议长朱葆三报告抽留董事名单,并请股东改选董事、监察人。最后,盛省传、戴瑞卿、徐镛笙、戴文耀、徐棣荪当选董事,陈子壎、秦珍荪、严康懋当选监察人。(宁波市档案馆编:《宁波和丰纺织公司议事录》,宁波出版社2019年4月第1版,第60—62页)

5月21日上午十时,宁波和丰纱厂在该厂召开董事成立会,监察人秦珍荪、陈

子壎参加会议。(宁波市档案馆编:《宁波和丰纺织公司议事录》,宁波出版社2019年4月第1版,第62—63页)

10月14日,《申报》报道宁波旅沪同乡会建筑新会所、设立商业学校近期募捐情况,其中秦涵琛、秦珍荪各助洋一百元。(《宁波同乡会募捐消息》,《申报》1918年10月14日)

11月20日(十月十七日)午时,秦伟楚(善宝)次子秦永圣出生。(《鄞秦氏宗谱稿》)

按语:秦永圣,字仲祥,一字彦若,号若愚,别号北山居士。元配张吟娟,继配刘有娟。生一子,即秦言俦(秉衡);二女,即秦蕊珠,张氏出;秦蕊球,刘氏出。

是年,恒隆钱庄在上海设立,资本11万两。(中国人民银行上海市分行编:《上海钱庄史料》,上海人民出版社1960年3月第1版,第747—748页)

是年,恒兴钱庄盈余2万两。(中国人民银行上海市分行编:《上海钱庄史料》,上海人民出版社1960年3月第1版,第834页)

1919年

1月9日下午一时,宁波和丰纱厂在该厂召开董事年会,监察人陈子壎、秦珍荪参加会议。(宁波市档案馆编:《宁波和丰纺织公司议事录》,宁波出版社2019年4月第1版,第66—68页)

是年,恒兴钱庄存款80万两、放款93.103 1万两、盈余4.2万两。([法]白吉尔著;张富强、许世芬译:《中国资产阶级的黄金时代(1911～1937年)》,上海人民出版社1994年1月第1版,第97页;中国人民银行上海市分行编:《上海钱庄史料》,上海人民出版社1960年3月第1版,第834页)

1920年

4月25日(三月初七日)未时,秦永圣(仲祥)继配刘有娟出生。(秦仲祥:《蛛网集》,宁波出版社2004年第1版,第131页)

按语:刘有娟系镇海贵驷桥刘同镳(聘三)次女,后与秦仲祥定居美国。刘同镳曾任中华劝工银行总经理。

6月21日,系宁波华美医院院长兰雅谷六十寿诞;另,是年又系其来华三十周年。此前，张美翊、吴荫庭、王正廷等发起人呼吁与兰雅谷交好者将祝贺礼金移助该院经费，其中秦珍荪致送二元。(《兰院长六十生日三十周纪念送礼报册》,《宁波华美医院报告第一期》,1920年出版)

按语：兰雅谷(James Skiffington Grant, 1861—1927)，生于加拿大，毕业于美国密歇根大学医科，后受美国基督教浸礼差会委派，任宁波大美浸会医院(后改名华美医院)医士。

6月25日，《上海金融机关一览》由银行周报社发行，内称恒隆钱庄位于河南路379号即济阳里，经理陈子壎，协理戚龄延，资本规银11万两，股东为恒丰昌五股、徐庆云二股半、严康楸二股半、陈子壎一股；恒兴钱庄位于宁波路24号即同和里，经理沈翊笙，协理王庆华，资本规银10万两，股东为恒丰昌五股、秦君安三股、李瑞湖二股。(徐玉书编纂：《上海金融机关一览》，银行周报社1920年6月25日发行)

7月初开始，秦际瀚(珍荪)在鄞县南门大庙举办平粜局，每日六十石，主事者有丁仰高等人。宁波《时事公报》评价该平粜局开办"迄今已四十二日""办法完美，男由左，女由右，小儿由中，分门而入，秩序井然，所以各处平粜局俱不能逮"。(《富翁急公好义》,《时事公报》1920年8月14日)

按语：南门大庙即灵应庙，今存。
据民国《鄞县通志》称，是年鄞县粮食歉收，谷价上涨，秦际瀚先后捐资办理平粜"不下数万金"。

9月14日、15日，朱葆三、王一亭、徐乾麟等连续在《申报》刊登《中国救济妇孺总会敬谢秦涵琛大善士令嗣成婚奁资移助洋二百元》启事，称"由林梁甫先生送到秦涵琛大善士为其少君善福先生成婚将奁资洋二百元移助本会，具见先生乐善不倦，惠及妇孺，拜领之余，同深感颂。从来种德者所以修福，作善者必获降祥，富寿多男，可操券耳。除制奉收条并函谢外，特此登报，以扬仁风"。

按语："秦涵琛大善士令嗣"即秦伟桢，字善福、美馥，娶鄞县迎凤桥陈翊史女为妻。

9月20日(八月初九日)申时，秦君安配张氏逝世。(《鄞秦氏宗谱稿》)

12月13日，华洋义赈会在《申报》《民国日报》刊登启事，鸣谢黄庆澜经募"秦福三房"助洋二千元，供北方赈灾之用。(《华洋义振会敬谢黄庆澜君经募秦福三房助洋二千元指振北方》,《申报》1920年12月13日;《华洋义赈会敬谢黄庆澜君经募秦福三房助洋二千元指赈北方》,《民国日报》1920年12月13日)

按语："秦福三房"即秦君安所在房号。

12月18日,会稽道尹公署在宁波《四明日报》刊登其经收第五批赈款清单,其中"秦福三房"助洋三千元,内二千元供北方赈灾之用,并已交华洋义赈会,另一千元用于台属赈灾。(《会稽道尹公署经收第五批赈款共洋二万六千四百廿三元》,《四明日报》1920年12月18日)

是年,秦君安配张氏及秦际藩、秦际瀚捐资办理平粜。(《鄞秦氏宗谱稿》、《浙江会稽道尹公署训令第六五九号 令鄞县、奉化、慈谿、镇海县知事为发平粜案内秦际藩等勋章凭单由》,《浙江会稽道公报》第95号,1921年8月1日出版)

是年,秦珍荪将位于奉化的一百亩民田捐助给养老堂。(《富翁急公好义》,《时事公报》1920年8月14日)

是年,秦珍荪鉴于鄞县南门大庙塌坍已久,特捐助二千元用于修葺该庙大门。(《富翁急公好义》,《时事公报》1920年8月13日)

是年,秦珍荪因华美医院治愈其长孙秦康祥(永聚)瘰疬,特向该院捐助银五百元,并赠送匾额一方。(《秦珍荪先生玉照》,《宁波华美医院报告第二期》,1921年出版)

是年,《宁波华美医院报告第一期》出版,公布该院爱克司光镜各界募捐清单,其中秦珍荪助银三百元(内银五十元由赵占绥经募)。(《募集爱克司光镜诸公姓名银数报册》,《宁波华美医院报告第一期》,1920年出版)

是年,恒兴钱庄盈余3.5万两。(中国人民银行上海市分行编:《上海钱庄史料》,上海人民出版社1960年3月第1版,第834页)

1921年

5月15日上午,宁波旅沪同乡会举行新会所开幕典礼。此前,恒丰昌号为兴建该会所捐助洋三百元;另,秦涵琛、秦珍荪各捐助洋一百元。(《宁波旅沪同乡会历年收支征信录》,民国十一年阴历二月印)

5月27日,秦际藩、秦际瀚因去年在鄞县捐助巨款办理平粜,均获大总统奖给四等嘉禾章。(《浙江会稽道尹公署训令第六五九号 令鄞县、奉化、慈谿、镇海县知事为发平粜案内秦际藩等勋章凭单由》,《浙江会稽道公报》第95号,1921年8月1日出版)

6月19日、20日,鄞奉公益医院连续在宁波《四明日报》刊登《方桥鄞奉公益医院鸣谢》启事,鸣谢黄庆澜等经募、捐助善款,其中朱葆三、傅筱庵、秦珍荪(珍苏）等28人"均认年捐五十元，以三年为限"。

按语：鄞奉公益医院位于奉化方桥。

11月，徐珂编纂《民国十年上海商业名录》由商务印书馆出版，内收录恒隆钱庄、恒兴钱庄、恒丰昌等名录。

是年，秦际瀚捐资修建鄞县监狱。（《鄞秦氏宗谱稿》）

是年，《宁波华美医院报告第二期》出版，内刊登秦珍荪照片一帧，并鸣谢其于上年捐助银五百元作为该院经费。（《秦珍荪先生玉照》，《宁波华美医院报告第二期》，1921年出版）

是年，秦珍荪向华美医院捐助银二百五十元；另，捐助二百五十元用于该院购买爱克司光设备。（《华善士助款报册》，《宁波华美医院报告第二期》，1921年出版）

是年，恒兴钱庄盈余3.2万两。（中国人民银行上海市分行编：《上海钱庄史料》，上海人民出版社1960年3月第1版，第834页）

是年间，秦际藩、秦际瀚、秦际浩谋扩建位于章耆巷的秦氏宗祠，增置祀产，厘订族约，但因故未果。（秦永聚：《续修马衙漕秦氏支谱序》，《鄞秦氏宗谱稿》）

1922年

1月13日，上海钱业公会召开常会。会上，议决通过永聚钱庄加入该公会。永聚钱庄资本银10万两，股东为秦珍荪、严康懋、徐承勋、陈星记，各占二股半，经理吴廷范，协理朱嵩卿，见议秦润卿、王鞠如。（"上海钱业公会议事录"，邹晓昇编选：《上海钱业及钱业公会》影印版，上海远东出版社2017年5月第1版，第75—76页）

4月28日，丹阳中正桥工程事务局在《申报》刊登启事，公布姜证禅经募宁波绅商捐款共计洋二千七百七十元（含姜证禅自助洋一百二十元），其中朱葆三、傅筱庵、秦珍荪（际瀚）等各助洋一百元。（《丹阳中正桥工程事务局鸣谢》，《申报》1922年4月28日）

5月2日（四月初六日）巳时，秦永年（康塘）配曹竹琴出生。（《鄞秦氏宗谱稿》）

按语：曹竹琴，系镇海柴桥（今属北仑区）曹占骊女。

约8月，《四明孤儿院第二期报告册》出版，内公布有该院董事名单，其中秦珍荪系四明董事，并刊登照片一帧。（《董事一览表》，《四明孤儿院第二期报告册》，约1922年8月出版，宁波市天一阁博物院藏）

按语：四明孤儿院位于鄞县县城南门外，于1919年9月3日（己未年闰七月初十日）开幕。

11月7日，会稽道尹黄庆澜因秦际瀚是年捐助水灾赈款五千元，并为其生母张氏捐洋一千元、胞兄秦际藩捐洋一千元，呈请卢永祥督办、张载阳省长转部奖给三等嘉禾章。（《财主施赈呈请给奖》，《时事公报》1922年11月11日；《助赈士绅请从优给奖》，《时事公报》1922年11月22日）

11月22日，《时事公报》报道称会稽道尹黄庆澜此前具呈卢永祥督办、张载阳省长请奖给秦际瀚三等嘉禾章，认为"不足以昭激劝，理合呈请钧督、钧长将秦际瀚一户超给二等大绶嘉禾章"。（《助赈士绅请从优给奖》，《时事公报》1922年11月22日）

11月23日，会稽道尹黄庆澜召集地方士绅在花厅开浙赈征募大会筹备会。与会者认为上海华洋义赈会筹募赈款采取分队认捐办法，宁波应予以协济，遂当场认定一支总队、二十八支分队，其中秦珍生（珍荪）为分队长之一。（《浙赈征募大会筹备会纪详》，《时事公报》1922年11月24日）

12月18日，安养堂在《申报》刊登启事，鸣谢秦珍荪（际瀚）捐资兴修义火祠，内称"本堂董事秦珍荪先生今年五十弧旦，节其筵酒之资为本堂兴修义火祠，轸恤老人无微不至"。（《安养堂鸣谢》，《申报》1922年12月18日）

是年，鄞县姚□□撰、高振霄（云麓）书《奉直大夫秦君泉笙生圹》，内称其"性喜读书""力学，博览经□"。

按语：秦泉笙寿域原在鄞县西乡山下庄（今宁波市海曙区集士港镇山下庄村）白鹤山，其墓碑与《奉直大夫秦君泉笙生圹》镌刻在同一方石碑，即正面系墓碑，背面为《奉直大夫秦君泉笙生圹》。该碑极为厚重，据口碑调查，曾在当地兴修潘岙水库时被截断数块并加工成石环（中间凿穿），用于夯实堆土、加固堤坝之用。该村尚存此石环（原凿穿处已用石料填补），碑文内容缺失严重。

是年，恒兴钱庄盈余5.5万两。（中国人民银行上海市分行编：《上海钱庄史料》，上海人民出版社1960年3月第1版，第834页）

1923年

4月12日，大总统晋给秦际瀚三等嘉禾章。（《四月十二日大总统令》，《申报》1923年4月19日）

4月，大总统因秦君安配张氏在民国九年办理平粜有功，特颁给"慈善为怀"匾额。（宁波市天一阁博物院藏件）

按语：张氏时已逝世。该匾今悬挂于秦氏支祠正殿内。

阴历四月，位于宁波月湖西侧马眼漕旁的秦氏支祠动工兴建。（张謇：《秦氏支祠记》，《鄞秦氏宗谱稿》）

9月7—10日，院长兰雅谷、汤默思、任莘耕连续在《申报》刊登《宁波华美医院第一次鸣谢诸大善士》启事，公布官、商、绅、学界对该院建筑新院舍的募捐清单，其中秦珍荪（际瀚）助洋一千元。

按语：国家图书馆藏1930年3月刊印的《宁波华美医院征信录》亦称秦珍荪为该院建筑新院舍"助洋一千元"，但中国科学院大学宁波华美医院藏《宁波华美医院建筑新院扩充设备募捐经过状况》碑（民国十九年四月三日）则称秦珍荪"助募洋壹千元"。

9月14日，上海时疫医院院长朱葆三、史量才、窦耀廷在《申报》刊登启事，鸣谢励建侯经募秦珍荪（际瀚）助洋一百元。（《上海时疫医院敬谢》，《申报》1923年9月14日）

是年，恒兴钱庄盈余4万两。（中国人民银行上海市分行编：《上海钱庄史料》，上海人民出版社1960年3月第1版，第834页）

1924 年

1月4日（癸亥年十一月二十八日）申时，秦伟桢（善福）长子秦永年出生。（《鄞秦氏宗谱稿》）

按语：秦永年，字康墉。配曹竹琴。生一子，即秦言淼。

是年，陆廷黻撰、何维朴书《中议大夫秦君珍荪际瀚生圹志》。（民国《鄞县通志·文献志》）

5月12日（四月初九日）酉时，秦际瀚（珍荪）在沪逝世。后，葬于鄞西白鹤山之原，墓门坐辰向戌兼乾巽，墓碑书"珍荪秦公寿域"。（《鄞秦氏宗谱稿》）

5月13日、14日，秦馀庆堂账房连续在《申报》刊登《报丧》启事，称"敝主秦珍荪先生于本月初九日酉时寿终，定十一日酉时大殓，恐未周知，特此报闻"。

5月15—21日，秦馀庆堂账房连续在《申报》刊登《退保声明》，称"敝主秦珍荪先生于本年夏正四月初九日逝世，所有先生在日蒙各界信用担保文武伙友及银洋往来各节，自即日起，无论单保、函保、面保、口保等情，概作无效，与敝小主人无涉"。

按语："敝小主人"即秦伟楚，字善宝。

5月31日至6月1日,社会各界吊唁秦际瀚者人数众多。(《秦珍荪今日出殡》,《申报》1924年6月2日)

6月2日,《申报》报道称秦际瀚将于是日出殡,称其"生前曾任宁波商务总会协理之职,他如安养堂、育婴堂、孤儿院、贫民学校等慈善事业,尤出巨资赞助""定今日(二日)下午二时半起发引,由三马路至河南路,往北抵宁波路,向西折入西藏路,再经福州路而至河南路,经三茅阁桥,往敏体尼荫路,而入四明公所厝枢"。(《秦珍荪今日出殡》,《申报》1924年6月2日)

是日,楼恂如借西藏路宁波旅沪同乡会门首设路祭公祭秦际瀚。(《本会纪事》,《宁波旅沪同乡会月刊》第12期,1924年7月出版)

9月7日(八月初九日)辰时,秦伟樘(善庆)元配陈氏逝世。后,与秦伟樘长妹秦莲卿葬于宁波麒麟山四明公墓第二墓园贰字福区第14至15号穴。(《鄞秦氏宗谱稿》)

1925年

2月,秦际瀚因此前(即民国十年)捐资修建鄞县监狱,获临时执政颁给"惠及图圄"匾额、司法部颁给獬豸章。(《鄞秦氏宗谱稿》)

按语:秦际瀚其时已去世。

4月24日,上海钱业公会召开常会。会上,接永聚钱庄向该公会报告称自4月23日(四月初一日)起,增加资本银6万两。("上海钱业公会议事录",邹晓昇编选:《上海钱业及钱业公会》影印版,上海远东出版社2017年5月第1版,第234页)

按语:永聚钱庄增加资本后,共计银16万两。

5月23日,上海钱业公会召开常会。会上,接恒隆钱庄向该公会报告称自4月30日(四月初八日)起,增加资本银11万两,共计银22万两。("上海钱业公会议事录",邹晓昇编选:《上海钱业及钱业公会》影印版,上海远东出版社2017年5月第1版,第237页)

7月,鄞县黄次会撰《鄞马衙漕秦氏支谱序》,称秦君安逝后,其"哲嗣涵琛君昆季,既建祠湖滨,以伸报本之意,复记其生卒、行事、世次,俾子孙得以感发而兴起,此支谱体裁也""今采集前例,列为诸表,世系图既贯以朱线,故诸表体皆旁行,法周谱也。家训、家传之属依次编列,犹史之有志也。由公而上,及于始迁,不忘祖也。由公而下，支分派别，使阅者得寻源而竟委也。祖德孙谋，厘然在目，此涵琛君昆季所以承公遗志而为此谱者也"。(《鄞秦氏宗谱稿》)

按语：秦际藩等曾聘请黄次会(际云、霁云)纂修马眼漕秦氏支谱。

是年(乙丑年)阴历八月至1929年(己巳年)阴历十二月底，四明贫儿院共收特捐洋三万九千七百八十元九角一分五厘，其中陈子埙经募"馀庆堂秦"助洋五百元。(《收支清册》，《四明贫儿院第一期报告册》，约1931年出版，宁波市天一阁博物院藏)

按语：四明贫儿院位于清节堂旧址(今宁波市鄞州区曙光路、曙光北路路口一带)。
　　　　陈子埙系四明贫儿院委员。

10月19日(九月初二日)未时，秦永祥(康鉉)配何赞明出生。

按语：何赞明，系广东南海何焯良女。

是年秋，宁波同善会赠给秦氏家族"显承启佑"匾。(宁波市天一阁博物院藏件)

按语：此匾由鄞南黄宝琮书，今挂于秦氏支祠正殿内。

阴历十一月，位于马眼漕旁的秦氏支祠建造完成。"祠凡十余楹，崇宏严翼，既精既固。前祀翁，后祀翁妃张夫人。"此间，张謇应秦际藩等之请，撰写《秦氏支祠记》。(张謇：《秦氏支祠记》，《鄞秦氏宗谱稿》)

按语：据《第五批全国重点文物保护单位推荐材料——秦氏支祠》(浙江省文物局2000年
　　　　7月15日编印)称，秦氏支祠共耗银元20万。
　　　　秦永聚在《三祠考》(刊《鄞秦氏宗谱稿》)中指出秦氏支祠实系秦君安纪念祠。

阴历十一月，褚德彝撰并书《鄞县秦氏支祠碑记》。(褚德彝：《鄞县秦氏支祠碑记》，《鄞秦氏宗谱稿》)

是年，寿义公所赠给秦氏家族"以兴嗣岁"匾。(宁波市天一阁博物院藏件)

按语：此匾由黄宝琮书，今挂于秦氏支祠正殿内。

是年，恒隆钱庄资本增至22万两。(中国人民银行上海市分行编：《上海钱庄史料》，上海人民出版社1960年3月第1版，第748页)

是年，恒兴钱庄盈余6.6万两。(中国人民银行上海市分行编：《上海钱庄史料》，上海人民出版社1960年3月第1版，第834页)

是年，黄次会纂修《鄞县秦氏支谱》。该支谱共六卷，卷一仪容图、祠墓图，卷二追远图、世系图、世系分图、众子图，卷三纪元表、阴阳历对照表、茔域表、第宅表、排行表、房分表，卷四追远表、世系表，卷五荣哀录、言行录、训诫录、祠祀录，卷六赠言录、杂录。(民国《鄞县通志·舆地志》"氏族")

按语：《鄞县秦氏支谱》即马眼漕秦氏支谱。

"茔域表"应为"茔域表"。

约是年秦氏支祠建成后，秦氏族人即在支祠旁创办馀庆小学，聘请王霁云(际云)为校长，师资优良，全盛时期有学生四百人，学杂费全免，并发给书籍、文具。抗战时，因敌机轰炸，学校被迫停办，前后办学时间共计十余年。(秦仲祥：《蛛网集》，宁波出版社2004年第1版，第127页)

1926 年

1月29日下午二时，上海钱业公会召开董事会议，审查同安、恒大钱庄请求入会一事。会上，据恒大钱庄向该公会报告称，资本共22万两，股东恒丰昌五股，严康懋、柳笙源各二股，倪俦如、秦润卿各一股，经理周雪舲，协理林联笙，见议王鞠如、李寿山。经审查，众董事均无异议并投子表决赞成。("上海钱业公会议事录"，邹晓昇编选：《上海钱业及钱业公会》影印版，上海远东出版社2017年5月第1版，第265页)

是日，上海钱业公会召开常会。会上，举手表决赞成同安、恒大钱庄加入公会。("上海钱业公会议事录"，邹晓昇编选：《上海钱业及钱业公会》影印版，上海远东出版社2017年5月第1版，第266页)

3月9日(正月二十五日)寅时，秦伟樘(善庆)独子秦永樵出生。(《鄞秦氏宗谱稿》)

按语：秦永樵，字康年。配王氏。生一子，即秦言中。

7月16日(六月初七日)巳时，秦伟桢(善福)次子秦永祥出生。(《鄞秦氏宗谱稿》)

按语：秦永祥，字康铉。配何赞明。

是年(丙寅年)至1929年(己巳年)，四明贫儿院共收乐助捐洋三千六百二十六元三角二分二厘，其中"馀庆堂秦"助洋六十元。(《收支清册》,《四明贫儿院第一期报告册》，约1931年出版，宁波市天一阁博物院藏)

是年，秦氏族人在支祠举行盛大的祭祖活动。此后至1949年每年均在秦氏支祠举行祭祖活动。(《第五批全国重点文物保护单位推荐材料——秦氏支祠》，浙江省文物局2000年7月15日编印)

1927 年

3月15日（二月十二日）卯时，秦永澄（康聚）配王凤俦出生。（《鄞秦氏宗谱稿》）

按语：王凤俦，系上海真茹镇王霄颜女。

3月，上海总商会月报部编辑《上海工商业汇编》出版，内收录恒丰昌、永聚钱庄、恒隆钱庄、恒大钱庄、恒兴钱庄等名录。

9月12日（八月十七日），秦永樵（康年）配王氏出生。（《鄞秦氏宗谱稿》）

按语：王氏，江苏吴县（今苏州）人。

是年，秦泉笙（际浩）女儿秦葆卿与裘玉如在上海结婚。（《福寿集——裘玉如先生百寿庆》，应维钢先生提供）

按语：裘玉如，谱名光辉，字庆安，系裘黼臣四子，光绪三十四年（1908年）十一月二十八日生，2009年6月13日卒，曾在沪创办永固机器制造厂，并任上海裘天宝银楼股东会主席，与秦葆卿育有五子（即宗渭、宗海、宗河、宗汤、宗澄）、二女（即梅琴、怡云）。

1928 年

5月27日（四月初九日）卯时，秦伟桢（善福）三子秦永澄出生。（《鄞秦氏宗谱稿》）

按语：秦永澄，字康聚。配王凤俦。生一子，即秦言衷。

7月20日，上海中国济生会在《申报》刊登经收山东赈款清单，其中陈馥棠、陈绳武、秦善福、胡麟川、林平甫、楼伯夔、康庚辛、沈伯显、毛濂卿、盛蕃甫等各助洋二元。（《上海中国济生经收各项振捐款报告》，《申报》1928年7月20日）

9月1日下午六时，四明公所在宁波旅沪同乡会举行赊材募捐闭幕典礼。会上，公布名列前十名的个人捐资者，计虞洽卿老太太二千三百五十二分、方式如太太二千三百零一分、叶子衡太太二千零十分、秦涵琛太太二千分、周湘云太太一千五百六十分、王皋荪太太一千五百零五分、周尊庐太太一千五百分、姜炳生太太一千一百五十分、陈子埙太太一千一百二十分、谢蘅牕追荐老太太一千一百分。（《四明公所募捐昨日开幕》，《申报》1928年9月2日）

10月18日，鄞奉长途汽车股份有限公司在《申报》刊登招股广告，称该公司

"资本总额定为十五万元,分作三千股,每股上海通用银圆五十元。除由发起人认定外,尚有余额公开招募,自十月十八日起,至十一月七日止,为招股期间"。秦涵琛与俞佐廷、徐庆云、邬志豪、陈蓉馆、孙衡甫、袁履登等均系发起人。(《鄞奉长途汽车股份有限公司招股广告》,《申报》1928年10月18日)

12月15日(十一月初四日)子时,秦际藩(涵琛)元配倪氏逝世。(《鄞秦氏宗谱稿》)

12月24日(十一月十三日)巳时,秦际瀚(珍苏)配姚氏逝世。(《鄞秦氏宗谱稿》)

是年,《宁波旅沪同乡会会员题名录》出版。据此,可知秦伟楚(籍贯:鄞,通信处:河南路济阳里恒隆庄)、秦涵琛(籍贯:鄞,通信处:望平街恒丰昌号)为该会"永远会董"、秦善福(籍贯:鄞,通信处:未详)、秦善甫(籍贯:鄞,通信处:宁波路永聚庄)为"基本会员"、秦善贵(籍贯:鄞,通信处:天津路四六号)为"赞助会员"。

按语:"秦善甫"应为"秦善富"。

1929年

1月26日,上海钱业公会召开常会。会上,讨论恒赉钱庄请求入会一事,"先经执行委员会审查无异,投子表决,认为可以入会,复照章经会员大会决定准予入会"。("上海钱业公会议事录",邹晓昇编选:《上海钱业及钱业公会》影印版,上海远东出版社2017年5月第1版,第410页)

1月,恒赉钱庄在上海成立,股东有秦涵琛等。(《上海钱业同业调查》,上海市商会商务科编:《金融业》,1934年出版,第160—162页)

约1月(戊辰年嘉平),华世奎题"秦涵琛先生墓"。

5月15日,上海《钱业月报》第9卷第4号出版,内刊登秦康祥撰写的《寒食行》《泛湖》《望月怨》三首诗。

6月15日,上海《钱业月报》第9卷第5号出版,内刊登秦康祥撰写的《忆去年春日游阿育王寺诗》《烟雨》《闻箫》三首诗。

8月15日,上海《钱业月报》第9卷第8号出版,内刊登秦康祥撰写的《春去》《雨夜》二首诗。

是年冬,秦康祥与笑尘在宁波月湖清芬馆旧址相谈,并请其将藏印印成印谱。(《养志轩印存》,宁波市天一阁博物院藏)

1930年

2月2日下午二时，上海钱业公会召开常会。会上，接恒赉钱庄更换股东的报告，称自2月份起，更改为徐庆云三股半、秦涵琛三股、孙衡甫二股半、秦馀庆堂一股，资本20万两，牌号加元记。另，接恒大钱庄更换股东、股数的报告，称自2月份起，更改为秦馀庆堂五股、秦涵琛一股半、柳源笙二股半、秦润卿一股，资本20万两，牌号加裕记，经理洪吟蓉，副理林联琛，见议李寿山、王鞠如。（"上海钱业公会议事录"，邹晓昇编选：《上海钱业及钱业公会》影印版，上海远东出版社2017年5月第1版，第486—487页）

2月4日，上海北市汇划钱庄恒兴、恒隆、恒大（加裕记）、恒赉（加元记）、永聚等上市营业。（《沪埠全体钱庄上市单》，《申报》1930年2月5日）

阴历二月（仲春月），笑尘题称"去冬，余晤秦生康祥于月湖清芬馆旧址，畅谭乐甚。生复出小册一，索余所蓄各印印之，以留雪泥鸿爪之迹。余喜其用意诚恳，为加盖之而邮致焉"。（《养志轩印存》，宁波市天一阁博物院藏）

约4月，冯昭适应秦康祥之请，在武锺临处拓印。后，拓印一册赠送秦康祥。4月13日，冯昭适在该书题写："武锺临，字如谷，杭州人，生而慕乡贤丁敬身之为人，自号拜丁，工篆刻，有《拜丁馆印谱》。丁卯春，旅宁波市，为法院民庭推事，与昭适相友。会内姪秦彦冲自沪移书，属代拓印，乃诣拜丁馆，拓成赠彦冲。时如谷将至永嘉擢高等法院民刑庭推事，倚装而拓之。"（《养志轩印存》，宁波市天一阁博物院藏）

按语：冯昭适，浙江慈谿人，系冯孟颛（贞群）子。

武锺临系西泠印社社员。

丁卯年即1927年。

5月10日（四月十二日）辰时，秦涵琛（际藩）在宁波逝世。后，葬于鄞西山下庄谢家岙牛眠山麓。其间，俞佐庭被邀请担任秦家治丧总管，因办事周到，受到秦家赏识。（《鄞秦氏宗谱稿》；《退保声明》，《申报》1930年5月17日；陈春霅、宋紫云：《俞佐庭》，朱信泉、严如平主编：《中华民国史资料丛稿·民国人物传》第4卷，中华书局1984年3月第1版，第247页）

按语：秦际藩墓在宁波市海曙区集士港镇山下庄村，今存墓面石刻。

5月11日、12日，秦颐寿堂账房连续在宁波《时事公报》刊登《报丧》，称"家主涵琛先生于国历五月十日辰时逝世，兹择十二日酉时大殓"。

5月16日,秦颐寿堂账房在《申报》刊登《退保声明》,称秦涵琛生前为亲友所作口头、书面担保自登报之日起均作无效。

7月7日(六月十二日)子时,秦伟棣(善贵)长子秦永杰出生。(《鄞秦氏宗谱稿》)

按语:秦永杰,字康林,一字士林。配杨蓉蓉。

是年,四明贫儿院共收乐助捐洋二千二百零六元,其中"秦颐寿堂"助洋五百元。(《收支清册》,《四明贫儿院第一期报告册》,约1931年出版,宁波市天一阁博物院藏)

按语:秦颐寿堂系秦涵琛所在房派(富房)堂号。

是年,王廉葆经募秦善德助鄞奉公益医院洋三十元。(《鄞奉公益医院十九年度报告册》,宁波市档案馆藏)

1931年

1月5日,恒巽钱庄成立,地址位于上海宁波路兴仁里23号,股东为秦馀庆堂、徐庆云、李詠裳、恒丰昌、俞佐庭。(《上海钱业同业调查》,上海市商会商务科编:《金融业》,1934年出版,第160—162页)

1月28日下午三时,上海钱业公会召开执行委员会议,审查恒巽钱庄请求入会案。经出席委员投子表决,均认为可以加入为会员,但照章需提交常会请全体会员决定。("上海钱业公会议事录",邹晓昇编选:《上海钱业及钱业公会》影印版,上海远东出版社2017年5月第1版,第579、580页)

2月2日下午二时,上海钱业公会召开常会。会上,全体会员起立通过恒巽钱庄入会的请求。("上海钱业公会议事录",邹晓昇编选:《上海钱业及钱业公会》影印版,上海远东出版社2017年5月第1版,第581、583页)

2月4日,《申报》报道新开钱庄恒巽庄消息,称其"股东为秦馀庆堂、徐庆云、李詠裳、恒丰昌、俞佐廷等计共十一股,资本二十二万两,经理俞佐廷(系甬钱业界闻人),协理夏圭初、李伯顺,襄理陈馀庆,业于一月五日聚本,大约本月底初开业"。(《南北市汇划庄更动记》,《申报》1931年2月4日)

按语:秦馀庆堂、恒丰昌合计五股,李詠裳、徐庆云各两股半,俞佐庭一股。

2月19日上午,上海北市汇划钱庄恒兴、恒隆、恒赉、永聚、恒巽等上市营业。(《南北市汇划钱庄牌号▲昨晨全体上市》,《申报》1931年2月20日)

3月30日，上海筹募陕灾临时急振会在《申报》公布经收各界赈款清单，其中秦善馥捐洋一百元；另，"恒赉庄捐洋三百元、陈绳武君、秦羡馥君各捐洋一百元（以上三户由恒赉庄经募）"。（《上海筹募陕灾临时急振会经收赈款第六次报告》，《申报》1931年3月30日）

4月16日下午二时，上海钱业公会召开常会。会上，接恒隆钱庄向该公会报告称，因经理陈子壎病故，经各股东议定，公推秦善宝为监理，秦绥如为经理，林友三、陈润水为协理。（"上海钱业公会议事录"，邹晓昇编选：《上海钱业及钱业公会》影印版，上海远东出版社2017年5月第1版，第596页）

4月，中国商务广告公司编辑《上海商业名录》由商务印书馆出版，内收录永聚钱庄、恒隆钱庄、恒赉钱庄、恒兴钱庄、恒丰昌颜料号等名录。

5月2日下午二时，上海钱业公会召开常会。会上，接永聚钱庄向该公会报告称，增加资本8万两，共计资本24万两。（"上海钱业公会议事录"，邹晓昇编选：《上海钱业及钱业公会》影印版，上海远东出版社2017年5月第1版，第601、603页）

7月2日，上海筹募江西急振会在《申报》刊登启事，鸣谢各界对该会进行的捐助，其中恒巽钱庄经募秦馀庆堂、徐庆云、李詠裳、恒丰昌号、俞佐庭、夏圭初、李伯顺、陈馀庆共助一百元。（《上海筹募江西急振会鸣谢》，《申报》1931年7月2日）

按语：该会设在上海九江路26号中国红十字会内。

7月6日（五月二十一日）寅时，秦伟桢（善福）四子秦永赓出生。（《鄞秦氏宗谱稿》）

按语：秦永赓，字康祺。配黄碧侬。生一子，即秦言庆。

9月10日，上海筹募各省水灾急赈会在《申报》公布经收赈款第七次报告，其中秦善宝助洋一千元。（《上海筹募各省水灾急赈会经收赈款第七次报告》，《申报》1931年9月10日）

10月6日，上海市钱业同业公会成立。（《上海市钱业同业公会公告》，《申报》1931年10月19日）

按语：该同业公会由上海钱业公会改组而来。

约是年，秦永聚（康祥）与陈和乡结婚。（张落雁：《驾鹤西去　百岁老人陈和蓊的背后是一个家族的传奇……甬上秦家闯荡上海滩百余年家藏8000余件文物全部捐给天一阁》，《东南商报》2012年10月7日）

1932 年

1月23日（辛未年十二月十六日）巳时，秦伟业（善德）长子秦永椿出生。（《鄞秦氏宗谱稿》）

按语：秦永椿，字康梁。

阴历三月，秦康祥得一印谱，并在书前题"得于废张残纸之中"。（《养志轩印存》，宁波市天一阁博物院藏）

是年春，钱祖谦拜访秦彦冲，商议其父钱衡成遗稿印行之事。秦彦冲允诺为其父制作印谱即《古笏庐印谱》。（《彦冲印稿》，宁波市天一阁博物院藏）

5月14日下午二时，上海市钱业同业公会召开第一届第二十九次常务委员会。会上，接恒隆钱庄向该公会报告称，该钱庄业经改组，加号泰记，股东为秦馀庆堂五股，孙衡甫、徐庆馀堂各二股，张咀英一股，资本20万两，经理秦绥如，协理林友三、杨艺生，见议秦润卿、谢弢甫。（"上海钱业公会议事录"，邹晓昇编选：《上海钱业及钱业公会》影印版，上海远东出版社2017年5月第1版，第696页）

5月25日下午二时，上海市钱业同业公会召开第一届第十六次执行委员会。会上，报告恒隆钱庄改组情况。（"上海钱业公会议事录"，邹晓昇编选：《上海钱业及钱业公会》影印版，上海远东出版社2017年5月第1版，第698页）

6月2日下午二时，上海市钱业同业公会召开第　届第八次会员代表常会。会上，接恒隆钱庄报告，称"小庄业经改组，加号泰记，股东秦馀庆堂五股、孙衡甫、徐庆馀堂各二股、张咀英一股，资本元贰拾万两，以秦绥如为经理，林友三、杨艺生为协理，见议秦润卿、谢弢甫两先生"。（"上海钱业公会议事录"，邹晓昇编选：《上海钱业及钱业公会》影印版，上海远东出版社2017年5月第1版，第834页）

6月7日（五月初四日）卯时，秦永杰配杨蓉蓉出生。（《鄞秦氏宗谱稿》）

6月26日下午二时，统原商业储蓄银行（简称统原银行）在上海银行公会召开创立会，发起人陈润水报告该银行创立经过情形及筹备费用，徐伯熊报告已收足股款一百万元。会上，投票选举余葆三、李祖荫、俞佐庭、徐仲麟、陈绳武、楼恂如、秦善富、秦善德、陈润水为董事，徐伯熊、姚德馨、向侠民为监察人。至下午六时散会。（《统原银行创立会记》，《申报》1932年6月28日）

按语：秦善富（伟荣）、秦善德（伟业）均系秦君安孙辈。

7月1日，统原商业储蓄银行举行第一届董监联席会，公推余葆三为董事长，聘请陈润水为经理、秦善德、陈春雩为副理。10日，《时事新报》对选举结果进行了报道，称陈润水、秦善德、陈春雩"三君服务于金融界有年，学验俱丰，故一切布置大半就绪，现正呈请财政部验资给照，开幕之期当在不远"。(《统原银行行将开幕》，《时事新报》1932年7月10日)

7月29日，《申报》报道称统原商业储蓄银行"刻经财政部核准注册，颁给银字一二一号营业执照，将于八月十日举行开幕典礼，并定八月二日先行开始营业。该行董事长余葆三，董事徐仲麟、余佐廷、秦善宝、陈润如等，均系实业界金融界中之巨子，将来于银行业前途定有相当贡献"。(《统原银行定期开幕定于八月十日举行典礼》，《申报》1932年7月29日)

8月7日，统原商业储蓄银行在《申报》刊登通告，称定于10日正式开幕，行址位于上海天津路20号，董事长为余葆三，董事为李祖荫、徐仲麟、俞佐庭、楼恂如、秦善富、陈绳武、陈润水、秦善德，经理为陈润水，副经理为秦善德、陈春雩，监察人为徐伯熊、姚德馨、向侠民，襄理为李瀛生、鲍英甫，储蓄部主任为宋源清，并介绍经营业务，称"本行经营商业银行，业务凡存款、放款，利息克己，手续便利，并为社会服务、提倡节俭起见，附设储蓄部，专营各种储蓄，均有详章，利息优厚，保障稳固"。(《统原商业储蓄银行开幕通告》，《申报》1932年8月7日)

8月10日，统原商业储蓄银行正式开幕，王晓籁、袁履登、傅筱庵、徐圣禅、钱新之、林康侯、秦润卿、徐寄庼等千余人前往道贺。11日，《申报》对该银行开幕作了报道，称其"组织者系金融、实业两界人物，经理陈润水君、副理秦善德君、陈春云君，皆蜚声金融界。该行地居适中，陈设亦精丽斋皇""各项存款收入，闻自二日开始营业起，至今已有六百余万之数，足见该行信用卓著，前途盖未可限量"。(《统原银行昨日开幕▲贺客盈门》，《申报》1932年8月11日)

8月24日(七月二十三日)子时，秦永锡(康祜)配陈述出生。(《鄞秦氏宗谱稿》)

按语：陈述，系广东人。

10月11日下午二时，上海市钱业同业公会召开第一届第二十四次执行委员会。会上，接恒隆钱庄报告称因经理秦绥如逝世，推举林友三为经理，杨艺生、陈馀庆为协理。("上海钱业公会议事录"，邹晓昇编选：《上海钱业及钱业公会》影印版，上海远东出版社2017年5月第1版，第712页)

11月2日下午二时，上海市钱业同业公会召开第一届第十三次会员代表常会。会上，接恒隆钱庄报告称因经理秦绥如逝世，推举林友三为经理，杨艺生、陈馀庆为协理。("上海钱业公会议事录",邹晓昇编选:《上海钱业及钱业公会》影印版,上海远东出版社2017年5月第1版,第845、846页)

11月20日,东北义勇军后援会接到各经收捐款处通知,内有上海四明银行代收统原银行秦善德捐洋五元。(《捐助东北义军咋讯》,《申报》1932年11月21日)

12月24日,改建老江桥(即灵桥)沪筹备处召开第十四次会议。会上,鉴于徐庆云、楼恂如逝世,加推傅筱庵、周枕琴、朱守梅、方式如、秦善宝、邬志豪、姜炳生、徐懋棠为沪筹备处委员。(改建老江桥筹备委员会编印:《重建灵桥纪念册》"会议记录",1936年6月出版)

12月,蔡梅英书《捐建鄞县县立女子中学校舍褒奖等第表》碑,内称"秦颐寿堂"捐洋二百元,由鄞县县政府颁给三等褒状,并呈报省教育厅备案。(宁波市天一阁博物院藏拓片)

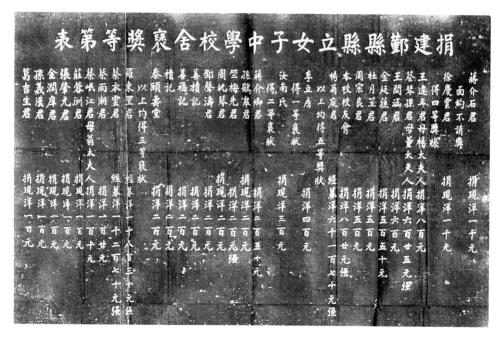

《捐建鄞县县立女子中学校舍褒奖等第表》碑(局部,拓片)

按语:该碑纵184厘米,横81厘米。

是年,秦康祥拜访叶铭,叶氏以增补《广印人传》一事相托。(马国权:《近代印人传》,上海书画出版社1998年8月第1版,第494页)

是年，恒兴钱庄盈余5万两。（中国人民银行上海市分行编：《上海钱庄史料》，上海人民出版社1960年3月第1版，第834页）

1933年

1月2日（壬申年十二月初七日）寅时，秦伟桢（善福）五子秦永锡出生。（《鄞秦氏宗谱稿》）

按语：秦永锡，字康祐。配陈遂。生一子，即秦言强。

1月22日下午二时，上海市钱业同业公会在宁波路钱业公会举行临时会员大会。会上，通过相关议案，其中"新庄同庆庄计十股，资本总额规元二十万两，经理夏圭初""新庄慎源庄，计十股，资本总额规定二十万两，经理林荣生，协理姚国香，襄理励叔卿""会员恒巽庄，加推徐景祥为协理"。（《钱业同业公会昨开临时会员大会》，《申报》1933年1月23日）

按语：同庆钱庄股东有秦善富、秦美馥、王伯元、郁震东、徐懋棠、李琏璇等。

慎源钱庄股东有秦善宝、徐承勋、何谷声、余葆三、张咀英等。

2月2日下午二时，上海市钱业同业公会召开第一届第十六次会员代表常会。会上，接同庆钱庄报告称该钱庄已聘李瀛生为协理、朱海初为襄理。（"上海钱业公会议事录"，邹晓昇编选：《上海钱业及钱业公会》影印版，上海远东出版社2017年5月第1版，第851页）

2月15日，同庆钱庄在《申报》刊登开始营业通告，称营业地址在上海宁波路180号。（《上海市钱业同业公会会员庄同庆钱庄开始营业通告》，《申报》1933年2月15日）

是日，同庆钱庄开始营业，张公权、贝淞孙、胡孟嘉、秦润卿、袁松藩、冯仲卿等沪上闻人数百人前往道贺。17日，《申报》报道称"沪埠金融业年来以时事多故，营业上甚感棘手，故今年钱庄新创者，几如凤毛麟角。查今年新创者，只同庆庄一家，开设于宁波路一八〇号，资本雄厚，股东纯属商界巨子，经理为夏圭初，协理为李瀛生，襄理为朱海初等，皆为金融界翲轮老手""当日收进存红达四百余万，并闻该庄现亦有特别存款，手续简单"。（《新汇划庄同庆开幕》，《申报》1933年2月17日）

按语：1933年2月21日发行的《银行周报》第17卷第6期《新汇划庄同庆开幕》亦有报道。

3月21日，《申报》报道称宁波旅沪同乡会航空救国募款委员会定于25日为第四次揭晓之期，并公布各征求队队长姓名，秦善宝名列其中。（《各界航空救国运

动》,《申报》1933年3月21日)

按语：宁波旅沪同乡会航空救国募款委员会系为筹款购置"宁波号"飞机而成立。
秦善宝任队长的征求队即"秦善宝队"。

4月2日下午二时，上海市钱业同业公会召开第一届第十八次会员代表常会，报告称同庆钱庄推定夏圭初、李瀛生、颜桂芳为会员代表，慎源钱庄推定林荣生、姚国香、励叔卿为会员代表，恒隆钱庄推陈馀庆为协理并作为会员代表；另，接恒巽钱庄报告称"为豫皖鄂义振会以慈善香宾作抵向银钱业商借拾万元、钱业方面五万元，由恒巽庄出面暂借"。("上海钱业公会议事录"，邹晓昇编选：《上海钱业及钱业公会》影印版，上海远东出版社2017年5月第1版，第855页)

4月5日，同庆钱庄在《申报》刊登启事，称该钱庄定于4月6日起增设特种往来存款业务。(《上海钱业公会会员同庆钱庄添办特种往来存款启事》,《申报》1933年4月5日)

按语：该启事后在《申报》多次刊登。

5月2日下午二时，上海市钱业同业公会召开第一届第十九次会员代表常会。会上，会员报告资本增加情况，其中慎源钱庄资本增至30万元、恒巽钱庄资本增至33万元、恒隆钱庄资本增至30万元、同庆钱庄资本增至30万元、恒赍钱庄资本增至30万元。("上海钱业公会议事录"，邹晓昇编选：《上海钱业及钱业公会》影印版，上海远东出版社2017年5月第1版，第857、858、859页)

5月5日下午六时，宁波旅沪同乡会航空救国募款委员会在该同乡会二楼大礼堂召开第九次例会。会上，干事林勉哉揭晓第九次募款共计洋八千六百六十九元三角六分八厘，其中王伯元一千元、孙衡甫一千元、徐懋昌六百三十元、乌崖琴六百零六元、徐懋棠五百五十元、秦善宝五百元、邬志豪三百八十七元、周德甫三百五十元。(《各界航空救国运动》,《申报》1933年5月6日)

6月1日，改建老江桥(即灵桥)沪筹备处召开第十五次会议。会上，决定设立总务组、捐募组、工程组、会计组，推定各委员分组办事，其中捐募组由张继光召集，成员有余葆三、何楳仙、孙梅堂、袁履登、谢蘅牕、方椒伯、金廷荪、邬志豪、王云甫、秦善宝、徐懋棠。(改建老江桥筹备委员会编印：《重建灵桥纪念册》"会议记录"，1936年6月出版)

7月27日,《申报》报道称中华国货产销联合公司开始筹备后，秦善宝与史量才、陈光甫、刘鸿生、虞洽卿、金廷荪、徐新六、俞佐廷等数十人已签名加入。(《王晓籁等发起国货产销联合公司　生产救国之新阵线》,《申报》1933年7月27日)

9月9日（七月二十日）卯时，秦永聚（康祥）独子秦言焘出生。（《鄞秦氏宗谱稿》）

按语：秦言焘，字秉年。

9月28日（八月初九日）子时，秦伟业（善德）次子秦永桴出生。（《鄞秦氏宗谱稿》）

按语：秦永桴，字仲梁。

是日，惠中商业储蓄银行（简称惠中银行）在《申报》刊登通告，称定于10月2日正式开幕，行址位于上海天津路（河南路），董事长为俞佐廷，董事为丁家英、魏乙青、厉树雄、秦羡卿、王文治、邱彭年、何谷声、陈绳武、孙劫卿、虞仲言，监察人为楼怀珍、潘久芬、史久鳌，经理为戚仲樵，副理为虞仲言、俞树棠，襄理为黄绥隆、糜静盦，并介绍经营业务，称"专营●存款●放款●抵押放款●票据贴现●国内外汇兑●买卖生金银及有价证券●代募公债及公司债券●保管贵重物品●堆栈●各种储蓄存款等及其他一切银行业务"。（《惠中商业储蓄银行开幕通告》，《申报》1933年9月28日）

10月2日，惠中商业储蓄银行正式开幕。缪斌、余梅荪、李思浩、宋汉章、陈光甫、傅筱庵、秦润卿、王晓籁、虞洽卿、杜月笙、袁履登、方椒伯、黄延芳、乐振葆、谢蘅牎等数百人出席，由该行董事长俞佐廷与全体董事、经理、副理殷勤招待。是日，该银行共收入存款三百余万。（《惠中银行昨日开幕》，《申报》1933年10月3日）

10月27日下午四时，募建宁波老江桥驻沪办事处在西藏路宁波旅沪同乡会召开筹备会议，虞洽卿、秦润卿、徐懋棠、俞佐廷、孙衡甫、秦善宝、乐振葆、张继光、金廷荪、余葆三、王皋荪、姜炳生、张申之等20余人出席。会上，虞洽卿称"筹建宁波老江桥为时已久，所募捐款亦已集有成数，新桥图样经由美国工程师绘就后，审查完竣，此次募捐工作仍请积极进行，于短时间内募定七十万，俾可兴工"。随后由张继光报告募捐情况，至此时已募集五十余万元。（《甬江桥募集五十万　徐懋棠独捐五万元》，《申报》1933年10月28日）

是年，鄞县通志馆调查秦君安家族基本情况，称其"祠在湖西马眼漕，额署'秦氏支祠'，量计基地四亩七分零，门前照墙壹座，民国十四年建""长子际藩、三子际瀛，世居腰带湖，二子际瀚居湖西书院衖，四子际浩居城南象鼻漕""丁口各二十人""分富、贵、康、宁四大房，祭祀按年轮值""家风素朴，祖训克遵。春秋大祭，元旦、冬至，齐集参拜""族内各人俱业商，均称富裕"。（民国《鄞县通志·舆地志》"氏族"）

是年，永聚钱庄歇业。（金普森、孙善根主编：《宁波帮大辞典》，宁波出版社

2001年3月第1版,第87—88页)

是年,恒兴钱庄资本增至14万银元、盈余5万银元。(中国人民银行上海市分行编:《上海钱庄史料》,上海人民出版社1960年3月第1版,第834页)

是年,宁波大同行衍源、复恒、泰源、瑞丰、鼎恒、晋恒钱庄分别盈利4万元、3万元、3万元、3万元、2万元、2万元。(徐世治:《宁波钱业风潮报告》,浙江省商务管理局编印:《浙江商务》第1卷第1期,1936年1月1日出版,上海图书馆藏)

1934年

2月2日(癸酉年十二月十九日)亥时,秦伟桦(善祥)长子秦永烈出生。(《鄞秦氏宗谱稿》)

按语:秦永烈,字康为。

2月19日,《申报》报道上海汇划钱庄去年营业盈余情况,其中同庆钱庄9.16万元、恒赉钱庄3.1万元、恒兴钱庄0.5万元、恒隆钱庄6.6万元、慎源钱庄3.6万元、恒巽钱庄3.6万元。(《本市汇划庄去年营业盈余报告》,《申报》1934年2月19日)

2月25日下午二时,上海市钱业同业公会召开第二届第十次执行委员会。会上,接恒赉钱庄向该公会报告称因协理范寿臣逝世,自2月14日起,由冯寿康、丁雪涛担任协理。("上海钱业公会议事录",邹晓昇编选:《上海钱业及钱业公会》影印版,上海远东出版社2017年5月第1版,第757页)

3月2日下午二时,上海市钱业同业公会召开第二届第五次会员代表常会。会上,接恒巽钱庄向该公会报告称因宋伯壬另有他就,改推姚振伯为出席常会代表。("上海钱业公会议事录",邹晓昇编选:《上海钱业及钱业公会》影印版,上海远东出版社2017年5月第1版,第881页)

5月4日,虞洽卿等在上海三北轮埠公司楼上航运俱乐部召开四明大学发起人与筹备员第二次联席会议。会上,推定秦润卿、孙衡甫、刘鸿生、戴耕莘、徐懋棠、李詠裳、张继光、金廷荪、秦善宝、周湘云、王伯元、方液仙、傅筱庵、朱子奎、厉树雄、余葆三等26人为经济委员会委员;另,推定陈屺怀、陈布雷、张寿镛等21人为校务委员会委员。(陈迹:《创办四明大学之初步计划》,《宁波旅沪同乡会月刊》第139期,1935年2月出版,上海图书馆藏)

8月21日上午,位于上海河南路501号的大中银行总部大楼开始办公营业,秦善宝与胡笔江、宋汉章、虞洽卿、徐新六、傅筱庵等各界嘉宾一千余人前往道贺。

（《大中银行总处已开幕》,《申报》1934年8月22日）

9月7日（七月二十九日）未时，秦永赓（康祺）配黄碧侬出生。（《鄞秦氏宗谱稿》）

按语：黄碧侬系广东新会人。

是年，宁波大同行衍源、泰源、瑞丰、鼎恒、晋恒、元馀钱庄分别盈利2万元、1.5万元、8万元、2万元、2万元、1万元。（徐世治：《宁波钱业风潮报告》,浙江省商务管理局编印：《浙江商务》第1卷第1期,1936年1月1日出版,上海图书馆藏）

是年，《金融业》一书出版，内刊登有相关部门对恒兴钱庄、恒赉元记钱庄开展的调查。（上海市商会商务科编：《金融业》,1934年出版,第160—162页）

1935年

1月1日，统原商业储蓄银行常务董事秦善德、董事秦善富、秦善福与董事长余葆三等在《申报》刊登《恭贺新禧》广告。

1月26日，恒隆泰记钱庄在《申报》刊登启事，称定于1月27日迁至宁波路204号营业。（《恒隆泰记钱庄迁移启事》,《申报》1935年1月26日）

按语：该启事又刊1月27日《申报》。

1月31日，《经济评论》第2卷第1号由中国经济评论社发行，内收录森次勋著、汤怡译《上海财阀之鸟瞰》，其称上海颜料业"约八十余家。大半为浙江系。今日上海之主要颜料业者,均大战当时获巨利者。如瑞康盛（宁波系,贝润生经营）、咸康润（宁波系,薛宝润经营）、恒丰昌（苏州,秦涵琛经营）、德昶润（镇江系,邱省三经营）等,资财四、五百万两"。

按语：文中记载稍有误，瑞康盛应属苏州贝润生经营，恒丰昌则为宁波秦涵琛经营。

2月5日下午二时，上海市钱业同业公会补开第二届第十六次会员代表常会。会上，接恒巽钱庄向该公会报告称"敝庄股东秦泉笙、秦善宝、秦善富三君前以秦馀庆堂名义出面,兹自二十四年度起,归秦君各自出面,计秦泉笙一股、秦善宝一股、秦善富一股,其余各股东及经、协理一切仍旧"；恒赉钱庄报告称"敝庄股东徐庆云三股半、秦涵琛三股、孙衡甫二股半、秦馀庆堂一股,兹自廿四年度起,徐庆云名下归徐懋记出面,代表徐懋棠；秦涵琛名下归秦羡馥出面,秦馀庆堂名下归秦善宝出面,其余股东及经、协理均照旧"；恒兴钱庄报告称"敝庄股东秦君安五股,自二十四年度起,归秦泉笙一股半、秦善宝一股半、秦善福一股、秦善富一股,仍合五股,各自出面,其他一切均照旧";恒隆泰记钱庄报告称"敝庄股东秦氏五股向以秦徐庆堂名善出面,兹自廿四年度起,归各人名义出面,计分秦泉笙一股、秦善宝一股、秦善富一股半、秦羡馥一股半,其余股东及牌号、经、协理仍照旧;再,股东徐庆徐堂代表为徐懋棠君"。("上海钱业公会议事录",邹晓昇编选:《上海钱业及钱业公会》影印版,上海远东出版社2017年5月第1版,第896—897页)

按语:"名善"应为"名义"。

2月7日下午二时,上海市钱业同业公会召开临时执行委员会。会上,接慎源钱庄请求审查的报告,称"敝庄原有股东余葆三君壹股半,无意营业退出,由项颂如君新加一股半,尚有徐承勋君改由徐种德堂出面,代表徐祖荫君,如是计徐种德堂代表徐祖荫贰股半、秦善宝君二股半、何谷声君贰股、项颂如君一股半、张咀英君一股半,资本国币叁拾万元,加号吉记,经、协、襄理一仍其旧,见议秦润卿先生"。经投子表决,出席会议的12名委员均表示赞成,并照章提请会员代表常会决定。("上海钱业公会议事录",邹晓昇编选:《上海钱业及钱业公会》影印版,上海远东出版社2017年5月第1版,第789页)

2月8日,慎源吉记钱庄在《申报》刊登通告,称定于是日迁至宁波路222号营业。(《上海钱业公会会员慎源吉记庄迁移通告》,《申报》1935年2月8日)

2月10日下午二时,上海市钱业同业公会召开第二届第三十三次执行委员会。会上,接同庆钱庄请求审查的报告,称"小庄股东郁震东原有两股,自动退股,兹由王伯元、秦善富、徐懋记、秦羡馥各加半股,自二十四年二月八日起,计为王伯元三股半、秦善富二股半、徐懋记代表徐懋棠一股半、秦羡馥一股半、李连璇一股,资本国币叁拾万元,加号仁记,经理林瑞庭,协理李瀛生,见议谢发甫、秦润卿两先生"。经投子表决,出席会议的11名委员均表示赞成,并照章提请会员代表常会决定。("上海钱业公会议事录",邹晓昇编选:《上海钱业及钱业公会》影印版,上海远东出版社2017年5月第1版,第791页)

3月17日,因前董事长余葆三及董事李祖荫辞职,统原商业储蓄银行股东会补选李霭东、向侠民为董事。(《统原银行开董事会》,《申报》1935年4月19日)

4月17日,统原商业储蓄银行召开董事会,公推李霭东为董事长,改选姚德馨、毛廉甫、徐伯熊为监察人;另,董事由俞佐庭、徐仲麟、陈绳武、秦善福、秦善富、秦善德、陈润水等组成。(《统原银行开董事会》,《申报》1935年4月19日)

7月26日,同庆钱庄迁至上海河南路济阳里营业。(《同庆庄迁移地址》,《钱业月报》第15卷第9号,1935年9月15日发行)

7月28日，经同庆钱庄股东清查账目，发现经理夏圭初、襄理朱海初侵占53万余元后，报告捕房将夏、朱二人拘捕。（《同庆钱庄股东发觉经理侵占五十余万报告捕房将经理夏圭初等拘捕昨经法院开审讯取舞弊之事实》，《申报》1935年7月30日）

8月12日，同庆钱庄控告经理夏圭初、襄理朱海初侵占案正式撤回。（《夏圭初等被控侵占案正式撤回》，《申报》1935年8月13日）

8月23日，《东南日报》报道宁波停业钱庄垫本情况，其中"衍源庄秦善富二股、徐蔼堂一股半、徐可城一股半，共垫本四万元，余在设法中；信源庄徐蔼堂二股半、秦善富一股半，已垫讫，经理赵恩瑄在申与其余股东接洽中"。（《钱庄复业有望》，《东南日报》1935年8月23日）

9月15日，《钱业月报》第15卷第9号发行，内收录张家珂《论宁波钱庄的组织——兼质李权时先生》一文，介绍宁波金融风潮下信源、泰源钱庄概况，其中信源钱庄资本7.2万元，秦善富占一股半；泰源钱庄资本5万元，秦善富占一股半。

10月30日上午十时许，馀庆公司秦善宝鉴于昼锦里减租支会代表提出的"减让租金，以恤商困"要求，同意自是年6月份起，按照八折减让租金。（《昼锦里八折减租自本年六月份起》，《申报》1935年11月2日）

按语：昼锦里减租支会于1935年6月发起成立。

是年，上海发生金融危机，秦善宝"奔走商榷，以拯济之"。（秦永聚：《续修马衙漕秦氏支谱序》，《鄞秦氏宗谱稿》）

是年，在钱业风潮裹挟下，秦君安家族开设的恒兴、恒隆、恒巽、恒赉钱庄（时称"四恒"）未能幸免，以致其"彷徨失措"。对此，秦润卿给予了较大帮助。据魏惟年回忆，当时"秦润卿即以秦氏股东之上海道契（即地契），向中央银行协商抵押贷款。该行只准押借当时金额三百万元，而离四恒钱庄之所短六百万元，尚须半数。虽多次与中央银行当局协商，未能添加。润老筹思之下，准由上海钱业准备库拨借三百万元，才始安渡这场危机。秦氏股东昆仲四房深为感激而思有以厚赠，但润老坚拒不收，秦氏昆仲有感于润老清高风度，每届新春必前往福源钱庄贺年谒岁，以示尊敬，为同业所称道"。（魏惟年：《不受酬不辞劳累维护同业渡过难关的秦润卿先生》，秦氏家族编印：《秦润卿先生史料集》，1983年内部出版，转引自孙善根编著：《秦润卿年谱长编（1877—1966）》，宁波出版社2019年7月第1版，第343页）

按语："秦氏股东昆仲四房"即富、贵、康、宁四房。

是年，恒兴钱庄资本为法币14万元、盈余法币5万元。（中国人民银行上海市分行编：《上海钱庄史料》，上海人民出版社1960年3月第1版，第834页）

是年,位于鄞县(今宁波)江厦街的复恒钱庄资本共6.6万元,股东有秦馀庆堂、严祥珸、傅洪水、陈子壎、秦善宝,经理陈元晖,副经理朱作霖。(姜建清主编:《近代中国银行业机构人名大辞典》,上海古籍出版社2014年1月第1版,第112页)

是年,位于鄞县江厦街的瑞丰钱庄资本共6.6万元,股东有何绍裕、秦善宝、方文年、周新德堂、徐承炎、李学畅,经理及副经理孙性之、赵忠道、黄季升。(姜建清主编:《近代中国银行业机构人名大辞典》,上海古籍出版社2014年1月第1版,第328页)

按语:该钱庄于抗战期间停业。

是年,位于鄞县江厦街的泰源钱庄资本共6.6万元,股东有严祥珸、赵占绶、秦善宝、陈子壎、俞佐庭,经理周巽斋,副经理毕兆槐。(姜建清主编:《近代中国银行业机构人名大辞典》,上海古籍出版社2014年1月第1版,第386页)

是年,位于鄞县江厦街的元馀钱庄资本共10万元,股东有王伯元、孙衡甫、秦善宝、秦善富、张咀英、李祖荫,经理丁进甫,副经理虞秉衡。(姜建清主编:《近代中国银行业机构人名大辞典》,上海古籍出版社2014年1月第1版,第529—530页)

是年,鄞县通志馆张传保、赵家荪鉴于志书印刷经费不足,拟征求募捐董事,以负担相关经费。1937年8月,该馆因抗战而停顿(实际编纂工作未停)。其间,秦善宝向鄞县通志馆捐款(即该馆公布的"第一次捐款者"),并与吴经熊、周宗良、周湘云、金廷荪、俞佐廷等人一起被聘为该馆董事。(民国《鄞县通志》首册"鄞县通志编印始末记"及"题名")

按语:鄞县通志馆于1933年1月1日在中山公园薛楼成立。
该馆董事长为姜炳生。

1936年

1月15日上午十时左右,秦伟业(善德)在上海爱文义路寓所附近遭人绑架,所幸最终得以脱险。16日,《申报》对案发经过作了详细报道。(《通源银行理事秦伟业遭绑幸得脱险 汽车夫忽生急智开车撞电车 电车司机吵闹一场绑匪逃逸》,《申报》1936年1月16日)

按语:《时事新报》1936年1月16日《统原银行理事秦伟业昨晨遇绑当场脱险》、上海《铁报》1936年1月16日《秦伟业被绑倖脱险》亦有报道。

1月19日,公共租界静安寺捕房探员在小沙渡路、赫德路等处拘捕绑架秦伟业案内的绑匪李一芝(即"大坠子")、王少卿(即丁克珍)、陈耀年(即陈少卿、陈三、夏老三)、张二、赵庆鸿等人。(《绑架秦伟业案男女匪八名已就逮三名直认不讳余

则供词支吾主谋犯严金海现尚在逃匿中》，《时事新报》1936年1月27日）

1月28日，上海北市汇划钱庄慎源吉记、恒巽兴记、同庆等上市营业，位于宁波路兴仁里的恒赉钱庄、天津路长鑫里的恒兴钱庄未上市。（《银行钱庄昨日起均开市》，《申报》1936年1月29日）

1月29日，上海第一特区地方法院提讯绑架秦伟业的李一芝等五名绑匪。（《秦伟业被绑脱险五绑匪昨提讯　讯明无关者已开释　秦本人赴宁波未回　系由严金海起意》，《申报》1936年1月30日）

1月30日，《时事新报》报道称1936年上海上市汇划钱庄有恒巽兴记、恒隆昌记等49家（不含未入园3家），指出恒巽庄自"二十五年度起，增加资本，股东如下：恒丰昌三股、秦善宝三股、秦泉生三股、俞佐庭一股，牌号加兴记"、恒隆泰记庄自"二十五年度起，增加资本，股东如下：徐懋棠三股半、秦善宝三股半、秦泉生二股、恒丰昌一股，牌号改昌记"，并说明未上市钱庄中"恒兴庄（有择日上市之说）""恒赉庄（有三月份上市之说）"。（《金融界两周》，《时事新报》1936年1月30日）

是日，《申报》报道称同庆、恒隆等25家汇划钱庄去年盈余平平。另，指出此时正在整理内部、即将上市的汇划钱庄有恒赉元记、恒兴钱庄，并披露两家钱庄的整理情况，称"㈠恒赉元记，北市宁波路，股东徐庆云、秦涵深、孙衡甫、秦馀庆堂，资本三十万元，经理陈绳武；㈡恒兴，北市天津路长鑫里，股东秦君安、恒丰昌、李瑞湖，资本十四万元，经理沈翌笙"。（《钱庄去年盈余报告　以福源庄最多不满六万元　和丰等二十五家均属平平》，《申报》1936年1月30日）

2月1日下午二时，上海市钱业同业公会召开临时执行委员会。会上，审查并投子表决恒巽钱庄、恒隆泰记钱庄股份更动案，即恒巽钱庄"自一月二十八日起，股东略有更动，计秦泉笙三股、秦善宝三股、恒丰昌号三股、俞佐廷一股，资本三十万元，加号兴记，督理俞佐廷，经理徐景祥，见议秦润卿"、恒隆泰记钱庄"自一月二十八日起，股东略有更动，计徐懋棠三股半、秦善宝三股半、秦泉笙二股、恒丰昌号一股，资本三十万元，改号昌记，经理林友三，协理陈馀庆，见议秦润卿"。经审查、投子，均认为合格，照章提请会员代表常会决定。（"上海钱业公会议事录"，邹晓昇编选：《上海钱业及钱业公会》影印版，上海远东出版社2017年5月第1版，第980—981页）

2月2日下午二时，上海市钱业同业公会召开第三届第四次会员代表常会。会上，表决通过恒巽钱庄、恒隆泰记钱庄股份更动案。另，恒兴钱庄更换督理、经理案亦获表决通过，即"恒兴庄自廿五年度起，以沈翊笙为督理，陈和琴为经理"。（"上海钱业公会议事录"，邹晓昇编选：《上海钱业及钱业公会》影印版，上海远东出版

社2017年5月第1版,第914、915、916页)

2月3日,秦善宝拜访秦润卿。(孙善根编注:《秦润卿日记》上卷,凌天出版社2015年10月第1版,第8页)

2月4日,《申报》报道称"未上市之北市天津路长鑫里恒兴庄,今已决定上市,前经理沈翌笙升为督理,前协理陈和琴升为经理,一切股份等照旧,俟整理内部完竣,即行通告上市"。(《钱业明日年会集议今年营业方针 设法拨还三行借款》,《申报》1936年2月4日)

2月12日,《申报》报道恒兴钱庄上市消息,称"天津路长鑫里恒兴庄于日前上市,向钱业公会报告,督理为沈翌笙,经理陈和琴,资本为国币十四万元,股东秦君安五股、恒丰昌三股、李瑞湖二股"。(《钱业公会昨开北市年会 公祭先董并奉傅松年入祠 恒兴汇划钱庄已上市营业》,《申报》1936年2月12日)

是日,上海市钱业同业公会致函五丰安记、恒巽兴记、均泰永记、恒隆昌记、元盛清记等五家钱庄,称其更动股东、增加记号、更换记号已经会员代表常会通过,按照会章要求需各向司月五丰钱庄交纳改牌费三百元。(《为函准报更动股份加改记号经执委会审查合格并经会员代表常会议决通过照章应纳改牌费三百元请迳付司月五丰庄照收函 五丰安记、恒巽兴记、均泰永记、恒隆昌记、元盛清记五会员庄》,《钱业月报》第16卷第3号)

2月19日上午,上海第一特区地方法院判决绑架秦伟业的李一芝、陈耀年、赵庆鸿各处13年徒刑,土少卿、张二各处15年徒刑,并剥夺以上绑匪政治权利各10年。(《掳架秦伟业未遂五绑匪昨判罪 有三匪在华界犯案市公安局请求移解》,《申报》1936年2月20日)

是年春,秦永圣(仲祥)与刘有娟结婚。(秦仲祥:《蛛网集》,宁波出版社2004年第1版,第131页)

是年春,秦际浩、秦善宝赞成秦永聚(康祥)续修马衙漕秦氏支谱的计划。后,秦永聚整理黄际云此前所纂谱稿,"其事迹之已具而未明澈者,一一旁搜遍访,繁则删之,简则益之,其未备者增之补之,又十之三四,综计八卷"。(秦永聚:《续修马衙漕秦氏支谱序》,《鄞秦氏宗谱稿》)

是年春,秦永聚(康祥)阅读鄞县秦氏段桥派宗谱,并对族人族史等进行考证。(秦永聚:《书段桥派秦氏家乘后》,《鄞秦氏宗谱稿》)

3月2日下午二时,上海市钱业同业公会召开第三届第五次会员代表常会。会上,接恒巽兴记钱庄向该公会报告,称改推俞佐廷、徐景祥、李伯顺为出席常会代表。("上海钱业公会议事录"，邹晓昇编选：《上海钱业及钱业公会》影印版，上海远东出版社2017年5月第1版，第917页)

3月25日，改建老江桥(即灵桥)沪筹备处在《申报》刊登募捐启事，指出四明银行、恒巽钱庄、福源钱庄、恒隆钱庄为经收捐款处。(《改建宁波老江桥沪筹备处劝募捐款启事》，《申报》1936年3月25日)

3月，秦永聚(康祥)撰写《书段桥派秦氏家乘后》一文。(《鄞秦氏宗谱稿》)

5月13日，《申报》报道恒赉钱庄等向中央银行、中国银行、交通银行(简称"三行")归还借款情况，称"各钱庄前向中、中、交等行借款二千五百万元，除各商业银行及钱业联合准备库之七百万元已完全归清外，中、中、交三银行之一千八百万元，今仅恒赉等少数钱庄，尚有一千二百余万未归清，现正在设法拨还中。查以上借款，均有确实担保品，如道契、货物、债券等，利息长年为八厘，而中、中、交三银行为彻底调剂钱业金融计，特别通融，准予一再展期归还"。(《钱业公会函请各庄遵令改正营业　详查自动歇业各庄债务》，《申报》1936年5月13日)

5月21日，秦善宝拜访秦润卿。(孙善根编注：《秦润卿日记》上卷，凌天出版社2015年10月第1版，第29页)

5月，中国征信所编辑出版《上海工商人名录》，内收录秦泉笙、秦善福、秦善宝、秦善富、秦善德、秦善庆等人物小传。

按语： 该书记载秦泉笙、秦善福、秦善宝、秦善富、秦善庆的出生时间与《鄞秦氏宗谱稿》不同。

6月9日(四月二十日)辰时，秦伟业(善德)三子秦永杠出生。(《鄞秦氏宗谱稿》)

按语： 秦永杠，字季梁。

6月27日清晨，改建老江桥(即灵桥)筹备处沪甬全体委员在宁波江东演武街(今属鄞州区)平政祠招待中外来宾前来公祭。八时，沪甬全体委员陪同来宾参加灵桥通桥典礼。是日，改建老江桥筹备处将孙衡甫(捐助五万圆)、徐庆云(捐助五万圆)、秦馀庆堂(即秦君安家族堂号，捐助二万五千圆)等捐助一万圆以上者刻碑并立于桥旁。(《灵桥落成后改建新江桥呈乐观》，《时事公报》1936年6月28日；宁波市天一阁博物院藏拓片)

按语： 平政祠系祭祀修建灵桥者的专祠。

6月29日午后，秦善宝拜访秦润卿，商谈慎源钱庄赎押事宜。(孙善根编注：《秦润卿日记》上卷，凌天出版社2015年10月第1版，第34页)

8月26日午后，秦善宝拜访秦润卿。(孙善根编注：《秦润卿日记》上卷，凌天出版社2015年10月第1版，第44页)

是年夏,褚德彝为秦氏支祠全景图题"鄞县秦氏支祠全图""中华民国十四年岁次乙丑十一月建于湖西马眼漕之隅,坐癸向丁兼丑未",并钤"松窗"朱文方印、"褚礼堂"白文方印。(宁波博物院藏件)

9月3日,《申报》转引新声社消息称中央银行、中国银行、交通银行允许各借款钱庄暂缓归还:"各汇划钱庄于去年向中、中、交等三银行以道契等作为抵押所借之一千八百万元早已逾期,经各承借钱庄之请求,一再予以展期归还。新声社记者昨向钱业探悉,至目前截止,仅某某数家尚未归还,总数约一千万元,现正设法陆续拨还,但中、中、交三银行以各钱庄所借之款均有确实担保,故仍予展缓归还"。(《钱业向三行借款 尚有数庄未还 总数约一千万元》,《申报》1936年9月3日)

9月9日(七月二十四日)丑时,秦永圣(仲祥)元配张吟娟逝世。(《鄞秦氏宗谱稿》)

11月3日,费德森、秦善德在《申报》刊登声明,称"民国廿二年费德森出立与秦善德期票一纸,计国币四千五百元。今已遗失,倘有发现,作为废纸"。(《遗失声明》,《申报》1936年11月3日)

12月21日,秦善宝拜访秦润卿。(孙善根编注:《秦润卿日记》上卷,凌天出版社2015年10月第1版,第59页)

12月,秦永聚(康祥)撰写《续修马衙漕秦氏支谱序》。(《鄞秦氏宗谱稿》)

是年,秦善宝命秦永聚(康祥)纂辑鄞县秦氏宗谱,要求他"务在质实,不妄援于己远,不轻遗于己疏"。在此后二十余年时间里,秦永聚为访求、录入家族有关碑刻等不遗余力。(秦永聚:《鄞秦氏宗谱稿序》,《鄞秦氏宗谱稿》)

是年,位于鄞县(今宁波)江厦街的鼎恒钱庄资本共6.6万元,股东有徐祖荫、赵占绥、秦善宝、秦泉笙、秦善富、秦羡馥,经理章恩长,副经理秦鱼介、陈纯夫。(姜建清主编:《近代中国银行业机构人名大辞典》,上海古籍出版社2014年1月第1版,第78页)

是年,位于鄞县江厦街的晋恒钱庄股东有秦泉笙、秦善宝、秦善富、秦羡馥、姚次鼓、刘伯源、袁圭绥,经理丁仰高,副经理阮雪岩。(姜建清主编:《近代中国银行业机构人名大辞典》,上海古籍出版社2014年1月第1版,第230页)

按语:该钱庄于1941年宁波沦陷后停业。

1937年

2月15日,上海各汇划钱庄公布去年盈余情况,其中恒巽、恒隆、慎源、同庆等

钱庄营业状况"均甚平平"。(《各业昨日开业 汇划庄大部有盈余》,《申报》1937年2月16日)

3月29日(阴历二月十七日),秦彦冲(康祥)根据王福庵为其所刻的"秦康祥印"(篆文印),"师其意摹刻"白文印一枚。(《彦冲印稿》)

4月,《财政金融大辞典》由世界书局出版,内收录有"秦善德"辞条和《宁波银号钱庄调查表大同行三十七家》,其中《宁波银号钱庄调查表大同行三十七家》包含有秦君安家族参与创办的晋恒、衍源、泰源、鼎恒、瑞丰、复恒、元馀等钱庄。(张一凡、潘文安主编,张白衣、方秋苇、张公柏、鲍罗蒂、潘比德、张馨、夏芝编辑:《财政金融大辞典》,世界书局1937年4月第1版,第872、1246—1249页)

5月10日,《申报》报道称恒兴、恒赉等13家钱庄因无力归还中央银行、中国银行、交通银行借款计1 380余万元,请钱业监理委员会委员秦润卿与三家银行接洽,愿意将抵押品转让给银行,且已经秦润卿与银行当局商妥办法并开始办理估价手续。(《恒兴等庄借款押品让与"三行" 秦润卿氏商妥原则开始办理估价手续》,《申报》1937年5月10日)

5月25日下午二时,上海市钱业同业公会召开第三届四十次执行委员会会议。会上,就恒巽等9家钱庄拟将抵押品归还中央银行、中国银行、交通银行借款,请求该会推举代表与"三行"恳商一事,议决公推刘午桥向钱业监理委员会秦润卿接洽。(《会议纪要》,《钱业月报》第17卷第6号,1937年6月15日发行)

6月,秦永聚(康祥)撰写《书董西六训堂秦氏宗谱后》一文。(《鄞秦氏宗谱稿》)

8月7日,馀庆公司在《申报》刊登广告,对外出租位于上海昼锦里、吉祥里、洋行街的房屋,接洽地址为三马路望平街229号恒丰昌号。(《召租》,《申报》1937年8月7日)

8月25日(七月二十日)子时,秦伟业(善德)四子秦永标出生。(《鄞秦氏宗谱稿》)

是年秋,秦康祥(永聚)续修的马衙漕秦氏支谱告成。因沪战爆发,未及付印。(《彦冲印稿》)

按语：秦永标,字汉梁。

11月8日,秦善贵响应上海市慰劳委员会征募雨衣运动,捐赠该委员会20件雨衣。9日,《申报》对此进行了报道。(《征募雨衣运动》,《申报》1937年11月9日)

12月28日晚七时三十分,为恒隆钱庄押款一事,上海市钱业同业公会暨准备库执行委员召开联席会议。讨论结果,"准由该庄筹足五万元,于明日十时前送库,其余十万,准将该项烟叶作押与委员各庄,期以一月,息以六元,由志裕庄出面，而各委员附做。经全体赞同，遂决议如上"。（"上海钱业公会议事录"，邹晓昇编选：《上海钱业及钱业公会》影印版，上海远东出版社2017年5月第1版，第1010—1011页）

是年，王福庵刻"鄞秦彦冲所藏竹刻"印。（袁慧敏：《王福庵年表》，西泠印社编：《"百年名社·千秋印学"国际印学研讨会论文集》，西泠印社出版社2003年10月第1版，第440—441页）

"鄞秦彦冲所藏竹刻"印

1938年

2月5日，恒巽兴记、同庆仁记、恒隆昌记钱庄宣告清理。（《战时中国的经济动态》，文汇年刊编辑委员会编辑：《文汇年刊》，英商文汇有限公司出版部1939年5月第1版）

阴历二月，王福庵为秦彦冲（康祥）据活字版本校印的金元钰《竹人录》题写书名。（宁波市天一阁博物院藏件）

是月，褚德彝为秦彦冲据活字版本校印的金元钰《竹人录》题写书名。（宁波市天一阁博物院藏件）

阴历三月二十六日，褚德彝在上海颐德坊寓所撰写《竹人录序》，内称"是书甫刊成，即经庚申劫火，传本甚希，友人鄞秦彦冲以此书印本罕觌，惧其久而失传，因手自校写，付工印行"。（宁波市天一阁博物院藏件）

5月，《竹人录》铅印本出版。该书共一册，两卷，线装，卷末牌记作"民

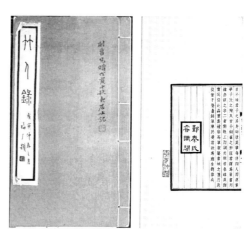

《竹人录》书影

秦康祥题赠天一阁

国二十七年五月秦彦冲据活字板本校印"鄞秦氏睿识阁"。（宁波市天一阁博物院藏件）

按语：宁波市天一阁博物院所藏《竹人录》复本较多。从书中印章来看，多系秦彦冲赠送他人（如冯孟颛等），而后由收藏者捐赠给天一阁。

7月25日（六月二十八日）子时，秦伟荣（善富）长子秦永权出生。（《鄞秦氏宗谱稿》）

按语：秦永权，字元橥。

9月，秦康祥将其校印的《竹人录》一册邮寄赠送天一阁，并在书前题"民国廿七年九月邮赠范氏天一阁藏之。秦彦冲记"，钤"秦康祥印"白文方印，书末钤"秦彦冲赠"朱文长方印。（宁波市天一阁博物院藏件）

10月18日（八月二十五日）酉时，秦伟桦（善祥）次子秦永薰出生。（《鄞秦氏宗谱稿》）

按语：秦永薰，一名永勋，字康元。

11月21日（九月三十日），永安山庄后庑因虫蛀致横梁折断。因抗战形势紧张，未及修复。（秦永聚：《重修永安山庄记》、《鄞秦氏宗谱稿》）

是年，秦羡馥（善福）经募秦大太太助镇海同义医院百寿捐一百元。（《民国二十七年份百寿捐款计数》、《镇海同义医院二十年汇志》，上海图书馆藏）

1939年

2月23日，上海汇划钱庄共41家上市营业，其中秦君安家族开设的仅有慎源钱庄。（《各业市场复业钱庄昨起上市　鸿祥敦馀收歇钱兑新开二家　公会集议方针进出仍打公单》，《申报》1939年2月24日）

是年春，秦康祥（彦冲）刻"弄月庐"朱文印。（《彦冲印稿》）

4月16日，馀庆公司在《申报》刊登南京路店面市房召顶的广告。（《南京路热闹店面市房召顶》，《申报》1939年4月16日）

4月28日，秦润卿前往拜访俞佐庭，商谈秦宅（秦君安家族房屋）押款事宜。（孙善根编注：《秦润卿日记》上卷，凌天出版社2015年10月第1版，第175页）

5月10日，秦润卿所记日记称"下午三时，为中、中、交抵款议事，恒字号秦东对沪卖房产提异议。事成又败,尤须一番周折矣"。(孙善根编注:《秦润卿日记》上卷,凌天出版社2015年10月第1版,第176—177页)

按语:"恒字号秦东"即恒字号钱庄股东秦善宝等秦君安家族成员。

5月26日,秦善宝拜访秦润卿,并作长时间商谈。(孙善根编注:《秦润卿日记》上卷,凌天出版社2015年10月第1版,第180页)

11月8日(立冬),秦康祥(彦冲、永聚)刻"秦氏大川公十五世孙"白文印。该印边款为"吾秦氏自明中叶大川公迁鄞,为鄞之始祖,迄聚十五世矣。丁丑秋,聚续修支谱,稿成将印而沪战起。今又二年,虽未付印,而私心窃慰之。己卯立冬,永聚刻并记"。(《彦冲印稿》)

"秦氏大川公十五世孙"白文印及边款

12月29日,秦善宝拜访秦润卿。(孙善根编注:《秦润卿日记》上卷,凌天出版社2015年10月第1版,第205页)

是年,王福庵为秦康祥刻"睿识阁"印。(袁慧敏:《王福庵年表》,西泠印社编:《"百年名社·千秋印学"国际印学研讨会论文集》,第441页)

1940年

1月15日(己卯年十二月初七日)寅时,秦伟荣(善富)次子秦永淦出生。(《鄞秦氏宗谱稿》)

按语:秦永淦,字宗樑。

1月23日午后，秦润卿拜访秦善宝。（孙善根编注：《秦润卿日记》上卷，凌天出版社2015年10月第1版，第210页）

1月26日，秦善宝拜访秦润卿。（孙善根编注：《秦润卿日记》上卷，凌天出版社2015年10月第1版，第211页）

2月6日，洪吟蓉拜访秦润卿，"谈恒大款先还十二千元，余俟明年"。（孙善根编注：《秦润卿日记》上卷，凌天出版社2015年10月第1版，第212页）

按语："恒大"即恒大钱庄，秦家的恒丰昌号及严康懋、秦润卿等均系该钱庄股东，于1931年收歇。洪吟蓉曾任该钱庄经理。

2月12日，上海汇划钱庄共计38家上市；另，志裕福记钱庄、慎源吉记钱庄、滋康瑞记钱庄未上市。（《各业昨起复业　汇划钱庄上市》，《申报》1940年2月13日）

3、4月间，宁波发生米荒。截至是年10月止，宁波旅沪同乡会劝募甬属平粜捐款委员会共收捐款计国币138万余元，其中秦馀庆堂捐国币1万元。（《宁波旅沪同乡会劝募甬属平粜捐款委员会征信录》，1941年7月编印，第18、93、94页）

是年，王福庵为秦善宝夫妇隶书六十双寿寿屏。该寿屏由陈运彰撰文。（袁慧敏：《王福庵年表》，西泠印社编：《"百年名社·千秋印学"国际印学研讨会论文集》，第441页）

按语：秦善宝生于光绪十八年（1892年）五月二十八日，此时虚岁49岁。按照宁波地区过九不过十的过寿习俗，则应称"五十双寿"。

是年，王福庵为秦康祥刻"濮尊朱佛斋"印。（袁慧敏：《王福庵年表》，西泠印社编：《"百年名社·千秋印学"国际印学研讨会论文集》，第441页）

是年，杨宪臣、费西畴编辑《上海市工商行名录》由上海市工商调查所出版，内收录恒丰昌颜料号、惠中银行等名录。

1941年

3月14日，秦善宝拜访秦润卿。（孙善根编注：《秦润卿日记》上卷，凌天出版社2015年10月第1版，第261页）

3月17日，秦润卿拜访程慕灏，商谈恒字号钱庄赎押之事。（孙善根编注：《秦润卿日记》上卷，凌天出版社2015年10月第1版，第261页）

阴历二月，叶铭为秦康祥刻"濮尊朱佛斋"白文印。该印边款为"彦冲先生信而好古,擅长刻竹,久耳其名,得竹人录两卷,嘉定金坚斋内翰所辑,传本甚希,恐久而失传,彦冲先生以此书印本罕有,手校付印,以公同好。先生喜收藏,精鉴别,尤以搜罗濮仲谦、朱松邻竹刻为最,因以濮尊朱佛斋名其斋,属刻是印,以博方家一粲也。辛巳二月,七五老人叶舟记"。(沈慧兴:《叶铭年表》,西泠印社编:《西泠印社》总第28辑,荣宝斋出版社2010年12月第1版,第45页)

5月13日,秦润卿拜访秦善宝。(孙善根编注:《秦润卿日记》上卷,凌天出版社2015年10月第1版,第269页)

6月2日,秦善宝、秦善德拜访秦润卿。(孙善根编注:《秦润卿日记》上卷,凌天出版社2015年10月第1版,第271页)

7月16日,秦善宝、秦善德与厉树雄拜访秦润卿,商谈押款问题。秦润卿在是日日记中称"当此地价飞涨之际,再不解决,殊代可惜"。(孙善根编注:《秦润卿日记》上卷,凌天出版社2015年10月第1版,第276页)

7月30日,秦善宝拜访秦润卿。(孙善根编注:《秦润卿日记》上卷,凌天出版社2015年10月第1版,第278页)

8月4日,秦善宝拜访秦润卿。(孙善根编注:《秦润卿日记》上卷,凌天出版社2015年10月第1版,第278页)

8月6日,秦善宝拜访秦润卿。(孙善根编注:《秦润卿日记》上卷,凌天出版社2015年10月第1版,第279页)

8月25日,秦善德拜访秦润卿。(孙善根编注:《秦润卿日记》上卷,凌天出版社2015年10月第1版,第281页)

9月6日,秦善德与洪吟蓉等拜访秦润卿。(孙善根编注:《秦润卿日记》上卷,凌天出版社2015年10月第一版,第282页)

是年秋日,褚德彝将其刻于丙子年(1936年)十二月的"碑淫"白文印赠与秦彦冲。(《彦冲印稿》)

10月7日,秦善宝拜访秦润卿。(孙善根编注:《秦润卿日记》上卷,凌天出版社2015年10月第1版,第286页)

10月29日(九月十日),日寇因此前遭驻扎于永安山庄的中国军队袭击,"乃迁怒山庄,遂焚掠而去"。(秦永聚:《重修永安山庄记》,《鄞秦氏宗谱稿》)

按语:永安山庄共三进,日军实际焚掠的是前殿。

12月1日,秦善宝与洪吟蓉拜访秦润卿。(孙善根编注:《秦润卿日记》上卷,凌天出版社2015年10月第1版,第292页)

1942 年

3月10日，严祥琯在《申报》发布声明，称"遗失上海恒大钱庄由先父康梀公出面之议据一纸，如后发现作为废纸。又，对于上海恒大钱庄及上海恒隆钱庄之股份及其主从权义，均已推并与秦馀庆堂承受享负。除另立推受股份合同各执外，合并声明"。（《遗失议据声明》，《申报》1942年3月10日）

4月8日，秦善宝与洪吟蓉、柳和康、林联琛拜访秦润卿，讨论恒大钱庄分派股款之事。（孙善根编注：《秦润卿日记》上卷，凌天出版社2015年10月第1版，第305页）

4月22日（三月初八日）辰时，秦伟桦（善祥）三子秦永照出生。（《鄞秦氏宗谱稿》）

按语：秦永照，字康定。

5月8日，秦润卿在其日记写到"恒大庄结束，股本以银易洋，明七点二折，照法币计值算，加以十年利息，不可以道里计矣"。（孙善根编注：《秦润卿日记》上卷，凌天出版社2015年10月第1版，第308页）

阴历四月，秦康祥（彦冲、永聚）因办理市民证之需，临时自刻"秦永聚"朱文印。（《彦冲印稿》）

是年，王福庵刻"秦康祥"印。（袁慧敏：《王福庵年表》，西泠印社编：《"百年名社·千秋印学"国际印学研讨会论文集》，第441页）

1943 年

2月22日，安中保险股份有限公司董事秦善庆与董事长高培良，常务董事王时新、许晓初、翁济初、陈子受、谢瑞森、戚仲樵，董事沈锦洲、顾克民、严庆祥等在《申报》刊登公告，称该公司定于23日开业，欢迎各界光临。（《安中保险股份有限公司开业公告》，《申报》1943年2月22日）

按语：该公司位于上海泗泾路27号。
该公告又刊2月23日《申报》。

2月23日，安中保险股份有限公司开幕。24日，该公司董事会在《申报》刊登鸣谢启事，称"一昨敝公司开幕，辱承各界硕彦、同业先进高轩莅止，铭感五中，隆仪厚贶，光生四壁，仰云情之稠叠，惭招待之多疏。谨此鸣谢，并伸歉忱，诸维谅詧"。(《安中保险股份有限公司谢启》,《申报》1943年2月24日)

3月26日，秦羡馥、曹序元在《申报》刊登启事，称长子秦永年、胞妹曹竹琴由陈绳武、梁武襄介绍，定于是日下午四时在上海国际饭店十四楼举行订婚典礼，届时请袁履登证仪，恭请亲友光临观礼。(《秦羡馥、曹序元为长男永年、胞妹竹琴订婚敬告亲友》,《申报》1943年3月26日)

阴历二月，秦彦冲获观褚德彝所刻"千簏窠"白文印，并称该印系"松窗丈得意之作，惜未署款"。(《彦冲印稿》)

是年春，秦康祥(彦冲)在褚德彝"礼堂"白文印刻写边款，称"幼嘿契，时请益，十余年如昕夕。辑遗印，铭我臆，扇烈芬长流泽。癸未春，彦冲刻"。(《彦冲印稿》)

4月14日(三月初十日)亥时，秦伟桦(善祥)逝世。后，葬于上海七宝永年公墓福字区第503至506号墓穴。(《鄞秦氏宗谱稿》)

阴历五月上旬，王福庵为秦康祥刻"鄞县秦氏睿识阁藏书"朱文印。该印边款为"鄞之藏书家世称范氏，所谓天一阁者也，余友秦君彦冲，亦鄞人，工刻画，好藏书，古今图籍搜罗宏富，方今劫波变白，烽烟滃洞之秋，坐拥百城，足以自娱，署其藏曰睿识阁，属刻是印，以为收藏之记。若能岁益增广，安知不与范氏媲美？将拭目以竢之。癸未仲夏之月上澣，古杭王禔福厂氏并记"。

阴历五月，秦康祥为《松窗遗印》扉页题书名。是年，张鲁庵、秦康祥等辑褚德彝刻印成《松窗遗印》二册，即孝水望云草堂钤印本。(宁波市天一阁博物院藏件)

"鄞县秦氏睿识阁藏书"朱文印及边款　　　　　　《松窗遗印》书影

315

6月30日，上海残废养老堂董事会公布6月份经收各界捐助清单，其中秦羡馥（善福）助二十元。7月7日，《申报》刊登该清单。（《上海残废养老堂鸣谢启事第六九号》，《申报》1943年7月7日）

9月15日，三友实业社股东联谊会发起人张咀英、秦康祥、费文宝、张德佑、秦善德、张子祥、郑崇兰、陈荣轩、顾少卿、汤南金、吴颖娟在《新闻报》刊登启事，发起股东联谊会。（《三友实业社股东联谊会征求会员启事》，《新闻报》1943年9月15日）

按语：该启事又刊9月16日、18日《申报》，9月17日《新闻报》。

10月7日，秦善宝赠送来访的秦润卿一只犀牛角刻寿星雪茄烟嘴。秦润卿在是日日记写道"却之不克，受宝增愧"。（孙善根编注：《秦润卿日记》下卷，凌天出版社2015年10月第1版，第27页）

12月29日，上海私立澄友义务小学校在《申报》刊登启事，公布第二届征募经费共计中储币六万七千四百三十元，其中秦善德助一百元。（《澄友义务小学校第二届征募经费鸣谢》，《申报》1943年12月29日）

1944 年

2月18日，秦善福在《申报》刊登声明，称"遗失上海统原商业储蓄银行旧礼字第102/4号三十股，计分三纸，记名秦善福，除向该行挂失外，特登《申》《新》两报声明作废"。（《遗失声明》，《申报》1944年2月18日）

2月25日，洪源润茶叶股份有限公司在《申报》刊登第一号公告，称该公司"以经营茶叶之产制运销及国内外卖买为业务，额定资本国币三千万元，分为三百万股，每股十元，由全体发起人如数认招足额。兹定于三十三年二月即日起至二月底止为缴纳股款日期"。秦善庆与洪经五、李康年、高福九、丁家英、戚仲樵等均系该公司发起人。（《洪源润茶叶股份有限公司公告第一号》，《申报》1944年2月25日）

阴历二月，秦康祥（彦冲）为其子秦秉年刻"秉年"朱文印。（《彦冲印稿》）

3月24日，天和烟草股份有限公司董事秦羡卿与董事长、常务董事、董事等联名在《申报》刊登通告，称该公司"为适应高尚人士需要，特制廿支装丰年牌香烟问世（又名万年牌，VirginiaStraight），选用美国佛及尼烟叶，加工精制，烟味和醇馥郁，装璜华贵大方，超群绝伦，堪称烟中隽品。发行伊始，为优待吸者，特廉价发售"。（《天和烟草股份有限公司为出品廿支装丰年牌香烟［又名万年牌］通告》，

《申报》1944年3月24日）

3月26日（上巳），张鲁庵为秦彦冲刻"彦冲平生真赏"朱文印。（《彦冲印稿》）

阴历三月，秦康祥（彦冲）刻"秦康祥印"白文印。（《彦冲印稿》）

7月，上海经济丛书之《上海之房地产业》出版，内附录《上海特别市房地产业同业公会会员录》，称"（商号）协昌公司经租部；（使用人数）二；（代表姓名）秦羡卿；（性别）男；（年龄）四六；（籍贯）鄞县；（资本金额）五万元；（开设地址）天津路六六号二〇五号"。（王季深编著：《上海之房地产业》，上海经济研究所1944年7月第1版，第55页）

11月14日，秦羡馥、曹序元在《申报》刊登启事，称长子秦永年、胞妹曹竹琴定于是日下午三时在外滩华懋饭店八楼举行结婚典礼，届时请袁履登证婚，恭请亲友光临观礼。（《秦羡馥、曹序元为长儿永年、胞妹竹琴结婚敬告亲友》，《申报》1944年11月14日）

阴历十一月，秦康祥（彦冲）为张鲁庵刻"望云草堂"白文印。（《彦冲印稿》）

12月23日，秦润卿拜访秦善宝。（孙善根编注：《秦润卿日记》下卷，凌天出版社2015年10月第1版，第74页）

12月28日，秦善宝拜访秦润卿。（孙善根编注：《秦润卿日记》下卷，凌天出版社2015年10月第1版，第74页）

1945 年

1月26日，秦善宝拜访秦润卿。（孙善根编注：《秦润卿日记》下卷，凌天出版社2015年10月第1版，第79页）

2月6日，秦善宝拜访秦润卿。（孙善根编注：《秦润卿日记》下卷，凌天出版社2015年10月第1版，第80页）

是日（甲申年十二月二十四日）申时，秦际浩配袁氏逝世。后，葬于上海七宝四号桥永年公墓福字区第525至528号。（《鄞秦氏宗谱稿》）

日军投降后，秦善宝要求秦永聚（康祥）从速修复永安山庄。（秦永聚：《重修永安山庄记》，《鄞秦氏宗谱稿》）

9月21日（八月十六日）戌时，秦伟桢（善福）六子秦永嘉出生。（《鄞秦氏宗谱稿》）

按语：秦永嘉，字康垚。

1946年

1月，瑞丰钱庄复业并改为股份有限公司，票据交换证为第15号，资本法币2 000万元，董事长孙性之，董事郑子荣、秦善宝等，经理孙庆增。（姜建清主编：《近代中国银行业机构人名大辞典》，上海古籍出版社2014年1月第1版，第328页）

按语：该钱庄于1950年停业。

2月16日（元宵），秦康祥（彦冲）为其胞妹刻"葭云"白文印。（《彦冲印稿》）

3月2日，安中保险公司清理处在《申报》刊登清理处公告，称"本公司奉令清理结束已告完竣，所有各保户退费尚有未领取者，本处业经提存于惠中银行。兹规定于三月底前凭单来处领取，逾期即缴交国库。再，如对本处清理尚有异议者，亦如期提出声明，希勿延误"。（《安中保险公司清理处公告》，《申报》1946年3月2日）

阴历正月，秦康祥（彦冲）为其表弟冯叙平刻"冯叙平"朱白文印。（《彦冲印稿》）

按语：该公司清理处设在上海天津路66号。

3月4日（阴历二月朔），秦康祥（彦冲）为其表妹冯太同刻"端慧"白文印。（《彦冲印稿》）

按语：冯太同、冯仲同、冯叔同、冯季同均系冯昭迋（衷博）女儿。

3月，因办理国民身份证之需，秦康祥（彦冲）自刻"秦康祥"朱文印。（《彦冲印稿》）

阴历二月，秦康祥（彦冲）为其表妹冯仲同刻"冯端仪"白文印，为冯季同刻"端智"朱文印。（《彦冲印稿》）

4月1日，秦康祥（彦冲）刻"彦冲所藏古匋"朱文印，以作钤印古陶拓本之用。（《彦冲印稿》）

按语：秦康祥自称此时藏有古陶数十种。

4月5日（清明），秦康祥（彦冲）刻"彦冲藏泉"朱文印。（《彦冲印稿》）

阴历三月，秦康祥（彦冲）刻"彦冲藏匋"朱文印。（《彦冲印稿》）

是年春，秦康祥（彦冲）在竹佛庵为其表妹冯叔同刻"冯叔同"朱文印。（《彦冲印稿》）

5月7日，秦善德参加江苏海门大生第三纺织公司股东会议。会上，讨论了股东秦善德、秦善宝等提议的"修正本公司章程须经临时股东会以维权利案""本公司股票面值每股国币七十元应减为每股国币十元,以利流通案"。(南通市档案馆、张謇研究中心编:《大生集团档案资料选编·纺织编Ⅳ》,方志出版社2006年4月第1版,第343—347页)

《彦冲印稿》书影

阴历四月,秦康祥(彦冲)刻"彦冲藏竟"白文印,以作钤印铜镜拓本之用。(《彦冲印稿》)

6月3日,《宁波时事公报》刊登《骆璜律师受任秦馀庆堂常年法律顾问》启事。该律师事务所位于宁波城内湖西(月湖西岸)偃月街88号,电话号码373号。

6月4日(端午),秦康祥(彦冲)在睿识阁为冯孟颛刻"伏枥室"朱文印。(《彦冲印稿》)

9月3日(抗战节),秦康祥(彦冲)在竹佛龛为其姑父刻"守约"白文印。(《彦冲印稿》)

阴历九月,唐源邺题签《彦冲印稿》。(宁波市天一阁博物院藏件)

11月15日,秦善宝拜访秦润卿,商谈恒隆钱庄复业之事。秦润卿在是日日记写道"渠家老资格,复业亟所应当"。(孙善根编注:《秦润卿日记》下卷,凌天出版社2015年10月第1版,第148页)

12月16日,晋恒钱庄在鄞县(今宁波)江厦街62号复业,资本法币5 000万元,董事长王维官,董事秦羡卿、秦善德、陈绳武等,监察陈叔文、丁渭盛,经理陈元晖,副理丁树东,襄理张芳荃。(浙江省银行经济研究室编:《浙江金融业概览》,1947年8月出版,第197页)

12月17日,惠中产物保险股份有限公司在《申报》刊登公告,称该公司已领到财政部"保字第一三八号"营业执照,定于18日开业。该公司位于上海天津路66号,秦善庆为该公司监察人。(《惠中产物保险股份有限公司开业公告》,《申报》1946年12月17日)

按语: 据上海《征信所报》1946年12月18日《惠中产物保险公司今日开业》记载,该公司创立于1946年6月23日,资本额定国币5 000万元,分为50万股,每股票面100元,先收半数,经营水火险及其他再保险。

12月18日，惠中产物保险股份有限公司开幕。19日，该公司在《申报》刊登鸣谢启事，称"日昨敝公司开幕，辱承各界硕彦、同业先进隆仪宠锡，玉趾贲临，高谊云情，曷胜铭感，只以招待不周，良深歉仄，谨布谢忱，诸维亮詧"。（《惠中产物保险股份有限公司谢启》，《申报》1946年12月19日）

1947年

1月1日，秦康祥（彦冲）为其表弟冯叙平（孔豫）刻"冯孔豫"白文印。（《彦冲印稿》）

3月5日，《重建灵桥纪念册》补页编印，内刊登平政祠补立神位名单，秦运鈵（君安）、张氏、秦涵琛、倪氏、金氏、秦珍荪、姚氏、秦蕙荪、赵氏、李氏、秦泉荪、袁氏、秦善宝、秦康祥等14人名列其中。（《平政祠补立神位》，《重建灵桥纪念册》补页，1947年3月5日编印）

3月9日，周庆恩、秦羡馥在《申报》刊登启事，称侄子周铁鹏、长女秦兰芳定于是日下午三时在上海南京路"东亚又一楼"举行订婚典礼，恭请亲友光临观礼。（《周庆恩、秦羡馥为舍侄铁鹏、长女兰芳订婚敬告亲友》，《申报》1947年3月9日）

4月27日下午，统原商业储蓄银行召开第十三届股东常会。会上，公布改选监察人结果，秦善富、姚德馨获得连任。（《统原银行第十三届股东常会》，中国征信所编辑：《征信所报》第346号，1947年5月1日出版）

5月2日（三月十二日）丑时，秦伟棣（善贵）次子秦永煦出生。（《鄞秦氏宗谱稿》）

按语：秦永煦，字康城。

6月1日，高君湘、左德焘律师代表秦善福在《申报》刊登紧要启事，通告各界勿向合鑫公司受买或受押上海南京东路354至364号房屋及基地。（《高君湘律师左德焘律师代表秦善福君通告各界切勿向合鑫公司受买或受押南京东路三五四至三六四号房屋及基地紧要启事》，《申报》1947年6月1日）

按语：该启事又刊6月2日《申报》。

是年初夏，秦康祥（永聚）实地查勘永安山庄，"见断垣败壁，蓁芜盈庭，惟中间巍然独存，乃议去其残砌，葺而新之，前后治为园圃，环植苍松、翠竹，以障风雨。归而请命，复禀明叔祖泉生公，克日匀工，经之营之，越五阅月而竣"。（秦永聚：《重修

永安山庄记》,《鄞秦氏宗谱稿》)

10月22日（重九），经丁辅之、王福庵介绍，秦康祥加入西泠印社。秦康祥称"时叶丈品三尚健在，晨夕盘桓，备闻绪论，缘是尽读社中金石文字"。（秦康祥:《跋二》，秦康祥、孙智敏编著:《西泠印社志稿》，1957年油印本）

11月7日，上海普善山庄在《申报》刊登启事，公布10月份各界捐助施材、掩埋经费清单，其中"永昶号四十万元，陈柏芬、丁渭成、秦善德、朱琪、秦康祥、秦祖瑞以上六户各念万元"。（《上海普善山庄谨向诸大善士鸣谢卅六年十月份乐助敝山庄施材掩埋经费》，《申报》1947年11月7日）

按语：此经费由王世良贺仪移助。

阴历十月，秦康祥（彦冲）为其胞弟秦仲祥刻"秦"朱文印、"彦若"白文印。（《彦冲印稿》）

是月，秦康祥（彦冲）在竹佛庵为赵云飞刻"赵云飞"朱文印。（《彦冲印稿》）

是年冬，秦康祥（彦冲）为赵云飞刻"鼎斋藏三代器"白文印。（《彦冲印稿》）

12月23日，秦康祥（永聚）撰写《重修永安山庄记》。（《鄞秦氏宗谱稿》）

12月29日，因统原银行涉嫌违反银行法，上海地检处传唤该行副经理朱赞侯、董事胡元祥、秦善德、久丰丝织公司经理张馀庆。是日，检察官郁懿新根据统原银行账册，对四人进行了详细讯问。（《统原银行违法行为副理等四人遭传讯》，《申报》1947年12月30日）

1948年

是年初，张鲁庵、秦康祥等在王福庵支持下篆刻《西泠印社同人印传》。该书共四册，每人一印，款刻小传。除社员外，凡对印社有资助者亦全部列入，共计220余方。此谱由张鲁庵提供印石、纸张，秦康祥采访编写，高式熊负责篆刻，最后由王福庵审订定稿。（马博主编:《书法大百科》第3册，线装书局2016年1月第1版，第429页）

10月10日，王扆昌主编《中华民国三十六年中国美术年鉴》由上海市文化运动委员会出版，内收录秦康祥小传。（王扆昌主编:《中华民国三十六年中国美术年鉴》，上海市文化运动委员会1948年10月10日第1版，第"传六五"页）

是年，秦康祥辑吴泽遗印成《峇飞馆印留》一册。该书版心下题"濮尊朱佛斋"，内有秦康祥刻《鄞县通志》"吴泽传"。（宁波市天一阁博物院藏件）

《吝飞馆印留》书影

按语：秦康祥曾将此书签赠张原炜（于相）、朱赞卿、杨容林等人。该签名本现均藏宁波市天一阁博物院。

是年，秦康祥辑成《睿识阁古铜印谱》共十册，收录近千件。（王惠定：《宁波百年印学年表》，邬向东主编：《20世纪宁波书坛回顾——论文史料选辑》，宁波出版社1999年12月第1版，第406页）

1949年

《古笏庐印谱》书影

2月，鄞县修志馆聘请此前因《鄞县通志》印刷费不足而捐款（即该馆公布的"第三次捐款者"）的毛式唐、王宽诚、周歧隐、柳良材、秦彦冲等71人为董事。（民国《鄞县通志》首册"题名"）

4月5日，秦康祥（彦冲）为陈蒙庵（运彰）刻"五百本兰亭室"白文印。（《彦冲印稿》）

4月21日，秦康祥（彦冲）为胞弟秦仲祥（彦若）刻"彦若写生"白文印。（《彦冲印稿》）

阴历四月（初夏），王福庵、孙智敏、秦康祥探望在沪养病的丁辅之。谈论间，众人均认为应重编西泠印社社志，秦康祥被委以采访工作。（秦康祥：《跋二》，秦康祥、孙智敏编著：《西泠印社志稿》，1957年油印本）

是年夏，秦康祥辑钱衡成《古笏庐印谱》，并撰

写、篆刻《钱翁衡成传》。另，还刻有钱衡成肖像印一方。(《古笾斋印谱》，宁波市天一阁博物院藏)

按语：钱衡成，名世权，浙江鄞县(今宁波)人，于民国十八年(1929年)十月十二日逝世。《古笾斋印谱》，共一册。

中华人民共和国

1949年

中华人民共和国成立后，国家以赎买政策给与秦氏定息，收回其在沪房地产业。(秦仲祥：《蛛网集》，宁波出版社2004年第1版，第146页)

10月6日(中秋)，秦康祥(彦冲)为《古笾斋印谱》作跋，称该印谱共拓二十二部，"以践宿诺，而备乡邦文献"。(《古笾斋印谱》，宁波市天一阁博物院藏)

11月5日，秦康祥(彦冲)为胞弟秦仲祥刻"秦仲祥"白文印。(《彦冲印稿》)

阴历九月，秦康祥(彦冲)刻"秦康祥"朱文印、"金少刚"白文印。(《彦冲印稿》)

阴历十一月(冬月)，秦康祥为乔大壮半身像题"乔大壮先生遗像"隶书额。(《乔大壮印蜕》，宁波市天一阁博物院藏)

秦康祥为《古笾斋印谱》作的跋

乔大壮像及秦康祥题字

1950年

1月24日（己丑年十二月初七日）巳时，秦永圣（仲祥）独子秦言俦出生。（《鄞秦氏宗谱稿》）

　　按语：秦言俦，字秉衡。

　　5月3日（三月十七日）巳时，秦伟桢（善福）七子秦永彬出生。（《鄞秦氏宗谱稿》）

　　按语：秦永彬，字康霖。

　　5月17日，秦康祥（彦冲）为陈蒙庵刻"寄寂"朱文印。（《彦冲印稿》）

　　12月11日（十一月初三日）寅时，秦君安四子秦际浩逝世。后，葬于上海松江凤凰山公墓特安区第187至189号。（《鄞秦氏宗谱稿》）

　　是年，秦康祥辑成《乔大壮印蜕》二册。（宁波市天一阁博物院藏件）

《乔大壮印蜕》书影

　　按语：宁波市天一阁博物院另存复本一部。

1951年

阴历三月，秦康祥（彦冲）为其妹阮保真刻"阮保真"朱文印。（《彦冲印稿》）

是月，秦康祥（彦冲）为何时希刻"何桀"白文印。（《彦冲印稿》）

是月，秦康祥（彦冲）为陈蒙庵刻"陈"朱文印、"蒙"白文印。（《彦冲印稿》）

1951—1964年，秦氏支祠被用作浙东针织厂厂房。（《第五批全国重点文物保护单位推荐材料——秦氏支祠》，浙江省文物局2000年7月15日编印）

1952年

　　5月，秦君安次子秦际瀚（珍荪）墓迁至位于鄞东的钱湖公墓，穴号特甲B第430至432号，墓碑书"秦公珍荪暨配姚氏淑人之墓"。（《鄞秦氏宗谱稿》）

按语：钱湖公墓今称华侨公墓，位于东钱湖象坎村。下同。

1953年

11月22日（小雪），秦康祥（彦冲）刻"冯仲同"朱文印一方赠送其表妹冯仲同。（《彦冲印稿》）

1955年

阴历正月，秦康祥（彦冲）为《蕙风宦遗印》题签书名，并钤"秦康祥"白文印、"彦冲"朱文印。

按语：1955年，陈运彰（蒙庵）与秦康祥、高式熊等商议，为纪念况周颐，将其家藏用印钤拓成谱（即《蕙风宦遗印》），每套均由陈运彰题跋。

《蕙风宦遗印》共钤印八套，用于分赠况氏子嗣及好友。该印谱按"有殷勤之意者好丽"分别编号，并对应"浙江省立图书馆、公子又韩、公子小宋、潮阳陈蒙安、吴叶潞渊、慈溪张鲁盦、鄞高式熊、鄞秦彦冲"。"之"字号现由广东梁基永收藏。

是正月，因沙孟海此前为况周颐刻"养欢喜神"白文印边款遗失，秦康祥（彦冲）特补边款："孟海治印，石断款佚。乙未正月彦冲记。"（《彦冲印稿》）

4月5日（清明），秦康祥（彦冲）刻"永安山庄"白文印。（《彦冲印稿》）

按语：该山庄系秦君安坟庄。

是日（清明），秦康祥（彦冲、永聚）刻"馀庆堂印"朱文印。该印边款为"积善之家必有馀庆，积不善之家必有馀殃。曾王父君安公名堂，以训子孙。乙未清明，永聚刻"。（《彦冲印稿》）

4月21日（谷雨），秦康祥（彦冲）在濮尊朱佛斋刻"西泠印社中人"白文印。（《彦冲印稿》）

5月15日（闰三月二十四日），陈运彰为《蕙风宦遗印》题跋，介绍该印谱拓编情形，其中提及"鄞秦君彦冲，尝恨不及奉手老，咸摩挲旧迹，慨焉增慕，是用假借模传其于久远也"。

"永安山庄"
白文印

"馀庆堂印"
朱文印及边款

阴历闰三月，由濮尊竹佛斋拓印成《蕙风宦遗印》。

按语：濮尊竹佛斋系秦彦冲斋名。

阴历闰三月，秦康祥（彦冲）刻"慎馀堂印"白文印。该印边款为"祖父珍荪公刻孔子语以名堂。乙未又三月，彦冲刻此敬志"。（《彦冲印稿》）

6月20日，秦康祥（彦冲）自刻"今虞琴友"白文印。（《彦冲印稿》）

初夏，向仲坚（迪琮）在《竹人录》卷端题"彦冲藏竹刻器物，皆明清竹人精品，自颜所居为濮尊朱佛之斋，洵不愧也。此册乃彦冲所诒，当珍秘之"。（郑逸梅：《纸帐铜瓶室书跋》，傅璇琮编：《学林漫录初集》，中华书局1980年6月第1版，第148—149页）

约是年秋，秦康祥加入上海中国金石篆刻研究社。（《上海美术志》编纂委员会编、徐昌酩主编：《上海美术志》，上海书画出版社2004年12月第1版，第327页）

是年，秦康祥（彦冲）刻"蕙风宦遗印"。（《彦冲印稿》）

是年，秦康祥获得两面兰亭石刻，并将其居所命名为"兰亭石室""唐石室"。（柳向春：《上海博物馆存秦康祥旧藏文物概述》，陈振濂主编：《西泠艺丛》2017年第3期）

"慎馀堂印"
白文印及边款

1956年

2月3日（乙未年十二月二十二日）未时，秦永澄（康聚）子秦言衷出生。（《鄞秦氏宗谱稿》）

2月26日（元宵），秦康祥（彦冲）刻"慎馀堂印"白文印。该印边款为"多闻阙疑，慎言其馀，则寡尤。多见阙殆，慎行其馀，则寡悔。丙申元宵，彦冲"。（《彦冲印稿》）

4月，秦际瀛（渭生）墓迁至位于慈东的大同公墓（今属宁波市镇海区），穴号三区一排第10号至12号，墓碑书"秦渭生先生赵氏李氏夫人之墓"。（《鄞秦氏宗谱稿》）

7月，秦君安墓迁至位于鄞东的钱湖公墓，穴号禄乙B513至515号，墓碑书"秦公运鎔暨德配张淑人之墓"。（《鄞秦氏宗谱稿》）

是年，秦氏支祠遭强台风袭击，屋面受损，东墙局部倒塌。（《第

"慎馀堂印"
白文印及边款

五批全国重点文物保护单位推荐材料——秦氏支祠》,浙江省文物局2000年7月15日编印)

1957年

6月23日下午,秦康祥出席在中国民主促进会上海市委会址举行的中国金石篆刻研究社社员座谈会。议程为张鲁庵汇报该社组织经过、工作经过情况,马公愚报告社今后课施方针,最后社员分组讨论。其中,参加第三组讨论者有叶露园、吴仲坰、杨煦、黄怀觉、朱其石、张维阳、秦康祥、刘伯年、王哲言、凌虚、杨为义。("中国金石篆刻研究社社员座谈会记录"影印件,王佩智:《建国初期篆刻创作研究(1956—1964)》,西泠印社出版社2008年9月第1版,第89页)

7月9日(六月十二日)酉时,秦永年(康埔)子秦言淼出生。(《鄞秦氏宗谱稿》)

是年,《西泠印社志稿》油印出版,内收录秦康祥、秦彦若小传。(秦康祥、孙智敏编著:《西泠印社志稿》卷二,1957年油印本)

1958年

5月16日(三月二十八日)亥时,秦永樵(康年)子秦言中出生。(《鄞秦氏宗谱稿》)

按语:秦言中,字定远。

12月8日(十月二十八日)寅时,秦伟桢(善福、羡馥)逝世。后,葬于上海龙华公墓。(《鄞秦氏宗谱稿》)

冬至,秦永聚(康祥)赴鄞县秦家衕调查始迁祖相关情况,"晤际行族祖,知其历世本于田农,虽谱录未备,而祖宗基业永保弗替,由是益感吾祖流泽之远且昌矣。复访翁家直,无所值而归"。(秦永聚:《鄞秦氏宗谱稿序》,《鄞秦氏宗谱稿》)

1959年

1月(戊戌年十二月),秦康祥(永聚)题《鄞县月湖秦氏宗谱》。

3月9日(二月初一日),秦崇本堂代表文房、行房房长秦伟栋、忠房、信房房长秦伟础为迁移其先世历代祖墓,特在鄞西上河头屏风山(俗称天官山)寿义第二公墓认

购壹区丁级2203至2242号公墓四十穴。(秦永聚:《迁葬先茔记》,《鄞秦氏宗谱稿》)

3月9—23日(二月初一日至十五日),秦伟础(善宝)、秦伟栋、秦永聚、秦言垲等将秦氏三世以下历代祖墓之在平野者,迁葬于鄞西上河头屏风山寿义第二公墓,并将位于章耆巷的秦氏宗祠、马衙漕的秦氏支祠及家堂内神主瘗于祖墓旁。(秦永聚:《三祠考》,《鄞秦氏宗谱稿》;秦永聚:《迁葬先茔记》,《鄞秦氏宗谱稿》)

清明,秦康祥(永聚)撰写《迁葬先茔记》。(《鄞秦氏宗谱稿》)

5月,秦际藩(涵琛)墓迁至鄞西山下庄凤鸣山四明公墓第三墓园,穴号特区24号至25号,墓碑书"秦公涵琛倪太夫人之墓"。(《鄞秦氏宗谱稿》)

10月14日(九月十三日)酉时,秦永锡(康祜)子秦言强出生。(《鄞秦氏宗谱稿》)

10月15日,秦康祥探望王福庵。在病床前,王福庵嘱咐秦康祥编纂《西泠印社志稿附编》。(秦康祥:《跋》,秦康祥编著:《西泠印社志稿附编》,1960年油印本)

10月16日(九月十五日)午时,秦伟楚(善宝)逝世。后,葬于鄞东钱湖公墓特乙区B345至352号,墓碑书"秦公伟础暨配戴氏夫人之墓"。(《鄞秦氏宗谱稿》)

1960年

3月17日(二月二十日)寅时,秦永赓(康祺)子秦言庆出生。(《鄞秦氏宗谱稿》)

3月20日(春分),秦康祥(彦冲)为孙智敏(厓才)刻"康乐和亲安平为一书"朱文印。(《彦冲印稿》)

是年春,秦康祥至王宅拜访王福庵。王福庵对编印《西泠印社志稿附编》之事,"晤则必督之"。不久,秦康祥把得到油印所需纸张告之王福庵。王福庵颇感欣慰,称"汝好为之,今而后,吾可以瞑目矣"。(秦康祥:《跋》,秦康祥编著:《西泠印社志稿附编》,1960年油印本)

阴历六月,秦康祥(永聚)撰写《鄞秦氏宗谱稿序》。(《鄞秦氏宗谱稿》)

8月7日(立秋),秦康祥为《西泠印社志稿附编》作跋。(秦康祥编著:《西泠印社志稿附编》,1960年油印本)

8月17日(闰六月二十五日)亥时,秦伟樘(善庆)逝世。后,与继配李氏葬于上海梅陇公墓寿字区大号穴第8号。(《鄞秦氏宗谱稿》)

11月7日(立冬),秦康祥(彦冲)为其太姻丈冯孟颙刻"孤独老人"白文印。(《彦冲印稿》)

是年,秦康祥(永聚)纂辑的《鄞秦氏宗谱稿》油印出版。(《鄞秦氏宗谱稿》)

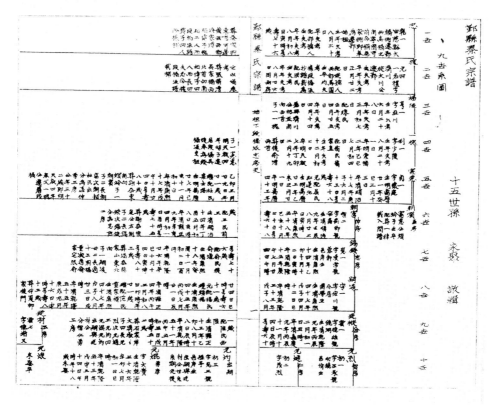

《鄞秦氏宗谱稿》内页

是年,秦康祥编著的《西泠印社志稿附编》油印出版。(《西泠印社志稿附编》)

1961年

是年,方去疾为秦康祥刻"竹佛庵"鸟虫篆印。(茅子良:《艺林类稿》,上海书画出版社2009年7月第1版,第272页)

1962年

4月1日(二月二十七日),秦康祥赠朱赞卿(鼎煦)《西泠印社志稿》。(宁波市天一阁博物院藏件)

4月18日（三月十四日），张鲁庵在沪逝世。后，家属将其藏品捐赠给西泠印社、高式熊、秦康祥等帮助清理、点验。另，张永敏整理其父张鲁庵遗物时，检出1944年3月26日所刻"彦冲平生真赏"朱文印并赠与秦彦冲。（潘真：《金石铁笔仁者寿·高式熊》，上海文化出版社2015年8月第1版，第70页；《彦冲印稿》）

是年重阳，秦康祥、柴子英、韩登安在杭州西湖商议"尽出所知，由彦冲董理综合，名曰《印人汇传》，经数载纂辑，得三千许人"。（马国权：《近代印人传》，上海书画出版社1998年8月第1版，第494页）

10月28日（十月初一日），张鲁庵葬于杭州南山公墓。约此时，秦康祥撰写《张君鲁盦墓碣文》。（郭若愚：《落英缤纷——师友忆念录》，上海书画出版社2003年7月第1版，第170页）

按语：《张君鲁盦墓碣文》由韩登安书并刻石，其拓片收录在郭若愚《落英缤纷——师友忆念录》一书中。

11月，沙孟海为秦仲祥（彦若）所绘花卉册题跋，称其"赋色晕墨，深得恽、蒋遗意"。（沙孟海：《题秦彦若花卉册》，沙孟海著，沙茂世、沙援整理：《沙孟海序跋》手迹释文本，文津出版社2017年11月第1版，第66页）

12月，秦康祥在西泠印社60周年社庆筹备会议上，感慨道"过去在编修杂志时，原以为西泠印社的组织和活动就此结束，最多只能在西湖孤山留一个遗迹作为纪念罢了。想不到党和人民政府对西泠印社如此重视"。（王佩智：《谁释春风满园中》，《西泠通讯》2002年第3期，转引自西泠印社编：《"百年名社·千秋印学"国际印学研讨会论文集》，西泠印社出版社2003年10月第1版，第74—75页）

1963年

阴历四月，沙孟海为秦康祥（彦冲）刻"濮尊朱佛斋"印。该印边款为"彦冲兄好聚竹刻，有濮仲谦松阴读画樽、朱松邻观世音、弥勒两象宷为珍品，以名其斋。癸卯后四月，孟海治印"。（沙茂世编：《沙孟海兰沙馆印式》，上海书画出版社2013年11月第一版，第72页）

6月22日（夏至），秦康祥在其兰亭石室为兰亭拓片题跋。（徐良雄主编：《二十世纪宁波书坛回顾——书法作品选集》，宁波出版社1999年12月第一版，第95页）

7月23日（大暑），秦康祥为《西泠印社小志》作跋。（叶为铭辑：《西泠印社小志》，1963年油印本，宁波市天一阁博物院藏）

8月25日(七夕),秦康祥(彦冲)刻"白龙飞瀑"朱文印。(《彦冲印稿》)

西泠印社六十周年社庆前夕,在沪西泠印社社员为庆祝建社六十周年,集体创作了一部《西湖胜迹印集》。马公愚、钱君匋、秦康祥、吴朴堂、高式熊等参加篆刻。(江成之口述、周建国整理:《不自由时正自由　难说于君画与君——我的篆刻一生》,《中国书法》2008年第5期)

西泠印社六十周年社庆前夕,秦康祥陪同韩登安至江成之家,系为配合社庆,借用社员藏品用于办展之事。(江成之口述、周建国整理:《金石之交长相忆——亦静居忆师友》,西泠印社编:《西泠印社早期社员、社史研讨会论文集》下册,西泠印社出版社2006年9月第1版,第197页)

10月25日(重阳节),秦康祥(彦冲)刻"西泠印社"白文印,以庆祝该印社成立六十周年。(《彦冲印稿》)

是日,西泠印社正式恢复,并同时召开西泠印社成立六十周年大会,推选张宗祥为社长。秦康祥参加此次大会。(王学海:《张宗祥小传》,张宗祥书画院[纪念馆]编、王学海主编:《张宗祥研究》,上海文艺出版社2016年10月第1版,第51页)

1964年

1月,秦康祥参加在西泠饭店举行的西泠印社第二次社员聚会。(郑绍昌、徐洁:《国学巨匠——张宗祥传》,浙江人民出版社2007年8月第1版,第176页)

2月1日,《人民日报》刊登《全国都要学习解放军》社论。后,秦康祥(彦冲)据此刻"见困难就上,见荣誉就让"朱文印。(《彦冲印稿》)

2月29日,《人民日报》刊登"挺起胸膛,知难而进"句。后,秦康祥(彦冲)据此刻"挺起胸膛,知难而进"白文印。(《彦冲印稿》)

5月,沙孟海刻"秦康祥玺"白文印。(张明珠:《沙孟海名字别号室名探析》,西泠印社编:《第四届"孤山证印"西泠印社国际印学峰会论文集》,西泠印社出版社2014年10月第1版,第526页)

阴历四月,沙孟海刻"秦康祥"白文印。该印边款为"彦冲小钵。孟海制,甲辰四月"。(沙茂世编:《沙孟海兰沙馆印式》,上海书画出版社2013年11月第1版,第70页)

阴历五月,沙孟海为秦康祥刻"康祥稽古"朱文印。该印边款为"甲辰五月,刻奉彦冲兄台是正。孟海"。(沙茂世编:《沙孟海

"康祥稽古"朱文印

兰沙馆印式》，上海书画出版社2013年11月第1版，第71页）

7月10日，秦康祥（彦冲）刻"吃苦在前，享乐在后"朱文印。（《彦冲印稿》）

8月，秦康祥（彦冲）刻"毫不利己，专门利人"白文印。（《彦冲印稿》）

是年中秋，秦康祥（彦冲）为高络园刻"乐只室"白文印。（《彦冲印稿》）

按语：高络园，浙江杭州人，系西泠印社早期社员。

11月7日（立冬），秦康祥（彦冲）为高络园刻"乐只室"白文印。（《彦冲印稿》）

是年，秦康祥集拓沙孟海《兰沙馆印式》。（沙茂世编撰：《沙孟海先生年谱》，西泠印社出版社2010年5月第1版，第134页）

按语：据周节之称，"秦彦冲先生又编辑沙师印谱，节之仍襄访假工作。惜初稿始就而秦君不久作古，此谱至今尚未全集问世"。（周节之：《翰墨林印社》，中国人民政治协商会议宁波市委员会文史资料研究委员会编：《宁波文史资料》第6辑，浙江人民出版社1987年11月第1版，第166页）

据沙孟海致周采泉函，"秦彦冲为我搜拓印谱，我后来自编《兰沙馆印式》二册（用马蠲老所取名），下册即用秦本。上海书画出版社影印发行者，亦从我辑本再选。秦兄钤拓本留置上海高式熊处，他日拟提取另选一册，或题《沙邨印隅》，装订后分赠亲友，并另撰引言，以酬秦兄之盛雅。"（朱关田总编：《沙孟海全集》第8册，西泠印社出版社2010年9月第1版，第91页）

1964—1991年，秦氏支祠被用作宁波医药公司药材仓库。这期间，该公司拆除戏台台板、围栏、部分门窗和偏房，并在两明堂搭建棚屋。该支祠西侧附属建筑北部余屋院落建筑也在此间遭拆毁，现仅存地面石板及部分墙体。（《第五批全国重点文物保护单位推荐材料——秦氏支祠》，浙江省文物局2000年7月15日编印；《关于要求审批秦氏支祠余屋维修、修复方案的请示》，宁波市天一阁博物院藏）

1965年

9月，施蛰存请秦康祥为其所著《水经注碑录》《汉碑叙录》稿本题签书名。（沈建中编撰：《施蛰存先生编年事录》，上海古籍出版社2013年9月第1版，第777页）

是年，秦康祥（彦冲）为高络园刻"乐只室"朱文印，以贺其八十大寿。（《彦冲印稿》）

是年，《印人汇传》稿成，并存放于秦康祥处。后，不幸毁于"文化大革命"。（马国权：《近代印人传》，上海书画出版社1998年8月第1版，第483页）

按语：马国权曾在高式熊处见过秦康祥撰写的《印人汇传》手稿，每一人物传皆为三四十字，一百字以上者占极少数。

1966 年

2月,秦康祥(彦冲)为邱嗣斌刻"邱嗣斌"朱文印。(《彦冲印稿》)

3月,秦康祥(彦冲)在上海寓所为曹厚德刻"曹厚德"白文印。(《彦冲印稿》)

按语:该印石系宁波所产大嵩石。

6月23日,吴朴堂自戕。后,秦康祥同江成之、徐家植去吴宅看望其夫人王智珠。(江成之口述、周建国整理:《金石之交长相忆——亦静居忆师友》,西泠印社编:《西泠印社早期社员、社史研讨会论文集》下册,西泠印社出版社2006年9月第1版,第197页)

10月24日(霜降),秦康祥为《森玉堂家训印谱》题签书名,并钤"唐石斋"朱文印、"秦康祥印"白文印各一枚。(宁波市天一阁博物院藏件)

按语:该印谱系秦康祥旧藏清乾隆钤印本,后由秦秉年捐赠天一阁。

《森玉堂家训印谱》书影

1967 年

是年,周退密至上海牯岭路永吉里一间东厢房内探望秦康祥。秦康祥向其出示所撰《印说十篇》,"令余毕读之,余击节叹赏。终以当时气氛逼人,环境恶劣,相与咨嗟良久。别时余勉其录副保存,后知其不果行,手稿亦付劫灰"。(周退密:《宁波清芬馆和我的几位同学》,顾国华编:《文坛杂忆初编》,上海书店出版社1999年9月第1版,第273—275页)

1968 年

7月18日(六月二十三日),秦康祥在沪逝世。临终前数日,在高式熊帮助下,犹力疾刻五面印五方,至第六方病不可支。(马国权:《近代印人传》,上海书画出版社1998年8月第1版,第494—495页)

按语：秦康祥（永聚）墓位于宁波鄞东的华侨公墓。

约是年，秦善宝配、秦康祥母戴氏逝世。

按语：此系根据周退密《丁卯春日感旧诗二十首》（载《移情小令四种·退密楼怀人诗·退密楼七言律诗钞》）称，秦康祥因患胃癌逝世，"未几太夫人又继之"推测而来。

1976 年

10月26日（九月初四日），秦泉笙（际浩）女儿秦葆卿病逝。（裘宗渭：《四季人生》，2016年内部出版，第73页。该书由应维钢先生提供）

1979 年

5—6月，秦康祥家人分两批将部分印谱、玺印等家藏文物作价变卖给上海博物馆。（柳向春：《上海博物馆存秦康祥旧藏文物概述》，陈振濂主编：《西泠艺丛》2017年第3期）

按语："文化大革命"期间，秦康祥所藏文物曾遭查抄。据《上海博物馆藏〈福厂印稿〉及其他》（孙慰祖：《可斋论印三集》，上海辞书出版社2007年8月第一版，第327页）称，秦康祥旧藏《福厂印稿》共计101册于20世纪70年代末转入上海博物馆。另，秦康祥旧藏宣和印社辑拓之《麋研斋印存》（一函20册）及《麋研斋印存续集》（共8册）现均藏上海博物馆。

6月13日，上海博物馆退还给秦康祥后人两块秦氏旧藏的东汉《熹平石经》残石。（柳向春：《上海博物馆存秦康祥旧藏文物概述》，陈振濂主编：《西泠艺丛》2017年第3期）

1980 年

是年清明，秦泉笙（际浩）女儿秦葆卿葬于苏州木渎灵岩山下的天灵公墓。（裘宗渭先生提供）

1981 年

12月10日，宁波市革命委员会公布位于镇明区马衙街的秦家祠堂（即秦氏支祠）为市级重点文物保护单位。（宁波市天一阁博物院藏档案）

1984 年

11月18日,马国权撰写秦康祥小传。(马国权:《秦康祥》,马国权:《近代印人传》,上海书画出版社1998年8月第1版,第493—495页)

按语:邬向东主编《20世纪宁波书坛回顾——论文史料选辑》(宁波出版社1999年12月第1版)亦收录此文。

1986 年

6月,《民国书画家汇传》出版,内收录秦康祥小传。(恽茹辛编著:《民国书画家汇传》,台北:商务印书馆1986年6月第1版,第171—172页)

1987 年

是年春,周退密撰诗怀念秦康祥,称其"文章汉魏有师承,乃以雕虫篆刻称。扫地出门余一命,前生疑是打包僧"。(周退密:《丁卯春日感旧诗二十首》,《移情小令四种·退密楼怀人诗·退密楼七言律诗钞》,内部出版,第49页)

10月15日,国家文物局副局长庄敏来宁波视察文物工作,指出应收回由地区医药公司用作仓库的秦氏支祠,将其改造为市过渡性博物馆。(宁波市文化局宁波文化年鉴编委会编:《宁波文化年鉴2002》,2002年2月内部出版,第302页)

1988 年

12月21日(十一月十三日),秦际瀛长女秦传亮逝世。(《鄞秦氏宗谱稿》;李名慈、李名尧编纂:《宁波小港李氏族谱》,2016年内部出版,第12页)

是年,有关部门调查、测绘秦氏支祠柱网分布情况。(《关于秦氏支祠的调查报告》,宁波市天一阁博物院藏)

1990 年

9月,宁波市医药公司将秦氏支祠移交给市文化局文物处。(《第五批全国重点

文物保护单位推荐材料——秦氏支祠》，浙江省文物局2000年7月15日编印）

1991年

5月，秦氏支祠正式移交给宁波市博物馆管理，并由国家文物局和宁波市政府共同出资250万元进行维修（其中维修经费110万元，赔偿140万元）。该工程历时三年，由市文博系统古建专家主持维修，严格按古建筑"修旧如旧"的保护维修原则，保持现状，恢复原貌，主要维修了第一进的门厅，恢复戏台台板、围栏，调换局部霉烂的梁柱；对屋面进行全面维修，整修路面，拆除清理与原建筑无关的后期搭建建筑。另，对已被拆除的偏屋，暂未修复。（《第五批全国重点文物保护单位推荐材料——秦氏支祠》，浙江省文物局2000年7月15日编印）

是年下半年，宁波文物部门将位于市区带河巷的一座五开间清代建筑迁建至管家岸白云庄，作为接待和办公用房。（宁波市文化遗产管理研究院藏白云庄"四有"档案）

按语：该清代建筑即腰带河头秦家住宅。

1994年

元月，周节之书秦氏支祠戏台"高明悠久"匾。

按语：秦氏支祠戏台另一匾"虚华实境"无落款，实由宁波著名书法家沈元魁书，时间当也在此间。

4月9日，《宁波日报》刊登王宏星撰写的《秦祠修复记》。

5月10日，修复完毕的秦氏支祠正式对外开放。11日，《宁波日报》报道称此时的秦氏支祠陈列有南京雨花石、景德镇瓷器、古玩等物。（龚红雅：《宁波民居建筑艺术集大成之作秦氏支祠对外开放》，《宁波日报》1994年5月11日）

10月7日上午，宁波市博物馆在秦氏支祠辟"宁波工艺美术陈列"正式开放，共展出274件工艺美术品。（谢善实、王芳：《市博物馆〈工艺美术陈列〉开放》，《宁波日报》1994年10月8日）

10月23日，《宁波日报》刊登吴向正撰写的《朵朵"奇葩"迷人眼——"宁波工艺美术陈列"参观记》。

11月，秦氏支祠划归宁波市天一阁博物馆管理。（《第五批全国重点文物保护

单位推荐材料——秦氏支祠》,浙江省文物局2000年7月15日编印)

1995年

是年夏,天一阁博物馆馆长孟建耀在邱嗣斌等陪同下,专程前往上海拜访秦秉年,此后双方建立了联系。(宁波市天一阁博物院藏档案)

按语:邱嗣斌曾任天一阁文物保管所所长。

10月,《宁波市志》出版,内收录"秦氏支祠"条目。(宁波市地方志编纂委员会编、俞福海主编:《宁波市志》,中华书局1995年10月第1版,第2461—2462页)

1996年

4月1日,"宁波史迹陈列"在秦氏支祠举行揭幕仪式,并正式对外展出。该陈列位于秦氏支祠正、后殿,分为"举世瞩目的河姆渡文化""三江地区经济的拓展""兴盛繁荣的明州港""可歌可泣的斗争业绩""人文渊薮的东南名邦"五大部分。(《"宁波史迹陈列"展出》,《宁波日报》1996年4月2日)

4月,《宁波金融志》第1卷出版。该书对秦君安家族在沪甬两地投资钱庄情况做了介绍。(宁波金融志编纂委员会编:《宁波金融志》第1卷,中华书局1996年4月第1版,第278—279、282—284页)

10月,秦秉年致电邱嗣斌,表达处置家藏文物的意向。(宁波市天一阁博物院藏档案)

11月3日,徐良雄、邱嗣斌、赵维扬赴上海。经磋商,与秦秉年达成由天一阁博物馆代为保管文物等意向。(宁波市天一阁博物院藏档案)

11月9日、13日、27日,天一阁博物馆三次派专人专车,由徐良雄领队,到上海秦宅清点文物、登记造册,并请宁波市公安局二处派员护送文物运抵宁波市药行街117号文物库房。(宁波市天一阁博物院藏档案)

11月14日,秦仲祥委托秦秉年向上海博物馆捐赠家藏文物,即清鸡翅木攒拐子嵌瘿木扶手椅5件、清鸡翅木束腰茶几2件。(秦仲祥致上海博物馆函、上海博物馆致秦仲祥函,宁波市天一阁博物院藏复印件)

12月31日,天一阁将秦秉年及其母亲陈和芎接回宁波生活。(陈青、汤丹文、郑薇薇:《"天一阁的一分子"秦秉年先生走了》,《宁波日报》2015年7月4日)

按语：秦秉年及其母原住上海市黄浦区牯岭路140号，来甬后先住在天一阁附近的郎官巷
31号106室（系天一阁出资购买），后住市慈善总会办的宁波颐乐园。

1997 年

4月7日，上海博物馆致函感谢秦仲祥向该馆捐赠7件文物。（上海博物馆致秦
仲祥函，宁波市天一阁博物院藏复印件）

是年，天一阁博物馆与秦秉年对其委托天一阁代为保管的文物进行开箱清点、
整理造册。（宁波市天一阁博物院藏档案）

1998 年

是年，天一阁博物馆请浙江省文物鉴定委员会来甬对天一阁代为保管的秦秉
年收藏文物作专门鉴定。（宁波市天一阁博物院藏档案）

1999 年

4月15日，浙江省文物鉴定委员会印发《宁波天一阁代保管秦氏文物鉴定计
划》，称参加鉴定人员分为书画组（汪济英、周永良）、铜器组（曹锦炎、陈浩）、瓷杂
组（韩经世、柴眩华），鉴定日期为5月4日下午至5日下午。（宁波市天一阁博物院
藏档案）

4月24日，天一阁博物馆印发《代保管秦氏文物鉴定工作安排》，称浙江省文
物鉴定委员会来甬鉴定秦氏文物地点设在药行街117号5楼（文物库房区），并将该
馆协助鉴定的工作人员分为书画组（组长施祖青）、铜器组（组长桑椹）、瓷杂组（组
长李军）。（宁波市天一阁博物院藏档案）

6月7日，全国人大常委会副委员长王光英在浙江省委书记张德江、省长柴松
岳等陪同下在秦氏支祠古戏台观看宁波市歌舞团等演出。省委、省政府领导赞赏
此次演出，称："以后天一阁古戏台的演出可以接待国家元首，它将成为宁波的保
留节目。"此次演出系'99浙江省投资贸易洽谈会期间的配套文艺活动。（宁波市天
一阁博物院藏档案；《三台大戏喜迎嘉宾》，宁波市文化局宁波文化年鉴编委会编：
《宁波文化年鉴1999》，2000年1月内部出版，第44页）

6月24日，《宁波日报》刊登"郝墟"（即虞浩旭）撰写的《收藏兼篆刻的秦彦冲》。

12月4日，由市文物部门与宁波日报联合举办的宁波市"十佳"近现代建筑评选揭晓，秦氏支祠当选。（宁波市文化局宁波文化年鉴编委会编：《宁波文化年鉴1999》，2000年1月内部出版，第16、73页）

秦氏支祠铭牌

是年，秦仲祥撰写《秦氏支祠暨馀庆小学始末记颂辞二首》，其中两首颂辞分别为"不期金玉美，但羡诗书香。风范月湖旧，源流天水长""十年培树木，百载毓人才。兴学念馀庆，流光俟后来"。（秦仲祥：《蛛网集》，宁波出版社2004年第1版，第127页）

2000年

1月5日（己卯年十一月二十九日），秦仲祥继配刘有娟在美国旧金山十九街疗养院逝世。（秦仲祥：《蛛网集》，宁波出版社2004年第1版，第131页）

6月，宁波市海曙区政协文史委编《云霞出海曙——宁波市海曙区文物古迹的发掘、整修和利用》内部出版，内收录赵维扬撰写的《秦氏支祠修复纪略》。

7月15日，受浙江省文物局委托的评估专家就推荐秦氏支祠为第五批全国重点文物保护单位形成评估意见，称"受你局委托，我们对秦氏支祠进行了实地考察，经认真研究、论证，提出评估意见如下：

1. 规模较大，雕刻精美。秦氏支祠建筑面积二千余平方米，前后三进；遍施木雕、石刻、彩绘工艺，是晚近建筑的突出代表，集古曲民间建筑之大成。

2. 保存完整，保护良好。整组建筑包括细部雕刻等完整保存，实属不易。目前保护状况良好，显示出典型的地方特色。

3. 秦氏支祠目前是宁波市级文物保护单位，'四有'工作已经完成，由宁波市天一阁博物馆负责日常管理。

综合上述意见，我们认为秦氏支祠已具备申报全国重点文物保护单位的条件，因此建议向国家文物局推荐秦氏支祠为第五批全国重点文〈物〉保护单位。"（《第五批全国重点文物保护单位推荐材料——秦氏支祠》，浙江省文物局2000年7月

15日编印）

按语：“古曲”应为“古典”。

"文保护单位"应为"文物保护单位"。

是日，浙江省文物局向国家文物局报告推荐秦氏支祠为第五批全国重点文物保护单位，称"秦氏支祠位于浙江省宁波市海曙区。我局组织有关专家对秦氏支祠进行了现场考察、认证，一致认为其具有很高的历史、艺术、科学价值，并得到了很好的保护，'四有'工作已基本完成（专家推荐意见附后）。因此，我局决定推荐秦氏支祠为第五批全国重点文物保护单位，现将有关资料报上，请审核"。（《第五批全国重点文物保护单位推荐材料——秦氏支祠》，浙江省文物局2000年7月15日编印）

10月，秦仲祥与其子秦秉衡来甬，受到天一阁博物馆热情接待。（宁波市天一阁博物院藏档案）

11月1日，秦仲祥致函天一阁博物馆徐良雄、邬向东等人，称"弟等此次返甬瞻仰修复后的支祠，荷蒙盛情款待，无任感荷，更为幸运者，获允登天一阁藏书阁阁，诚为毕生荣幸，近方整理丹青当恭呈拙作以冀雅正，有关本姓秦氏源流，及日后支祠重修时所提意见，另纸缮呈以供参考"。（宁波市天一阁博物院藏档案）

按语：秦仲祥对日后维修秦氏支祠所提建议主要有：在前庭两侧小方空间开墙掘地并各种梧桐一株；将铅皮水流改为砖水滴；前门两侧地面恢复石围圆形土坛并种植柏树；男客厅前庭靠墙处恢复长方形石砌花坛并种植牡丹和天竹。

12月，《浙东文化》2000年第2期（总第14期）刊登施祖青撰写的《秦氏支祠文化内涵探究》。

按语：该文又刊《浙东文化论丛》第2辑（上海古籍出版社2004年11月第1版）。

2001年

3月，《宁波帮大辞典》出版，内收录"秦君安"辞条。（金普森、孙善根主编：《宁波帮大辞典》，宁波出版社2001年3月第1版，第205页）

4月22日、23日，宁波市天一阁博物馆将秦秉年拟捐赠天一阁的一批明清竹刻专程送到北京，经国家文物鉴定委员会王世襄、朱家溍鉴定，其中有一级文物23件、二级文物59件、三级文物15件。（宁波市天一阁博物院藏档案；宁波市文化局宁波文化年鉴编委会编：《宁波文化年鉴2002》，2002年2月内部出版，第10页）

按语：据李军撰写的《明清竹刻》(宁波出版社2005年5月第一版)"后记"记载，参与此次鉴定的王世襄、朱家溍一致认为："这是现知最重要的竹刻收藏，从质量和数量来看，在全国范围内都名列前茅。如展出，足够辟成专室陈列；如整理研究出版，可以编成一本很有价值的竹刻图谱，为竹刻文化提供不少尚未人知的史料。因此值得保护、研究、收藏，予以特别重视。"

6月25日，国务院公布第五批全国重点文物保护单位名单，其中秦氏支祠作为扩展项目归入天一阁。(《国务院关于公布第五批全国重点文物保护单位和与现有全国重点文物保护单位合并项目的通知》，《中华人民共和国国务院公报》2001年第24期)

11月28日，转让人陈和乡与受让人秦秉年签订《财产权益转让协议》，双方确认转让权益的财产名称为"明朱松邻竹圆雕五子戏弥陀"等101件文物，转让人同意受让人将其转让权益的财产以受让人的名义捐赠给宁波市天一阁博物馆。(宁波市天一阁博物院藏档案)

是日，捐赠方秦秉年与受赠方宁波市天一阁博物馆签订《捐赠协议》，约定捐赠文物名称为"明朱松邻竹圆雕五子戏弥陀"等101件文物，捐赠文物的交接时间定为2001年12月9日，交接的方式为举行甬籍收藏家秦秉年先生捐赠珍贵文物仪式，交接手续完成后，由受赠方出具捐赠凭证书给捐赠方。另，双方还约定受赠方聘捐赠方为天一阁博物馆名誉研究员，享受在职同职务人员待遇。(宁波市天一阁博物院藏档案)

11月30日，宁波市公证处出具(2001)甬证民字第1501号《公证书》，证明陈和乡与秦秉年于11月28日签订的《财产权益转让协议》符合相关规定。(宁波市天一阁博物院藏档案)

是日，宁波市公证处出具(2001)甬证经字第8707号《公证书》，证明捐赠方秦秉年与受赠方宁波市天一阁博物馆法定代表人徐良雄于11月28日在该处签订的《捐赠协议》符合相关规定。(宁波市天一阁博物院藏档案)

12月8日，宁波市人民政府重立秦氏支祠标志碑。该碑长150厘米，宽100厘米，下设须弥座，正面碑文为"全国重点文物保护单位/秦氏支祠/宁波市人民政府立/二〇〇一年六月"，背面为秦氏支祠简介、保护范围、建设控制地带等内容。(宁波市天一阁博物院藏档案)

按语：秦氏支祠原标志碑为嵌入式，置于照壁东侧墙内。碑身为梅园石制作，长90厘米，宽60厘米，碑文为"宁波市级重点文物保护单位/秦氏支祠/宁波市革命委员会公布并立/一九八一年十二月十日"。

12月9日上午，天一阁博物馆在昼锦堂举办秦秉年先生捐赠珍贵文物仪式，市领导张蔚文等出席。秦秉年向天一阁捐赠"明朱松邻竹圆雕五子戏弥陀"、《鄞江送别图》等珍贵文物101件（套），其中一级文物23件、二级文物59件、三级文物15件。同时，天一阁博物馆特聘秦秉年为名誉研究员。10日，《宁波日报》对捐赠仪式做了报道。（顾玮：《秦秉年向天一阁捐赠珍贵文物》，《宁波日报》2001年12月10日）

是日上午，天一阁博物馆在书画馆云在楼举办"秦秉年先生捐赠明清竹刻精品展""旅美画家秦仲祥先生敬乡画展"，秦仲祥、秦秉年与市领导等为开幕式剪彩，并作讲话。（宁波市天一阁博物院藏档案）

开幕式剪彩现场

按语："旅美画家秦仲祥先生敬乡画展"共展出作品30余幅，展览为期6天。

是日，《宁波晚报》刊登记者李菁撰写的《走近秦氏后人——访甬籍收藏家秦秉年先生》。该文还配发有沈荣江摄影的《秦秉年和他母亲》照片一帧。

2002年

1月15日，《光明日报》刊登记者徐锦庚撰写的《变私藏为公藏　化一家为大家　秦秉年向天一阁捐赠稀世文物》。

2003年

7月，《上海金融志》出版，内收录"宁波秦家""恒隆钱庄"等条目。（《上海金融志》编纂委员会编、洪葭管主编：《上海金融志》，上海社会科学院出版社2003年7月第1版，第105、106—107页）

9月，郁伟年主编《四明揽胜：〈宁波通讯〉名胜志选编》由中共党史出版社出版，内收录赵维扬撰写的《秦氏支祠》一文。

10月,天一阁博物馆与秦秉年协商再次捐赠文物事宜。(《关于接受秦秉年先生捐赠瓷器类文物的请示》,宁波市天一阁博物院藏)

是月,《西泠印社百年史料长编》出版,内收录《秦康祥小传》。(陈振濂主编:《西泠印社百年史料长编》,西泠印社出版社2003年10月第1版,第471页)

11月初,宁波市文化局副局长孟建耀、天一阁博物馆馆长徐良雄专程拜访秦秉年,基本谈妥再次捐赠文物事宜。后,天一阁博物馆方面整理了这批待捐赠文物,并再次至宁波颐乐园请秦秉年确认。(《关于接受秦秉年先生捐赠瓷器类文物的请示》,宁波市天一阁博物院藏)

11月20日,秦秉年向天一阁博物馆捐赠文物举行签字仪式。(宁波市天一阁博物院藏档案)

签字仪式现场

12月8日,秦秉年将明崇祯青花人物莲子罐、清雍正豇豆红盘、清龙泉窑贯耳瓷瓶等171件(套)明清瓷器捐赠给天一阁博物馆,其中有国家二级文物6件、三级文物31件。此系秦秉年第二次向天一阁博物馆捐赠文物。(顾玮:《天一阁举办首届中国藏书文化节 秦秉年再捐171件明清瓷器》,《宁波日报》2003年12月9日)

12月9日,《宁波日报》刊登记者顾玮撰写的《"我是天一阁的一分子"——访秦秉年先生》。秦秉年在接受记者采访时,称"以个人的力量收藏与保护文物,能力是有限的,而交给天一阁,我很放心""我是天一阁的一分子,关心天一阁、爱护天一阁、发展天一阁是我们共同的责任"。该文还配发有丁安摄影的《秦秉年先生在昨天的捐赠仪式上》《秦秉年先生捐赠的部分瓷器》照片二帧。

12月9日,《宁波晚报》刊登记者周丽珍撰写的《秦秉年又捐171件明清瓷器》。

2004年

3月10日,《中国文物报》刊登王征撰写的《天一阁的终身研究员——记天一阁文物捐赠者秦秉年先生》。

是年，秦仲祥撰写的《蛛网集》一书由宁波出版社出版。

按语：该书 4.5 万字，定价 28 元，共印 3 000 册。

2005 年

5月，李军撰写的《明清竹刻》由宁波出版社出版。该书所收录的明清竹刻绝大多数系秦康祥旧藏。

7月，《近代浙商名人录》出版，内收录"秦君安"辞条。（陶水木编著：《近代浙商名人录》，浙江人民出版社 2005 年 7 月第 1 版，第 46—47 页）

8月，《四明书画家传》出版，内收录秦康祥小传。（洪可尧主编：《四明书画家传》，宁波出版社 2005 年 8 月第 1 版，第 262 页）

2006 年

4月18日，《宁波日报》报道称"十五"期间宁波文物保护十件佳事评选结果揭晓，"秦秉年先生捐赠明清竹刻瑰宝"榜上有名。（《宁波文物保护十件佳事评选揭晓》，《宁波日报》2006 年 4 月 18 日）

4月19日，宁波市天一阁博物馆就推荐秦秉年申报"全国文物保护工作先进个人"提交事迹简介资料即《化私藏为公藏乐乎也——秦秉年先生捐赠记》。（宁波市天一阁博物院藏档案）

5月24日，秦仲祥在美国旧金山逝世。（秦仲祥子女提供）

5月31日，国家文物局发布《关于表彰"全国文物保护工作先进个人"的决定》，其中浙江省有两人被授予该荣誉称号，即浙江省文物考古研究所所长曹锦炎、宁波市天一阁博物馆研究员秦秉年。（中国文物年鉴编辑委员会编：《中国文物年鉴 2007》，中国时代经济出版社 2009 年 1 月第 1 版，第 109—111 页）

6月7日，《中国文物报》刊登全国文物保护工作先进个人秦秉年的事迹介绍。（《"全国文物保护工作先进个人"事迹简介》，《中国文物报》2006 年 6 月 7 日）

6月9日，《东南商报》刊登秦秉年被国家文物局表彰为"全国文物保护工作先进个人"的消息。（李臻、徐建成：《收藏家秦秉年受表彰》，《东南商报》2006 年 6 月 9 日）

6月19日,《宁波日报》刊登秦秉年被国家文物局表彰为"全国文物保护工作先进个人"的消息。(陈青、徐建成:《秦秉年受国家文物局表彰》,《宁波日报》2006年6月19日)

6月,"十五"期间宁波文物保护十件佳事之"秦秉年先生捐赠明清竹刻瑰宝"获宁波市文化广电新闻出版局、宁波日报社颁给荣誉牌。(宁波市天一阁博物院藏档案)

是月,秦秉年获国家文物局颁发的"全国文物保护工作先进个人"奖状。(宁波市天一阁博物院藏档案)

10月,崔运富主编《海曙撷英》由宁波出版社出版,内收录胡茂伟撰写的《我与秦氏支祠》一文。

11月17日下午,宁波市天一阁博物馆在昼锦堂举办秦秉年先生捐赠文物仪式,副市长成岳冲出席。此系秦秉年第三次向天一阁博物馆捐赠文物。本次捐赠的家藏8 105件器物,包括扇面、印章、书画、玉石、钱币等,其中有国家一级文物1件、二级文物47件、三级文物1 421件;另外,同时捐赠的还有326种2 318册古籍。秦秉年称:"这些文物交给天一阁,以便更好地为社会公众服务,使社会公众更好地了解、观赏捐赠文物,了解文物的历史价值,是父亲的心愿。"(《秦秉年捐赠8 000余件文物》,宁波市文化广电新闻出版局宁波文化年鉴编委会编:《宁波文化年鉴2007》,2007年6月内部出版,第84页;李臻:《"终于完成父亲的遗愿"秦秉年先生向天一阁捐赠文物仪式昨举行》,《东南商报》2006年11月18日)

捐赠仪式现场

按语:国家一级文物即"大富五铢"钱范。

11月17—25日,天一阁博物馆在书画馆举办"秦秉年先生捐赠文物展"。

11月18日,《宁波日报》刊登记者陈朝霞撰写的《秦秉年先生将家藏文物全

秦秉年先生捐赠文物展

部献给家乡　　八千余件珍贵文物被珍藏入天一阁》。

是日，《宁波晚报》刊登记者丁晓虹撰写的《秦秉年又向天一阁捐赠传家宝数量多达八千多件，其中国家一级文物一件，二级文物四十七件》。该文同时配发王勇摄影的《天一阁博物馆负责人接受秦秉年先生捐赠文物》《秦秉年先生捐赠的扇坠等文物吸引参观者》两帧照片。

是年，天一阁博物馆编印的《秦秉年捐赠文物精选》内部出版。（宁波市天一阁博物院藏档案）

2007年

1月3日，《宁波日报》刊登贺宇红撰写的《慎终追远——秦氏支祠》。此文系《宁波日报》推出的"话说国保的故事"之一。

4月6日，《鄞州日报》刊登记者水杉、通讯员钱爽撰写的《再探山下庄村神秘洋房 楼主面纱揭开：巨贾秦涵琛》，认为鄞州区集士港镇山下庄村（今属宁波市海曙区）"洋房的主人是秦涵琛已经可以确认无疑"。

按语：该洋房即颐庐，建于1934年。门额"颐庐"由伊立勋于是年孟春月中澣题写；背面为"白云在望"，题者不详。鉴于秦涵琛于1930年去世，故该报道称洋房主人系秦涵琛有误。据笔者口碑调查及推测，颐庐系秦涵琛坟庄，兼作其后人消夏避暑之用的可能性较大。

11月18日，应芳舟撰写的《湖西秦氏支祠与状元张謇》刊登在《宁波晚报》"三江人文讲坛"。

按语：该文经修改后，又被《甬城街巷》（即宁波市海曙区文史资料第5辑，宁波出版社2009年6月第1版）、《宁波档案》2018年第5期收录，题为《翰墨飘香秦氏祠》。

2008年

3月，王家葵撰写的《近代印坛点将录》一书由山东画报出版社出版，内有一篇《地囚星旱地忽律朱贵》，专门记载秦康祥，称赞其"铁书缪篆逼周秦，竹刻濮朱绝世珍。诠次钱乔吴褚谱，更将印传纪同人"。

是年，宁波市文化广电新闻出版局拨款20万元，对秦氏支祠外挂面进行木门窗整修、生漆油饰保养。

2009 年

5月28日上午，天一阁博物馆在书画馆举办《秦秉年先生捐赠文物展》，共展出印章180余枚，上起西汉，下至民国。（梅子满、李洁莹：《秦秉年捐赠文物展主展印章》，《宁波晚报》2009年5月28日）

5月29日，《宁波日报》刊登记者陈青、通讯员李洁莹撰写的《秦秉年捐赠文物展天一阁开展》。

是日，《东南商报》刊登记者蒋继斌撰写的《天一阁举办秦秉年捐赠文物展》。

是日，《宁波日报》刊登李广华撰写的《一个家族的回归》，介绍秦氏家族及其对宁波文化事业所做出的巨大贡献。

11月8日，《新民晚报》刊登杨君康撰写的《未出版的〈竹人三录〉和竹刻艺术家秦彦冲》。

2010 年

6月11日，《高山流水——天一阁藏古琴展》在天一阁书画馆云在楼举行，展出包括"石上枯"在内的14张古琴及天一阁馆藏善本古籍中的琴学著作和扇面琴画，其中古琴均系秦秉年捐赠。（梅子满、胡龙召、李洁莹：《四明古琴文化揭开神秘"头纱"　天一阁首次展出馆藏14张古琴》，《宁波晚报》2010年6月11日）

按语：该展览于2010年6月22日结束。

9月22日至10月17日，天一阁博物馆在云在楼举办《清风雅逸——秦秉年捐赠成扇展》，共展出《黄山寿奇石图（张鸣珂行书）水墨金笺纸本成扇》、《叶丰"娇红背影"（赵叔孺书法）设色纸本成扇》、《王福厂题跋睿识阁藏印纸本成扇》等76件成扇。（宁波市天一阁博物院藏档案）

2011 年

12月，施祖青撰写的《秦氏支祠研究》一文发表在《天一阁文丛》第9辑。全文分为"秦氏支祠与祠堂文化""秦氏支祠是甬商文化的产物""富丽精致的建筑与雕刻""光彩夺目的民间艺术奇葩""浓郁的民俗吉祥象征文化"五部分。（天一

阁博物馆编:《天一阁文丛》第9辑,浙江古籍出版社2011年12月第1版,第233—238页)

2012年

10月4日(八月十九日)凌晨2时,秦康祥妻子陈和乡在宁波逝世,享年100岁。(《讣告》,《宁波日报》2012年10月5日)

按语:陈和乡后事由天一阁负责料理。

10月5日,秦秉年在《宁波日报》刊登《讣告》,称"慈母陈和乡女士于2012年10月4日凌晨2时谢世,享年100岁。现定于10月7日下午15时在宁波颐乐园西游厅(高新区院士路328号)举行遗体告别仪式,特此哀告生前亲朋好友"。

10月7日,《东南商报》刊登记者张落雁撰写的《驾鹤西去 百岁老人陈和薌的背后是一个家族的传奇……甬上秦家闯荡上海滩百余年家藏8 000余件文物全部捐给天一阁》。

10月12日,《苏州日报》刊登杨君康撰写的《秦彦冲的竹刻扇骨》一文。

2013年

1月,《浙江民国人物大辞典》出版,内有秦君安、秦康祥(彦冲)人物小传。(林吕建主编:《浙江民国人物大辞典》,浙江大学出版社2013年1月第1版,第484页)

8月,《潘伯鹰文存之一——小沧桑记》由上海辞书出版社出版,内收录《收藏竹刻的秦彦冲》一文。

10月20日,《钱江晚报》刊登记者陈淡宁撰写的《富商秦康祥吝也不吝》一文。

2014年

7月,《宁波市海曙区志》出版,内收录"秦氏支祠""秦氏家族""秦君安"等条目。(宁波市海曙区地方志编纂委员会编、胡再恩、郑世晟主编:《宁波市海曙区志》,浙江人民出版社2014年7月第1版,第1702、2031—2032、2083页)

2015 年

5月,《鄞州慈善志》出版,内收录秦秉年小传。(《秦秉年》,《鄞州慈善志》编纂委员会编:《鄞州慈善志》,浙江人民出版社2015年5月第1版,第256—257页)

6月4日早上,秦秉年在房间内不慎跌倒。天一阁博物馆闻讯后,立即将其送至宁波市第六医院救治。经诊断,系右股骨粗隆间粉碎性骨折,随即住院治疗。天一阁博物馆请人24小时陪护照看、每天派员去医院探视,并与医院方面保持联系。(《关于对宁波文化有重大贡献人士——秦秉年先生伤病住院的情况报告》,宁波市天一阁博物院藏)

6月8日夜,秦秉年因肺炎等并发症,转入宁波市第六医院重症监护病房。(《关于对宁波文化有重大贡献人士——秦秉年先生伤病住院的情况报告》,宁波市天一阁博物院藏)

阴历五月(仲夏),高式熊为王金声收藏的《蕙风宧遗印》题跋,称"蕙风宧遗印昔年与张鲁庵、秦彦冲、陈蒙庵、叶露圆诸兄同审拓者,忽忽六十年矣,今唯余硕果仅存焉,前尘梦影,曷胜唏嘘。"(王金声:《蕙风宧遗印》,《新民晚报》2015年7月25日)

7月2日(五月十七日)9时48分,秦秉年在宁波病逝。(《讣告》,《宁波日报》2015年7月3日)

按语:秦秉年后事由天一阁负责料理。

7月3日,宁波市天一阁博物馆在《宁波日报》刊登《讣告》,定于7月4日8点30分在宁波殡仪馆百寿堂举行秦秉年先生遗体告别仪式。

7月4日,《宁波日报》刊登记者陈青、汤丹文、通讯员郑薇薇撰写的《"天一阁的一分子"秦秉年先生走了》。

是日,《东南商报》刊登记者林旻撰写的《天一阁的"家人"秦秉年先生病逝　生前捐赠8 000余件文物　被称为"天一阁永不退休的终身研究员"》。

2017 年

8月19日,《美术报》刊登蒋频撰写的《收藏大家秦康祥》。

3月31日,《西泠艺丛》2017年第3期(总第27期)刊登柳向春撰写的《上海博物馆存秦康祥旧藏文物概述》。

是年，《海曙大观》总第14期刊登黄定福撰写的《秦氏支祠戏台——宁波戏台之魁》。

按语：此文又刊《浙江园林》2019年第2期（季刊）。

2018年

8月9日，国家文物局批复同意实施秦氏支祠修缮保护项目。

10月，李军撰写的《中国竹刻扇骨》由宁波出版社出版。该书所收录的竹刻扇骨绝大多数系秦康祥旧藏。

12月27日，宁波市文博学会评选出宁波文物事业发展四十件大事，"2001年—2006年，秦秉年先生分三次将收藏的8 000余件文物无偿捐赠给天一阁博物馆，其中国家一级文物有24件"名列其中。（《宁波文物事业发展四十件大事评出》，《宁波日报》2018年12月28日）

12月，庄立臻主编、施远撰稿的《天一流芳·竹刻卷》由国家图书馆出版社出版。该书所收录的竹刻系秦康祥旧藏，由其子秦秉年捐赠给天一阁。上海博物馆研究馆员施远在《藏竹睿识》（即序言）中称"这批宝贵的竹刻珍品，作为中国内地最大的一宗私家竹刻收藏，近乎完整地进入浙东文物的圣地——天一阁博物馆，秦氏可云伟哉，竹刻可云幸甚，馆方可云荣焉！而今遴选其中之精品佳什，结集流传，其图文并茂远佳于当年秦康祥先生未刊而毁之著，亦可说是完成了先生的未竟之志。这本藏品集的意义，将不仅仅在于为广大读者和文博界提供欣赏和研究的材料，更在于传承以秦康祥先生为代表的前辈文物藏家和学者之眼界、襟怀和气象"。同期出版的还有《天一流芳·玺印卷》《天一流芳·文房卷》《天一流芳·瓷器卷》，书中收录藏品多系朱鼎卿、秦康祥旧藏。

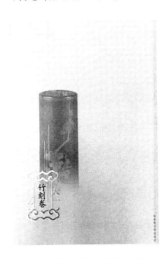

《天一流芳·竹刻卷》书影

按语：以上图录均列入"天一阁珍藏系列丛书"。

2019年

8月，宁波市鄞州区政协文史资料委员会编《鄞州百人》由宁波出版社出版，内收录张波撰写的《收藏大家秦康祥》。

12月，韩小寅主编《时代印记：宁波文物工作70年回眸》由宁波出版社出版，内收录虞浩旭撰写的《秦秉年先生文物捐赠记》。

2022年

3月1日，秦氏支祠修缮保护项目正式实施。

参考文献

《申报》

宁波《时事公报》

上海《时事新报》

民国《鄞县通志》

秦康祥、孙智敏编著：《西泠印社志稿》，1957年油印本，宁波市天一阁博物院藏。

秦康祥编著：《西泠印社志稿附编》，1960年油印本，宁波市天一阁博物院藏。

秦永聚（康祥）纂辑：《鄞秦氏宗谱稿》，1960年油印本，宁波市天一阁博物院藏。

邹晓昇编选：《上海钱业及钱业公会》影印版，上海远东出版社2017年版。

中国人民银行上海市分行编：《上海钱庄史料》，上海人民出版社1960年版。

宁波市档案馆编：《宁波和丰纺织公司议事录》，宁波出版社2019年版。

《彦冲印稿》，宁波市天一阁博物院藏。

宁波市天一阁博物院藏档案。

改建老江桥筹备委员会编印：《重建灵桥纪念册》，1936年6月出版，上海图书馆藏。

《宁波华美医院报告第一期》，1920年出版，宁波市档案馆藏。

《宁波华美医院报告第二期》，1921年出版，宁波市档案馆藏。

秦仲祥：《蛛网集》，宁波出版社2004年版。

孙善根编注：《秦润卿日记》（上下卷），凌天出版社2015年版。

金元钰：《竹人录》（秦彦冲据活字版本校印），1938年5月版，宁波市天一阁博物院藏。

宁波市文化局宁波文化年鉴编委会编：《宁波文化年鉴2002》，2002年2月内部出版。

宁波市文化局宁波文化年鉴编委会编：《宁波文化年鉴2004》，2004年3月内部出版。

宁波市文化广电新闻出版局宁波文化年鉴编委会编：《宁波文化年鉴2007》，2007年6月内部出版。

后　记

　　秦氏支祠位于鄞县（今宁波）湖西马衙漕（又称马眼漕）北侧，建于1923—1925年，以砖雕、木雕、石雕等闻名浙东地区。20世纪90年代，划归宁波市天一阁博物馆管理。2001年6月，被公布为全国重点文物保护单位。秦祠既有高敞的大殿，也有华丽的戏台，作为宁波文化的一张靓丽名片，成为天一阁景区最吸引游客的地方之一。

　　秦祠的西侧有一处不对外开放的"男客厅"，我自2014年7月搬入后，一直在二楼从事家谱征集、整理、研究等工作。在这里，接待了一批又一批的捐赠者，迎来一部又一部的家谱。秦祠虽无言，但它是最好的见证者。坚固的秦祠同时也是我管理的资料室临时库房，为书籍提供了遮风挡雨的地方。2022年3月，年届百岁的秦祠面临大修，我才搬至其他地方。这是我与秦祠的一段缘分。

　　宁波帮巨擘秦君安被奉为鄞县秦氏湖西马衙漕派支祖。该族历经岁月浮沉，涌现出秦君安（运鎓）、秦际藩（涵琛）、秦际瀚（珍荪）、秦康祥（永聚）等代表性人物，世代相沿，成为上海滩极有势力的钱业家族集团。秦氏族人富而不忘桑梓，但凡灵桥、华美医院、四明贫儿院及办理平粜、施粥等都有大量捐助，多次受到政府表彰。著名收藏家秦康祥是西泠印社早期重要社员，出力、出资编著的《西泠印社志稿》《西泠印社志稿附编》成为印社里程碑式的文献。与此同时，他还十分关注家族历史、先人文献，为纂辑家谱奔走东西。秦秉年于2001年、2003年、2006年将其父秦康祥所藏明清竹刻、秦汉玺印、古钱币、古琴等八千多件珍贵文物捐给天一阁，为宁波地方文化作出了巨大贡献。从此，天一阁因秦祠、文物捐赠与秦氏家族结下亲密缘分，所以秦秉年先生自称他是"天一阁的一分子"。

　　我对宁波帮及其家族的史料整理、研究颇感兴趣，故而对秦君安家族史料倍加留意，但实质性的开展还要到2019年申报的"秦君安家族史料整理与研究"被列入宁波市文化广电旅游系统"文化艺术新秀"人才工程项目之后。编著这本书的用意是为关注宁波帮、宁波历史文化、近代上海钱庄的人士提供史料，共同推动对秦氏家族的研究。具体做法是，查阅各级图书馆、档案馆、博物馆等馆藏《申报》《宁波时事公报》等近现代报刊、《鄞县通志》《西泠印社志稿》《鄞秦氏宗谱稿》等书籍、《鄞县秦氏支祠碑记》等碑刻、上海钱业公会等档案，辑录有关秦君安家族较有史料价值的文献；依照时间脉络，撰写秦君安家族史事编年，便于读者了解秦氏在历史长河中的家族繁衍、商海纵横和慈善义举等方面的内容。

在本书编著过程中，既有寻获《彦冲印稿》等稀见资料的欣喜，也有按图索骥，然而不得不面对"骥"已不存的怅然，这着实令人感到遗憾。如据《鄞秦氏宗谱稿》记载，秦君安最初的墓及坟庄（即永安山庄）在鄞县西乡鳖山前、跨湖桥侧，也就是今天的集士港山下庄一带。据知情人士告知，大约在15年前他实地调研并发现秦君安墓由唐驼、张琴题写碑铭。第二天，也就是2022年3月24日我就匆匆前去寻访，但仅追踪到位于长寿寺东边石刻作坊的大概位置，并未发现有秦氏墓志等遗存。因此，家谱记载秦君安墓虽在1956年7月迁至鄞东，但原墓的彻底被毁可能也就是最近十来年的事。另外，秦涵琛墓、秦际瀚墓虽有名家撰书墓志等线索，但目前为止尚未发现拓片，地方志亦未见收录全文。这些原本在鄞西平原、山下的坟墓，后来基本都没能逃过被迁移、平整的命运。他们的墓志、碑刻有无保存、拓片是否留世，或者收入学者文集之中，今后还需要继续寻找。

秦永聚纂辑的《鄞县秦氏宗谱稿》于1960年油印出版，是目前关于秦君安家族最具史料价值的资料。从这部家谱收录的谱序可知，秦君安这一支曾在20世纪20年代由黄际云（次会）纂修马衙漕秦氏支谱，又于30年代由秦永聚续修支谱，而从秦永聚在戊戌年（1958年）十二月题签的"鄞县月湖秦氏宗谱"来看，似乎此间还编修过月湖派秦氏宗谱。经询问老一辈天一阁人，称90年代维修秦祠时从支谱中找出《鄞县秦氏支祠全图》，作为文献依据。但是，查《新编天一阁书目》（中华书局1996年版）、《伏跗室藏书目录》（宁波出版社2006年版）、《别宥斋藏书目录》（宁波出版社2008年版）、《清防阁·蜗寄庐·樵斋藏书目录》（上海辞书出版社2010年版）等天一阁馆藏目录和全国古籍普查平台，都没能检索到马衙漕秦氏支谱。通过向海外的秦氏族人打听，亦语焉不详。经多方查找，我仅掌握到三张支谱书影。不过，对支谱仍抱有朝一日浮出水面的期待。

本书的编著和出版，得到上海大学李珹教授、宁波大学孙善根教授、西泠印社社员包根满先生等人的支持和帮助；上海辞书出版社杨丽萍老师担任本书责任编辑，付出了辛勤劳动；天一阁博物院领导和同事也为我查阅书籍、档案资料提供了很大方便，谨致谢忱。由于史料缺乏，且秦君安后人分处国内外多地，未能与其取得广泛联系，故书中尚有遗漏甚至不足的地方，敬请广大读者指正。

应芳舟

2022年5月20日于天一阁